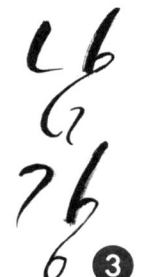

ⓒ 김계중, 2025

초판 1쇄 발행 2025년 11월 27일

지은이 김계중
펴낸이 이기봉
편집 좋은땅 편집팀
펴낸곳 도서출판 좋은땅
주소 서울특별시 마포구 양화로12길 26 지월드빌딩 (서교동 395-7)
전화 02)374-8616~7
팩스 02)374-8614
이메일 gworldbook@naver.com
홈페이지 www.g-world.co.kr

ISBN 979-11-388-5032-2 (03810)

- 가격은 뒤표지에 있습니다.
- 이 책은 저작권법에 의하여 보호를 받는 저작물이므로 무단 전재와 복제를 금합니다.
- 파본은 구입하신 서점에서 교환해 드립니다.

용산리둔치

합강정

악양루

김계중 장편소설

남강

③

좋은땅

목차

1. 밥을 굶지 않는데 다시 온 불행 ··· 8
2. 할머니의 기도 ··· 14
3. 추석이라 엄마가 왔다 ··· 20
4. 아버지 없이 추석 보내기 ··· 27
5. 철수는 여전히 현실 도피하고 ··· 32
6. 1974년 독산리의 봄 ··· 39
7. 복순이의 탄생 ··· 45
8. 미경이 출산과 인자의 고난 ··· 55
9. 인자 둘째 임신 ··· 62
10. 재일의 수리점이 중심이 되다 ··· 69
11. 5학년이 된 봉헌과 말숙이 ··· 76
12. 독구와 봉헌이 ··· 82
13. 운명의 초복이 왔다 ··· 89
14. 봉헌이 막걸리 심부름 가기 ··· 97
15. 독구가 사라진 것을 알았다 ··· 102
16. 한 뼘 더 성숙한 봉헌이 ··· 109
17. 괜히 질투를 한다 ··· 115
18. 말숙이 봉헌이 6학년 그리고 졸업 ··· 121

19. 만수와 인자 울산 가다 ··· 127
20. 인자가 나섰다 ··· 134
21. 인자 슈퍼에서 일하다 ··· 141
22. 갓난아기 복자 ··· 147
23. 만석이의 국민학교 졸업 ··· 154
24. 만석이 자전거 사기 ··· 161
25. 촌길에는 안 맞네 ··· 167
26. 어느 날 찾아온 은인 ··· 176
27. 명수와 함께 공부하고 있다 ··· 183
28. 공부의 길을 알려 준 명수가 없다 ··· 190
29. 겨울에 학교 가기 ··· 197
30. 1학년 마지막 시험 ··· 204
31. 봉헌과 말숙이 중학생이 되다 ··· 209
32. 봉헌은 사춘기다 ··· 216
33. 성장하고 있는 봉헌 ··· 222
34. 말숙과 마주친 봉헌의 이상 반응 ··· 229
35. 말숙이한테 찾아온 사춘기 ··· 235
36. 1977년의 가을은 그렇게 깊어 가고 있었다 ··· 242
37. 만석은 작은 목표를 이루었다 ··· 244
38. 1978년 만석이네 ··· 251
39. 겨우 한 가족이 되었다 ··· 257
40. 갑자기 찾아온 늦둥이 ··· 264
41. 진석이가 첫날에 태어난다 ··· 269

42. 1월 1일 태어나면 상금 준다 … 273

43. 또다시 고난이 걸어 들어오고 … 278

44. 젖먹이와 떨어져야 하는 숙자 … 285

45. 인자는 고난의 연속이었다 … 295

46. 마지막 고난 뒤에 다시 희망이 피어나 … 301

47. 인자는 이제 행복했다 … 307

48. 2학년이 된 아이들 … 317

49. 뚜디리 맞지 말고 학교 가지 말래 … 324

50. 순덕과 봉헌의 갑자기 찾아온 일탈 … 330

51. 봉헌은 순덕이를 멀리하고 싶었다 … 337

52. 봉헌은 이러지도 저러지도 못하고 있다 … 344

53. 봉헌은 양 갈래 길에서 서 있다 … 351

54. 봉헌은 결국 폭발하고 만다 … 358

55. 만석 3학년 되어 말숙이 만나다 … 366

56. 말숙이 집에 찾아가는 만석 … 373

57. 사춘기 소년이 된 만석이 … 378

58. 만석의 가슴에 피어나는 사랑의 감정 … 385

59. 법수면의 10.26의 풍경 … 395

60. 농사꾼 봉헌 이제 책을 본다 … 401

61. 말숙의 도시 생활 시작 … 408

62. 말숙 어머니의 빈자리 … 414

63. 영희는 아직 성호동에 있다 … 420

64. 말숙의 다짐 … 424

65. 만석이도 3학년 겨울방학이 되었다 … 430

66. 1979년의 끝자락에 중3들 … 436

67. 고등학교 가지 마라 … 442

68. 고마 고등학교 가라 … 447

69. 봉헌의 중3 겨울방학 일상 … 455

70. 봉헌은 양손에 떡을 쥐고 있다 … 461

71. 사랑방에 모인 중3 아이들 … 467

72. 결국 말숙이를 만나지 못했다 … 474

1. 밥을 굶지 않는데 다시 온 불행

부모들이 도시로 떠나고, 이제 밥 굶는 일은 사라졌다.

마산에서 엄마, 아버지가 보내오는 돈으로 쌀은 떨어지지 않았고, 된장, 간장, 김치가 있으니 최소한의 반찬을 해 먹을 수 있었다.

하지만 밥 한 끼를 먹는다고 해서 집이 제대로 돌아가는 건 아니었다.

늙은 할머니는 무릎이 안 좋았고 한겨울에도 아이들을 위해 나무를 이고 산을 오르느라 손등은 늘 갈라져 있었다.

밥상은 엎드려 자는 아이들 옆에서 찬 기운 속에 식어 갔고, 행주는 늘 젖어 있었으며, 방바닥은 먼지와 재로 얼룩져 있었다.

막내 춘석이는 혼자서 똥도 못 누고 종종 바지에 실수했으며, 정미는 여전히 열 살 아이답지 않게 기저귀를 삶고 빨래를 널었다.

영미는 머리에 이가 생겨 정미가 참빗으로 머리를 빗겨 줄 때마다 울먹이며 얼굴을 돌렸다. 만석은 학교에서 돌아와 신발을 벗기도 전에 할머니가 짊어진 나뭇짐을 받아 들었다.

이 집엔 어른이 없었다.

그러나 누구도 어린아이처럼 울 수 없었다.

모두가 어른의 흉내를 내며 하루하루를 붙잡고 있었다.

만석은 종종 마루 끝에서 잠든 막내를 안고 앉아 속으로 중얼거렸다.

"밥은 묵고 산다 캐도, 이기 사는 기가…?"
그러나 알고 있었다.
그건 사는 게 아니라, 버티는 것이라는 걸.

아이들의 공부는 자연스레 멀어졌다.
아니, 애초에 공부란 단어 자체가 이 집엔 사치였다.
만석이도, 정미도, 영미도, 그리고 막내 춘석이까지…. 학교는 가더라도, 집에 돌아오면 책상 대신 지게를 지고 연필 대신 주걱을 들었다.
만석은 종종 책가방을 마루에 던져두고는 하루 종일 한 글자도 펴 보지 못한 채 동생들 돌보고 할머니 심부름 가며 하루를 보냈다.
교과서는 밥상 밑에 깔리고 공책은 나뭇짐 사이에 눌려 찢어졌으며 가방 안엔 흙먼지가 쌓였다.
영미는 학교에서 받아온 받아쓰기 공책을 젖은 걸레로 닦다가 글자가 번져 버린 적도 많았다. 한 번은 선생님이 영미에게 물었다.
"영미야, '기역 니은 디귿' 다음에 뭐꼬?"
영미는 머뭇거리며 눈동자만 굴렸다.
아무도 가르쳐 주지 않았고, 누구도 배울 틈이 없었다.
영미는 교실 한구석에서 손톱을 물어뜯었고 춘석이는 아직 말도 제대로 못 익힌 채 형이랑 누나가 시키는 대로 울고 웃었다.
학교는 '가는 곳'이었지 '배우는 곳'이 아니었다.
가난한 집 아이들은 그냥 앉아 있다 돌아오는 곳이었다.
만석은 밤에 불을 때며, 가끔 교과서를 펴고 글씨를 따라 써 보았다.
하지만 마음 한켠에선 알고 있었다.

"우린 글 몰라도 살아야 되는 집이다."

그것은 포기라기보다 체념이었고, 그 체념이 그들 마음속에 이미 오래전부터 박혀 있었다.

그래도 만석은 가끔 밤마다 작은 희망의 불씨를 품곤 했다.

부엌 구석에 쭈그리고 앉아 남은 불에 손을 녹이며, 찢어진 교과서 귀퉁이를 펴 들고 한 글자씩 또박또박 소리 내어 읽었다.

"공부를 하모 내가 동상들 하고 행복하게 살 수 있을까?"

불빛이 희미해 글씨가 잘 안 보이면 숯덩어리로 종이 위에 따라 써 보기도 했다.

그러다 잠든 동생들이 뒤척이며 기침이라도 하면 그 작은 소리에도 책을 덮고 아궁이 뚜껑을 덮은 채 조용히 돌아섰다.

만석은 자신이 집안의 기둥인 줄 알고 있었다.

그래서 누가 가르쳐 주지 않아도 자신이 뭔가를 알아야 한다고 믿었다.

동생들이 물어보면 대답해 줘야 하고, 할머니가 아프면 대신 시장에 가야 하고, 어머니가 오면 가장 먼저 말을 걸 수 있어야 한다고 생각했다.

그날따라 정미가 엎드려 울었다.

학교에서 '틀린 글자 10개'를 칠판에 불려 나가 다시 쓰라 했는데 하나도 쓰지 못했다.

선생님은 정미의 손바닥을 찰싹 때렸고 정미는 그대로 눈물만 뚝뚝 흘렸다.

"정미야, 울지 마라."

만석은 다가가 그녀 손을 잡고 자신이 알고 있는 '기역'부터 '히읗'까지 연필로 종이에 또박또박 써 내려갔다.

"내가 가리치 주꾸마."

그 말은 누가 만석에게 해 준 적 없는 말이었다.

그래도 그는 했다.

아무도 그를 도와주지 않았지만 자기 동생들만큼은 그렇게 세상에 버려두고 싶지 않았다.

그날 밤, 한 가난한 소년의 결심이자, 쓰러진 집을 다시 일으키고자 하는 조용한 맹세였다.

가난한 것, 공부를 못하는 것, 그 두 가지를 빼고는 아이들은 놀랍도록 씩씩하고 건강하게 살아가고 있었다.

물론 다른 아이들처럼 도시락 반찬에 게란프라이는 없었고, 책가방 대신 누런 보자기에 공책 몇 권을 싸 들고 다녔지만, 아이들은 산비탈을 오르내리며 웃었고 마당에 떨어진 대추를 줍다가 서로 먼저 집어 먹겠다고 실랑이를 벌이기도 했다.

정미는 고무신을 꿰매 신었고, 영미는 도시에서 친척들이 보내 준 옷을 꿰맞춰 입었지만, 아이들은 그것이 부끄럽다는 것도 불행하다는 것도 아직은 잘 몰랐다.

막내 춘석이는 장독대 옆에서 도토리로 장난감을 만들며

"움마는 운제 오노?"

하고 묻다가 금세 까르르 웃으며 뛰어다녔다.

가난은 분명 그들의 삶을 옥죄고 있었지만, 아직 마음속엔 어른들이 잊어버린 단순한 평화와 밝은 햇살이 남아 있었다.

누가 손가락질을 해도, 배가 고파도, 아이들은 서로를 챙기며 하루를 살아 냈다.

"우리는 잘살고 있다."

그 말은 아무도 입 밖에 내지 않았지만, 그들 눈빛엔 분명히 그런 믿음이 서려 있었다.

어느 날 새벽, 만석은 평소보다 늦게 눈을 떴다.

산에 나무하러 가자고 깨우는 할머니의 소리가 들리지 않았다. 뭔가 이상했다.

뒷방 문을 열었을 때, 그는 말없이 바닥에 쓰러져 있는 할머니를 보았다.

이마엔 식은땀이 맺혀 있었고, 입술은 새파랬다.

정미가 울면서 소리쳤다.

"할매! 할매, 일어나 바라! 와 이라노!"

만석은 덜덜 떨리는 손으로 할머니의 옷자락을 붙들고 흔들었다.

아무 대답이 없었다.

옆에선 영미가 울기 시작했고, 막내 춘석이는 상황을 알지 못한 채 공포에 질려 정미의 치맛자락을 붙들었다.

겨우겨우 리어카를 끌고 면에 있는 보건지소까지 데리고 갔다. 그러나 의사는 고개를 저으며 말했다.

"중풍이다. 쓰러졌다가 일어나실 수도 있지만, 다음이 언제일지는 모른다이."

그날부터 모든 것이 달라졌다.

아이들은 학교에 갈 수 없었다. 밥보다 중요한 건 할머니 곁을 지키는 일이 되었다.

　불안정하던 생존의 균형은 허무하게 무너졌다.

　아침이면 아이들은 서로 눈치를 보며 누가 집에 남을지, 누가 산에 나무를 하러 갈지를 정했다. 그리고 누군가는 점점 공부를 포기하기 시작했다.

　누군가는 아궁이에 불을 땔 줄 알게 되었다. 누군가는 소리 없이 눈물을 삼키는 법을 배워 갔다.

2. 할머니의 기도

할머니는 왼쪽 팔과 다리를 제대로 쓸 수 없게 되었지만, 누워 있을 수는 없었다.

그녀는 누워 있는 자신을 바라보던 아이들의 눈빛 속에 절망과 두려움이 가득하다는 걸 알고 있었다.

그래서 이를 악물었다.

쓰러진 지 사흘째 되는 날, 새벽 찬 공기를 가르며 할머니는 벽을 짚고 일어섰다.

그날부터 할머니는 오른손과 오른다리 하나에 의지해 살림을 했다.

쌀 씻는 데도 한참이 걸렸고, 아궁이에 불을 때려면 온몸이 땀에 젖었다.

그 와중에도 아이들 앞에선

"할매는 괴안타, 걱정 말거레이." 하고 웃어 보였다.

물동이를 머리에 일 수는 없었지만, 정미가 대신 들고 따라오면 할머니는 입으로 지게끈을 물고 고무신을 끌며 산에 나무를 하러 다녔다.

비틀거리는 그녀의 뒷모습을 본 만석은 처음으로 아버지를 향한 분노보다, 할머니를 어떻게든 도와야겠다는 책임감이 더 컸다.

밤이면 지친 몸을 방에 눕히고, 자식 생각에 가끔씩 흐느끼기도 했다.

그러나 눈물도 오래 흘리지 않았다.

다음 날 새벽에 아이들에게 해 줄 국을 끓이는 게 먼저였고, 누가 오지 않을 길목에서 아이들의 부모를 대신해 기다리는 일이 더 급했다.

그녀의 손은 굽고, 다리는 끌렸지만, 할머니의 의지는 그 어느 때보다 곧았다.

그녀는 남은 생을 단 하나의 목적으로 채워 나갔다.

할머니는 부엌 구석에 놓인 작은 나무 의자에 주저앉아, 왼쪽 다리를 조심스럽게 주무르며 중얼거렸다. 그 손길은 거칠지만 애틋했고, 말소리는 작지만 날카로웠다.

"불쌍한 얼라들만은… 내가 건사할 끼다… 다 지 애비를 잘못 만나 이리 된 기라. 이기 다 내 죄다…."

그녀의 목소리는 아궁이 속 잔불처럼 꺼져 가면서도 타오르고 있었다.

그녀는 자식 철수를 떠올렸다.

얼굴도 잘 떠오르지 않는 멀어져 버린 아들.

"지가 얼라 때는, 삿다리 같은 앙상한 다리로 업고 논두렁을 걸었지…. 그런 아가 저 지랄을 하고 있으니, 내가 잘못 갈찬 기라…. 내가 직일 년이지."

할머니의 어깨가 조용히 들썩였다.

하지만 울지 않았다.

눈물은 더 이상 그녀의 호사였다.

그녀에겐 아이들이 있었다.

엄마가 누군지도 헷갈려 하는 막내 춘석이, 아버지 역할을 억지로 짊어진 만석이, 그 옆에서 아기 업고 밥 짓는 정미와 영미.

"내라도 안 일라서모, 이 집 얼라들은 전시네 걸베이 된다."

할머니는 의자 옆에 놓인 작은 쇠죽통을 짚고 다시 일어섰다.

주먹을 쥔 채로, 불을 보러 부뚜막 앞으로 다가가며 다시 한번 속삭였다.

"내는 무너질 수 없다…. 불쌍한 새끼들을 우짤라꼬."

그녀의 결심은 늙은 몸 하나만으로 지켜야 할, 마지막 성벽 같았다.

그리고 그 밤, 부엌에선 나뭇잎이 타는 소리와 함께, 누군가의 인생이 꺾이지 않고 다시 일어서는 소리가 들렸다.

겨울이 지나고, 땅이 서서히 풀리기 시작할 무렵부터였다.

할머니의 걸음걸이에 조금씩 생기가 돌았다.

예전에는 벽을 짚지 않고는 부엌에서 방으로 옮겨 가기도 힘들었지만, 이제는 작은 바구니 정도는 들고 다닐 수 있게 되었다.

"할매, 괴안나?" 정미가 물을 때마다 할머니는 씩 웃었다.

"하모, 언자는 손가락 힘도 좀 돌아왔다이. 보레이 요래 요래 주먹도 지아지네."

그러면서 삐뚤삐뚤하던 손가락을 천천히 접어 보였다.

예전같이 나무하러 산에 오를 수는 없었지만, 솥뚜껑을 열어 국을 젓는 건 다시 가능해졌고, 애들 입에 반찬 하나라도 더 넣으려는 손놀림엔 더 이상 떨림이 없었다.

봄볕이 부엌 마루에 비치기 시작한 날, 만석이는 고무신을 신는 할머니를 보고 깜짝 놀랐다.

"할매, 오데가노?"

"할매는 괴안타, 또랑가 남새기 좀 캐러 갔다 올꾸마. 앉아서 죽을 낀 가 싶었더마는, 그래도 내 몸뚱아리가 살살 말을 듣는다."

그 말에 만석은 말없이 고개를 끄덕였다.

살짝 구부정한 허리로 두렁길을 따라 걷는 할머니의 모습은, 여전히 늙고 약해 보였지만, 어느새 다시 집안의 중심처럼 굳건해져 있었다.

어느 날 밤, 할머니는 작은 전등을 켜 놓고 정미와 영미, 만석을 앞혀 놓고 말했다.

"너거만 보모 내 힘이 지질로 난다이. 내 몸뚱이가 고장 나도, 니들만 잘 크모 그걸로 됐다. 할매가 언자는 안될랑가 싶었는데 너거가 불쌍타 고 지앙님이 돌봐가 이리 꼼짝거리구로 해 주네."

그 말에 아이들은 아무 말 없이 고개를 끄덕였다.

그 밤, 바람이 창문을 흔들고 있었지만, 방안은 따듯했다.

다음날 새벽, 하늘은 아직 어두웠고, 마당엔 싸한 새벽 공기만이 감돌았다.

할머니는 조용히 일어나더니 문을 열고 삐걱이는 소리도 내지 않으려 조심조심 발을 옮겼다.

아직 아무도 눈을 뜨지 않은 고요한 시간.

할머니는 오래된 두레박을 들고 마을 어귀의 우물로 향했다.

차가운 새벽안개를 뚫고 걷는 길은 멀었지만, 한 걸음 한 걸음 발에 힘을 주었다.

우물가에 도착하자, 새벽 별빛이 수면 위에 조용히 내려앉아 있었다.

할머니는 숨을 가다듬고, 정성껏 두레박을 내렸다.

2. 할머니의 기도

고요한 소리를 내며 물이 가득 담기자, 천천히 끌어올려 양동이에 담았다.

그렇게 길어온 물을 부엌 아궁이 옆, 정화수 그릇 위에 조심스레 부었다.

그리고는 무릎을 꿇고 앉았다.

"지앙님… 올도 이 얼라들 굶기지 말고, 제 손이 하는 일마다 복이 되게 하이소. 내 죄로 이 얼라들 고상 안하구로 해 주이소…."

기도를 올리며 할머니는 양손을 모으고, 주름진 이마를 깊이 숙였다.

그 손은 비록 떨렸지만, 그 마음만은 단단했다.

얼굴에는 작지만 흐르는 눈물 한 줄기가 내려왔다.

아궁이에선 낙엽 타는 소리가 조용히 퍼지기 시작했고, 방 안에선 아이들의 숨소리가 조금씩 고르게 퍼졌다.

할머니는 다시 일어서며, 떨리는 다리로 말없이 아궁이에 불을 지폈다.

이 작은 집의 하루는 그렇게, 또 시작되고 있었다. 할머니의 기도는 그 무엇보다 간절하게 이 집을 붙들고 있었다.

만석은 평소보다 일찍 잠에서 깼다.

어쩐지 가슴이 답답하고, 꿈자리도 뒤숭숭했다.

방 안은 아직 어둠에 잠겨 있었고, 다른 동생들은 조용히 숨을 고르고 있었다.

물 마실 겸 부엌 쪽으로 조심히 발걸음을 옮기던 그는, 문틈으로 할머니의 모습이 보이자 숨을 죽였다.

할머니는 정화수 그릇 앞에 무릎을 꿇고 있었다.

바닥에 앉아 두 손을 가지런히 모으고, 허리 굽은 몸을 앞으로 조심스레 숙이며 입술을 달싹이고 계셨다.

"지앙님, 오늘도 우리 애들… 굶기지 말아 주이소. 만석이는 사람 되게 해 주이소. 정미는 여물게 해 주이소. 춘석이는, 병 앓지 말고 튼튼하게만 해 주이소…. 지애비 못난 죄로 이 얼라들이 고상 안 하게, 내 다리가 뿌아지도 좋으니, 애들은 편히 살게 해 주이소…."

쉰 목소리였지만 그 말 하나하나에 담긴 절절한 마음이 만석의 가슴을 찔렀다.

뭐라 말할 수 없는 울컥함이 올라왔다.

항상 야단을 치고, 헛기침하며 허리 아픈 몸으로 부엌일을 하시던 그 할머니가… 저렇게 새벽마다, 조용히 자신들과 동생들을 위해 기도하고 있었던 것이다.

그제야 만석은 알았다.

이 집이 그나마 무너지지 않고 버티는 것은, 할머니의 기도, 그 굽은 등과 굳은 무릎 위에 얹혀 있었던 것이다.

그는 발걸음을 돌리지도, 들어가지도 못한 채 한참을 그 자리에서 서 있었다.

그리고 그날 아침, 처음으로 만석은 자신의 이마를 깊숙이 숙여 "다녀오겠습니다."라고 인사를 하고 학교에 갔다.

그 인사는, 할머니의 기도에 대한 작고 조심스러운 답장이었다.

3. 추석이라 엄마가 왔다

사정리는 추석 준비로 더욱 분주해졌다.

집집마다 어머니들은 수건으로 머리를 질끈 매고 부침개를 하였고 떡방앗간에서 떡을 해 오면 아이들은 시루떡을 한 손에 들고 우스꽝스런 얼굴로 웃으며 뛰어다녔다.

"야야, 요건 녹디떡이다. 달달하이 직이제?"

"내꺼는 절편인데 아무것도 안 들어 있어도 억수로 맛있다이. 무 볼레?"

떡 냄새가 골목을 타고 흐르고, 누군가는 두 손으로 조심스레 떡 바구니를 안고 집으로 들어갔다.

하지만 만석은 그 축제 같은 추석에 이상하게도 더 외로움을 느꼈다.

손엔 떡 한 점 없었고, 입 안엔 침조차 돌지 않았다.

그의 눈엔, 아이들이 나눠 주는 절편 하나도 쉽게 닿지 않는 먼 나라 음식 같았다.

누가 일부러 안 주는 것도 아니었다.

그저, 떡을 받으러 갈 엄마가 없고, 만들 줄 아는 이도 없었다.

어제 먹던 보리밥이 아직 속에 남아 있는 듯 느글거렸다.

하지만 그는 아무 말도 하지 않았다.

"만석아, 니는 떡 안 묵나?"

태봉이가 반쯤 먹은 절편을 내밀며 물었다.

그 말에 만석은 괜히 헛기침을 하며 대꾸했다.

"우리 할매는 떡 안 한다. 우리는 추석에 떡 안 묵고… 어 어 지찜미만 묵는다."

그 말은 거짓이었다.

전도, 떡도, 아무것도 없었다.

백산 종점으로 엄마가 오는지 버스 시간에 맞추어 기다리고 있다.

멀리서 버스가 먼지를 일으키며 다가왔다.

만석은 본능처럼 고개를 들었다.

이번엔… 제발. 사람들이 하나둘 내리기 시작했다.

어떤 이는 손에 포장된 선물 꾸러미를 들고 있었고, 어떤 이는 아이를 안고 보자기를 이고 있었다.

하지만… 엄마는 없었다. 아버지도 없었다.

만석은 천천히 돌아섰다.

손에 쥘 떡 하나 없이, 마음만 무겁게 주먹을 쥐고, 발밑에 바람에 밀린 과자봉지 하나가 바스락거리며 굴러갔다.

'추석에는… 옴마가 왔으모 조은데. 떡도 좀 묵고, 새 옷도 입고… 우리도 사람 사는 집멘쿠로….'

그 바람은, 마을 어귀를 지나는 찬 바람에 실려 흩어지고 있었다.

추석 앞날이었다.

마을은 온통 분주하게 마당에서는 전 부치는 기름 냄새가 퍼지고, 굴뚝마다 고기 삶는 연기가 피어올랐다.

하지만 만석은 그 풍경에서 비켜 있었다.

그는 오늘도 백산 버스 종점으로 내려왔다.

왼손에는 막냇동생의 손을 잡고, 오른손에는 자꾸 코를 훌쩍이는 셋째 영미 손을 잡은 채.

"엄마 올은 올 끼다, 그자?"

막내 춘석이가 물었다.

만석은 대답 대신 고개를 끄덕였다.

실은 확신이 없었다.

엄마는 몇 달 전 집을 왔다 가면서

"추석에는 꼭 올꾸마."

라고 말했다.

그 말 하나만을 붙잡고, 몇 시간째 버스 종점을 오가고 있었다.

평소 같으면 정해진 시간에 버스가 한 대씩 도착했지만, 추석을 앞둔 오늘은 달랐다.

도시에서 내려오는 사람들로 인해 아무런 일정표도 없이 수시로 들어왔다.

버스가 한 대 들어올 때마다, 만석은 숨을 죽이고 앞문을 바라보았다.

먼지를 일으키며 섰던 낡은 시외버스의 문이 열릴 때마다 차장이 사람들은 내려 줄 때 아이들 셋은 본능처럼 일어섰다.

그러나 내리는 사람들 사이에 엄마는 없었다.

가방을 들고 내리는 젊은 아줌마가 있으면 혹시 하고 뛰어가 보았지만, 등 돌리는 순간 모르는 얼굴이었다.

사남매는 다시 그늘로 돌아와 앉았다.

"오빠야, 움마 올 안 오는 거 아이가…."

정미가 입술을 삐죽이며 말했다.

"올 올 끼다. 올 안 오모, 내일 새복이라도 올 끼다."

만석은 담담하게 말했지만, 가슴은 점점 쪼그라들고 있었다.

해는 어느새 서산에 걸려 있었다.

온종일 기다리며 배도 고프고, 발도 저렸다.

하지만 돌아설 수가 없었다.

혹시, 바로 다음 버스에 엄마가 타고 있을까 봐.

그 순간 또 한 대의 버스가 먼지를 일으키며 굴러왔다.

네 아이는 다시 일어섰다.

이번에도… 아니었다.

막차가 떠날 준비를 하던 순간이었다. 힘겹게 버스 계단을 내려오는 한 여자가 보였다. 어깨는 기울어 있었고, 머리 위로는 커다란 보따리가 얹혀 있었다.

두 손엔 또 다른 보따리 두 개가 들려 있었다.

그 모습은 도시에서 바로 내려온 듯, 먼지가 한 겹 씌워진 듯했고 바지 끝에는 버스 안에서 묻은 듯한 흙이 눌어붙어 있었다.

만석은 그 순간, 눈을 의심했다.

버스 불빛 아래로 들어오는 그 익숙한 모습. 희미하지만 분명한 걸음걸이, 그리고 한 손에 꼭 쥐고 있는 천 보따리의 무늬까지— 그건 엄마였다.

"옴마다!"

셋째 영미가 가장 먼저 소리쳤고, 막내 춘석이는 벌떡 일어나 버스로 달려갔다.

만석은 한참을 멈춰 서 있다가 그제야 무거운 발을 떼며 엄마 쪽으로 다가갔다.

"춘석아… 아이고, 이게 몇 달만이고…."

엄마는 보따리를 내려놓으며 아이들을 하나하나 끌어안았다.

그 품에 들어간 순간, 참았던 눈물이 왈칵 터졌다.

"진짜 온다꼬 했제, 내가 아무리 바빠도 추석 전날은 꼭 올 끼라 안 크더나."

엄마는 허리춤에 묶은 천 조각을 풀며, 안에서 꺼내 든 작은 비닐봉지를 아이들에게 하나씩 나눠 주었다.

비닐 안엔 사탕 몇 알, 바삭한 과자 몇 조각, 그리고 어디선가 얻어온 듯한 찰떡 한 조각이 들어 있었다.

누군가에겐 초라한 간식일지 몰라도 만석에겐 그 어느 해 추석보다도 따뜻하고 달콤한 선물이었다.

엄마는 아이들을 번갈아 안아 주며 말했다.

"우리 새끼들 늦어서 미안타이. 막차 떨가서모 올 못올 뻔했다이."

큰보따리는 만석이가 들고 작은 것은 정미와 영미가 들고 막내 춘석이는 엄마가 업고 사정리 집으로 올라가고 있다.

아이들은 아버지는 왜 안 오는지 아무도 물어보지 않았고, 엄마 역시 아버지에 대한 이야기는 하지 않았다.

집에 도착한 아이들이 자신이 들고 온 보따리들을 하나씩 부지런히 풀기 시작했다.

깻잎 한 묶음, 멸치 조금, 그리고 누군가 싸줬다는 돼지 수육. 다른 보따리는 아이들의 옷이 한 벌씩 있고 또 다른 보따리에는 떡과 생선 몇 마리가 있었다.

"할매 어디 계시노? 이거 데파가 같이 묵자."

그날 밤, 만석이네 부엌에는 오랜만에 따뜻한 김이 피어올랐다.

보리밥 위에 얹은 수육 한 점에 할머니도, 동생들도, 말없이 고개를 끄덕이며 밥을 삼켰다.

밖에는 보름달이 솟아올라 검푸른 하늘을 밝히고 있었다.

그날 밤, 만석은 쉽게 잠들 수 없었다.

방안 한켠에서 엄마가 아이들 옷을 조심스레 개켜 넣는 모습이 문틈 사이로 어른거렸다.

작은 전등불 아래, 엄마의 그림자가 벽에 길게 드리워져 있었다.

할머니는 윗목에서 콜록이며 기침을 하고 있었고, 막내 춘석이는 엄마 품에 안겨 깊이 잠들어 있었다.

만석은 아랫목에서 이불을 걷어차고 조용히 일어났다.

기척을 느낀 엄마가 고개를 돌렸다.

"와, 안 자고 일 나노?"

엄마의 목소리는 낮고도 부드러웠다.

"그냥… 옴마가 보고 싶어서."

만석은 조심스레 다가와 엄마 옆에 앉았다.

손끝에 남은 수육의 기름기가 아직 미끈거린다.

하지만 그보다 따뜻한 건 엄마의 냄새였다.

기름 냄새, 땀 냄새, 그리고 버스 안에서 묻은 도시의 먼지 냄새까지 섞인 그 복잡한 냄새가 이상하게도 눈물겹도록 그리웠다.

"옴마, 마산은 재밌나?"

"재밌기는… 그냥 벌어먹고 사는 기지. 새벽에 일 나가모 밤에나 들어온다."

엄마는 손을 무릎에 올리고 한숨을 쉬었다.

"쎄가빠지 벌이도 집세 내고 나모 별로 없다이. 그래가 억지로 추석이라도 집에 올라 했다. 니가 욕본다. 옴마가 니 욕보는 거 다 알고 있다이."

잠시 정적이 흘렀다.

밖에서는 개 한 마리가 짖고, 어디선가 풀벌레 소리가 나직이 들려 왔다.

"엄마, 아부지는…."

만석이 조심스럽게 말을 꺼내려다 말았다.

하지만 엄마는 말없이 고개를 저었다.

"그 양반은… 니들도 알 거 없다. 살긴 살아 있것지. 그거면 됐다 아이가."

그 말을 끝으로, 엄마는 더는 아무 말도 하지 않았다.

잠시 후, 엄마는 막내를 안은 채 이불을 덮고 누웠고 만석도 옆에 조용히 몸을 누였다.

천장 틈으로 은은하게 달빛이 스며들었다.

달빛은 여전히 푸르고, 창밖에서는 풀벌레 소리가 멈추지 않았다.

만석은 속으로 중얼거렸다.

'아버지가 없으면 어떻노. 엄마는 돌아왔다. 그리고 지금 여기에 있다.'

그리고 그날 밤, 비록 이불은 낡았고, 방 안 공기는 싸늘했지만 만석은 한동안 느껴 보지 못한 포근함 속에서 조용히 눈을 감을 수 있었다.

4. 아버지 없이 추석 보내기

추석 아침, 사정리에도 해가 떠오르자마자 짙은 연기와 함께 고소한 기름 냄새가 집집마다 퍼졌다.

곳곳에서 송편 찌는 냄새, 전 부치는 소리, 아이들 웃음소리가 들려왔다.

하지만 만석이네 집은 조용했다.

어제 도착한 엄마는 새벽부터 일어나 밥을 안치고, 정미와 영미는 묵묵히 야채를 다듬었다.

할머니는 두 손을 치맛자락에 얹고, 마루 끝에 앉아 먼 산만 바라보며 입을 다물었다.

추석날 아침이지만, 아버지는 없었다.

만석은 방 안을 서성이다가 차례 상을 마주한 순간, 덜컥 겁이 났다.

차례상은 생전 처음 혼자 차리는 것이었다.

"할매, 이거 우찌 해야 되노? 괴기하고 과일은 우찌 놓노? 젓가락은 어디 놓고, 술은?"

만석의 말에 할머니는 고개를 푹 숙인 채 한참을 말이 없었다.

그러다 이내 한숨을 길게 내쉬며 말했다.

"이기 뭐꼬, 머슴마는 얼라들뿐이 없는데 무신 제사를 지낼 수 있것노? 추석 날 남사시러버서…. 아이고, 조상님들께 또 못할 짓을 하고 있다."

할머니는 눈가를 훔치며 마당을 바라보았다.

"애비도 없고, 상도 제대로 못 차리고, 아이고 내 팔자야."

엄마는 마루에 쪼그리고 앉아, 아무 말 없이 숟가락을 정돈했다.

쌀밥에 생선 몇 마리, 사과와 배 밤, 대추 그것이 전부였지만, 엄마는 그 하나하나를 정성껏 접시에 담았다.

"어무이, 없는 사람 얘기해 보이 입만 아픕미더. 고마 대강 차리 가꼬 만석이 보고 절 몇 번 하라 쿠모 안 되것습미꺼? 그라고 죽은 조상도 살아 있는 자손도, 밥 한술씩 뜨모 되지 싶습미더."

엄마의 말에 할머니는 조용히 고개를 끄덕였다.

한때는 돼지가 백 마리가 넘던 집, 방앗간에 방아 소리 끊이지 않던 집이….

이젠 돼지소리도, 기계소리도, 사람도 빠져나갔지만 그래도 추석 아침에 이렇게 모여 있는 것만으로도 어딘가 따뜻했다.

만석은 물끄러미 상을 바라보다가 엄마에게서 배운 대로 조심스럽게 술잔을 들었다.

떨리는 손으로 조상께 술을 따르고, 동생들 셋을 마당에 불러 세웠다.

"조상님께 절 올리자. 우리끼리라도 지대로 해 보자."

아이들은 어설프게 절을 했고 그 옆에서 엄마는 조용히 두 손을 모았다.

할머니도 마루 끝에서 입술을 달싹이며 무언가를 읊조렸다.

바람이 불자, 상 위에 놓인 촛불이 조용히 흔들렸다.

그날 만석은 비로소 깨달았다. 차례란, 정해진 음식과 예법보다 남은 이들이 조심스레 서로를 다독이며 그리운 이들을 마음속에 올리는 시간이라는 것을.

추석 차례가 끝나고 나서도, 집안은 조용했다.

엄마는 묵묵히 상을 치우며 밥 그릇을 하나씩 정리했고, 부엌에서는 갓 지은 쌀밥 냄새와 함께 은근한 생선 굽는 냄새가 퍼졌다.

하얀 김이 모락모락 솟는 밥상을 아이들 앞으로 밀어 주며 엄마는 말 없이 앉았다.

정미는 반쯤 졸린 눈으로 밥을 퍼먹었고, 영미는 떡을 손에 들고 소리 없이 입에 넣으며 혼자 웃었다.

막내 춘석이는 마룻바닥에 엎드려 수저를 탁탁 두드리며 장난을 쳤다.

그 소리에 할머니는 고개를 돌려 아이들을 바라보다가 "너거 애비가 업시도 추석은 지나 간다이."

할머니는 무심한 듯 말했다.

그러나 그 말끝에는 쓸쓸함이 묻어 있었다.

엄마는 말없이 할머니 옆에 앉아, 김이 오르는 따뜻한 밥 한 술을 떠 입에 넣어드렸다.

"어무이도 드시 보이소. 조구가 간이 참 잘 되었네예. 밥도 보실보실 하이 그래예."

할머니는 수저를 들 듯 말 듯 하다 끝내 목이 메어 밥을 넘기지 못했다.

작게 한숨을 내쉬고는 고개를 저었다.

"내는 괴안타. 얼라들 배 마이 골았다. 올이라도 쌀밥에 괴기 마이 무 라 캐라."

엄마는 그 말을 듣고 숟가락을 내려놓은 채 잠시 마당 너머를 바라보 았다.

가을 햇살 아래, 아직 젖은 흙냄새가 스며 있는 마당.

낙엽이 몇 장 바람에 날려 소복이 웅크려 있었다.

"설에는 좀 더 마이 가지고 와야 것습미더. 이번에는 일한다고 급하게 와 가꼬…. 추석인데도 얼라들 옷도 마이 못 사오고…."

그 말이 채 끝나기도 전에, 할머니는 고개를 돌리며 손사래를 쳤다.

"그라지 마라. 요 만치 하모 되었다. 니 혼자 벌이 해가 얼라들하고 묵고 살라 쿠모 울메나 니가 고상 하는지 내가 다 안다."

엄마는 잠시 입술을 깨물었다.

그리고 낮게 중얼거리듯 말했다.

"어머이, 우짜것습미꺼…. 그래도 우리 아들이 쌀밥만 묵던 아들인데 보리밥은 안 먹구로 하고 싶습미더…."

그 말에 할머니는 오래된 눈빛으로 엄마를 바라보았다.

햇빛이 비스듬히 얼굴을 비추는 그 순간, 두 여인의 마음 속엔 오래 묵은 설움과 인내가

소리 없이 피어올랐다.

"내가 니 마음 다 안다. 부지리해서 우짜든둥…. 얼라들 밥은 굼가지 말자."

엄마는 끝내 참지 못하고 고개를 떨구었다.

작고 마른 어깨가 한 번 들썩이더니 곧 조용히 흔들렸다.

"어머이… 지도 너무 힘듭미더…."

그 말은 마치 오래도록 눌러왔던 진심이 가을 바람에 흘러나온 듯한 울음이었다.

바깥에서는 아이들이 웃으며 뛰고 있었지만, 마루 안의 공기는 고요하고 무거웠다.

그들만의 추석은 울컥이는 눈물과 함께, 쌀밥 한 공기 위에 조용히 얹혀 있었다.

그날 오후, 영미와 춘석이는 입에 사탕을 물고 웃으며 이웃집으로 뛰어다녔다.
이웃 아낙이
"너거 사탕 오데서 났노?"
하고 물으면 영미는 당당하게 "우리 옴마가 사 갖고 왔다 아입미꺼."
하며 어깨를 폈다.
저녁이 되자, 사정리 하늘에는 또다시 커다란 달이 떠올랐다.
낮보다 더 또렷한 달빛이 마당을 비추고, 엄마는 부엌에 앉아 고구마를 굽고 있었다.
익어가는 고구마 냄새가 마당 끝까지 퍼졌고, 만석은 그 곁에 앉아 조용히 물었다.
"엄마, 아부지는 언자 안 오는 기가?"
잠시 굽던 고구마를 뒤적이던 엄마는 작은 숨을 쉬며 말했다.
"일이 많다 쿠더라. 설에는 올 기라 했으니…. 기다리 보자."
그 말이 진심인지, 아이들을 위한 말인지 만석은 묻지 않았다.
다만 그날 밤, 고구마를 반으로 나눠 엄마와 마주 앉아 먹으며 한 입 한 입 씹을 때마다 마음 깊숙한 곳에 무언가 포근하게 스며드는 걸 느꼈다.
추석은, 그렇게 지나가고 있었다.
풍성하진 않았지만 따뜻했다.
그들의 추석은 조용했고, 또 살아 있었다.

5. 철수는 여전히 현실 도피하고

철수는 이제 사정리 집에 쉽게 발을 들이지 못했다.
과거의 그림자가 너무 깊었고, 그 그림자는 자신이 만든 것이었다.
숙자는 비록 힘든 살림이지만, 아이들을 위해서 가끔씩이라도 집을 찾았다.
아이들 얼굴을 보고, 밥 한 끼라도 지어 먹이고 돌아가곤 했다.
하지만 철수는 달랐다.
거기엔 자신이 짓밟아 버린 삶이, 외면하고 떠난 가족이, 그리고 용서받지 못할 죄가 있었다.
자신을 향한 어머니의 끝없는 사랑이 그에게는 무거운 어깨의 짐이 되었기 때문이다.
자신을 아버지로 인정하지 않는 아이들의 눈빛을 철수도 알고 있었다.
아들 만석의 눈빛은 더 이상 어린아이의 것이 아니었다.
철수가 사정리 집으로 발걸음을 끊은 것은 단순한 죄책감 때문이 아니었다.
그를 집으로부터 멀어지게 한 진짜 이유는 아이들의 눈빛, 그 차갑고 무표정한 시선 속에 담긴 말 없는 판단이었다.
그 눈빛은 말을 하지 않아도 철수에게 이렇게 말하고 있었다.

"당신은 아버지가 아입미더."

"당신은 우리를 버린 사람이라예."

"이제 와서 뭐 하지는 것인데예."

철수는 벌레처럼 취급 당했다.

지은 죄에 비하면 당연한 결과일지 몰라도, 그 눈빛을 마주하는 건 그에게는 형벌이었다.

차라리 경찰서 유치장에서 쇠창살 너머로 세상을 보는 게 덜 괴롭겠다고 느낄 정도였다.

철수는 아이들에게 자신의 행동에 대한 사죄나 반성을 하는 것이 아니라 당장의 아이들의 그런 감정에서부터 도피하려고 했다.

그리고 어느 순간, 그 괴로움은 죄책감보다 더 무거운 짐이 되었다.

그는 도망쳤다. 자신이 가족으로 받아들여지지 않는 현실에서, 아이들이 스스로 아버지를 지워 버린다는 사실에서, 그리고 무엇보다 그가 만든 상처로 인해 더 이상 '돌아갈 자리'가 없다는 냉혹한 진실에서. 그렇게 철수는 사정리를 등지고, 마산의 허름한 쪽방에서 묵묵히 막일을 하며 살았다.

술도, 여자도, 그 흔한 말벗 하나 없이. 누구보다 외로운 인생이었지만, 그것이 그가 감당할 수 있는 가장 작은 형벌이었다.

그러나 마음 한켠에는 늘 사정리의 풍경이 떠올랐다.

밥 한 그릇 더 담아 주는 어머니의 손길, 막내 춘석이의 앳된 얼굴, 말없이 눈을 피하던 만석의 시선. 그 기억이 그를 끊임없이 찔렀다.

철수는 도망치고 있었고, 그 도피는 하루하루 자신을 더 무너뜨리고 있었다.

5. 철수는 여전히 현실 도피하고

철수는 이제 술도 끊었다.

한때는 하루라도 안 마시면 몸이 근질거렸던 그 술을 이제는 입에도 대지 않았다.

술기운으로 잠시라도 죄책감을 잊을 수 있던 시절도 있었지만, 이제는 술조차 죄처럼 느껴졌다.

영희도 더 이상 만나지 않았다.

철수가 영희를 다시 만나지 못하는 이유는 단순한 미련이나 현실의 벽 때문이 아니었다.

그는 그날, 영희가 불러 세우지도 않고, 눈물도 흘리지 않은 채 배를 감싸 안고 문간에 서는 모습을 보았다.

그 순간 철수는 도망쳤다.

그가 도망친 건 영희가 아니라 그녀의 뱃속에서 자라고 있을 자신의 아이, 그리고 그 아이가 태어나고 나서 짊어져야 할 책임이었다.

철수는 알았다.

그 순간부터 그는 단순한 외도남이 아니라 한 사람의 인생을 바닥까지 끌어내린 주범이 되었고, 또 다른 생명을 세상에 내어놓고도 책임을 외면한 비겁한 아버지가 되었다.

영희를 다시 만난다는 것은, 진홍이와 그 아이 앞에 다시 선다는 것은, 자신이 외면한 모든 결과를 마주하고 책임지는 것이었다.

그러나 철수는 그럴 용기가 없었다.

그럴 자격도, 자신도 없다고 생각했다.

그래서 그는 그냥 숨었다. 영희를 사랑했지만 그 사랑을 지킬 수 없었고, 그 사랑은 결국 한 여인의 인생을 망가뜨렸다는 사실만 남았다.

철수는 그렇게 사랑을 선택했지만 책임을 버렸고, 이제는 사랑을 떠올리는 것조차 죄가 되어 버린 삶을 살아가고 있다.

철수는 잠 못 이루는 밤이면, 허름한 골방의 천장을 멍하니 바라보며 문득문득 영희의 얼굴을 떠올린다.
그녀는 지금 어디서, 어떤 모습으로 살아가고 있을까?.
아이는 무사히 낳았을까?
진홍이는, 그 아이를 받아들였을까.
아니, 그보다… 그 아이는 나를 닮았을까.
철수는 스스로의 상상 속에서 영희가 아이를 안고 조용히 젖을 먹이는 모습을 떠올린다.
그 눈가에는 피로가 어려 있지만, 여전히 단단하고 따뜻한 그 눈빛.
그리고 또 한편으로는, 그녀가 자신을 원망하며 살고 있을거라 생각한다.
한때의 애틋함도, 가난 속의 위안도 결국은 파국의 씨앗이 되었고 그 씨앗을 심은 건 다름 아닌 자신이라는 걸 그는 누구보다 잘 안다.
그래서 영희가 지금 어떤 방식으로든 잘 버티고 살아가고 있기를 바라면서도, 그녀의 마음속 깊은 어딘가에 자신이 지워져 있기를 은근히 바란다.
"그저… 나 같은 놈을 잊아삐라."
철수는 그렇게 비겁한 안도를 품고 또다시 눈을 감는다.
하지만 그녀의 얼굴은 잊히지 않고 더 또렷하게, 더 선명하게 가슴 속에서 살아난다.

철수는 하루 일과를 마치고, 무거운 작업복에 먼지를 잔뜩 묻힌 채 성호동으로 향했다.

어둑한 저녁, 노을이 산등성이 뒤로 넘어가고, 골목길엔 아이들 웃음소리 대신 개 짖는 소리만 퍼져 있었다.

그는 말숙이 할머니 집 옆, 오래된 담벼락 뒤에 몸을 숨겼다.

바로 앞마당, 흙바닥에 작은 걸음으로 놀고 있는 진홍이와 어린 아이의 모습이 보였다.

철수는 숨을 죽였다. 그 아이가 자신의 아이인지 눈빛 하나, 손짓 하나로 알아볼 수 없지만, 피는 속이지 않는다는 말이 떠올랐다.

아이들 옆에서 물동이를 옮기던 여인. 영희였다. 예전보다 더 마른 듯했고, 햇볕에 그을린 손등은 거칠고 상처가 나 있었다.

하지만 그는 그 모습조차 아름답다고 생각했다.

그리고 동시에 그 어떤 자격도 자신에게 없다는 것을 또다시 깨달았다.

철수는 담벼락에 등에 기댄 채, 슬그머니 바지 뒷주머니에서 조그만 봉투를 꺼냈다.

며칠 공사장에서 번 품삯 중 일부를 넣어둔 것이다.

"애한테 뭐라도 미라…. 영희야…."

입술 사이로 터지듯 새어 나온 혼잣말은 담을 넘지 못했다.

"지금 내가 나가봤자 뭐라 쿠것노. 책임도 못 지면서…."

그는 눈을 감고 고개를 떨구었다.

말숙이 할머니가 문을 열고 나와, 진홍이를 불러 안았다.

영희는 웃었다.

아무 일도 없다는 듯, 하루를 살아 내는 여인의 평범한 미소였다.

그 미소를 본 순간, 철수는 돌아섰다.

그녀가 그래도 잘 지내는 것 같아 다행이라 생각하며. 그러나 가슴속 어딘가에선 한줄기 빗물처럼 시린 후회가 흘러내렸다.

철수는 담벼락을 돌아 나오는 발걸음 속에 묘한 허무함을 느꼈다.

영희와 아이의 얼굴을 확인한 순간, 가슴 깊은 곳에서 무언가가 찢기는 듯한 고통이 올라왔다. 그것은 죄책감처럼 보였지만, 실은 한순간 스쳐 지나가는 감정일 뿐이었다.

그는 그 감정을 악어의 눈물처럼 느꼈다. 눈물이 나올 듯 가슴은 시큰했지만, 그 시큰함조차도 오래가지 않았다.

몇 걸음 더 옮기자, 바지 주머니 속 담배 한 개비가 손끝에 닿았고, 그것으로 대신 눌러 버릴 수 있을 만큼, 그의 마음은 얕았다.

"지금이라도 가서 책임진다 말하면 뭐가 달라지겠노…. 다 지난 일이다, 다…."

그는 스스로에게 그렇게 중얼이며 길바닥에 침을 퉤 뱉고 담배에 불을 붙였다.

담배 연기 너머로 흐릿해지는 골목길. 영희의 집은 이제 그의 삶에서 다시 멀어져 가는 풍경이 되었다.

철수가 사정리 집에 가지 않는 데는 또 다른 이유가 있었다.

그의 어깨를 짓누르고 있는 막대한 채무 때문이었다.

방앗간이 기울고, 가족이 뿔뿔이 흩어진 뒤 그는 돈을 마련하겠다고 나섰지만, 현실은 예상보다 훨씬 가혹했다.

처음엔 일당을 모아 갚아 나가면 된다고 생각했다.

하지만 도시에서 살아가는 데 드는 비용과, 연체 이자가 눈덩이처럼 불어나면서 그의 이름으로 남은 빚은 감당할 수 없는 수준이 되었다.

그는 자신이 누군가의 '아버지'이자 '남편'이 아니라, 그저 돈 갚아야 할 사람으로만 보이는 현실에 질려 있었다.

만일 고향으로 돌아가면 어쩔 수 없이 빚쟁이의 발걸음도 따라붙을 것이다.

자식들 앞에서 채권자에게 욕을 먹거나 문전 박대를 당하는 수모를 당할 수도 있었다.

그 수치는 도저히 견딜 수 없는 일이었다.

그래서 철수는 사정리 집을 향해 나아가지 못했다. 죄책감 때문이기도 했지만, 그는 가족에게조차 자신의 모습을 보이지 않기로 했다.

가족을 위한 선택이라고 스스로를 위로하면서. 하지만 그 고요한 거리와 어두운 골목에서 혼자 숨어 지내는 시간 속에, 철수는 날이 갈수록 더 작아지고 있었다.

6. 1974년 독산리의 봄

1974년 3월, 독산리 들녘에는 보리 잎이 벌써 한 뼘이나 자라 있었다.

아직은 찬기가 가시지 않았지만, 봄바람은 미자의 집 마당에도 부드럽게 스며들었다.

안채 처마 밑 매화는 어느새 만개해, 하얀 꽃잎이 바람결에 사르르 흔들렸다.

마치 곧 태어날 새 생명을 미리 맞이하는 것만 같았다.

그날 아침, 미자는 어머니가 며칠 전 싸 주고 간 찹쌀을 꺼내 밥을 지었다. 뜸이 제대로 든 찹쌀밥에 장아찌 항아리를 열어 마늘종을 꺼내 가지런히 담고, 정성껏 끓인 미역국을 상에 올렸다.

국물은 진했고 김이 모락모락 피어올랐다.

시동생과 시누이 말숙이는 밥상을 둘러앉아 떠들며 밥을 먹었다.

"새엉가, 이 장아찌 진짜 맛있심더! 새엉가 옴마 솜씨가 최고라예!"

막내 말숙이가 감탄하며 말하자, 옆에서 밥을 먹던 재일이 웃으며 한마디 했다.

"새엉가 옴마가 뭐꼬. '사정마느레'라 그래야 된다, 인자."

말숙이 입을 쭉 내밀며 받았다.

"오빠는 알아들어서모 됐지, 뭐 할라꼬 그리 따자삿노?"

미자도 웃으며 한마디 거들었다.

"요새는 사람들 촌수로 호칭하는 기 애럽습니더. 무신 소린가 알아들 으면 됐지예."

재일은 숟가락을 내려놓고 고개를 절레절레 흔들었다.

"그래도 다른 집에 가서 '새영가 옴마'라 카믄 배운데 없다고 숭봅미더."

말숙이 눈을 반짝이며 재일을 바라보더니, 슬며시 웃으며 말했다.

"오빠야, 니도 '미자 씨'가 뭐꼬. 니부터 고치라. '여봉'이라 불러 봐라."

재일은 잠시 멈칫하더니 양손을 들며 항복하듯 웃어 보였다.

"아이고야, 내가 우리 말숙이한테 졌다."

그 말에 모두 웃음이 터졌다.

미자는 눈을 가늘게 뜨며 말했다.

"알것다. 내는 너거 새영가한테 '여봉' 할 낀께, 니도 인자부터 새영가 옴마를 '사정마느레'라 캐라."

재일은 밥 한 숟갈을 입에 넣으며 중얼거렸다.

"입에 안 붙어 갔고… 잘 될랑가 모르것다."

그리고는 헛기침을 한 번 하더니 어색하게 말했다.

"여… 봉…."

말숙이 입을 틀어막고 웃음을 꾹 참았고, 미자는 수저로 밥을 뜨며 태연하게 말했다.

"영봉, 물 좀 따라 주소."

재일은 눈을 가늘게 뜨고 물컵을 들었다.

모두가 한바탕 웃음으로 아침상을 마무리했다.

이 집에는 아직 어색한 호칭들이 오가지만, 웃음 속에서 한 식구로 묶여 가고 있었다. 그렇게 봄은 조용히 그러나 분명하게, 독산리의 이 작은 집에 깃들고 있었다.

밥을 먹고 재일은 다시 오토바이 센터로, 시동생 둘도 친구들과 놀러 나갔고, 미자와 말숙은 함께 빨래를 했다. 빨랫줄에 널린 흰 저고리와 고운 치마폭이 바람에 나부꼈다.
"새엉가, 내 꿈 얘기해 드릴까예?"
말숙이 고개를 들고 물었다.
"응, 말해 보이소."
"어젯밤에 꿈에 엄마가 나왔심더. 새엉가 우리 엄마 한 번도 본 적 없다 아이가. 근데 꿈에는 얼굴이 꼭 새엉가처럼 생겼데에."
미자의 손이 멈칫했다.
말숙은 싱긋 웃었다.
"엄마가 새엉가한테 잘하라고, 앞으로 내가 지키 줄 끼라꼬 하데에."
미자는 그 말을 듣고 나서, 빨랫감에서 물이 뚝뚝 떨어지는 소리를 잠시 들었다.
그리고 말숙의 손을 꼭 잡았다.
"말숙이 아기씨도 꼭 내 동생 같아에."
말숙은 고개를 끄덕이며 빨랫줄에 손을 댔다.

그날 오후, 해는 높이 떴지만 바람은 아직 매서웠다.
고요한 시골 집에 소슬한 바람 소리만 들릴 즈음, 대문 밖에서 구두 발굽 소리와 함께 가벼운 기침 소리가 들렸다.

"에고, 이놈의 날씨가 와이리 찹노."

마당에 들어선 건, 중년의 아주머니였다.

잔잔한 주름에 붉게 달아오른 얼굴, 이마에 맺힌 땀을 손등으로 훔치며 천천히 마루 쪽으로 다가왔다.

미자가 놀라며 고개를 들자, 아주머니는 손뼉을 치며 반가운 듯 소리쳤다.

"아이고야, 이게 누고? 차도식 양반 딸 미자 아이가? 얄구지라 세상에, 어무이 꼭 닮았데이. 근데… 배가 쪼매 나왔다이?"

뜻밖의 말에 미자는 얼굴이 붉게 달아올랐다.

급히 허리를 굽히며 인사를 올렸다.

"지를 우찌 아는데예?"

아주머니는 호호 웃으며 수건으로 목덜미의 땀을 닦았다.

"모른다카모 서분하지. 우리 집 양반이 니 중신했다 아이가."

그제야 미자는 희미하게 기억을 떠올렸다.

어렴풋이 들었던 집안의 아저씨의 얼굴과 목소리가 생각났다.

"아— 맞심더. 아재 벌 되는 어른이 근처에 산다 카더만은…. 지가 먼저 가서 인사를 드려야 했는데, 아짐매, 지송합미더."

허리를 더 숙이자, 아주머니는 손사래를 치며 웃었다.

"어데, 아이라, 그런 인사 들으러 온 기 아이고. 내가 이 집 사정 다 아는데, 가악중에 씨이미 죽어 뿌고, 국민정신이 없었을 낀데, 인사하러 올 정신이 어디 있었겠노."

미자는 여전히 고개를 들지 못하고 조심스레 말했다.

"그래도 죄송시럽심미더."

"별소릴 다 한다. 괴안타, 괴안타."

아주머니는 마루에 걸터앉으며 손으로 무릎을 두드렸다.

"내가 이리 마실 온 거는, 언자 미자 니도 정신 좀 챠맀을 낀데 싶어가. 우리 일가가 시집 왔는데, 가만히 있으모 되겠나 싶어가, 그냥 한번 와 봤다."

미자는 미소를 지으며 고개를 들었다.

"고맙십니다. 지도 지 혼자 자춰만 했지, 시집와가 할 줄 아는 게 없어서 시누, 시동생 거단다고 정신이 없네예."

그 말에 아주머니는 가만히 미자의 손등을 쓰다듬듯 바라보며 고개를 끄덕였다.

"하모, 와이라. 집안에 어른이 있으모 좀 가르쳐 주는 사람도 있을 낀데, 어른들도 다 죽어 삐었제. 니가 참 장하다."

아주머니의 목소리에는 부드러움과 함께 어딘가 가슴 저린 기색이 서려 있었다.

미자는 아주머니의 방문이 뜻밖이었지만 마음 한켠이 따뜻해졌다. 외롭고 낯선 곳에서 아는 얼굴 하나 없이 견디는 날들이었다.

비록 같은 함안군이라지만, 칠북 내봉촌과 법수면 독산리는 마을 물길도, 오일 장도, 말투조차 다른 곳이었다.

생활권이 전혀 달라 이웃이라고 부를 만한 사람도, 친정 소식을 전할 사람도 없었다.

하지만 오늘 찾아온 아주머니의 목소리와 눈빛은, 미자에게 오랜만에 '일가'라는 말의 무게를 느끼게 해 주었다.

이 낯선 땅에도 자기 편이 있다는 안도감. 피붙이 하나 없이 혼자라고 여겼던 곳에, 자신을 알아보고 웃어 주는 누군가가 있다는 위로.

마루 끝에 앉은 아주머니는 더운 햇볕을 받으며 작은 보퉁이를 풀었다.

"이거, 지난번 담근 깻잎장아찌인데 함 무봐라."

미자는 얼떨떨한 마음으로 보퉁이를 받아 들었다.

마치 친정어머니에게서 온 것처럼 그 장아찌 한 줌이 마음을 녹였다.

"고맙십니다. 저한테는… 참말로 큰 선물이라예."

아주머니는 웃으며 말했다.

"언자 니는 시작 아이가. 집이라카는 기, 사람으로 채우는 기라. 니는 잘할 끼다. 얼라 가지 갖고 셍일 하지 마라이."

"알겠심미더. 자주 오시소. 지가 드릴 것은 없고예, 시누 줄라꼬 애미 다마 산 것 좀 드리께예."

"아이구 안 그래도 된다이."

아주머니는 손사래를 친다.

7. 복순이의 탄생

미자의 배는 눈에 띄게 불러오고 있었다.

입덧은 잦아들었지만, 몸이 쉽게 피로해졌다.

아침저녁으로 찬 공기가 들어오면 가슴께가 답답해졌고, 가만히 누워 있어도 등줄기로 땀이 베어 났다.

삼태마을에 사는 재일의 큰누나가 한 달에 한두 번씩 들렀다.

누나는 장터에서 생선을 사오기도 하고, 무말랭이 묶음을 챙겨오기도 했다.

집 마당에 들어서면 앞치마 끈부터 매고 부엌으로 들어갔다.

"올케야, 요새 숨은 좀 쉬겠나?"

"예, 형님. 이제 좀 살만합미더."

"살만하기는, 낯반데기 색이 확 갔구만은. 벌시로 해거름이다. 좀 누버라. 저녁은 내가 얼른 해 놓고 갈꾸마."

형님은 손놀림이 빨랐다.

아궁이에 불을 지피고, 장독에서 된장을 풀어 된장국을 끓였다.

묵은김치도 꺼내 송송 썰어 뚝배기에 볶았다.

미자는 미안하고 고마운 마음에 부엌 문턱에 쪼그려 앉아 입을 떼었다.

"행님예, 매번 귀찮구로 와 주시고… 너무 고맙습미더."

"이게 또 무슨 말이고. 재일이가 내 동생이고, 올케는 이 집 식구다. 배에 얼라가 들었는데, 내가 안 오모 누가 오것노."

부엌에는 된장국 끓는 냄새가 구수하게 퍼지고 있었다.

아궁이 앞에 쪼그려 앉은 큰누나는 고무장갑을 벗으며, 부드럽게 미자의 배를 바라보았다.

"우리 옴마 살아계실 적에는…."

말을 뗀 큰누나는 잠시 뜸을 들였다.

"내도 만날 천날 이 집에 와서 밥 얻어묵고 갔는데…. 옴마 돌아가시고 난께 내가 이 집 어른이 되가 옴마 노릇하고 있다아이."

그 말에 미자는 잠깐 눈을 감았다.

햇빛이 부엌 문을 타고 들어와, 따뜻하게 미자의 무릎 위를 덮었다.

"그라고 올케는 눈치 보지 마라이. 얼라 잘 낳는 기 그기 제일이다."

큰누나는 말끝을 흐리며 물을 길으러 밖으로 나섰다.

물동이를 이고 마루를 지나는 모습이, 잠시 시어머니의 뒷모습처럼 겹쳐 보였다.

미자는 부엌 바닥에 손을 짚고 일어나, 쏟아지려는 눈물을 꾹 눌러 삼켰다.

"고맙심미더, 행님…."

그 작은 한마디는 입 밖에 나오자 더 이상 말을 잇지 못하게 했다.

밖에서는 물을 붓는 소리와 함께, 큰누나의 걸걸한 기침소리가 들려왔다.

미자는 그날 밤, 아이에게 처음으로 말을 걸었다.

속삭이듯, 조심스럽게.

"니는, 건강하고 아무 걱정 말거래이. 옴마가 지키 주꾸마."

그해 6월, 독산리는 햇볕이 일찍부터 기승을 부렸다. 마당에 내걸린 빨랫줄엔 기저귀 몇 장이 바람결에 펄럭였다.
아직 태어나지도 않은 아이를 위해 미자는 천으로 기저귀를 꿰매며 하루를 보냈다.
미자는 낮잠 자는 틈틈이 출산 날짜를 손꼽았다.
배는 눈에 띄게 불러 있었고, 움직임은 갈수록 조심스러웠다.
하지만 마음은 오히려 단단해지고 있었다.
미자의 배는 이제 단단하고 둥글게 올라, 걸을 때면 숨이 찰 정도였다.
아랫배가 당기고 허리도 시큰했지만, 미자는 낮이면 마당을 쓸고, 저녁이면 솥단지에 미역을 불렸다.
큰누나가 찬장에 넣어 준 마른미역과 깨소금, 볶은 멸치를 보며 미자는 새삼 고마움을 느꼈다.
"애 나면 일주일은 미역국뿌이 못 묵을 낀데, 미리 장만해 놔야 된다이…"
혼잣말처럼 중얼거렸다.
그날 밤, 재일은 손에 기름때가 잔뜩 묻은 채 툇마루에 앉아있었다. 오토바이 수리점 일을 마치고 돌아온 그였다.
미자가 물을 데워 수건을 건네자 그는 얼굴을 닦으며 무심한 듯 말했다.
불룩해진 배를 한참 물끄러미 바라보던 그가 조용히 물었다.
"얼라 이름을 뭐라 할꼬?"
미자는 물동이에서 물을 떠와 방바닥에 내려놓으며 고개를 들었다.
"예? 벌시로예?"

7. 복순이의 탄생

"미리 이름 지아 뼈자. 머슴아모 대길이하고 가시나면 뭐할꼬?"

재일은 무심한 듯 말했지만, 그 목소리엔 조심스러움이 배어 있었다.

"미자 씨는 생각한 이름 있는 기요?"

미자는 눈을 동그랗게 떴다.

"아직은… 지는 생각 못 해 봤심더."

재일은 한쪽 입꼬리를 올리며 말했다.

"그라모 '복순'이가 어떻노. 복이 들어온다꼬."

그 말에 미자는 꺄르르 웃음을 터뜨렸다.

"아이고… 얼라 이름이 무신 장난입미꺼. 아무 끼나 지으모 안 돼예."

"아이다. 복순이 좋지 않나. 복 있고 순한 사람 되라꼬."

재일은 반쯤 진담이었다.

정식 이름은 나중에 지어도, 지금은 뱃속 아기를 부를 무언가가 필요했다.

미자는 배 위에 손을 얹고 조용히 말했다.

"대길아… 들었지? 니 아부지 아이고 장난꾸러기다."

둘 사이는 오랜만에 잔잔한 웃음으로 채워졌다.

1974년 10월의 끝자락, 들녘의 햇살은 아직 따갑고, 벌레 소리는 점점 낮아지고 있었다. 그날도 재일은 아침부터 오토바이 수리점에 나가 있었다.

미자는 이른 새벽부터 허리가 묵직하고, 배가 자주 단단해지는 걸 느꼈다.

"오늘은 뭔가 다르네예…."

그녀는 물을 데우고 마당을 쓸면서도, 자꾸 숨이 가빠지는 걸 느꼈다.

점심 무렵, 진통은 더욱 짧고 강하게 왔다.

미자는 부엌 문턱에 몸을 기대고 앉아, 숨을 내쉬었다. 그 순간, 마당을 지나던 이웃 아주머니가 그녀를 발견했다.

"아이구야 새댁아 니 얼굴이 왜 그런노! 얼라 나올 낀가베?"

"그런가예…. 배가 너무 아파예, 아짐애…."

이웃은 급히 아이 둘을 불러 재일이 일하는 곳으로 뛰어가게 했다.

얼마 지나지 않아 재일이 기름 묻은 손도 못 씻은 채, 허겁지겁 달려왔다.

"미자 씨! 지금 진짜가? 빨리 가자, 빨리!"

오토바이에 미자를 태워 읍내 회성의원으로 달렸다.

울퉁불퉁한 시골길, 진통은 점점 거세졌고 미자는 이가 갈릴 만큼 아팠다.

"조금만 참아라이. 다 왔다! 우리 대길이 나오기만 해 봐라, 니가 제일 이쁜 기라!"

오후 다섯 시 반, 고운 울음소리가 좁은 병실에 울려 퍼졌다.

"따님이네예." 간호사의 말에, 미자는 지쳐 눈물 흘리며 웃었다.

재일은 갓 태어난 아기의 주먹 쥔 손을 보며 어쩔 줄 몰라 서 있었다.

"복순이… 진짜 왔네."

미자는 아이를 품에 안고 속삭였다. 그 순간, 여름의 끝이 살며시 지나가고, 새로운 계절이 집 안에 들어왔다.

병원 창밖으로는 한낮의 햇살이 가을처럼 누렇게 흘렀다.

산후 병실은 조용했고, 미자는 갓난아이를 품에 안은 채 창밖을 멍하

7. 복순이의 탄생

니 바라보고 있었다.

분홍색 배냇저고리를 입은 딸아이는 자잘한 숨을 고르며 새근새근 잠들어 있었다.

"복순아…."

미자가 아이의 뺨을 살며시 어루만졌다.

손끝에 닿는 그 부드러움은, 마치 갓 피어난 꽃잎 같았다.

병원에서 아기를 낳는 시골 여인은 혼치 않았다.

대부분은 집에서 낳았지만, 재일의 강한 고집과 경제적 여유 덕분에 미자는 깨끗한 병원 침대에서 산고를 치를 수 있었다.

입원한 지 벌써 여드레.

병실 문이 삐걱 열리고, 익숙한 발소리가 들렸다.

"미자 씨. 올 퇴원이라 카네."

재일이었다. 그의 손등에는 여전히 오토바이 기름때가 희미하게 묻어 있었다.

"응… 내일 할 줄 알았는데 오늘 퇴원이라예?"

"아이고, 참말로 우리 마 복순이 집으로 간다 아이가."

그는 웃으며 복순이를 들여다봤다.

"내 이 아를 보모 니 닮은 거 같기도 하고, 내 눈썰미로는 이마는 내 닮았거 것기도 하고."

미자는 조용히 웃으며 대꾸했다.

"아이고, 얼라가 누구 닮았시모 우떻습미꺼, 건강하기만 하모 되지예."

병원 복도를 걸어 나가는 두 사람. 복순이는 포대기에 꼭 싸여 미자의 품에 안겨 있었고, 재일은 병원비 봉투를 품에 넣은 채, 한 손으로는 미자의 짐가방을 들고 있었다.

    재일은 미자의 병원 출산을 고집한 이유가 있다.
    아직도 갑자기 돌아가신 어머니에 대한 트라우마가 남아서 자신의 아내도 혹시 아기를 낳다가 잘못되지 않을까 걱정이 되어서 더욱 고집을 부렸다.
    그 상처가 채 아물기도 전에 미자의 임신 소식이 전해졌고, 재일은 다시 덜컥 겁이 났다.
    '혹시라도… 또 무슨 일이 생기면 우짜노….'
    그 불안은 말을 앞서고, 행동으로 튀어나왔다.
    "병원에서 낳자. 내가 다 알아봤다."
    "아, 예. 그러입시더."
    미자는 말없이 고개를 끄덕였지만, 남편의 얼굴에 서린 그 깊은 그림자까지는 짐작하지 못했다.
    이제 복순이는 무사히 태어났다.
    기적처럼 작고 따뜻한 생명이 품 안에 안겼을 때, 재일은 어머니의 영정 앞에서 처음으로 속삭였다.
    "어무이… 고맙습니다."
    어머니가 떠난 방 안에도 복순이의 울음소리가 퍼지며, 새 생명이 머문 자리를 천천히, 조용히 밝혀 주고 있었다.

    초겨울의 바람은 아직 매서웠지만, 햇살만큼은 제법 부드러웠다.
    미자는 복순이를 품에 꼭 안은 채, 택시 뒷좌석에 앉아 창밖을 바라보았다.

차창 너머로 스쳐 지나가는 논과 밭, 이름 모를 들꽃들과 산 그림자. 그 풍경들이 마치 '잘 왔다'고 인사하는 듯 고요하게 반겼다.

운전석의 기사 아저씨는 몇 번이나 백미러로 복순이를 힐끔거렸다.

"얼라가 참 이쁘장하이 생긴네예. 얼라 아부지는 안오고예?"

미자는 조용히 웃으며 고개를 끄덕였다.

"예, 오토바이 센타를 해가…. 싸이카 타고 먼지 갔심미더."

기사는 "그라믄 일찍 도착하겠네예." 하고는, 더 묻지 않았다.

그 침묵이 오히려 미자에겐 고마웠다. 복순이의 체온이 가슴에 따뜻이 와닿는 사이,

미자는 머릿속으로 마당과 감나무, 그리고 텅 빈 안방을 그려봤다.

재일은 미자보다 먼저 출발해 미리 군불도 넣고 한참 바쁘게 움직이고 있다.

그러고는 마당 어귀로 걸어 나와 택시가 들어올 길을 바라보았다.

한참을 기다리다, 저 멀리서 흰색 택시가 먼지를 일으키며 독산리 길을 따라 들어왔다.

재일의 눈이 번쩍 뜨이고, 미자의 마음도 동시에 조여 왔다.

"문지가 흐연이 올라 오는 거 보이 왔는갑다."

택시는 정자나무 아래 멈춰 섰고, 미자는 조심스럽게 문을 열고 내렸다. 복순이는 품 안에서 잠이 든 채였다.

"잘 왔데이."

재일은 택시 요금을 치른 뒤, 미자 쪽으로 다가왔다.

그 눈빛엔 안도와 미안함, 그리고 말로 다 하지 못한 기쁨이 담겨 있었다.

"괴안체?"

"예, 택시타고 온게 금시 오네예."

마당으로 들어서는 미자의 발걸음은 조심스러웠고, 재일은 조용히 그 뒤를 따랐다.

텅 비어 있던 안방에는 이미 군불을 때어서 따스함 스며들고 있었다.

이제, 그곳은 다시 가정의 숨결이 깃드는 곳이 되려 하고 있었다.

그날 저녁, 해가 서산으로 넘어가기 전, 마당 안은 어쩐지 떠들썩했다.

말숙이가 먼저 왔고, 뒤이어 시동생 둘도 호기심에 못 이겨 얼굴을 내밀었다.

미자는 방 안에서 복순이를 품에 안고 있었고, 재일은 우물가에서 물을 길어 손을 씻고 돌아오던 참이었다.

"아이고, 복순이~ 우찌이리 이쁘노. 우리 조카 순디제, 낯반대기는 점 하나 없이 뽀얀네~"

말숙이는 방에 들어오자마자 복순이를 들여다보며 탄성을 질렀다.

그 뒤에 따라온 시동생 들도 방바닥에 엎드려 복순이 얼굴을 쳐다보며 까르르 웃었다.

"얼라가 울기도 합미꺼? 눈은 오대고?"

"쎄바닥 봐라, 쎄바닥 내미네! 아이고, 지 혼자 다 한다이~"

시동생 하나는 문턱에 걸터앉아 있었지만, 눈은 줄곧 복순이를 향해 있었다.

그도 어느새 슬쩍 다가와 복순이의 작은 손을 만져 보며 말했다.

"옴마야 손톱 보레이, 쪼깨구만은 야도 손톱은 다 붙어 있다이. 얄구지라."

미자는 그 말을 듣고는 씨익 웃으며 말했다.

"오빠야 니도 장개가서 얼라 하나 낳아 삐라."

"가서나 뭐라 삿노. 돈벌이도 없는데 얼라 우찌 키아구로 잘못하모 십 급잔치 한다이."

"오빠 니는 돈이 있어모 지금이라도 장개가것네."

"그라모 그기 뭐시라꼬 15살이모 예전에는 강개 갔다."

다들 웃음이 터졌다.

방 안은 어느새 조촐한 웃음꽃이 피었고, 미자는 그 소리를 들으며 복순이를 살며시 품에서 내려놓았다.

복순이는 작은 숨을 쉬며 포대기에 둘둘 싸여 있었고, 말숙이는 조심스럽게 손끝으로 그 볼을 한번 쓰다듬었다.

"복순이야, 니는 좋것다. 이리 다들 반기고."

미자는 눈시울이 살짝 붉어졌다.

산후의 감정 때문이기도 했고, 어른 없이 시집와 마음 졸이며 지냈던 날들이 한꺼번에 풀어지는 듯했다.

재일은 그 모습을 보고는 말없이 방 안으로 들어와 복순이 곁에 앉았다. 그리고 미자의 등을 살짝 토닥이며 말했다.

"얼라 낳는다고 욕봤다. 복순이도, 니도 고맙다이."

그 말에 말숙이가 웃으며 덧붙였다.

"이 집은 복 받은 집이다. 우리 옴마도 하늘에서 보고 좋아할 끼다."

그날 밤, 독산리 미자의 집에는 오랜만에 사람 내음과 웃음소리가 깊게 배어들었다.

8. 미경이 출산과 인자의 고난

 인자는 초여름 장맛비가 쏟아지던 날, 딸을 낳았다. 미경이라는 이름은 만수가 지었다.
 "미경(美景) 아름답게 빛나라는 뜻으로 짓자. 인생이 좀 그래도, 이름은 이뻐야제…."
 그의 말에 인자는 가늘게 웃었다. 오랜만에 짓는 웃음이었다.
 그러나 분만의 고통보다, 그녀를 더 쓰라리게 만든 건 갓난아이를 품에 안은 채, 방 한 구석에서 홀로 누워 있는 자신이었다.
 인자 옆에는 아무도 없었다.
 만수는 술에 취해 오지도 않았고, 겨우 연락받은 친정엄마가 새벽 첫차를 타고 헐레벌떡 달려왔다.
 흰 보자기에 쌀 한 되와 참기름 미역 한 단을 싸 들고 들어온 어머니는 처음엔 미경이를 보자,
 "아이구야 이뻐네…."
 하며 웃었다.
 하지만 곧 인자의 초췌한 얼굴과 껍데기만 남은 산모용 가방을 보고는 얼굴이 굳었다.
 어머니는 조용히 물었다.

"밥은 뭘 묵었나…? 사흘 동안 니한데 챙겨 준 사람은 있었나…?"

인자는 말없이 고개만 저었다. 그 순간, 어머니의 얼굴이 무너졌다.

"니가 뭘 잘못했다꼬…. 애 낳은 와중에 이 꼴이고…. 집구석이 뭐꼬. 남편이라는 놈은 오데 갔노?"

어머니는 울음 섞인 목소리로 중얼거렸다.

촌에서 고생만 하다 시집을 보낸 아픈 손가락 딸이 이 지경으로 사는 꼴을 내봉촌에 있는 아버지가 보았다면 당장 시골로 내려가자고 난리가 났을 것이다.

그날 밤, 인자는 어머니의 얼굴 살을 만지며 속삭였다.

"옴마, 지가 선택한 사람입미더. 지가 감당할 깁미더. 그랑깨… 아무 말 마이소. 지 혼자라도, 얼라 잘 키울 깁미더."

어머니는 어린 미경이를 품에 안고 한참을 바라보았다.

작고 여린 그 아이의 눈꺼풀이 꿈틀거릴 때마다 자신의 딸이 다시 태어나는 듯했다.

하지만 어머니는 알고 있었다.

이 집의 바닥이 너무 차고, 그 딸의 어깨가 너무 무겁다는 것을.

그리고 사위라는 사람은… 이미 딸을 짊어진 채 술독에 가라앉고 있다는 것을.

인자 혼자 두고 가는 발걸음이 떨어지지 않아서 어머니는 걸음마다 뒤를 돌아봤다.

딸의 손목은 종잇장처럼 가늘었고, 눈 밑은 벌써 거무스름했다.

"옴마, 걱정 마이소. 지가 잘 키울 깁미더."

인자의 말에 어머니는 고개를 끄덕였지만, 눈은 붉어져 있었다.

'인자 혼자 두모 안 될 낀데 우째야 되노?'

속으로 생각했지만, 마땅한 방법이 없었다.

내봉촌에는 아직도 학교 다니는 아이들이 있었고, 큰 언니 미자에게 돌보라고 하려고 해도 시동생에 시누가 그리고 자식까지 있는데 미자도 오기도 힘들었다.

어머니는 뾰쪽한 방법이 없었다. 고민만 하며 내봉촌 버스에 올랐다.

"쯔쯔 내 새끼 우짜노."

인자가 너무 가여워 어머니는 눈물을 훔친다.

"지 복인기라. 안 굶구로 양석이나 자주 갖다주어야 것다."

그렇게 무거운 발걸음으로 집으로 향했다.

인자는 미경이를 품에 안고, 이부자리 위에서 한동안 창밖만 바라보았다.

봄기운이 스미는 골목 바닥엔 연녹색 먼지들이 일었고, 가끔 지나가는 아이들의 웃음소리가 희미하게 들려왔다.

하지만 그 소리조차 그녀에게는 멀게만 느껴졌다.

몸은 회복되지 않았고, 마음은 더 깊이 가라앉아 있었다.

출산한 지 겨우 보름 남짓, 몸속에서는 아직도 식은땀이 났고, 젖몸살로 가슴은 부풀어 아팠다.

허리와 손목은 밤마다 쑤셨다.

하지만 가장 견디기 힘든 건, 현관문이 열리는 소리가 날 때마다 드는 두려움이었다.

만수가 또 술에 취해 들어오는 건 아닐까, 미경이를 보며 무심하게 한숨을 쉬며 눕는 건 아닐까.

미경이가 잠시 조용해졌을 때, 인자는 겨우 물 한 컵을 떠 마시며 생각했다.

'밖으로 나가 봐야 하는데….'

그 순간에도 고개를 돌리면, 싱크대 위에는 제대로 설거지도 못한 그릇이 쌓여 있었고, 아이 기저귀는 빨래통에서 냄새가 올라왔다.

'지금은… 아직은 안된다. 내 몸부터 야물게 해야 한다….'

무언가를 해야 한다는 마음과, 아무것도 할 수 없는 현실 사이에서 인자는 조용히 이불을 턱까지 끌어올렸다.

미경이는 그녀의 가슴을 파고들며 조그맣게 입술을 오물거렸다.

그 작고 여린 체온 하나에, 인자는 마른 눈시울을 문질렀다.

밖은 환하지만, 인자의 안쪽 세상은 아직 겨울 끝자락이었다.

그리고 그 겨울이 언제 끝날지는 누구도 알 수 없었다.

주인집 할머니는 어느새 마당 쪽에서 콩나물을 다듬던 손을 멈추고, 살짝 열려 있던 인자의 방문 틈으로 조용히 눈길을 보냈다.

얇은 이불 속에 웅크리고 누운 인자의 등이 어깨까지 부풀어 있고, 그 옆에는 젖을 먹다 잠이 든 미경이가 새근새근 숨을 쉬고 있었다.

"아이고… 저 어린 것을 놔두고 애비라는 작자는 오데 갔노?" 할머니는 무심코 혼잣말을 중얼거렸다.

젊은 여자가 혼자 아이를 낳고 제대로 된 산후조리도 못한 채 방 한 칸에 갇혀 밥 한 끼 제때 챙기지도 못하고 있다는 걸, 할머니는 며칠 전부터 눈치채고 있었다.

　밤마다 들려오는 아이 울음소리와 그 소리를 달래려 애쓰는 인자의 낮은 젖은 목소리들이 얇은 벽 너머로 몇 번이나 들렸는지 모른다.

　할머니는 천천히 몸을 일으켜 주방 찬장에서 고운 쌀 한 줌과 닭 알 두 알, 미역 약간을 꺼냈다.

　"우쨌든 해부간에는 미역국을 묵어야지, 그래야 젖도 잘 돌고 몸도 덜 상하지…."

　그렇게 말하며 작은 냄비에 물을 붓고, 미역을 올렸다.

　한참을 그렇게 조용히 국을 끓이던 할머니는 그릇에 국을 담고 조심조심 인자의 방 문을 두드렸다.

　"새댁아! 자나? 요거 쪼깨이 묵어 보래이."

　인자는 퍼뜩 놀라 이불에서 고개를 들었다.

　머리는 산발이고, 눈가는 퉁퉁 부어 있었지만 할머니가 들고 있는 따끈한 국 냄새에 저도 모르게 눈시울이 시큰해졌다.

　"고맙심더…. 고마… 고마버예…."

　할머니는 괜히 인자 옆에 놓인 작은 미경이를 보며, 한숨인지 탄식인지 모를 소리를 내며 말했다.

　"아이고 우짜것노. 얼라 때문이라도, 묵을 건 묵고…. 일나라."

　인자는 미역국 그릇을 꼭 끌어안았다.

　뜨거운 국물보다 더 따뜻한 건, 그 날 할머니가 말없이 내민 그 손길이었다.

　인자는 떨리는 손으로 숟가락을 들었다.

할머니가 끓여 준 미역국은 짭짤하고도 깊은 맛이 났다.

제 어머니가 끓여 주던 그 국과는 또 다른 맛이었지만, 그 속엔 말없이 건넨 정이 담겨 있었다.

첫 숟갈을 삼키자 눈물이 왈칵 쏟아졌다.

"지… 진짜 괴안습미더…. 울 일이 아인데…."

인자는 자신의 삶이 너무 비참한 것 같아 눈물이 계속 쏟아진다.

그녀를 보며 주인 할머니는

"얼라 맨쿠로 울긴 와 우노, 우는 거 아이다. 사람 사는 게 다 그렇지. 내도 젊을 적에, 해부간 해 주는 사람이 없어가 옆집 할매가 끼리 준 국 묵고 살아났다 아이가."

할머니는 인자의 등을 쓰다듬으며

"괴안타, 이리살다 보모 또 좋은 날이 있을 끼다. 만날 이래 살라쿠는 팔자가 오데 있노."

인자는 젖은 눈으로 웃어 보이며 고개를 숙였다.

"고맙심미더. 은혜, 평생 잊지 않겠심더."

할머니는 무심한 듯, 그러나 정겨운 목소리로 말했다.

"그라고 내일 아침에도 국끼리 주꾸마. 애 낳았다고 누버만 있지 말고 살살 걸어 댕기라. 해부간 잘못하모 평생 고생한데이."

"예, 할매 시키는데로 할께에."

할머니는 고개를 끄덕이고 방을 나섰다. 문이 닫히고 조용해진 방 안에서 인자는 미경이의 얼굴을 내려다보았다.

아이는 고요하게 자고 있었고, 그 숨결 하나하나가 인자에게 위로처럼 느껴졌다.

'그래, 내가 무너지모 안된다. 얼라 때문에라도…. 우찌 해도 살아 내야지.'

인자는 이불을 걷고 몸을 일으켰다.

삐걱대는 방바닥 위로 작은 걸음을 내딛으며 자신의 안에 아직 남은 힘을 하나하나 다잡아 갔다.

9. 인자 둘째 임신

밤새 미경이는 몇 번이고 울었다. 젖 달라 울고, 안아 달라 울고, 인자는 그 작은 생명을 품에 안고 잠 한숨 제대로 못 자고 밤을 지새웠다.

인자는 천천히 일어나 미경이에게 젖을 물렸다.

아이는 작고 힘없는 입으로 꼭 빨았고, 인자는 그 작은 생명에 의지하듯 등을 토닥였다.

조용히 방을 정리하고, 문밖에 미역국 그릇을 내려놓았다.

그 순간 주인 집 할머니가 마당을 지나며 말했다.

"국 어땠노, 좀 묵을 만하드나?"

"예, 맛있데예 그라고 그거 묵고 마이 회복 되었심미더."

할머니는 빙긋 웃으며 말했다.

"그라고 낮에는 햇빛 좀 받거래이, 그래야 해부간이 어픈 된다이."

그 말에 인자는 마당 끝 빨랫줄 옆 작은 평상에 앉았다.

아이를 품에 안고, 햇살에 눈을 가늘게 뜨며 한 참을 말없이 앉아 있었다.

세상은 여전히 팍팍했지만, 그 따뜻한 아침 햇살만큼은 그녀에게 조용히 말해 주는 것 같았다.

'쪼매씩 좋아질 끼다.'

그날 오후, 먼지 이는 골목길 끝에서 오토바이 소리가 들려왔다.

낡은 머플러에서 새는 매캐한 소리와 함께 미자 언니와 형부가 타고 온 오토바이는 인자의 셋집 앞에 멈췄다.

"인자야!"

문을 열고 들어선 미자는 인자를 보자마자 그 자리에 멈췄다.

인자는 미역국 냄비를 닦다가 일어섰다.

머리는 질 끈 묶은 수건 아래로 헝클어져 있었고, 헐렁한 잠옷 아래 비쩍 마른 몸이 고스란히 드러나 있었다.

"엉가….”

그 한마디에, 미자는 고개를 끄덕이고는 다짜고짜 인자를 끌어안았다.

"이래 살믄 우짜노, 인자야… 몸이 다 망가진다 아이가….”

인자는 웃는 얼굴을 하려 했지만, 입꼬리는 떨리고 눈가가 젖었다.

형부는 오토바이에서 작은 보따리를 들고 들어왔다.

보따리 안엔 미자 손으로 싼 밑반찬 몇 가지와 깨끗한 속옷 두어 벌, 그리고 미자가 직접 짠 울 스웨터 한 벌이 있었다.

"얼라 함 보자.”

미자가 팔을 뻗자, 인자는 조심스레 미경이를 안겨 주었다.

"와, 손가락 지가 이래 가늘노. 누 닮았노? 얼라가 억수로 이쁘다이.”

미자는 미경이의 볼을 쓰다듬으며 웃었지만, 눈가엔 금세 물기가 맺혔다.

형부는 조용히 둘을 바라보다 주섬주섬 상에 밥을 차렸다.

마침 인자 혼자 끓여 둔 미역국이 있었고, 미자가 싸 온 반찬들이 상에 올랐다.

세 사람은 오랜만에 밥을 함께 먹었다.
수저 부딪히는 소리 외엔 말이 없었지만, 그 짧은 식사엔 가족이라는 말 없는 위로가 담겨 있었다.
식사를 마치고, 형부는 조용히 말했다.
"처제 내가 미안타 맥지 내가 김서방을 소개시키 주가 이래 고상을 시키네."
인자는 고개를 강하게 흔들며 조용히 이야기한다.
"형부예 함부레 그런 소리 마시소. 미자 엉가가 이 사람하고 결혼 하지 마라 쿠는 구로 지가 마산 가서 사는 거 직접 보고 결정핸 기라예."
"처제 그래도 처음부터 내가 단디 알아보고 소개시키 주어야 하는데 내 불찰도 크다."
"형부 아잉미더 지가 김서방하고 결혼할라 캤거는 짜장면 그릇 때문이라예 이 사람이 울메나 부자모 매일 중국 음식 시키 묵고 사나 싶어가 억수로 부자인 줄 알았싶미더."
미자는 인자의 손을 꼭 잡았다.
"인자야!예전 이바구 해 보이 뭐하노. 죽은 자석 불알 만지기지 우핸던 니 몸만 잘 챙기라 돈도 없는기 몸까정 상하모 참말로 비리 묵는다."
"엉가 알것다 잘 챙기 묵고 얼라 빨리 키아가 지대로 살꾸마."
"니 혼자 아이다, 인자야!뭐든 필요하면 꼭 말해라이. 얼라 혼자 못 키운다. 나도 있고, 어무이도 있고…."
인자는 눈시울을 붉히며 고개를 끄덕였다. 그리고 말없이 미자의 손을 꼭 쥐었다.
오토바이는 다시 골목 끝으로 사라졌지만, 그날 인자의 방 안엔 사람 냄새와 가족의 온기가 한동안 머물렀다.

만수는 또 술을 퍼마신 얼굴로 비틀거리며 문을 열고 들어왔다. 밤이 깊었지만 인자는 여전히 잠들지 못한 채, 아이 옆에 앉아 있었다.

문이 삐걱 열리자, 인자는 고개를 들었다. 만수의 얼굴은 부은 데다 술 냄새로 가득했고, 발걸음은 비틀거렸다.

"인자 씨⋯."

그는 문턱에 주저앉더니, 그대로 두 손을 짚고 무릎을 꿇었다.

"미안하다. 진짜 미안하다⋯. 다시는 안 그런다. 진짜로, 이번이 마지막이다⋯."

말을 잇지 못한 그는 갑자기 얼굴을 감싸며 울기 시작했다.

"나도 내가 와 이라는 지 모르겠다⋯. 술 안 물라꼬 했는데⋯. 하루, 이틀은 참겠는데 그 담부터는 술을 안 무모 숨이 안 쉬어진다. 애 낳았는데, 내가 이래가 되겠나⋯. 내가 인간도 아이지⋯."

인자는 말없이 그를 바라보았다. 이건 몇 번째였는지, 스스로도 셀 수 없었다.

술 마시고 나가 며칠씩 들어오지 않다가, 막상 돌아오면 눈물까지 보이며 잘하겠노라고, 바꿔 보겠노라고, 똑같은 말을 반복했다.

그의 말이 거짓은 아니라는 걸 안다. 진심이었을 것이다. 그 순간만큼은 하지만 그는 약하고, 세상은 그에게 가혹했다.

그래도 인자는 무너질 수 없었다. 지금은 미경이가 있기 때문이다.

인자는 천천히 아이 곁에서 일어나 조용히 부엌에서 물 한 그릇을 떠 왔다. 그리고 만수 앞에 놓아 주며 말했다.

"고마, 물 묵고 자이소. 울지 마이소. 얼라 깬다."

그 말에 만수는 고개를 들더니, 다시 흐느꼈다.

그러다 인자의 발등 위에 머리를 떨구고는 조용히 중얼거렸다.

"니 없었으모, 내는 끝장났을 기라…."

인자는 아무 말도 하지 않았다. 다만 손을 뻗어 그의 등을 천천히 두드렸다.

비록 아무것도 달라지지 않아도, 그 순간 인자의 손길은 세상에 겨우 붙들려 있는 한 사람의 등을 조용히 감싸고 있었다.

미경이가 첫돌을 맞을 무렵, 인자는 자신이 또다시 아이를 가진 것을 알게 되었다.

그 사실을 처음 마주한 순간, 그녀는 아무 말도 하지 못했다. 조용히 솥에 물을 붓다 말고, 손에 들고 있던 바가지를 내려놓았다.

무릎이 풀리듯 주저앉아, 한참을 말없이 앉아 있었다.

방 안에서는 미경이가 옹알이를 하며 장난감을 입에 넣었다 뺐다 하며 놀고 있었다.

그 작은 웃음소리가, 오히려 인자의 가슴을 더 저며 들게 했다.

'이 얼라도, 제우 돌인데… 또 우짜노….'

그날 밤, 만수에게 말하진 않았다. 그는 요 며칠 정신이 조금 들었는지, 막노동 현장에 나가고 있었고 하루하루 집에 와서는 기운 없이 눕기 바빴다.

취하지 않은 얼굴로 집에 들어오는 만수를 보는 건 정말 오랜만이었다.

그런 만수에게 또다시 임신 소식을 꺼내는 건 불난 집에 부채질하는 것 같았다.

며칠을 망설인 끝에, 인자는 장독대 옆에 빨래를 널다가 마른 입술로 말했다.

"미경이 아부지…."

만수가 빨랫줄을 넘기며 대답했다.

"와?"

"저기… 나… 또 생겼심더."

만수는 움직이던 손을 멈추었다.

빨랫줄에 걸린 옷가지가 바람에 흔들리며 바삭바삭 마른 소리를 냈다.

한참 말이 없던 그가, 낮게 중얼거렸다.

"…또?"

인자는 고개를 끄덕였다.

말끝을 흐리며 덧붙였다.

"지도… 몰랐심더.

속이 메슥거리고 달거리를 안 하는 거 보이…."

만수는 말없이 담배를 꺼내 물었지만 불을 붙이지 못했다.

입에만 문 채, 텅 빈 마당을 바라보았다.

"낳을 끼가?"

그가 물었다.

인자는 눈을 내리 깔고 대답했다.

"지도… 딴 생각도 했심더. 근데… 못하겠심더. 겁나서도 그렇고, 미경이 보니까… 이 얼라도 기냥…."

만수는 조용히 담배를 손에 쥔 채 앉았다.

세상이 무겁게 내려앉은 것 같았다.

둘은 말없이 마당에 나란히 앉아 있었다.

지붕 끝에서 물방울이 떨어지는 소리만 들릴 뿐이었다.

10. 재일의 수리점이 중심이 되다

1975년, 독산리

비닐하우스가 수박 넝쿨을 덮고 줄지어 펼쳐진 들판은 마을 전체를 커다란 유리 정원처럼 만들고 있었다.

언덕 위에서 보면 독산리는 온통 반짝이는 물결 같았다. 대부분의 농민들은 겨울이 시작되는 11월부터 모내기하기 전 6월말까지 수박하우스에서 일을 했다.

재일의 오토바이 수리점도 예외는 아니었다.

"사장, 이거 경운기 한돌이가 이상타 함 봐 주이소."

"학까가 잘 안걸리는데."

"짐칸이 털털 거런다이."

요즘은 오토바이보다 경운기를 고치러 오는 사람이 더 많았다.

비료 포대 실은 경운기가 동네를 씽씽 누비고 다니고, 들판엔 이제 더 이상 소달구지가 보이지 않았다.

그 경운기를 수리하는 일이 재일의 주요한 일거리가 되어가고 있었고, 그는 손에 기름 묻은 채 하루 종일 경운기 수리하느라 정신이 없다.

수리점 뒤쪽 작은 창고는 이미 경운기 부품들로 가득 찼다.

석무의 작은 자전거 포에서 오토바이 수리점으로 그리고 이제 경운기

정비소로 변모하고 있다.

재일은 고등학교를 가지 않고 아버지의 죽음으로 자전포 시작에서 하는 회상을 한다.

재일의 삶은 언제나 '기계'와 함께였다. 어릴 적, 장터 한켠 작은 자전거포에선 아버지가 매일 손에 검은 기름칠을 하고 있었다.

재일은 학교 끝나면 자전거 바퀴에 공기 넣는 법부터 배웠다.

부서진 자전거를 다시 조립하는 손놀림은 그에게 자연스러운 삶의 기술이 되었다.

하지만, 아버지는 오래 버티지 못했다.

갑작스런 병환으로 쓰러졌고, 결국 세상을 떠났다.

그날 이후, 자전거포는 그대로 재일의 몫이 되었다.

장포에서 부농으로 자란 재일은 고등학교 진학보다는 자전포에서 일하는 것으로 선택했다.

아버지가 이루어 놓은 기반을 그냥 버린다는 것이 용납이 안 되어 자전거포를 지켜야 했다.

아버지의 죽음과 부산서 신발공장하는 이만호 작은 아버지의 사업 밑천을 위해 장포의 전답과 집을 팔게 되었다.

그때 석무사거리에 있는 작은 자전거포를 지금 오토바이 수리점이 있는 곳으로 이사하게 되었다.

재일은 사거리 번화한 수리점을 정리하고, 마을 외곽의 허허벌판 같은 부지로 이사를 왔다. 사람들은 다들 고개를 갸웃했다.

"재일이가 왜 저런 데다 수리점을 채리노? 사거리가 헐씬 장사가 잘 될 낀데."

하지만 재일은 알았다.

자전거 다음은 오토바이, 그리고 그다음은 분명 '더 큰 기계'가 올 것이라는 걸.

그래서 넓은 마당이 필요했다. 자갈 깔린 진입로, 수리를 기다릴 수 있는 창고, 기름이 묻어도 괜찮은 콘크리트 바닥, 지금의 오토바이 수리점, 아니 경운기 수리점은 그렇게 예견된 미래를 담고 만들어진 것이었다.

오전부터 들어오던 경운기 한 대를 막 고쳐 내고, 재일은 땀을 훔쳤다. 멀리 언덕 위에서 비닐하우스가 햇빛을 받아 반짝였다.

이제 이 마을은 소가 아니라 기계로 농사를 짓는다.

그리고 그 기계를 고치는 일은, 이제 그의 몫이었다.

한때는

"자전포 물려받아 고생 많다."

던 동네 어른들이, 이제는

"재일이 없으면 농사 망한다."

고 말한다.

이 말이 진담 반 농담 반으로 오르내렸다.

옛날에는 그렇지 않았다.

새벽이면 소를 몰고 밭에 나가고, 점심 무렵엔 논두렁 밑에 새참 싸 온 아낙이 도롱이 입은 사내에게 물을 건넸다.

사람과 소, 그리고 땀으로 땅을 일구던 시절이었다.

하지만 지금은 달랐다.

마을의 젊은이들 대부분이 마산이나 창원에 새로 생긴 공장으로 떠났고, 논과 밭엔 늙은이들만 남았다.

기껏해야 중학생 아들이 방학 때 잠깐 나와 호미질을 거들 뿐, 농사가 더 이상 사람 손으로만은 불가능한 일이 되어 버렸다.

그러자 경운기가 마을을 지배하기 시작했다.

"이제 소 가지고는 안된다. 기계 없이는 못 산다. 그라니까, 재일이 없으면 농사 망한다 안 카나."

수박 하우스가 줄지어 선 들판을 따라, 덜컹거리며 굴러가는 경운기의 굉음이 마치 하루의 시작을 알리는 종소리처럼 퍼졌다.

한 집걸러 한 대씩 가진 경운기들은 논을 갈고, 짐을 나르고, 사람이나 소 대신 논밭을 오갔다.

그 모든 기계들이 고장이 나면 가는 곳은 한 군데. 재일의 수리점이었다.

"사장, 이기 또 기아가 이상타. 또랑에 끌바가 큰일 날 뻔했다이, 참말로 환장하것네."

"사장님, 시동 키모 퍽 하고 꺼지 뿌는 기요. 이래가 논매러 나가겠심미꺼."

"재일아, 내가 오늘 나락베야 하는데, 이것 좀 함 봐 주소."

가게 앞은 언제나 경운기로 가득했다.

쇳소리와 기름 냄새, 고장난 부속들이 쌓인 마당 위에서 재일은 말없이 허리를 굽히고 손을 놀렸다.

손끝에서 삐걱대던 기계가 다시 '피엉!' 하고 시동이 걸릴 때, 그를 둘러싼 농부들의 표정엔 희미한 안도와 기쁨이 묻어 났다.

"기계는 재일이 손 한번 탁 대면 산다카이. 재일사장이 아이모 우짤 뻔했노."

그 말은 이제 마을의 공식처럼 굳어져 갔다.

그리고 재일은, 그런 말을 들을 때마다 마음 한켠이 조용히 데워지는 걸 느꼈다.

아버지의 자전거포에서 시작된 일이 이제는 마을을 떠받치는 힘이 되었다는 사실이.

그는 여전히 말이 없었지만, 경운기의 시동이 걸릴 때마다 마치 사람의 숨소리처럼 살아나는 그 소리에 농촌이 여전히 살아 있다는 확신을 품었다.

재일은 생각했다. 비록 마산에 가지 못했고, 학벌도 없고, 넥타이도 못 매지만,

이 마당,

이 손,

그리고 이 기름 묻은 삶이 그에겐 세상에서 가장 든든한 자부심이었다.

가야 장날. 수리점 앞 도로엔 장에 나서는 사람들과 오가는 경운기들로 분주했다.

먼지를 일으키며 수리점 앞에 멈춰 선 건 새 경운기 한 대. 페인트칠이 덜 마른 듯 윤이 났고, 뒷바퀴엔 진창의 흔적이 묻어 있었다.

운전석에서 중절모를 눌러쓴 농사꾼이 내려오더니, 재일에게 말을 붙였다.

"사장, 수리 잘한다 캐서 왔다이. 이기 첨엔 잘 가디만은, 기아 넣을 때마다 까악까악 소리 나는데 와 이런노? 새 긴데?"

재일은 말없이 고개를 끄덕이며 조심스레 경운기에 올라탔다.

클러치 레버를 잡고, 기어를 하나씩 바꾸며 천천히 움직였다.

귀를 기울이자, 진짜였다.

두 번째 기어에서 '까악—' 소리가 났다. 마치 삐걱대는 고목나무 가지 같았다.

"아재, 구라찌빵이 늘어났네예. 고장은 아입미더. 몽끼로 갔고, 구라찌빵을 쪼매 주라 주모 됩미더."

재일은 경운기 옆에 쪼그려 앉아 작업에 들어갔다.

몽키스패너를 들고 클러치 조정볼트를 풀고 다시 조였다.

손끝으로 미세한 장력을 느끼며, 늘어난 클러치를 딱 알맞게 조여 주었다.

땀은 흘렸지만 손놀림은 정확하고 단단했다.

농사꾼은 그 모습을 지켜보다가 흐뭇하게 웃으며 담배를 꺼내 입에 물었다.

"에이, 그리 단번에 고치삐고 내는 할 말이 없네. 사장 솜씨 좋다 카는 말이 그냥 하는 말이 아이네."

재일은 조용히 웃었다.

그는 말보다 손으로 말하는 사람이었다.

기름 묻은 손으로 작업복을 닦고 나서 경운기의 시동을 다시 걸자, 기어 변속은 부드럽고, 까악거리는 소리는 사라지고 없었다.

"언자는 마, 아무 일 없이 잘 탈 끼입니다. 기름 부을 때 물이 안 들어가구로 조심하고예, 구라찌빵은 겨울 지나면 다시 한번 보입시더."

농사꾼은 고개를 끄덕이며 경운기를 몰고 떠났고, 재일은 땡볕 아래서 그 자리에 잠시 멈춰 서 있었다.

바람이 지나간 자리엔 경운기의 흔적과 함께 묵직한 만족이 남았다.

그는 안다.

누군가는 공장을 세우고, 누군가는 땅을 사고팔며 부를 쌓는다.

하지만 그는 쇠붙이의 숨을 듣고, 고장난 기계에 생명을 불어넣는 사람이다.

그것으로 충분했다.

그는 오늘도 손에 기름을 묻히며, 마을의 숨소리를 고치고 있었다.

손끝에 전해지는 철의 떨림과 엔진의 숨소리는, 그에게 단순한 일이 아니라 하나의 삶이었다.

그 와중에도 미자는 복순이를 업고 살림을 돌보며 틈틈이 삼태의 큰누나 수박하우스 일을 거들고 있다.

시골살이도 이제 익숙해져, 복순이가 아침에 눈을 뜨기 무섭게

"아빠!~"

를 외치면 마당까지 걸어 나와 재일을 찾곤 했다.

사람들은 기계에 익숙해지고, 노동의 방식도 바뀌고 있었다.

그러나 미자와 재일의 집은 변함없이 정겨운 웃음과 가족의 숨결로 채워져 갔다.

11. 5학년이 된 봉헌과 말숙이

봉헌이와 말숙이는 평소처럼 학교로 향했다. 하지만 그날도 어김없이, 둘은 일부러 서로 간격을 멀리 벌린 채 걷고 있었다.

"니 먼저 가라. 누가 같이 다닌다 캐기 전에."

말숙이가 슬며시 눈을 흘기며 말했다.

봉헌이는 입을 삐죽 내밀며 대답했다.

"그라모 니가 먼지 가모 되지."

두 아이 사이엔 열 걸음쯤 되는 거리를 떨어져 가고 있다.

하지만 같은 길, 같은 시간, 같은 목적지를 향하고 있었다.

뒤에서는 동네 아이들 둘셋이 키득거리며 수군거렸다.

"야야, 봉헌이랑 말숙이랑 만날 같이 가거만은~"

"지들이 무신 남매지간도 아인데 아이고, 만날 붙어 당기노. 너거 지남줄이가?"

그 말이 들리자 말숙이는 괜히 땅만 보며 걸었고, 봉헌이는 혼잣말처럼 투덜거렸다.

"가서나들 별것도 아인 거로 갔고 씨부리샀노…."

학교 정문이 가까워질수록, 둘은 조금 더 떨어졌다.

말숙이는 서둘러 운동장으로 들어섰고, 봉헌이는 뒤에서 가방을 어깨로 휙 올리며 걸음을 늦췄다.

그러나 하교할 때가 되면, 말숙이는 늘 운동장 모퉁이에서 봉헌이가 나오는 걸 기다렸고, 봉헌이는 말없이 그녀 옆을 걷기 시작했다.

말은 없지만, 익숙한 걸음. 두 사람 사이엔 가까이 걷지 않아도 끊어지지 않는 인연 같은 것이 이미 자라나고 있었다.

하굣길 봉헌이와 말숙이는 나란히 책가방을 메고 걸어가고 있다. 운동화 끈이 바람결에 풀려 펄럭이자 봉헌이가 쭈그려 앉아 고쳐 매며 말했다.

"우리도 언자 5학년인깨, 뒤에 쫄짜들이 많다이."

말숙이가 코웃음을 치며 받았다.

"하이고, 니는 4학년 때 궁디이 맞아 가꼬 인상 씨고 살더만은, 까자 묵지는 안했제?"

봉헌이가 억울하단 듯 대꾸했다.

"뭐라 샀노? 그때는 니 때문에 맞았다 아이가."

"와 내가 우째했다꼬? 가마때 맨치로 가마이 있는 내 보고 와 탐살미노?"

"니가 하도 이쁘 갔고 니 처더본다고 보다가 선상님이 공부 안 하고 먼 산 본다고 정신채리라꼬 뚜까팬거 아이가."

말숙이는 팔짱을 끼고 고개를 절레절레 흔들었다.

"남산자아 가는 소리하네. 니가 운제 내 치다 봤노? 니는 애나로 이야기해라. 니는 공부하기 싫어서 먼선 봐 났고 와 내 봤다고 카노? 니 공부가 그리 싫으모 우짜노 만날 책보따리만 들고 왔다갔다 하모 그기 봉사 지름값 하는 기지 뭐꼬."

봉헌이도 가만있지 않았다.

"말숙아, 내도 다 여산이 있다! 우리 옴마도 아무 소리 안 하는데 니가 와 지랄하노!"

"머슴마 니 지랄이라 캤나? 너거 옴마는 니가 학교서 공부 잘하고 있는 줄 알 끼다. 그래서 니한데 안 씨부리는 기고. 그라고 너거 옴마 낮에 쌔가빠지 일하고 디서 저녁에 밥숟락 낳아모 자제. 그랑깨네 니가 공부를 하는지 디비 자는지 우찌 아노 옴디손아."

말숙이는 더 정색하며 봉헌이를 몰아세웠다.

"니 무신 여산이 있는 고 이바구 해 봐라. 똑바로 말안하모 니 적구 건다이."

봉헌은 말숙이의 적구 건다는 소리에 바로 꼬리를 내린다.

"아이다. 아무 여산도 없고… 내는 그냥 공부가 너무 애럽다. 차라리 지게를 지라 쿠모 재밌을 것 같다. 내는 와 이리 공부가 애럽노?"

말숙이는 잠시 말이 없더니 한숨을 쉬며 말했다.

"니 공부가 어렵다꼬 안 하모, 선상님이 맨날 뭐라카더노? 공부 안 하모 똥장군 진다 안 카더나. 니도 그리 살 끼가?"

봉헌이는 고개를 푹 숙였다.

"말숙아, 니까지 와 이리 쏘아붙이노…. 내도 니 맨치로 공부 잘하고 싶거든. 그란데 책만 보면 잠 오고, 하나도 모르것다 아이가."

말숙이는 봉헌이의 푸념에 목소리를 조금 누그러뜨렸다.

"알것다 공부 잘해 보이 뭐 하겠노. 그래도 학상이면 공부하는 게 일이니, 그 일을 열심히 해야 되는 거는 맞는 기라."

봉헌이는 투덜거리며 말했다.

"후제, 니는 공부만 하고, 내는 농사 짓던지 공장에 가서 일하모 되지…."
말숙이는 걸음을 멈추더니 돌아보며 묻는다.
"그라모, 니는 내 좋아서 쫄쫄 따라댕기샀는데, 냉중에 니는 우짤 끼고?"
봉헌이는 시선을 피하며 조용히 웃었다.
"계속 쫄쫄 따라댕기지 뭐…."
말숙이는 피식 웃으며 고개를 끄덕였다.
"맞다, 그리 해라."
논두렁 옆 좁은 흙길을 따라 걸으며, 두 아이는 헐렁한 책가방을 등에 메고 천천히 발걸음을 옮겼다. 발끝으로 차는 자갈돌이 가볍게 튀어 오르고, 멀리서 개 짖는 소리가 들려왔다.
"니는 집에 가서 뭐 할라꼬 이리 빨리 가노 신발에 발동기 달았나?"
말숙이가 옆에서 쏘아보듯 물었다. 봉헌이는 고개를 휙 돌리며 대꾸했다.
"물애하고 고치 심은 남수 밭에 주전자 갔고. 물 주라꼬 옴마가 아침부터 신신당부했다 아이가."
말숙이는 그 말에 고개를 끄덕였다.
"니는 집에 가모 뭐 하는데?"
봉헌이가 짐짓 시큰둥하게 묻자, 말숙이는 어깨를 으쓱하며 대답했다.
"내… 숙제하고 동화책 보고, 그리 한다. 와, 가악 중에 내가 뭐 하는고 궁금터나?"
봉헌이는 아무 말 없이 발끝에 시선을 두고 걷다가 툭 내뱉었다.
"아이다. 니는 좋것다. 일도 안 해도 되고."

말숙이는 걸음을 멈추더니, 봉헌이를 슬쩍 쳐다봤다.

"니는 일하는 기 공부하는 거보다 좋다 안 캤나. 지게 지는 게 더 낫다꼬."

봉헌이는 말숙이의 눈을 마주치지 않고 멀찍이 앞을 바라보았다. 논에서 반짝이는 물빛이 눈부셨다.

"맞다. 지게 지는 건 쉬운데, 책 보는 건 머리 아프다."

"그라모 일도 공부도 둘 다 싫은 기 아이가?"

말숙이는 다시 걷기 시작하며 말했다.

"말숙아 니는 뭐 묵고 그리 똑똑하노?"

말숙이가 비죽 웃으며 말끝을 흘렸다.

"묵는 거는 니하고 별시리 다른 기 있것나. 매미 똑똑하것지."

봉헌이가 어이없다는 듯 킥 하고 웃음을 터뜨렸다.

"그 소리 니 새웅가한테 해 봐라. 우리 말숙이는 매미 똑똑합미더~ 하모 밥 한 숟갈 더 줄랑가?"

"하이고, 봉헌이 니는 내가 못 먹어 죽은 귀신이 붙은 줄 아나 묵는 거는 별로다."

길가 들판엔 벌써 보리가 고개를 들고, 바람에 일렁이고 있었다.

멀리서 경운기 돌아가는 소리와 닭 우는 소리가 섞여 들려왔다.

둘은 별다른 말 없이 흙먼지 날리는 길을 걷다가, 봉헌이가 갑자기 멈춰 섰다.

"말숙아."

"와?"

"니 진짜 공부 계속 잘하면 뭐 될 긴데?"

말숙이는 잠시 생각하다가, 해맑게 웃었다.

"선상님."

"뭐? 선상님?"

"하모. 국민학교 선상님. 니맨구로 공부 안 하는 놈은 몽디로 뚜디리 잡아 삐구로."

봉헌이는 입을 삐죽 내밀며 고개를 저었다.

"그래 갖고는 니 선상님 못 된다. 마음이 따시야 된다이."

"맞나 그라모 살살 때리 페야것네."

두 아이는 서로를 밀치고 웃으며 집이 갈리는 갈림길 앞에서 섰다.

말숙이가 손을 흔들며 먼저 뛰어가고, 봉헌이는 한참을 그 뒷모습을 바라보다가 조용히 돌아서 걸음을 옮겼다.

마을 어귀, 익숙한 냄새와 소리가 아이들의 하루를 감싸 안으며 저물고 있었다.

12. 독구와 봉헌이

대문을 열자, 삐걱이는 소리보다 먼저 안에서 개 짖는 소리가 터져 나왔다.

"멍! 멍!"

이어 우당탕거리는 소리와 함께 마당 한가운데 있던 누렁이 한 마리가 잽싸게 달려 나왔다.

꼬리를 헬기처럼 돌리며 달려든 개는 봉헌이의 무릎 위까지 펄쩍 뛰어올라 얼굴을 핥기 시작했다.

"와이라노 독구야! 니 이라모 옷 배리가 옴마한데 뚜디리 맞는다이."

봉헌이는 웃으며 개를 밀치는 시늉을 했지만, 정작 손끝엔 힘이 없었다.

독구는 혀를 낼름거리며 봉헌이의 뺨을 한두 번 더 핥더니 그 앞에 벌러덩 드러눕고, 배를 보이며 졸랑졸랑 꼬리를 흔들었다.

"독구야, 니는 내가 그리 좋나."

봉헌이는 쪼그려 앉아 독구의 배를 툭툭 두드렸다.

땅바닥에서 데워진 햇살이 개의 털을 따라 올라와 손바닥에 따뜻하게 닿았다. 독구는 봉헌이의 손길에 눈을 감고 가만히 숨을 고르더니, 뭔가 비밀을 나누는 친구처럼 조용히 꼼짝도 하지 않았다.

이 개는 작년에 옆집에서 얻어온 개이다.

새끼 강아지 중 가장 작고 야윈 놈이었는데, 봉헌이가 한눈에 골라 품에 안고 온 것이다.

어머니는

"뭐 한다꼬 이 헛깨비 같은 거를 데꼬 오노."

하며 투덜거렸지만, 이내 강아지가 밥그릇을 핥고 봉헌이를 졸졸 따라다니는 걸 보며 그냥 두었다.

독구는 봉헌이가 울 때면 옆에 와서 고개를 기울였고, 혼이 나서 마루 밑에 숨으면 옆에 따라 들어와 같이 숨었다.

장마철에 번개가 치면 봉헌이의 방문 앞에서 웅크리고 잠들었고, 봄날 뒷동산에 쑥을 캐러 갈 때면 가장 먼저 앞장서 길을 냈다.

개와 아이는 그렇게 서로의 하루를 포개며 자랐다.

"독구야, 니도 고치 밭에 물 주로 가자."

봉헌이는 손바닥으로 대충 털을 털고 일어서며 개에게 말을 건넸다.

독구는 벌떡 일어나 몸을 한 번 털더니, 봉헌이 곁에 달라붙었다.

두 다리로 봉헌이를 콕콕 찌르며 따라붙는 그 모습은 꼭 형제처럼 다정했다.

"니한테 말숙이 이야기해 주까? 그 가서나가 내 짝이다. 근데 말숙이는 공부도 잘하고 억수로 곱상하다. 니 있다 아이가 그 가서나 하고 신랑 각시 하고 싶다. 니는 우찌 생각하노 그기 되것나?"

독구는 봉헌이 말에 먼 산만 쳐다보다가 봉헌이가 방 안으로 들어갈 때까지 꼬리를 흔들며 기다렸다.

해가 뉘엿뉘엿 지기 시작할 즈음 봉헌이는 커다란 주전자를 들고 마당을 나섰다.

독구는 벌써 그의 뒤를 졸랑졸랑 따라붙고 있었다.

"독구야, 따라올 끼가? 그라모 니 가만 있어야 된다이. 뛰어당기고 하다가 고치 뿌라무모 옴마한데 부작대기로 뚜디리 맞는다이."

봉헌이는 주전자 입구에 손을 덮으며 조심스레 말했지만, 독구는 이미 신이 나 있었다.

꼬리를 휘젓고 뒷발을 까딱이던 독구는 갑자기 한 곳에 코를 들이박고는 콧바람을 거세게 뿜었다.

"푸푸! 푸푸!"

봉헌이는 주전자를 들고 물을 주다 말고 고개를 돌렸다.

"독구야 뭔데? 니 와 그라노?"

그러나 독구는 이미 제 세상이었다.

고추밭 한쪽 끝 사이를 쿵쿵거리더니, 퍽 하고 땅을 파기 시작했다.

발톱에 힘이 실리고 흙이 사방으로 튀었다. 그 기세가 마치 이 밭이 독구 소유인 양, 침입자를 몰아내겠다는 기세였다.

"독구야! 고치! 고치 뿌라진다 아이가! 개새끼야!"

봉헌이의 고함은 들리지도 않는 듯했다.

독구는 이미 어떤 냄새에 홀린 듯 미친 듯 땅을 파고 있었다.

흙덩이가 튀어 오르고, 그 사이사이 고추 줄기들이 이리저리 휘청거렸다. 연한 가지 하나가 툭 하고 끊어지더니, 고추가지가 땅에 떨어졌다.

"개새끼야 내는 언자 좆됐다."

봉헌이는 주전자를 내던지고 독구에게 달려갔다.

하지만 그보다 먼저, 독구는 입을 쏙 내밀며 허공을 덥석 물었다. 무언가 미끈한 것이 입에 걸렸다.

"켁! 컹컹!"

두더지였다. 잿빛 털에 기름기 번질한 놈이, 독구의 입에 매달려 바둥거리다 이내 축 늘어졌다. 독구는 전리품을 물고 의기양양하게 고개를 빳빳이 세웠다.

이빨 사이로 두더지 꼬리가 삐죽 튀어나왔다.

"니가 잡은 거는 잘했는데 니하고 내하고는 언자 옴마한테 매타작이다. 이거 우짜 끼고?"

독구는 뭔가 잘못한 걸 느꼈는지 슬그머니 두더지를 내려놓고 봉헌이 눈치를 살폈다.

고추밭은 사방이 난장판이었다.

뿌리가 들린 고추, 밟혀 눕혀진 줄기들, 튀긴 흙 위로 물은 흥건히 고여 있었다.

봉헌이는 망연자실 독구만 쳐다보고 있다.

"이 똥개 새끼야."

봉헌이가 씩씩거리며 혼내는 척했지만, 얼굴에는 웃음이 묻어나왔다.

고추 몇 그루 뽑힌 게 아깝긴 해도, 독구가 저렇게 기세등등하게 사냥해 온 두더지를 보니 마냥 화낼 수도 없었다.

독구는 봉헌이 눈치를 살피며 꼬리를 살랑살랑 흔들었다. 그 모습에 봉헌이는 헛웃음을 터뜨렸다.

봉헌이는 고추밭 한쪽에서 마지막 줄에 물을 주고 있었다. 땀이 이마에 송골송골 맺히고, 바람은 아직 덥지 않은 봄바람이라 살갗을 스치며 땀을 식혀 주었다.

독구는 두더지를 앞발로 눌러놓고는 봉헌이 주변을 맴돌며 혀를 낼름거리며 신이 나 있었다.

그때였다. 멀리서

"봉헌아—"

하고 부르는 소리가 들려왔다. 봉헌이는 고개를 홱 돌렸다.

저쪽 밭머리에서 어머니가 치마를 단단히 여미고 걸어오고 계셨다.

"아~ 옴마다 좇됐다."

봉헌이는 허겁지겁 고추 몇 줄기를 세우려 했지만 이미 엎어진 줄기는 그대로 들통날 판이었다. 뿌리가 드러난 흙, 짓밟힌 줄기, 물에 엉겨 버린 고랑.

어머니는 가까이 다가와 그 참상을 한눈에 보고 눈이 휘둥그레졌다.

"이게 뭐고! 고치가 와 이래 되삔노? 봉헌아, 니 여서 뭐 했노?!"

봉헌이는 얼어붙은 채로 입을 꾹 다물었다. 독구는 타이밍 나쁘게도 그 순간, 두더지를 물고 와서는 땅에 툭 떨어뜨리고는 꼬리를 세차게 흔들었다.

"캉! 캉!"

하고 짖기까지 했다.

어머니는 그제야 모든 상황을 눈치챘다.

짓밟힌 고추 줄기며 흙이 튀어 오른 고랑, 한가운데서 흙투성이 얼굴로 혀를 내두르고 있는 독구.

얼굴에 복잡한 표정이 스치며, 한순간 분노가 치밀어 올랐다.

"이놈의 개새끼가 또! 지랄했제! 내가 못산다, 저놈의 개새끼. 밭에 데불고 가지 말라꼬 그리 했더만은!"

어머니는 손에 들고 있던 고추 지주대를 들더니, 그대로 봉헌이 종아리를 내리쳤다.

"봉헌이 니는 뭐 했노! 가만히 보고만 있었나!"

"아야… 옴마… 내가 우찌 하라꼬!"

봉헌이는 깜짝 놀라 뒤로 물러섰지만, 지주대는 한두 번 더 휘둘러졌다.

봉헌이는 고추 모종 몇 개를 손에 들고 어쩔 줄 몰라하며 변명했다.

"저 똥개 새끼가, 디지 내미 맡아가 가악중에 쌩난리를 친다 아이가! 고치 넘가쁜 거는 다시 심을 꾸마!"

말은 그리 했지만 봉헌이 목소리는 기어들어 가고, 눈빛은 죄인마냥 가라앉았다.

어머니는 한숨을 길게 쉬며 이마를 짚었다.

"내를 와이리 힘들 구로 하노…. 제우 쫌 내가 심은 긴데 이래 했삐모 우짜노…."

그때였다. 독구가 다시 입에 뭔가를 물고 나타났다. 한눈에 봐도 두더지였다.

눈은 이미 풀려 있었고, 축 늘어진 몸통은 흙먼지가 묻어 있었다.

"캉! 캉!"

독구는 꼬리를 흔들며 두더지를 봉헌이 발 앞에 툭 내려놨다.

어머니는 눈을 치켜뜨며 독구를 쏘아봤다.

"저놈의 개새끼, 복날 되모 함 보자. 참말로 요번에는 기냥 안 넘어간다."

봉헌이는 어머니 눈치를 보며 조심스레 말했다.

"옴마… 독구한테 너무 그라지 마라. 내가 다시 우찌 해 볼꾸마. 고치도 다 심을 기고, 독구는 다시는 밭에 안 델꼬 올꾸마."

어머니는 아무 말 없이 독구와 봉헌이를 번갈아 바라보다가, 결국 지주대를 흙에 탁 꽂았다. 그리고는 혀를 차며

"심을 거 심고 물 제대로 주고 오이라."

말은 그렇게 했지만 목소리는 조금 누그러져 있었다.

봉헌이는 허리를 굽혀 짓밟힌 고추 모종을 다시 세우기 시작했다. 손끝에 흙이 배고, 모종의 연한 줄기를 잡는 손에는 조심스러움이 묻어났다.

독구는 그런 봉헌이 곁에 다가와 주둥이를 봉헌이 무릎에 슬쩍 비비더니, 헥헥거리며 혀를 내밀었다.

"이노무 새끼 참말로 우찌 해야 되노. 내 속도 모르고. 그래 니가 무신 죄가 있것노. 니는 니 할 일 했는데."

봉헌이는 작게 중얼이며, 독구의 머리를 한 번 쓰다듬었다.

독구는 그 손길에 만족한 듯 꼬리를 살랑살랑 흔들며, 다시 고추밭을 둘러보기 시작했다.

이번엔 봉헌이가 손을 뻗어 잡아챘다.

"니 또 난리 칠라꼬? 언자 귀경만 해라이. 이 밭에 발만 디리놔도 디진다이."

저녁 바람이 불며 밭 너머로 해가 기울기 시작했다.

봉헌이는 지게를 밭머리에 세워두고, 물동이를 다시 들었다.

독구는 밭머리에 혀를 낼름거리며 앉아 있고, 봉헌이는 열심히 고추밭에 물을 주고 있었다.

13. 운명의 초복이 왔다

밭에서 돌아가는 길에 느티나무 그늘에 말숙이가 서 있었다.

봉헌은 새까맣게 그을린 얼굴의 땀을 닦으며 주변을 두리번거렸다.

봉헌이의 몰골은 셔츠 소매는 말아 올려져 있고, 바지는 흙 범벅에 발목까지 진창이 묻어 있었다.

"니 꼬라지가 와 이런노? 비도 안 오는데 뭐 한다꼬 옷을 이리 배린노."

말숙이가 눈을 동그랗게 뜨며 물었다.

봉헌이는 입꼬리를 실룩이며 결국 피식 웃고 입을 열었다.

"말도 마라… 독구를 데불고 고치 밭에 갔더마는 이노무 개새끼가 고치 밭을 완전 개판 오분 전으로 만들어 뺏다."

"니는 참 축구다. 개로 데불고 고치 밭에 가모 우찌 될랑가 여산이 안 되더나?"

"자석이 그리 할 줄 몰랐더만은. 독구 때문에 옴마한테도 뚜디리 맞고 고상은 고상되로 해삐고."

말숙이가 입을 막고 눈을 동그랗게 떴다.

"밭에 들어간 정도가 아이다. 디지 잡는다꼬 밭을 온 데 휘지삐가, 고칫 대 다 뿔랐다. 그노무 개새끼가. 콧바람을 '푸푸' 뿜으시롱, 완전 눈깔이 뒤집혀 갖고. 우와 내 미치삐것더라."

봉헌이는 손으로 콧구멍을 막고 '푸푸' 소리를 흉내 냈다.

말숙이는 참지 못하고 킥킥 웃었다.

"와, 진짜 그놈도 별종이다. 니는 뭐 했더노 그 와중에?"

"내도 독구 진정시킨다꼬 쫓아댕기다가, 고치 몇 뿌리 더 뽕가 묵었다."

봉헌이는 머리를 긁적이며 멋쩍게 웃었다.

"그라더마는 옴마가 고치 지주대 들고 바로 쫓아 나왔다 아이가. 내 장단지를 사정없이 세리 때리삐더라."

말숙이는 봉헌이 종아리를 슬쩍 보더니, 일부러 더 크게 웃었다.

"니도 참 웃긴다. 니 집에 가모 너거 옴마가 니 들어오기를 비라고 있을 낀데."

"그렇것제? 우리 옴마 성질에 밭에서 한두 차리 때리고 말 사람이 아이다."

"내 올 집에 들어가모 매타작 일 낀데, 말숙아! 너거 집에 좀 지야 주모 안 되것나?"

"머슴마야 와 내한데 엉기 붙노? 니가 사고 치시모 니가 해결해야지. 그라고 우리 집에 새엉가 얼라 낳아서 내도 눈치 보인다."

봉헌이는 시무룩해하며

"올 내 좃되었다. 그래도 집에 가야 되것제?"

"그라모 니 오데 갈 데가 있나? 갈 데 있으모 그리가고. 아~ 맞다. 독다리새 가모 되것네. 혹시 아나 니 얼라 때 다리 밑에서 주버 와서 너거 옴마가 니 지달리고 있을랑가 모른다."

"말숙아 니 내 독다리 밑에서 주버 온거 우찌 아노?"

봉헌과 말숙이는 그렇게 말하며 웃었다.

"옴마가 '복날 되모 보자' 했는데… 독구가 그 말 알아들은 긴가, 내 보고 낑낑거리더라. 그라더만 혀로 내 물팍을 핥았다. 와… 독구가 눈치가 있는 것더라."

말숙이는 배를 잡고 웃었다.

"니도 그놈 편들다가 복날같이 된장 발릴라 조심 해라이."

"하이고, 그라믄 안 된다. 우리 독구 복날 되기 전에 도망 티낄수도 있다이."

두 아이는 그렇게 웃으며 동네 길을 나란히 걸었다.

봉헌이는 옆에서 계속 독구의 어이없는 행동을 흉내 내고, 말숙이는 그걸 보며 어깨를 들썩이며 웃음을 참지 못했다.

1974년은 음력 4월에 윤달이 들어 있었다. 그래서 음력과 양력의 날짜가 유난히 벌어졌다. 양력 8월인데도, 달력 위 음력 날짜는 아직 6월이었다.

날씨는 분명 뜨거운 여름이었지만, 시골 마을에서는 계절 감각이 달랐다.

장마가 끝나고 본격적인 더위가 들이닥치면 어김없이 복날이 돌아온다.

초복, 중복, 말복. 이름만 들어도 등에 땀이 절로 흐른다. 하지만 그날은 단순한 무더위의 절정이 아니다.

농촌에선 복날은 잠시 일손을 내려놓고, 몸을 돌보는 날이었다.

하루 세 끼를 넘기기 바쁜 들판의 삶 속에서 '오늘은 좀 먹고 쉬자'는, 말 없는 약속 같은 날이었다.

아침부터 아낙네들은 마당가에서 닭을 잡았다. 닭 한 마리는 푹 고아 백숙을 만들고, 또 한 마리는 들깨죽이나 삼계탕으로 변했다.

장작 위에 가마솥이 걸리고, 하얀 김이 피어오르면 어느 집 마당에서나 마늘을 넣어서 푹 고아 먹었다.

아침부터 마을 어귀에서는 쇳소리, 개 짖는 소리, 그리고 남자 어른들끼리 주고받는 낮은 목소리가 뒤섞여 들려왔다.

어디선가 철사 꺾는 소리, 손도끼 가는 소리도 간간이 바람을 타고 들려왔다.

습하고 눅눅한 복날 아침에 사람들의 표정은 어딘지 모르게 신이 났다.

"봉헌아, 니 오데 가노?"

같은 동네 사는 영철이가 손에 호박잎을 들고 길모퉁이에서 불쑥 나타났다.

"심심해서 그냥 나가 본다."

봉헌이는 어깨를 으쓱였다.

"니는 오데 가는데?"

"내도 뭐 할 건 없다. 엄마 심부름 갔다 오는 길이다."

영철이는 호박잎을 털며 봉헌이 옆에 섰다.

"아침부터 뭐시 시끄럽네. 저 강가 쪽에서 뭐 한다 쿠던데?"

봉헌이는 별로 관심 없다는 듯 고개만 한 번 돌렸다.

"뭐… 또 어른들이 고깃국이라도 끓일라 카는 기지."

그는 그렇게 말하며 손을 허리에 얹고 말숙이네 골목 쪽으로 발길을 옮겼다.

바로 그때였다. 집 뒷마당에서 익숙한 짖음 소리가 들렸다. "컹컹! 컹!"

봉헌이는 걸음을 멈추고 뒤를 돌아보았다.

독구였다.

꼬리를 살랑살랑 흔들며, 아버지 손에 이끌려 강가 쪽으로 향하고 있었다.

아직 상황을 모르는 봉헌이는 그저 독구가 산책이라도 나가는 줄 알고 웃으며 말했다.

"독구야, 니는 좋겠다. 아부지하고 놀러 가서."

독구는 뒤를 한 번 돌아보더니, 봉헌이를 향해 컹! 하고 짖어 댔다.

그러곤 다시 아버지에게 끌려 고개를 돌렸다.

그 짖음은 어딘가 평소와는 다른 울림이 있었지만, 봉헌이는 눈치채지 못했다.

"니는 오데 가는데?"

영철이의 물음에 봉헌이는 아무렇지 않게 대답했다.

"말숙이 보러 갈라꼬. 그 집 마당에 개미지옥 있다 카더라."

두 소년은 그렇게 웃으며 좁은 골목을 빠져나갔다.

한편, 강가 둔덕 아래에서는 마을 어른들이 이미 큰 솥을 걸고 물을 올리고 있었다.

솥 안에는 파, 마늘, 들깻가루, 된장이 잔뜩 들어가고 있었고, 사람들은 땀을 훔치며 둘러앉아 있었다.

독구는 이미 나무 기둥에 묶여 있었다.

숨을 헐떡이며 불안하게 뒷발을 동동 굴렀다.

그 모습을 바라보며 이장님이 담배를 깊이 빨고는 낮게 중얼거렸다.

"얼라들 눈에 띄면 안 된다이. 봉헌이 그놈, 저 개하고 유난히 정 붙였더만은…."

13. 운명의 초복이 왔다

한쪽에서는 벌써 칼을 갈고 있었고, 다른 쪽에서는 솥뚜껑 닦는 소리가 들려왔다.

누구 하나 농담을 하지 않았고, 개 짖는 소리만이 그 아침 공기 속에서 길게 울려 퍼지고 있었다.

말숙이네 집 마당에서 개미지옥에 돌을 던지며 놀던 봉헌이는 배가 출출해져 집으로 돌아왔다.

해는 머리 꼭대기에 걸려 있었고 길가에는 맨발에 달라붙는 먼지가 뽀얗게 피어올랐다.

대문을 열자 집안 가득 퍼진 진한 냄새가 코를 찔렀다.

된장과 들깻가루가 우러난 고소한 향기, 거기에 방금 썬 하얀 대파가 뜨거운 국물 위에 풀어지며 시골집 여름 부엌을 푸근하게 감쌌다.

"옴마, 이기 뭐꼬? 억수로 맛있는 내미가 나네. 누집 돼지 잡았나?"

봉헌이는 부엌 앞에 쪼그려 앉아 냄새부터 맡았다.

어머니는 국솥 뚜껑을 열며 말했다.

"웅. 올 복날이라꼬 내거 아부지가 강가에서 삶아온 기다. 니도 한 그릇 해라."

솥 안에는 고기 몇 점과 연갈색 국물, 그리고 송송 썬 대파가 듬뿍 떠올라 있었다.

봉헌이는 오랜만에 보는 고깃국에 눈을 반짝이며 밥을 푹 떠 넣었다.

"우와… 국물 진하네."

숟가락으로 국을 떠 입에 넣는 순간, 뜨거운 국물이 목을 타고 넘어가며 속이 확 풀렸다.

고기도 질기지 않고 부드럽게 삶아져 있었고, 씹을수록 짭조름한 맛과 구수한 냄새가 입안 가득 퍼졌다.

"우와 직이네! 옴마, 나 밥 더 주라."

"그릇 싹 비아 가꼬 온나. 한 그릇 더 주꾸마."

봉헌이는 그릇을 싹싹 비우고는 한 그릇 더 받아 뚝딱 두 그릇을 뚝딱 해치웠다.

식은땀이 등에 배었지만, 속은 따뜻하게 불붙은 듯 시원했다.

그러나 그 순간, 그는 무심히 강가 쪽을 바라보다가 아침 독구가 짖던 장면을 문득 떠올렸다. 꼬리를 흔들며 고개를 돌리던 모습이 머릿속을 스쳤지만, 그는 그 기억을 애써 떨치듯 고개를 저었다.

"근데… 독구는 어디 갔노? 아까 전에 아부지 따라 나가는 거 같더만은."

어머니는 잠시 멈칫하더니 그저 수저를 휘저으며 대답했다.

"너거 아부지 따라나가더만 동네 교미끼 있는 암개가 있나 그 쫄쫄 따라 당기는 갑다. 해거름 되모 올 기다."

봉헌이는 고개를 끄덕이며 다시 국에 밥을 말았다.

봉헌이는 배가 부르니 눈꺼풀이 절로 내려왔다.

마루 끝에 걸터앉아 입가에 국물 자국이 묻은 채 꾸벅꾸벅 졸고 있었다.

저 멀리, 매미 소리는 지칠 줄 모르고 귀를 때렸고, 어머니는 부엌에서 그릇을 정리하며 무심히 봉헌이를 힐끔 바라보았다.

해가 뉘엿뉘엿 넘어가던 무렵, 마을 어귀 쪽에서 휘청거리는 걸음 소리가 들렸다.

"어이쿠야~ 오늘도 잘 무따! 동네 사람들도 내 때문에 호강 했다이!"

13. 운명의 초복이 왔다

봉헌이 아버지의 걸쭉한 목소리가 울려 퍼졌다.

머리에 삐뚤게 눌러 쓴 밀짚모자에 목에 수건을 두른 얼굴은 벌겋게 달아 있었다.

"언자 오는 기요?"

어머니가 조용히 부엌에서 내다보며 말했다.

"고기는 되었더나? 우리 끼라꼬 좀 마이 주따."

"봉헌이 들립미더. 살살 이바구 하이소마."

봉헌이 아버지는 발을 자꾸 헛디뎌 신발도 대충 벗은 채 휘청 마루에 올라섰다.

봉헌이는 멍하니 아버지를 올려다보았다.

"아부지, 어디 갔다 왔노?"

"응? 니도 국 묵었제? 맛있더나?"

"응! 두 그릇이나 뚝딱 해 뿟다. 옴마는 독구가 암캐 따라갔다고 했는데 독구는 운제 오노?"

순간, 아버지의 눈이 살짝 흔들렸다.

술기운 속에서도 순간 움찔하는 눈빛.

아버지는 억지 웃음을 지으며

"글마, 아직 안 왔나? 에이, 그놈… 암캐따라 당기다 보모 며칠 안 올 때도 있다."

어머니는 시선을 피했고, 아버지는 말끝을 흐리며 발끝을 가만히 모았다.

14. 봉헌이 막걸리 심부름 가기

"봉헌아, 니 점빵 가가 탁주 한되 사 온나."

아버지는 백 원짜리 지폐 한 장을 주며 심부름 보낸다.

"막걸리값은 칠십 원이다이. 주리 받아 오이라이."

아버지의 심드렁한 말에 봉헌이는 종이 돈 한 장을 쥐고 마루를 내려섰다.

봉헌이 손에는 주전자가 들려 있었다.

햇살이 뉘엿한 오후, 바람 한 점 없어 땀이 이마를 타고 줄줄 흘렀다.

"에이씨. 행님도 있는데 만날 내만 부리 묵고."

투덜거리면서도 발은 익숙하게 마을 어귀 점빵으로 향했다.

점빵 안에는 동네 어른들 몇 명이 술을 마시고 있고 벽엔 곰표 밀가루 포대가 기대어 있었다. 주인 할머니는 쪽진머리에 더운지 손부채를 펄럭이고 있었다.

주전자를 든 봉헌이를 보며

"봉헌이 왔나? 탁주 살라꼬?"

"예."

봉헌이는 주전자를 내밀었고, 할머니는 주전자를 들고 뒷방에서 막걸리를 부었다. 곧 뚜껑을 덮고 봉헌이 손에 다시 들려주며 말했다.

"흘리지 말고 살살 가래이. 니도 목마를 낀데, 한 모금 묵고 싶제?"

"아… 아임미더!"

봉헌이는 머리를 절레절레 흔들었지만 이미 마음속에선 수십 번도 더 고개를 끄덕이고 있었다.

점빵을 나와 골목길로 접어들자 사람 그림자 하나 없이 고요했다.

개 짖는 소리도 멎은 오후의 적막 속에서 봉헌이는 고개를 한번 돌려 아무도 없는 걸 확인한 후 막걸리 주전자 뚜껑을 살짝 열었다.

"이거… 한 빨만 무까."

코끝을 간질이는 시큼한 막걸리 냄새가 입맛을 다시게 했다.

그는 조심스레 주전자를 기울였다.

입술 끝에 막걸리가 닿자 국물이 혀끝을 타고 스르륵 넘어갔다.

"으윽…"

처음엔 쓴맛에 인상을 찌푸렸지만, 뱃속이 간질간질하면서도 시원해지는 기분이 들었다.

"에이, 아부지는 한 주전자 다 묵지도 못함시롱."

봉헌이가 호기심과 쾌감에 이끌려 또 한 모금, 조금 더, 마지막으로 한 모금만 더 하다 보니 주전자는 눈에 띄게 가벼워졌다.

"어… 우짜노…. 내가 문 거 들키는 거 아이가?"

봉헌이는 급히 뚜껑을 닫고 흔들어 무게를 가늠해 봤다.

그 와중에도 볼은 붉게 달아오르고, 머리끝이 조금 얼얼했다.

집이 가까워질수록 심장이 쿵쿵 뛰었다.

'걸리모 아부지한테 뚜디리 맞아가 다리몽댕이 작살 날 낀데.'

하지만 그 아슬아슬한 순간, 봉헌이는 어른들이 왜 막걸리를 좋아하는지 조금은 알 것도 같았다.

　땡볕 아래, 아이 하나가 막걸리 주전자를 들고 덜덜 떨리는 마음으로 골목길을 걸어가고 있다.

　봉헌이는대문 앞에서 한참을 서 있었다.
심장은 콩콩 뛰고, 뒷덜미엔 땀이 주르륵 흘러내렸다.
'이거 보모 내가 무은거 바로 들킨다'
한 모금, 두 모금 마실 때만 해도그저 맛이 궁금했을 뿐이었다.
그런데 막걸리란 게 생각보다 맛이 자꾸 당겼다.
지금 생각해도 입안 가득 고소하고 시원했던 맛이 다시 떠올랐다.
'아이다, 안 된다이. 지금 이런 생각할 때가 아니고….'
봉헌이는 얼른 마당을 휙 돌아 부엌 옆 장독대로 달려갔다.
바가지로 물을 떠서 막걸리 주전자 안에 조심스레 부었다.
막걸리와 물이 섞이자 진했던 막걸리가 약간 희석되며 묽어졌다.
"됐다… 요래하모 모르것지…."
주전자를 손으로 휘휘 저어가며 봉헌이는 물과 막걸리가 잘 섞이도록 했다.
"휴…"
그는 다시 막걸리 주전자 뚜껑을 단단히 덮고, 조심스럽게 마당을 가로질러 툇마루 위에 앉아 있는 아버지에게 다가갔다.
아버지는 더위에 지친 얼굴로 부채질을 하며 그를 올려다보았다.
"언자 왔나? 오데 댕기다 이리 늦노?"
"점빵에 사람들이 많아가꼬 할매가 막걸리 좀 느까 주데예."

봉헌이는 최대한 담담한 목소리로 막걸리 주전자를 아버지에게 내밀었다.

아버지는 고개를 끄덕이며 주전자를 받더니 뚜껑을 열고 한 모금 벌컥 마셨다.

잠시 정적이 흘렀다.

"흠… 물 탔네. 할마씨 또 이지랄하네. 고마 팔모 될긴데 돈 쪼개이 더 벌라꼬 물 타고 지랄이고."

봉헌이는 속으로 가슴을 쓸어내렸다.

"근데 니 낯빤데기가 와그리 빨개이 그런노?"

"더버가 아부지 지달린다꼬 들구 뛰왔다 아임미꺼."

아버지는 잠시 봉헌이를 바라보다 고개를 돌려 막걸리 한 잔을 더 따랐다.

아무 말 없이 넘어간 듯했지만, 봉헌이는 눈치를 살피며 슬그머니 뒤로 물러났다.

바람 한 줄기가 땀 흘린 등줄기를 시원하게 식혀 주었다.

그는 혼잣말처럼 중얼거렸다.

"다신… 마시지 말자이. 간 떨어질뻔 했다이."

그러나 그 입가엔 어디선가 들킬까 봐 긴장하면서도 조금은 짜릿한 성공한 아이의 웃음이 작게, 아주 작게 번지고 있었다.

어느새 봉헌이는 막걸리 냄새만 맡아도 침이 돌았다.

뜨겁던 여름 날, 강가에서 퍼지던 그 진한 고기국 냄새처럼 막걸리 한 모금이 속을 싸하게 식혀 주는 기분이 들었다.

처음엔 한 모금이었고, 그 다음은 세 모금, 그리고 나중에는 아예 입을 대고 한참을 마시기도 했다.

물을 타서 들키지 않으려 점점 눈썰미도 늘었고, 진짜 막걸리 색이 어떤지, 할매가 퍼 주는 농도는 얼마나 진한지를 눈으로 기억해 두었다가 정확히 흉내 냈다.

어른들 눈엔 그저 착한 아들이고 심부름 잘하는 맵시 좋은 아들.

그러나 그 속에는 막걸리 맛을 알아버린 어린 사내아이의 묘한 들뜸과 어딘지 모를 허전함이 숨어 있었다.

아버지의 술상 앞에서 잔을 채우고 비우는 걸 넋 놓고 바라보다가 혼자 뒷마당에 앉아 동네 어른 흉내를 내듯

"캬—" 하고 소리 내며 빈 잔을 들기도 했다.

그렇게 봉헌이는 누구도 가르쳐 주지 않았지만 누구보다 빠르게 술의 맛과 즐거움, 그리고 그 속에 감춰진 어른들의 말 없는 허기를 배워 버리고 있었다.

그 시절, 모자란 막걸리 주전자에 살짝 물을 부으며 그는 자신도 모르게 어른들의 세계로 한 발짝 들어서고 있었다.

15. 독구가 사라진 것을 알았다

 며칠이 흘렀다. 봉헌이는 하루에도 몇 번씩 골목 어귀를 기웃거렸다.
 밥 먹고, 마당 쓸고, 말숙이랑 놀다가도 틈만 나면
 "독구야!"
 하고 부르며 동네 이 구석 저 구석을 헤맸다.
 하지만 짖는 소리 하나 들리지 않았고, 마당 구석 독구가 누워 있던 자리엔 먼지만 앉아 있었다.
 "옴마, 진짜 어디 갔노? 독구, 와 안 오는데?"
 "내는 모른다. 내가 우찌 아노…. 니 아부지한테 물어봐라."
 어머니는 밥을 뜨며 대답을 피했고, 아버지는 담뱃불을 붙이며 기침만 했다.
 그날도 봉헌이는 마을 윗골짜기 논두렁까지 올라갔다가 돌아오는 길에 영철이를 만났다.
 영철이는 버들치 잡은 걸 자랑하듯 허리춤에 달고 있었다.
 봉헌이가 말을 걸었다.
 "야, 니 혹시 우리 독구 못 봤나? 며칠째 집에 안 온다."
 영철이는 잠깐 망설이더니, 눈을 피하며 무심히 툭 뱉었다.
 "니 몰랐나? 너거 독구… 복날 잡아무었다 아이가. 니 진짜로 몰랐는

가베?"

순간, 봉헌이의 숨이 턱 막혔다. 눈이 휘둥그레져 멈춰 섰고, 세상이 조용해진 것 같았다.

"뭐 뭐라꼬…?"

입이 떨어지지 않았다.

가슴이 벌렁거렸다.

귀가 윙윙 울리고, 영철이 목소리는 멀리서 들리는 것처럼 아득했다.

"니 아부지 그날 강가 데리고 갔다 아이가. 그때 어른들 다 모여 가꼬 개 잡고 국 끓이고 했는데… 그거 니도 묵었다미."

봉헌이는 그 자리에 얼어붙은 듯 서 있었다.

그날 점심, 진한 국물과 고소한 고기, 두 그릇이나 맛있게 비워낸 밥그릇, 그리고 어머니가 말하던 '복날이라 아부지가 삶아온 거'라는 말이 하나둘 머릿속에서 이어졌다.

입안에서 침이 쓰게 올라왔다.

속이 울렁거리고, 가슴이 답답하게 조여왔다.

"공갈치지 마라…. 공갈… 독구는 암개 따라간 기라캤다…."

영철이는 미안한 얼굴로 머리를 긁적이며

"그거… 옴마들이 일부러 얼라들한테는 안 말한 기다."

봉헌이는 눈을 질끈 감고 달리기 시작했다.

텅 빈 집으로, 땡볕 아래 뽀얀 흙먼지를 일으키며 헐떡이며 달려갔다.

마루 끝에 털썩 주저앉은 그는 아무 말도 하지 못한 채 눈을 껌뻑이며 마당만 멍하니 바라보았다.

거기엔, 꼬리를 흔들며 따라오던 독구도 없었고,

"공공!"

짖던 소리도 없었고, 오직 덥고 조용한 여름 오후만이 남아 있었다.

봉헌이는 그날 저녁, 아무 말 없이 마루 끝에 앉아 있었다.

해는 서산 너머로 뉘엿뉘엿 기울었고, 마당 끝의 감나무 그림자가 길게 뻗어와 봉헌이의 발끝을 덮었다.

아버지는 땀에 전 웃옷, 구부정한 어깨.

늘 보던 모습이었지만, 그날따라 봉헌이 눈엔 낯설기만 했다.

아버지는 봉헌이를 힐끗 바라보다가 말 없이 대청에 앉아 막걸리를 들이켰다.

술기운이 오르자 툭툭 기침을 하며 말했다.

"올 니는 뭐했노?"

봉헌이는 잠시 머뭇거리다 입을 열었다.

목이 메었지만, 그 말을 안 하면 견딜 수 없었다.

"아부지… 독구… 진짜 잡아 무운 기요?"

봉헌이의 목소리는 떨리고 있었다. 입술이 말라붙어, 말을 꺼내기도 어려웠다.

아버지는 술잔을 입에 가져다 대다 말고, 고개를 천천히 돌렸다.

그 얼굴엔 놀람도, 미안함도, 심지어는 뭔가 설명해 주려는 기색조차 없었다.

그저 무심한, 모진 햇빛에 검게 탄 시골 사내의 묵직하고 질긴 표정만이 있을 뿐이었다.

"와 잡아 묵지. 평상네 디질 때까정 키알 끼가?"

그 말은 작은 방 안 공기를 묵직하게 짓눌렀다.

봉헌이는 아무 말도 할 수 없었다.

독구는, 그저 짖고, 꼬리 흔들고, 밤이면 옆에 웅크려 자던 존재였다.

봉헌이에게는 친구요, 식구였다.

하지만 아버지와 동네 어른들에게는 그저 고기였고 복날이면 솥에 들어갈 하나의 가축이었다.

"아부지… 독구는 내 친구였는데…."

그 말은, 입술 끝까지 올라왔다가 결국 목 안에서 울컥거리고 말았다.

아버지는 아무 대답도 없었다.

그저 잔을 기울이며 중얼였다.

"세상에 정 붙일 건 별로 읍다…. 다 때 되면 보내는 기다."

봉헌이는 그 말이 더 무서웠다.

그 말은 마치 사람한테도 적용되는 것처럼 들렸다.

그날 밤, 봉헌이는 한참을 텅 빈 마당에 앉아 있었다.

누워 자는 아버지의 코 고는 소리와 부엌에서 설거지하는 어머니의 바가지 소리

그리고 귀에 맴도는 독구의 마지막 짖음.

그 소리가 마치 어른이 되는 문 앞에서 울리는 종소리처럼 들렸다.

"개는 예전이나 지금이나 다 그렇게 해 묵었다."

아버지의 목소리는 담담했다.

마치 논매던 손으로 짚단을 정리하듯 정리된 말투였다.

봉헌이는 숨이 턱 막혔다.

그 말투, 그 표정 거기에는 미안함도, 망설임도 없었다.

자신이 그렇게 따르던 독구를 단 한순간도 '가족'이라 여긴 적 없던 사람의 말이었다.

"아부지… 그라모 잡아묵는다꼬, 말이라도 해 줘야지예…."

봉헌이의 목소리는 떨렸다.

속에서 뭔가가 울컥 올라왔지만 말끝은 나직했다.

"내가 말하모 니가 잡무소 하것다."

아버지는 막걸리 잔을 입에 털어 넣으며 눈도 마주치지 않았다.

"내는… 그것도 모르고 두 그릇이나 무었다 아이미꺼…."

봉헌이는 고개를 숙였다.

속이 미어진 듯 허전했고, 입가엔 아직 고기국의 구수한 맛이 남아 있는 것만 같았다.

아버지는 잠시 봉헌이를 바라보다가 툭 뱉듯 말했다.

"니도 맛이 있은깨 무은 거 아이가? 그라모 되었지, 뭐가 문제고."

그 말에 봉헌이는 아무 말도 할 수 없었다.

어른들의 세상에선 정이든 사랑이든 밥 한 끼 앞에서 고개 숙여야 했고, 개는 결국 밥상이 되어야 쓸모가 있었다.

하지만 봉헌이 마음속에선 그런 논리가 통하지 않았다.

독구는… 매일 같이 학교 갔다 오면 집 앞에서 기다려 주던 친구였고, 힘들 땐 옆에 조용히 누워 등을 맞대 주던 가족이었다.

그런 독구를, 아무 말도 없이, 아무 미련도 없이 삶아 먹어치운 것이다.

그리고 자신은, 그 국을 두 그릇이나, "맛있다"고 하며 비웠다.

맞았다.

솔직히, 맛은 있었다.

다른 고기와는 달리 진하고 구수한 국물 맛, 씹을수록 퍼지던 깊은 감칠맛 그것을 부정할 수는 없었다.

하지만 바로 그게 더 괴로웠다.

맛이 있었기에, 더더욱 지워지지 않았다.

무심코 삼킨 한 숟가락마다 독구의 눈망울이 떠올랐고, 그 고소한 맛이 자신에게 죄책감으로 남았다.

봉헌이는 조용히 고개를 돌렸다.

아버지를 더는 바라볼 수 없었다.

그날 저녁, 막걸리 냄새가 풍기는 방 안에서 봉헌이는 세상이라는 게 맛있는 것과 잔인한 것이 서로 떨어져 있지 않다는 걸 처음으로 알았다.

밤이 깊었다.

마당 끝에 걸린 전등불이 바람에 흔들려 담벼락 그림자를 길게 일렁였다.

봉헌이는 이불도 깔지 않고 대청마루에 혼자 앉아 있었다.

살랑이는 여름밤 바람은 등짝의 땀을 식히고 있었지만, 속은 자꾸만 뜨거워졌다.

귀뚜라미 소리가 귓가에 울리고 논두렁 너머 개구리 소리까지 들렸지만 그 밤은 고요했다.

너무 고요해서 혼자라는 게 더 뼈에 사무쳤다.

문득, 며칠 전 독구가 끌려가던 모습이 떠올랐다.

꼬리를 흔들며 뒤돌아보던 눈.

그 눈 속엔 의심도, 두려움도 없었다.

그저, '어디 가는 기고?' 하는 순한 표정만이 있었다.

"독구야…."

봉헌이는 마루에 털썩 누웠다.

팔로 얼굴을 가리고 말없이 눈을 떴다 감았다.

별이 총총한 하늘이 눈물에 번져 부옇게 퍼졌다.

"나는 참말로 아무것도 몰랐다이 독구야…. 니, 그날 따라가면 안 됐는데…."

숨죽여 흐느끼던 봉헌이는 손등으로 눈물을 훔쳤다.

하지만 닦아도 닦아도 눈물은 계속 흘러내렸다.

16. 한 뼘 더 성숙한 봉헌이

봉헌이와 말숙이는 이제 국민학교 6학년이 되었다.

이제는 제법 어깨가 벌어지고, 골목에서 공기놀이나 자치기 대신에 자전거를 타고 다니는 나이가 되었다.

봉헌이의 얼굴은 여전히 까맣게 그을려 있었지만, 눈빛은 작년보다 깊어졌고, 말도 한 박자 늦게, 조용히 하는 법을 알게 되었다.

하지만 가슴 한구석엔 여전히 말숙이가 살고 있었다.

말숙이가 새로 산 하늘색 원피스를 입고 학교에 나타난 날, 봉헌이는 자기도 모르게 연필을 쥔 손에 힘이 들어갔다.

말도 못 하고 그저 멀찍이서 말숙이가 친구들과 웃는 모습을 조용히 바라보기만 했다.

말숙이 역시 봉헌이를 동네 어귀에서 만나면 반갑게 웃었고, 비 오는 날엔 봉헌이가 우산을 씌워 주며 함께 걷는 것도 당연하게 여겼다.

언젠가 운동장에서 남자애들끼리 공차기를 하다가 봉헌이가 넘어져 무릎을 까진 날, 말숙이는 수업이 끝나자마자 몰래 교실 뒤로 봉헌이를 데려가 자기 손수건으로 상처를 닦아 주었다.

"괴안나? 피가 난다."

"이 정도는… 별거 아이다."

말은 그렇게 했지만 봉헌이는 속으로 가슴이 두근거렸다.

그 손길이, 그 표정이 자꾸 가슴에 남았다.

말숙이도 느끼고 있었다.

동네 아이들 중 누구보다도 봉헌이는 듬직하고 책임감이 있었다.

어른들 심부름도 척척하고, 동생 돌보는 것도 곧잘 했다.

가끔 자기 오빠보다도 더 어른스러워 보일 때가 있었다.

아이들은 아직 '좋아한다'는 말을 직접 꺼내진 못했지만, 그 마음은 장마철 개울물 처럼 조용히 깊어지고 있었다.

그리고 그 여름, 봉헌이의 꿈 속에는 자주 말숙이가 나타났고, 말숙이의 일기장에는 '봉헌이'라는 이름이 조심스레 적혀 있었다.

여름방학이 한창인 어느 날 아침에 봉헌이와 말숙이는 도시락과 공책을 들고 악양루로 향했다. 하늘은 뽀얗게 갠 채, 이미 한낮처럼 밝았고, 두 사람은 땀이 송골송골 맺힌 얼굴로 비탈진 오솔길을 따라 천천히 올라갔다.

악양루는 마을에서 조금 떨어진 절벽 위에 자리하고 있었다.

그곳에 다다르자 발아래로 펼쳐진 풍경에 두 사람은 동시에 숨을 들이켰다.

"와… 밑에 보이제? 저 남강줄기가 꼭 뱀 기어가는 것 맨치로 보인다이."

봉헌이가 바위 끝에 바짝 다가가며 말했다.

말숙이는 좀 더 조심스레 가까이 다가와, 고개를 내밀고 아래를 내려다봤다.

깎아지른 듯한 절벽 아래로는 푸른 강이 유유히 흐르고, 멀리 모내기를 마친 논이 바둑판처럼 펼쳐져 있었다.

간간이 들려오는 매미 소리와, 바람에 흔들리는 갈대 소리만이 들리는 고요한 세계. 악양루의 낡은 마룻바닥 위에 앉아 두 아이는 도시락을 옆에 두고 공책을 폈다.

그늘진 처마 밑으로 시원한 바람이 불어와 땀을 식혀 주었다.

"말숙아, 너 오늘 일기에 뭐 쓸 기고?"

"'절벽 위에서 본 여름'이라고 쓸 거다."

말숙이는 곧장 연필을 들어 글을 쓰기 시작했다.

봉헌이도 엎드리듯 마룻바닥에 공책을 놓고 생각을 정리했다.

'오늘은 말숙이랑 절벽 위 악양루에 왔다. 바람이 불고, 강이 보이고, 하늘은 멀다. 이런 데서 공부한께네 참 이상하게 조용하고, 마음이 편하다.'

글을 쓰던 봉헌이는 살짝 고개를 들어 말숙이를 바라봤다.

말숙이의 검은 머리카락이 바람에 흩날리고 있었다.

그 순간, 봉헌이는 말숙이가 마치 하늘 아래 서 있는 한 송이 장미처럼 느껴졌다.

"야, 나 올은 공부 좀 할 수 있을 것 같다이."

봉헌이가 말하자 말숙이는 고개를 돌리지도 않고 웃었다.

"니는 원래 공부 못하지는 않는데, 문제는 집중을 안 하는 기다."

둘은 그렇게 절벽 위 정자에서 여름의 햇살과 바람과 풍경을 친구 삼아 한 장 두 장, 방학 숙제를 채워 나갔다.

말숙이는 공책에 무언가를 끄적이다 잠시 하품을 하며 자리에서 몸을 틀었다.

바람이 살짝 불었고, 그녀가 입은 연분홍빛 원피스 자락이 가볍게 흔들렸다.

　봉헌이는 무심히 그 모습을 보다가 순간 눈에 들어온 장면에 숨이 턱 막혔다.

　원피스 아래에 햇볕에 그을리지 않은 맨살 다리가 조심스럽게 그러나 뚜렷하게 봉헌이의 눈앞에 들어왔다.

　반사적으로 시선을 피하려 했지만, 그 짧은 순간 가슴속에서는 '쿵, 쿵, 쿵' 마치 꽹과리라도 쳐 대는 듯한 방망이질이 시작되었다.

　"봉헌아, 니 숙제는 다 했나?"

　말숙이가 아무것도 모른 채 고개를 돌려 물었지만 봉헌이는 말이 잘 나오지 않았다.

　"어… 응, 좀만 더 하모 된다."

　그는 괜히 연필을 몇 번 굴리고, 공책을 한 장 넘기며 눈을 내리깔았다. 하지만 가슴 한가운데선 뭔가 뜨겁고 묘한 감정이 자꾸만 올라왔다.

　'이런 느낌이… 뭐지? 나, 이상한 기가? 말숙이만 보모 독구가 동네 암캐한데 하는 이상한 짓이 생각이 나노?'

　봉헌이는 두 손을 무릎 위에 가지런히 얹고 한참 동안 아무 말 없이 앉아 있었다.

　봉헌이의 고추가 너무 발기가 되어서 일어날 수가 없었다.

　봉헌이는 속에서 무언가 이상하게 들끓는 것을 느꼈다. 가슴이 꽉 막힌 듯 숨을 깊이 들이켜도, 마음속 어디에선가 계속 뜨거운 것이 꿈틀거렸다.

　자꾸만 눈길이 간다. 하지만 또 자꾸만 눈을 피한다.

'내가 와 이라지… 미친 거 아이가….'

손끝은 덥고, 뺨은 벌겋게 달아올랐다.

그는 자리에서 벌떡 일어나고 싶었지만, 어딘가 자꾸 움찔거리는 감정이 발목을 잡았다.

봉헌이는 연필 끝을 물고 하늘을 바라보았다.

악양루 절벽 아래로 펼쳐진 남강 물줄기가 햇빛에 반짝이고 있었다. 그 물결처럼, 봉헌이의 마음도 잔잔하다가 갑자기 일렁였다.

말숙이는 아무것도 모른 채 숙제장을 넘기며 나지막이 콧노래를 흥얼거렸다.

봉헌이는 고개를 숙였다.

마음속이 어지러웠다.

눈앞의 글씨가 읽히지 않았고, 자꾸만 생각은 엉뚱한 곳으로 흘러갔다.

'말숙이는 아무 생각도 없을 기라…. 근데 나는 와 이리 마음이 이상하노'

봉헌이는 알 수 없는 감정의 흐름에 몸을 맡기며, 어느새 자신이 아이에서 조금은 달라지고 있다는 걸 어렴풋이 느꼈다.

예전처럼 장난만 치며 웃기보다는, 말숙이의 말 한마디, 손끝 하나에도 조심스레 반응하게 되는 자신을 발견하고 있었다.

말숙이가 봉헌이를 힐끗 쳐다보며 말했다.

"근데 봉헌아, 너 요즘 좀 이상타. 와 말이 별로 없노?"

봉헌이는 당황해서 고개를 저었다.

"아, 아이다. 그냥… 좀 더버서 그런 기다."

말은 그렇게 했지만, 그는 마음속 깊은 곳에서 이 여름이, 그리고 지금 이 순간이 자신에게는 무언가 처음으로 깊이 새겨지고 있다는 걸 느끼고 있었다.
 봉헌이는 숙제를 마치고도 한참을 악양루 마루에 앉아 있었다.
 바람은 부드럽게 불었고, 말숙이의 웃음소리가 멀리 메아리쳤다.
 그리고 그 여름날의 햇빛은 봉헌이의 첫 설렘과 함께, 조용히 그의 마음속에 오래 남게 되었다.

17. 괜히 질투를 한다

여름방학이 끝나고 개학이 다가오면서, 봉헌이와 말숙이 사이에도 미묘한 변화가 찾아왔다.

학교 운동장에 서서 서로 마주칠 때면, 예전처럼 거침없이 웃고 장난치던 모습은 조금씩 사라지고 있었다.

봉헌이는 말숙이를 볼 때마다 가슴이 두근거리면서도, 어떻게 말을 건네야 할지 몰라 멀뚱멀뚱 서 있는 시간이 많아졌다.

말숙이 역시 봉헌이에게 다가가려 하지만, 어색한 기운에 망설이곤 했다.

수업 시간에 말숙이와 눈이 마주치면, 봉헌이는 갑자기 얼굴이 붉어지고, 연필을 떨어뜨리기도 했다.

반대로 말숙이는 그런 봉헌이를 보며 살짝 미소 지었다가도 금세 시선을 다른 곳으로 돌렸다.

방과 후, 둘은 예전처럼 함께 집까지 걸어가곤 했지만, 말을 많이 하진 않았다.

대신 함께 걷는 그 시간이 어느새 두 사람에게 특별한 의미로 다가왔다.

봉헌이는 말숙이 손을 잡고 싶다는 생각이 들었지만, 그 마음을 어떻게 표현해야 할지 몰라 가슴만 조였다.

봉헌과 말숙이는 이제 단순히 서로 좋아하던 아이들에서, 서서히 '남자'와 '여자'로 서로를 바라보게 되었다.

언제부턴가 말숙이의 웃음소리는 봉헌이의 가슴 한구석을 간질였고, 봉헌이의 목소리는 말숙이의 귀에 자꾸만 오래 남았다.

어릴 적엔 그저 같이 놀고 싶은 친구였던 사이가, 이제는 함께 있으면 가슴이 두근거리고, 괜히 말 한마디에도 얼굴이 붉어지는 사이가 된 것이다.

운동장에서 함께 고무줄을 넘던 시절은 지나고, 교실 창가에 나란히 앉아 가을 하늘을 바라보며 말없이 미소 짓는 시간이 많아졌다.

말숙이는 봉헌이의 손이 자기 손등에 스칠 때마다 놀라며 조용히 손을 거두었고, 봉헌이는 그런 말숙이의 반응 하나에도 하루 종일 마음이 심란했다.

누가 시키지 않아도, 봉헌은 머리를 단정히 빗고 말숙이 앞에선 구부정한 자세를 고쳤다. 말숙이도 봉헌이와 마주칠 때마다 원피스를 슬쩍 다듬고, 신발을 가지런히 정리하곤 했다.

그들은 아직 어리고, 그 마음이 사랑이라 이름 붙일 수 있는지는 모르지만, 분명한 건 있었다.

그해 가을, 봉헌과 말숙이는 조금씩 '어른이 되어 가는' 문턱에 서 있었다.

그날은 가을 햇살이 교실 창을 부드럽게 적시던 오후였다.

쉬는 시간, 말숙이는 앞자리 진숙이와 나란히 앉아 뭔가를 킥킥대며 웃고 있었다.

그 옆엔 낯설지 않은 얼굴, 전학 온 지 몇 달 된 기복이가 있었다.

"말숙아, 니 이름 진짜 예쁘다. 시조에 나오는 이름 같데이."

기복이의 말에 말숙이는 부끄러운 듯 고개를 푹 숙이며 웃었다.

"아이다, 이름이 머 그리 예쁘노. 억수로 촌시리버. 내는 우리 아부지 원망하고 있것마는."

"아이다, 진짜 이쁘다이. 나중에 시 같은 거 쓰모 제목에 넣어도 되것다."

말숙이는 손등으로 입가를 살짝 가리며 웃더니, 눈을 들어 기복이를 보았다.

"니 내 놀리라꼬 그라는 기제."

기복이는 눈썹을 살짝 찡그리며 정색했다.

"아이다, 진짜로. 니 얼굴 맨꾸로 니 이름 이쁘다이."

봉헌이는 그 순간 책상 위에 쥐고 있던 연필을 꾹 쥐었다.

마음 어딘가가 쓰라렸다.

말숙이가 그렇게 웃는 얼굴을 봉헌은 아직 본 적이 없었다.

아니, 예전엔 자기 앞에서도 그렇게 웃곤 했는데, 요즘은 기복이 앞에서만 그런 표정이 나오는 것 같았다.

"참말가?"

"하모. 진짜로. 니 억수로 이쁘다이."

말숙이의 뺨에 희미하게 붉은 기가 돌았다.

봉헌이는 고개를 홱 돌려버렸다.

왠지 모르게 배가 살짝 아픈 듯도 하고, 가슴속에 뭔가 묵직한 돌덩이가 들어앉은 기분이었다.

'기복이 저 새끼, 언제부터 저리 말숙이한테 말을 곱게 했노….'

봉헌이는 아무 말 없이 공책 한 쪽을 펴고, 아무거나 끄적이기 시작했다.

글씨는 삐뚤빼뚤, 뜻도 없는 낙서였다.

그저 속에서 자꾸 올라오는 이상한 기분을 어떻게든 눌러 보려는 몸부림이었다.

창밖에서 들려오는 말숙이의 웃음소리, 봉헌이는 더는 들을 수 없어 창문을 닫아 버렸다.

말숙이가 웃을 때마다, 그 웃음이 기복이를 향해 있다는 사실에 자꾸만 가슴이 답답해졌다.

자신과 있을 땐 잘 웃지도 않던 말숙이인데, 왜 기복이 앞에서는 저렇게 잘도 웃는 걸까?

"야, 봉헌아. 뭐 하노? 나가자."

영철이가 손을 끌어당겼지만, 봉헌은 대답도 없이 책만 뒤적였다.

점심시간, 평소 같으면 도시락을 먹고 운동장에 같이 갔지만, 오늘은 괜히 운동장으로 혼자 걸어 나갔다.

그러던 오후, 말숙이가 조심스레 봉헌 옆자리에 와 앉았다.

"봉헌아, 아까부터 와 그라노. 니 기분 안 좋나?"

봉헌은 시선을 피하며 대답했다.

"아이다. 그냥 머 기분 쪼개이 나쁘다."

말숙이는 한참을 봉헌을 바라보다 조용히 입을 열었다.

"니, 질투하나? 기복이 땜시로?"

봉헌은 놀라 고개를 들었다.

말숙이는 말없이 웃었다.

"가가 내 이름 예쁘다꼬 한 건, 진짜 아무 뜻 없다. 고마 지가 내하고 씨부리고 싶어서 그라는 기다."

그 순간, 봉헌의 얼굴은 벌겋게 달아올랐다.

말도 못 하고 머쓱하게 웃던 봉헌은 연필 한 자루를 꺼내 말숙이 앞에 내밀었다.

"니 연필 좀 작더라. 좀 닳았지만…. 그래도 내 주고 싶다."

말숙이는 고맙다며 조용히 연필을 받아 들었다.

그 짧은 순간, 두 아이의 눈빛은 처음보다 조금 더 깊고 진해져 있었다.

그날 이후, 봉헌은 말숙이에게 괜히 더 조심스러워졌다.

전에는 아무렇지 않게

"말숙아, 오늘 학교 끝나고 어디 갈 끼고?"

하고 묻던 것도, 요즘은 한참 눈치를 보다가 어색하게 말을 꺼내곤 했다.

말숙이도 그런 봉헌의 변화를 느꼈지만, 일부러 모르는 척 웃으며 받아 주었다.

가을 운동회가 가까워 오던 어느 날, 반마다 응원 문구를 꾸미는 시간이 있었다.

말숙이와 기복이가 같은 조에 배정되었다.

봉헌은 자신도 모르게 자꾸 두 사람을 힐끔힐끔 바라봤다.

기복이는 큰 키에 말솜씨가 좋았고, 손재주도 있어서 아이들 사이에서 인기가 많았다.

그런 기복이가 말숙이의 머리카락에 붙은 종이 조각을 조심스레 떼어 주자,

봉헌은 다시 그날의 답답함을 느꼈다.

"봉헌아, 니는 와 아무 말도 안 하고 있노?"

옆에서 지켜보던 영철이가 물었다.

"니 요새 좀 이상하대이. 말숙이만 보모 딴 데 보고, 말 걸어도 모른 척하고."

봉헌은 괜히 연필을 이로 깨물며 중얼거렸다.

"아이다, 그냥 머, 시끄럽고…."

그날 저녁, 운동회 준비가 끝난 뒤 운동장 한쪽에서 말숙이가 슬쩍 봉헌을 불렀다.

"봉헌아. 니 왜 요새 자꾸 와그라노? 기복이 때문이가?"

봉헌은 대답 대신 고개를 푹 숙였다.

"아이다. 그냥… 니가 나보다 똑똑꼬, 이쁘고, 애들도 좋아하깨네."

말숙이는 봉헌 앞에 서서 그의 손을 톡 치며 말했다.

"내는 니가 제일 든든하고, 제일 좋다. 맥지 그런 거로 서분하다 생각 말거레이."

그 말에 봉헌은 얼굴이 붉어졌다.

그날 처음으로 그는 말숙이의 눈을 똑바로 바라봤다.

"그라모, 우리… 운동회 끝나고… 같이 사진 한 장 박자."

말숙이는 빙그레 웃으며 고개를 끄덕였다.

"그래. 꼭 찍자. 그라고… 옆에 꼭 붙어 박자."

18. 말숙이 봉헌이 6학년 그리고 졸업

운동회 날이 밝았다.

늦가을 햇살이 운동장을 부드럽게 덮고 있었다.

아이들은 저마다 색색의 머리띠와 팔띠를 두르고 들뜬 목소리로 흥분을 감추지 못했다.

북소리가 울리고, 응원 구호가 쩌렁쩌렁 울려 퍼질 때, 봉헌이는 말숙이와의 약속을 생각하며 속으로 몇 번이고 되뇌었다.

'사진 한 장 박자…. 옆에 꼭 붙어 박자….'

그 말 한마디가 며칠 동안 봉헌의 가슴을 간질이며 살아 숨 쉬었다.

말숙이의 눈을 똑바로 마주 보던 그날 밤, 봉헌은 처음으로 스스로가 조금은 '남자'가 된 것 같은 기분을 느꼈다.

경기가 시작되자 봉헌은 평소보다 더 열심히 달리고, 더 열심히 깃발을 흔들었다.

특히 계주에서 마지막 주자로 뽑힌 그는 넘어질 듯 전속력으로 달려, 테이프를 끊었다.

말숙이는 끝까지 응원을 외치며 두 손을 불끈 쥐고 봉헌을 향해 소리쳤다.

"봉헌아, 니 최고다!"

봉헌은 숨이 턱까지 차올랐지만, 그 소리에 입꼬리를 살짝 올렸다.

그날 오후, 운동회가 모두 끝나고 각 반에서 뿔뿔이 흩어지던 순간.

말숙이는 어느새 봉헌 곁으로 다가와 손목을 콕 찔렀다.

"봉헌아. 니 잊아뻔 거 아이제? 사진 찍자 캤다 아이가."

봉헌은 순간 가슴이 쿵 내려앉았다.

기쁨과 긴장, 그리고 알 수 없는 떨림이 한꺼번에 몰려왔다.

"그라모… 저기 나무 밑에서 찍을래?"

운동장 가장자리, 플라다나스 나무가 바람에 바스락거리는 곳.

그 앞에 두 아이는 나란히 섰다.

담임 선생님이 카메라를 들고 웃으며 말했다.

"가까이 붙어야 사진 잘 나온다이. 그렇지~ 고래고래!"

말숙이가 수줍게 봉헌의 팔에 팔을 살짝 걸쳤다.

봉헌은 얼어붙은 듯 움직이지 못하다가, 용기를 내어 말숙이 쪽으로 어깨를 조금 기울였다.

찰칵—

카메라 셔터 소리가 들리고, 봉헌은 그 순간을 평생 잊지 못할 것 같은 예감이 들었다.

사진 속, 가을 햇살 아래 나란히 선 두 아이.

아직은 어린 듯하지만, 그 사이엔 분명히 서툴지만 진지한 감정의 선 하나가 그어져 있었다.

6년 동안 공부하고 다니던 국민학교 시절이 서서히 마무리를 향해 가고 있었다.

운동장 구석에 우뚝 서 있는 플라다나스 나무는 여전히 그 자리에 있었지만, 봉헌의 눈에는 이제 그 나무도 왠지 다르게 보였다.

매일같이 뛰놀던 모래 운동장, 계단을 달려 오르던 복도, 분교에서 처음 올라오던 날의 두근거림,

그리고 도시락 뚜껑을 열던 점심시간의 웃음들…. 이 모든 것이 조금씩 멀어지는 듯했다.

책상에는 졸업 때 찍은 사진이 아직 정리되지 않은 채 쌓여 있었고, 선생님은 매일 아이들을 바라보며

"이제는 너희도 어엿한 중학생이 되는 기다."

라고 말하곤 했다.

그러나 봉헌은 '중학생'이라는 말이 아직은 자기에게 너무 낯설기만 했다.

말숙이도 요즘 부쩍 조용해졌다.

예전처럼 쉴 새 없이 웃고 떠들던 모습보다는, 창밖을 바라보거나 책상 위에 턱을 괴고 가만히 생각에 잠기는 일이 많아졌다.

봉헌은 말숙이에게 괜히 뭐라도 말 걸고 싶었지만, 그 또한 쉽게 말을 꺼내지 못했다.

어느 날, 마지막 종례가 끝난 후 말숙이가 조용히 말했다.

"봉헌아, 있제… 졸업식 날, 나랑 좀 같이 걸을래?"

봉헌은 잠시 멍해졌다가, 고개를 천천히 끄덕였다.

"그래, 꼭."

이제 아이들은 하나 둘씩 자신만의 길로 걸어갈 준비를 하고 있었.

어릴 적에는 그저 집 가까운 곳에 다니던 학교가, 이제는 인생의 첫

번째 '작별'을 준비하는 자리가 되어 있었다.

　6년이라는 시간. 그 속엔 울고 웃고 다투고 화해하며, 아이에서 어른으로 건너가는 징검다리 같은 날들이 차곡차곡 쌓여 있었다.

　봉헌은 가방을 메고 학교를 나서며, 운동장을 한 번 더 돌아보았다.

　그곳엔 아직도, 자신과 말숙이의 웃음소리가 어렴풋이 남아 있는 것만 같았다.

　그날 이후 며칠은 빠르게 흘러갔다. 교실 창밖으로 스며드는 겨울 햇살도, 복도를 울리는 발소리도, 모두 하나하나 의미 있는 소리처럼 들렸다.

　졸업식이 다가올수록 아이들은 더 바빠졌고, 더 감상적이 되어 갔다.

　졸업식 전날, 봉헌은 책가방 대신 빈 가방 하나만 들고 학교에 갔다.

　책상 안을 비우고, 교실 벽에 붙여진 그림이며 활동 기록들을 정리하며 하루 종일 분주했다.

　교실 구석에 걸린 단체 사진 아래, '국민학교 6년의 추억'이라는 글자가 눈에 들어왔다.

　그날 저녁, 봉헌은 혼자 방에 앉아 오래된 그림일기 몇 장을 꺼내 보았다.

　'독구와 처음 만난 날', '말숙이랑 장날에 갔던 날', '아버지 몰래 막걸리 맛본 날'… 아무렇지 않게 흘려보냈던 날들이 이제는 선명하게, 그리고 따뜻하게 가슴속에 차올랐다.

　그리고 드디어, 졸업식 날 아침.

　봉헌은 새로 산 옷은 아니지만 깨끗하게 다린 흰 셔츠와 단정한 바지를 입고 학교로 향했다.

운동장에는 벌써부터 부모님과 선생님, 친구들로 가득했다.

어색한 웃음과 반가움, 그리고 떠남을 앞둔 조용한 슬픔이 묘하게 뒤섞여 있었다.

졸업식이 끝난 뒤, 말숙이는 약속한 대로 봉헌을 찾아왔다.

"봉헌아, 가자."

둘은 나란히 학교 정문까지 천천히 걸었다.

말도 없이 걷다가, 봉헌이 먼저 입을 열었다.

"말숙아. 있다아이가아…. 중학교 가도, 우리 계속 잘 지내자."

말숙이는 고개를 끄덕이며 웃었다.

"하모, 봉헌아. 우리는 얼라 때부터 그래 왔다 아이가. 앞으로도 그래야지."

정문 앞, 졸업사진을 찍으려 모인 아이들 사이에서 봉헌과 말숙이는 서로의 어깨에 조심스럽게 기대어 섰다.

사진기 셔터가 '찰칵' 하고 터지는 그 순간, 봉헌은 생각했다.

이 순간은, 오래도록 잊히지 않을 거야.

그렇게 두 사람은, 국민학교의 마지막 페이지를 함께 넘기고 있었다.

대부분의 아이들은 법수면에 있는 법수중학교로 자연스럽게 진학하였다.

학교는 동네에서 그리 멀지 않았고, 같은 초등학교를 졸업한 친구들과 함께 다닐 수 있다는 점에서 부모들도 마음 놓고 보낼 수 있는 곳이었다.

교복을 맞추고, 가방을 메고, 아이들은 들뜬 마음으로 봄을 기다렸다.

하지만 모두가 그렇게 평탄하게 중학교로 발을 옮긴 것은 아니었다.

몇몇 아이들은 진주나 마산, 혹은 부산으로 떠났다.

"공부 좀 더 시켜 보겠다."

는 부모들의 뜻에 따라 외가나 친척집에 머물며 도시의 중학교에 입학하거나 아이들이 초등학교 졸업하면 도회지로 나가기로 했던 부모들은 도시로 나갔다.

그들은 떠나기 전날까지 동네 골목을 서성이며 친구들과 놀았고, 떠나는 날엔 울음 반 기대 반으로 짐을 꾸렸다.

그리고… 또 다른 아이들도 있었다.

아예 중학교에 가지 못한 아이들.

봉헌이네 반에서만 해도 두세 명은 진학을 포기했다.

부모는 말없이 소를 몰고 밭일을 나갔고, 아이들은 어느 날부턴가 더 이상 교복 이야기를 꺼내지 않았다.

그저 "학교 가기 싫어서 안 간다"고 말하며 허허 웃었지만, 누구보다 그 눈빛이 쓸쓸했다.

그런 아이들은 졸업 후 며칠 지나지 않아 벌써 지게를 지고 나무를 하거나 도회지에 가서 식모 살이를 하였다.

봉헌은 그런 친구들을 볼 때마다 마음 한구석이 묵직해졌다.

"내도 아부지한테 돈 더 들게 하모 안 되는 거 아이가…."

하는 생각이 들었지만, 그래도 말숙이와 함께 중학교에 갈 수 있다는 사실이 너무도 컸다.

19. 만수와 인자 울산 가다

　만수는 인자의 임신 소식을 들었음에도 불구하고, 이전과 다르지 않았다.
　며칠은 잠잠한 듯 보였지만, 다시금 그는 밤마다 사라졌다.
　어디서 마시는지도 모른 채, 비틀거리는 걸음으로 새벽녘에야 돌아오곤 했다.
　한겨울 찬 바람이 골목을 헤집고 지나가는 그 시간에도,
　만수는 언제나 처럼 술에 절어 있었다.
　옷은 늘 흙과 먼지로 얼룩졌고, 얼굴은 추위와 술기운에 상기되어 있었다.
　"다시는 안 그런다미에."
　인자는 어느 날, 겨우 돌아온 만수에게 낮게 말했다.
　미경이는 등에 업힌 채 잠들어 있었고, 인자의 배는 아직 눈에 띄지 않았지만, 속은 벌써 비틀리고 있었다.
　"아가 또 생겼다 캤을 때…. 지는 미경이 아부지가 조금은 달라질 끼라 믿었심미더."
　만수는 대답하지 않았다.
　그저 벽에 기대앉아, 천장만 멍하니 바라봤다.

말없이 그렇게 있다가, 천천히 입을 열었다.

"…미안타."

그 말은 이미 여러 번 들은 것이었다.

무릎 꿇고 울며 빌기도 했고, 술 깨면 손을 붙잡고

"언자는 애나로 참말로 안 그랄꾸마."

고도 했었다.

하지만 다음 날이면 또다시 어디론가 사라졌고, 인자는 깊어 가는 밤마다 창밖을 내다보며 돌아오지 않는 사람을 기다려야 했다.

그 밤, 인자는 더는 아무 말도 하지 않았다.

미경이의 숨소리만 조용히 들리는 방 안에서, 그녀는 담요를 덮어 주고 조용히 등을 돌려 누웠다.

눈을 감았지만, 잠은 오지 않았다.

'지 혼자 덜컥 애만 낳고, 뭐 하자는 짓이고…. 그래도… 그래도…'

그녀는 배 위에 손을 올렸다.

그 안에서 또 하나의 생명이, 숨죽이며 자라고 있었다.

인자의 눈가에 조용히 눈물이 흘렀다.

무겁고 지친 밤이었다.

어느 날 마산에 살고 있으면 친구들이 많아서 계속 술을 마시니 만수 자신이 울산으로 이사를 가자고 한다.

인자는 그 말을 듣고 한참 동안 아무 말도 하지 않았다.

방 한켠에서 미경이는 작은 손으로 숟가락을 두드리며 놀고 있었고, 인자의 배는 어느덧 제법 불러와 있었다.

"울산?"

그녀가 조심스럽게 되묻자, 만수는 고개를 끄덕이며 말했다.

"마산에 있으모… 안 고치진다. 만날 천날 친구들 만나면 한잔하게 되고, 그라모 또 헤매고…. 내가 이래가는 안 된다. 울산 가모 조선소가 있어가 일자리도 많고, 사람들도 모르고…. 그기 가면, 새로 시작할 수 있을 낀데…."

만수의 눈빛은 오랜만에 조금은 제정신을 가진 사람 같았다.

그 눈을 바라보며 인자는 잠시 망설였다.

"울산… 우리가 그 가 본 적도 없고 아는 사람도 없는데…. 당장 살 집은 우짤라꼬요?"

"알아봤다. 조선소 근처 고물상 옆에 집이 하나 있다 쿠더라. 월세도 얼마 안 하고, 통시도 안 멀고 그서 살모 된다."

인자는 조용히 미경이를 안아 올렸다.

미경이가 어리광 섞인 눈으로 그녀를 올려다봤다.

"얼라를 데불고 또 오데로 갈낀고?"

그녀는 아이의 뺨을 쓰다듬으며 중얼거렸다.

"지는… 어디든 좋심더."

한참 만에 인자가 입을 열었다.

"울산이든, 부산이든… 어디든 미경이 아부지가 술 안 묵고, 일만 함시롱 우리하고 같이 살 수 있으모, 지는 좋심더."

만수는 천천히 고개를 끄덕였다.

"진짜다. 이번에는 진짜로… 술쿠세 다 고치고, 참말로 사람 답게 살아 보꾸마."

그 말이 몇 번째인지는 셀 수도 없었다.

하지만 인자는 처음처럼 그 말을 믿기로 했다.

믿는다기 보다는, 믿는 수밖에 없었다.

그 다음 날부터 만수와 인자 짐을 꾸리기 시작했다.

며칠 뒤, 인자와 만수는 그 누구에게도 연락 한 통 남기지 않은 채, 조용히 마산을 떠났다.

새벽 다섯 시, 골목은 아직 어둑했고, 트렁크 대신 고무줄로 입구를 동여맨 낡은 여행 가방 하나를 들고, 인자는 미경이를 품에 안은 채 너털너털 걸었다.

만수는 앞장서서 무거운 가방을 어깨에 짊어지고, 말없이 발걸음을 재촉했다.

주인집 할머니는 문틈으로 그 모습을 보고도, 아무 말 없이 조용히 눈을 감았다.

"저것들이… 어데로 가더라도 잘 살아야 할 낀데."

할머니는 그 말만 조용히 입 안에 삼켰다.

인자는 마지막으로 집 뒤편, 벽돌 몇 장이 겹겹이 쌓인 부엌을 바라봤다. 그 속에서 미역국을 끓이고, 며칠을 끼니를 걱정하던 날들이 아른거렸다.

그러나 그곳은 이제 떠나야 할 곳이었다.

기댈 곳 없는 고장, 손 내미는 사람 없는 마산에서 더는 기대할 것도 미련도 없었다.

울산. 누구도 알지 못하고, 누구도 기다리지 않는 도시.

하지만 그곳엔 조선소가 있고, 일거리가 있고, 새 시작이 있을지도 모른다는 작은 희망 하나가 있었다.

"미경이 아부지예, 우리… 정말 다시 시작할 수 있겠지예?"

버스에 올라탄 뒤, 인자가 조용히 묻자, 만수는 눈을 감은 채 고개를 끄덕였다.

말보다도 묵직한, 한숨 같은 동의였다.

버스가 출발하자, 뿌연 새벽안개가 천천히 뒤로 밀려났다.

그리고 그 안개 너머로, 두 사람의 고단한 과거도 서서히 희미해졌다.

앞으로 무엇이 기다릴지 몰랐지만, 적어도 그들은 서로를 놓지 않은 채, 또 한 번의 희망을 향해 떠나고 있었다.

울산에 도착한 첫날, 만수와 인자는 고단한 몸을 이끌고 조선소 근처 고물상 집에 짐을 풀었다. 방 안은 눅눅했고, 벽지엔 곰팡이 얼룩이 퍼져 있었다.

하지만 그것조차도 둘에겐 사치처럼 느껴졌다.

만수는 다음 날부터 곧장 일자리를 찾아다녔다.

조선소 앞에는 사람들로 북적였지만, 정작 들어갈 수 있는 자리는 없었다.

"경력 있나? 용접 자격증은?"

사무실 직원의 질문에, 만수는 말없이 고개를 저었다.

그의 이력은 막노동, 싸움, 그리고 술꾼 뿐이었다. 정육 기술이 있다고 말해 보았지만, 조선소는 그런 걸 원하지 않았다.

며칠 뒤, 건설현장에 막노동으로 들어갈 수 있었지만, 그마저도 정해진 인원 안에 밀려 탈락했다.

"다음 주에 다시 오소. 근데 기술 없이는 힘들 낀데."

돌아오는 길, 만수는 손에 쥔 건 달랑 라면 한 봉지 밖에 없다.

인자의 얼굴을 마주할 용기가 없다는 부끄러움뿐이었다.

인자는 방 안에서 미경이를 달래며 배를 매만졌다.

둘째 아이는 어느덧 뱃속에서 힘차게 움직이고 있었다.

"오늘은…" 만수가 말을 꺼내려 하자, 인자는 고개를 저었다.

"묻지도 않을 낀께 고마 옆에 자이소."

밤이 되자, 만수는 구석에 앉아 담배를 피웠다. 창밖으로는 희미한 네온사인과 공장의 경적 소리가 들려왔다.

그 소리마저도 두 사람에겐 너무 멀고 찬란한 세상의 것처럼 느껴졌다.

'울산에 오기만 하모 기회가 있을 줄 알았는데….'

만수는 그렇게 생각하며 담뱃재를 털었다.

하지만, 그 도시는 그들에게 한 줌의 동정도 허락하지 않았다.

울산은, 마산보다 더 냉정하고, 더 차가운 곳이었다.

조선소 입구에서 처음 말을 걸어온 건, 거무튀튀한 작업복에 헬멧을 쓴 사내였다.

"형님은 오데서 왔심미꺼?"

"내는 마산서 왔소."

"지는 진주서 올라왔는데 소문에는 일자리가 쌔비 있다 카더만은 와 내가 들어갈 자리는 없는고 모르겠심미더."

만수는 고개만 끄덕였다.

그렇게 몇 마디 주고받는 사이, 두세 명이 더 모였고,

'올도 꽝이라 쿠네'

란 말이 돌자 다 같이 근처 포장마차로 향했다.

좁은 천막 안, 싸구려 소주병이 벌써 세 병째 비워지고 있었다.

"우리 같은 사람은, 이 나라에선 일도 할 자격이 없는 가베."

"학교 못 나온 죄, 기술 없는 죄, 젊을 때 날린 죄, 그놈에 죄 때문에 목구정에 거미줄 치겠심미더."

누군가 우스갯소리처럼 말했지만, 모두들 조용히 술잔만 들이 켰다.

만수도 마찬가지였다.

마산을 떠날 땐 뭔가 다르게 살 수 있을 거란 생각을 했다. 철수 형님에게 빌붙던 지난날도, 미경이 돌도 못 챙겨 주고 울고 있는 인자의 얼굴도, 다 잊고 싶었다.

하지만 울산의 밤공기 속에서도, 그 죄스러움은 술로도 지워지지 않았다.

"형님, 한 잔 더 하입시더.

뭐, 내일도 똑같을 낀데 뭐."

술기운에 눈이 벌개진 사내가 잔을 따라줬고, 만수는 아무 말 없이 받아들였다.

그날 밤, 인자는 혼자 텅 빈 방에서 미경이를 재우고, 창문을 열었다.

멀리서 공장 경적이 울리는 소리 너머, 남편의 발소리는 들리지 않았다.

'또…'

그녀는 창밖을 바라보며 조용히 배를 쓰다듬었다.

"이 얼라는… 이 도시에서, 과연 살아남을 수 있것나?"

입술을 깨물며 그녀는 혼잣말처럼 중얼거렸다.

"만수 씨, 우리… 어디까지 가는 기고…."

20. 인자가 나섰다

　울산에 내려온 지 석 달이 채 되지 않아, 인자는 둘째 아이를 낳았다.
　몸조리할 틈도, 산후에 누워 쉴 여유도 없었다.
　조그마한 단칸방 안에서 미경이는 기침을 하고, 갓 태어난 아이는 끊임없이 울었다.
　밤새 아이를 안고 젖을 물리며, 인자는 문득 하늘을 올려다봤다.
　낮에도 흐렸던 날씨가 어두운 천막처럼 천장을 짓누르고 있었다.
　그 아래, 남편의 모습은 없었다.
　만수는 울산에 와서도 달라지지 않았다.
　조선소 앞에서 알음알음 만난 사람들과 어울리며, 여전히 술에 의지했다.
　"형님은 인생이 참… 정 많고, 의리도 있고… 근데 왜 이리 망가졌을까예?"
　누군가 그렇게 말을 해도 만수는 대답 대신 씨익 웃었다.
　그럴듯한 핑계를 댈 자신도, 그 핑계를 책임질 마음도 없었다.
　며칠 만에 돌아온 밤, 그는 문을 열고 조용히 방 안으로 들어섰다.
　인자는 아이를 안고 있었다.
　젖 냄새, 기저귀 냄새, 그리고 오래된 가난 냄새가 방을 채우고 있었다.

만수는 아이를 내려다봤다.

조그마한 얼굴, 쪼글쪼글한 손.

"이름은… 뭐로 지을 끼고?"

그가 조심스럽게 물었다.

인자는 대답하지 않았다.

그러다 대신 아주 작은 목소리로 말했다.

"당신은 왜 이러는 기고. 지는 진짜로 모르겠심더."

그녀의 말은 원망도 아니고, 화도 아니었다.

그저 지쳐 있는 사람의 한숨 같았다.

만수는 말없이 방 구석에 주저앉았다.

술에 젖은 숨을 내쉬며, 천장을 바라봤다.

그 천장 위로 도망치고 싶었던 마산도, 믿음을 저버린 철수 형도, 그리고 지금의 자신도, 모두 얇은 종잇장처럼 겹겹이 떠다니고 있었다.

밖은 또 비가 내리기 시작했다.

조용히, 그리고 길게.

인자는 아이를 꼭 안고 있었다.

아무 말도 하지 않은 채 비는 밤새 내렸다.

기척 하나 없는 새벽, 낡은 창문 틈 사이로 스며든 빗소리가 방안을 두드렸다.

미경이는 모포를 차고 뒹굴다 잠든 듯했고, 둘째는 엄마 품에 안긴 채 고요했다.

만수는 한참을 누운 채 눈만 뜨고 있었다.

술기운이 가셨는지 머리가 지끈거렸고, 자신이 무엇을 잘못했는지 알

것도 같고 또 모를 것도 같았다.

"지는… 당신이 무섭지 않심미더."

인자의 목소리가 조용히, 그러나 또렷하게 들렸다.

"술 마시고, 안 들어오고, 사람 무시하고, 그런 거…. 이제는 익숙해졌심미더."

만수는 눈을 감았다.

무서운 게 아니고, 익숙해졌다는 말이, 그 말이 더 아프게 다가왔다.

"근데 지가 무서번 건… 애들이 당신처럼 될까 싶어서예."

인자는 조심스레 둘째의 이불을 덮으며 말을 이었다.

"이 얼라들이… 당신처럼 어디 기대지도 못하고, 사람 말 안 듣고, 자꾸 도망만 치는 그런 사람 되면… 그거는 지가 못 참겠심미더."

만수는 말이 없었다.

말할 자격이 없다는 걸, 처음으로 느끼고 있었다.

한때는 형님이 칭찬해 주던 '손재주 좋은 만수'였고, 인자의 손을 처음 잡고 울었던 '사람 냄새 나는 남자'였는데 어쩌다 이렇게까지 와버린 걸까.

잠시 후, 인자는 조용히 말했다.

"당신, 하루만이라도 일 구하러 가 보이소. 지가 진짜로 바라는 건 그것 하나입미더. 어디 가서 무슨 일이라도, 딱 하루만 해 보이소예. 그게 싫으모… 당신은 오늘부터 얼라 아배 아니다 생각할끼예."

그 말은 칼보다 날카로웠다.

만수는 속으로 수없이 다짐했었다.

이번엔 잘해 보자. 술 끊자. 진짜로 가족 지켜보자, 하지만 그 다짐이 언제나처럼 취기에 씻겨 내려갔다는 걸 그는 알고 있었다.

그날 새벽, 만수는 처음으로 혼자 밖으로 나갔다.

술집도, 조선소 앞도 아닌 인력시장이었다.

아직 문도 열지 않은 사무소 앞에서 그는 비에 젖은 벽에 기대어 앉았다.

담배를 꺼내려다 말고, 주머니에 넣은 손을 꾹 쥐었다.

그리고 혼잣말처럼 중얼거렸다.

"미경이, 그리고… 둘째 숙경이. 아배로, 진짜로 이번엔… 사람 돼 볼 끼다."

비는 여전히 내리고 있었다. 하지만 만수의 어깨 위엔 그 비보다 무거운 마음 하나가 처음으로 자리를 잡고 있었다.

새벽 4시 반, 어두운 골목길을 터벅터벅 걸어 도착한 인력시장엔 벌써 수십 명의 사내들이 줄지어 서 있었다.

그들 중엔 젊은 청년도 있었고, 경력이 풍부한 중장년들도 많았다.

모두가 작업복을 입고 안전모를 손에 들고 있었지만, 만수는 가진 게 없었다.

낡은 점퍼 하나에 낡은 운동화, 공사장에 바로 들어가기는 턱없이 부족한 복장이었다.

인력사무소 앞에 서서 줄을 섰지만, 담당자는 지나가듯 말했다.

"보소, 뭐 할 줄 아는 기요?"

"힘쓰는 거는 잘 합미더…."

"그라모 저 뒤에 가서 있으소. 기술자들 먼지 가고나모 자리 있으모 보내 주깨요."

그날도 허탕, 다음 날도 마찬가지.

일당은 커녕 대기명단에 이름조차 올리지 못했다.

"하루 일이라도 해 봤으면 좋것다이."

혼잣말로 중얼거리며 시장 골목을 빠져나오는 만수의 눈빛은 점점 무너지고 있었다.

점심 무렵이면 주변을 떠도는 술 냄새가 그를 유혹했고, 결국 그는 또 다시 작은 주점에 앉아 소주 한 병을 앞에 두고 있었다.

"일도 없고, 희망도 없고…. 내가 뭘 할 수 있다고…."

잔을 비우며 고개를 숙이는 그의 뒷모습은 이미 지쳐 있었다.

그 시각, 인자는 미경이와 숙경이 둘을 품에 안고 방 안에 주저앉아 있었다.

젖은 기저귀를 갈고, 울음을 달래다 깜빡 잠든 아기를 꼭 끌어안은 채, 인자는 희미한 창밖을 바라보았다.

'이 사람… 운제쯤 철이 들꼬…. 아이모, 철이 들기는 하것나…?'

그러나 눈물은 흘리지 않았다.

이제는 울 힘조차 남지 않았기 때문이었다.

밤이 깊어지고, 허름한 울산 뒷골목을 비추는 가로등 불빛 아래, 만수는 술에 취해 비틀거리며 집으로 돌아왔다.

싸늘한 겨울 공기가 뺨을 스치고, 입김이 흘러나왔다.

손에는 아무것도 들리지 않았고, 주머니엔 동전 몇 개가 전부였다.

문을 열자마자 들리는 건, 아이의 울음소리였다.

둘째 숙경이가 칭얼대고 있었고, 인자는 맨바닥에 앉아 젖을 물리고 있었다.

방 안 공기는 눅눅했고, 부엌에서 빨래가 겨우 널려 있는 모습이 눈에 들어왔다.

만수는 한동안 문 앞에 서 있다가 휘청거리며 말했다.

"미안타… 올도 허탕이다…."

인자는 아무 말 없이 고개를 떨구고 아이만 바라보았다.

대꾸하지 않는 아내의 침묵이 더 무겁게 느껴졌다.

"내일은 꼭 해 볼 끼다…. 진짜로, 미경이 옴마…."

만수가 바닥에 주저앉았다.

"내도 안 이러고 싶다. 근데, 뭐… 뭐가 이렇게 안 되노…."

그는 주먹으로 자기 무릎을 때리며 울먹였다.

인자는 천천히 숙경이를 눕히고, 그 옆에 담요를 덮어 주었다.

그리고 만수에게 다가와 조용히 말했다.

"사람이 하루 이틀 무너지나… 그래도 당신 혼자가 아이데이. 나도 있고 얼라가 둘이나 있데이…. 미경이 아부지, 나도 힘들다. 진짜로."

그 말에 만수는 입을 다물었다. 눈물만 흘렀다.

그날 밤, 인자는 한참을 뜬눈으로 천장을 바라보았다.

그리고 결심했다.

'더는 기대지 않겠다고.'

'더는 기다리지 않겠다고.'

다음 날 아침, 인자는 아기를 둘러메고 근처 슈퍼마켓 앞을 기웃거렸다.

"혹시, 일손 필요합미꺼? 몇 시간이라도 좋심미더."

그녀의 목소리는 작고 떨렸지만, 눈빛만큼은 단단했다.

슈퍼마켓 사장은 인자의 눈빛을 오래 바라보다가 조용히 말했다.

"얼라 대불고 우찌 일할라꼬요?"

슈퍼 사장은 그렇게 말을 하면서도 아이 엄마가 얼마나 어려우면 아이를 데리고 일을 하려고 나왔나 싶어 자신이 어려울 때를 떠올리며 그녀에게 일자리를 준다.

"야채 다듬는 일을 해 봤는 기요?"

"하모예, 지가 촌에서 농사 짓다가 왔다 아임미꺼. 그런 거는 잘 합미더."

"그라모 올 하는 거 보고 계속 일을 할 낀가 정하것심미더."

인자를 건물 뒤편 컴컴한 창고에 데리고 갔다.

그곳에는 배추와 상추 시금치 등이 쌓여 있었다.

사장은 시금치 한 단을 꺼내어

"시든 거하고 누른 잎을 때 내고 성성한 것만 요래 한 주먹만큼 새로 만드는 김미더. 할 수 있것지예?"

"하모예, 아무것도 아임미더."

인자는 숙경이는 들쳐 업고 미경이는 플라스틱 큰 박스 안에 넣어 두고 작업을 시작했다.

시골에서 농사일을 해 본 그녀는 아이를 들에 업어서 힘들어도 잘 견디고, 미경이가 플라스틱 박스 안에서 칭얼거려도 일손을 멈추지 않았다.

21. 인자 슈퍼에서 일하다

시골에서 논밭을 일구던 손길은 여전히 야무졌다.

아이를 등에 업은 채 허리를 굽히고, 시든 잎사귀를 하나하나 골라 내는 손길에 피로가 묻어 있었지만 그 무엇보다 단단했다.

아이 울음소리에 잠시 멈칫할 때도 있었지만, 인자는 곧 다시 일을 시작하며 마음을 다잡았다.

"아이들을 위해서라도, 오늘 하루도 견뎌 내야지."

그녀의 입가에 굳은 결심이 스며들었다.

그리고 그날, 어둡던 창고 안에서 인자의 손길은 어느새 희망의 빛을 짓고 있었다.

인자는 매일 슈퍼마켓 창고에서 야채 다듬는 일을 하며 지쳐도 힘을 냈다.

상품 가치가 떨어져 버려질 시든 잎사귀나 상처 난 야채들이 쌓여 있을 때마다, 그녀의 마음은 묘하게 놓였다.

일이 끝나고 돌아오는 길, 인자는 그 야채들을 조심스레 가방에 담았다.

"시든 야채라도 밥반찬 걱정은 안 해도 되겠다이."

아이들이 굶지 않게만 해도 다행이라는 마음이 작은 희망이 되어 그녀를 붙잡았다.

미경이와 숙경이가 잠든 사이, 인자는 수북한 시금치 잎과 배추 몇 장을 씻어 손질했다.

무심코 꺼낸 시든 잎 한 장 한 장을 떼어 내고, 상한 부분은 과감히 잘라냈다. 작지만 알찬 반찬이 하나둘 완성되었다.

"아이들 밥 굶지 않게 잘 무모 장땡인 기라."

혼잣말을 하며 인자는 조용히 미소 지었다.

처음엔 막막했던 앞날이 조금씩 밝아 오기 시작했다. 희망이라는 이름의 싹이, 조금씩 그녀 가슴속에 피어나고 있었다.

만수는 여전히 집에 돌아오지 않았다. 인자는 아이들 밥상을 차리며 창밖을 멀리 바라봤다.

비록 만수가 없어도, 아이들은 배부르게 먹여야 했다.

"미경아, 숙경아, 밥 많이 무우라. 옴마가 열심히 일해서 꼭 좋은 날 올 끼다."

아이들의 작은 손이 밥그릇을 잡는 모습에 인자는 가슴이 뭉클해졌.

밤이 깊어 가고, 인자는 아이들을 재우고 난 뒤 창밖을 보며 다짐했다.

"포기하지 말자. 내일도 다시 일하러 가야지."

외로운 싸움이지만, 아이들을 위해서라면 어떤 어려움도 견뎌 낼 수 있을 것 같았다. 그녀의 마음속에서 작은 불씨가 점점 더 크게 타오르고 있었다.

그런 희망의 불씨도 잠시, 인자는 세 번째 임신 사실을 알게 되었을 때는 앞날이 캄캄함을 느꼈다.

만수는 여전히 집에 들어오지 않고, 술에 젖은 날들이 계속되었지만, 인자는 아이 둘과 배 속의 생명을 위해 멈출 수 없었다.

"이 아이도, 우리 가족이니까…."

가느다란 손으로 배를 쓸어내리며 스스로 다독였다.

임신 초기임에도 불구하고, 인자는 슈퍼마켓 야채 다듬는 일을 쉬지 않았다.

아이들 밥 걱정에 잠을 설쳐가며 하루하루를 버텼다.

몸은 점점 무거워졌고, 피로는 쌓여 갔지만 그녀는 아침 일찍부터 창고 한켠에서 야채를 손질했다.

시든 잎사귀와 상한 부분들을 골라 내고, 싱싱한 것들만 조심스레 다듬으며 자신과 아이들을 위해 조금이라도 더 나은 내일을 꿈꾸었다.

그럼에도 불구하고 마음 한켠에는 만수의 빈자리가 크게 느껴졌다.

"미경이 아부지가 없어도 난 일을 해야 얼라들을 건사할 수 있다."

인자는 그렇게 단단히 마음을 먹었다.

그녀의 손끝에선 작은 땀이 맺히고, 숨이 가빠졌지만 인자는 멈추지 않았다.

아이들의 웃음소리와 고마운 슈퍼마켓 사장의 격려가 그녀에게 또 하나의 버팀목이 되어 주었다.

만수가 없지만, 인자는 혼자가 아니었다.

그 누구도 대신해 줄 수 없는 엄마로서, 그녀는 오늘도 야채를 다듬으며 내일을 준비했다.

임신 말기, 산달이 다 되었음에도 인자는 여전히 슈퍼마켓 창고 한켠에 앉아 야채를 다듬고 있었다.

배는 산처럼 불러 있었고, 허리는 끊어질 듯 아팠지만 그녀는 손을 멈추지 않았다.

미경이는 이제 제법 걸어 다니고 있었고, 숙경이는 커다란 야채 박스 안에서 고구마를 쪼물거리며 놀고 있었다.

그 모습을 본 슈퍼마켓 사장은 말없이 고개를 저었다.

"미경이 옴마 해산할 때가 다되었는데 이러다 배 안에 얼라도 안 좋다. 엉가이하고 집에서 쉬소."

그러나 인자는 고개를 숙인 채 조용히 말했다.

"지예 내일까지만 하고 해산할 때까지 쉬께예. 일손 딸린다 캤지 않습미꺼…."

그녀의 말투에는 애절함이 묻어 있었다.

사장은 더는 말리지 못하고, 한숨만 내쉬며 물 주전자를 건넸다.

"그라모 물이라도 자주 마시소. 미경이 옴마도 옴마지만 얼라도 생각 좀 하이소."

그날 오후, 인자의 손등에는 시금치 물이 들고 손톱 밑은 흙이 까맣게 들었지만 그녀의 눈빛은 흐려지지 않았다.

아이들 밥 한 끼, 내일 아침 쌀 한 줌을 위해, 그리고 곧 태어날 또 하나의 생명을 위해, 인자는 끝까지 자신의 몸보다 식구들을 먼저 챙겼다.

그녀는 알고 있었다. 누군가는 이 가난한 집의 버팀목이 되어야 한다는 걸.

그리고 지금, 그 사람이 자신이라는 걸.

인자는 늘 그렇듯 숙경이를 업고, 미경이 손을 잡고 슈퍼마켓 창고로 향했다. 그녀의 발걸음은 무거웠지만 마음은 결심으로 단단했다.

"오늘까지만, 오늘까지만 하고… 내일부터는 쉰다…."

스스로에게 그렇게 말하며 야채 상자 앞에 앉았다.

배는 고무풍선처럼 불러 있었고, 허리는 휘청거렸지만 익숙한 손놀림으로 시금치와 배추를 골라 냈다.

그러던 중, 갑작스레 배 아래로 묵직한 통증이 몰려왔다.

인자는 잠시 허리를 감싸 안고 숨을 골랐다.

하지만 통증은 금세 파도처럼 밀려왔다.

"읍… 웃…"

억지로 이를 물었지만, 이내 바닥에 맺힌 이상한 감촉이 발끝에 느껴졌다.

양수였다.

그녀는 자리에서 일어서려 했지만, 숙경이와 미경이는 발밑에서 울기 시작했다.

순간, 또 한 번의 강한 진통이 밀려왔다.

인자는 바닥에 주저앉고 말았다.

창고 안에는 아무도 없었다.

"아이고… 아이고야…"

그녀는 바지춤을 붙잡고, 본능적으로 자세를 낮췄다. 야채 다듬던 회색 고무장갑을 벗어 던지고, 미경이를 향해 힘겹게 말했다.

"미경아… 사람 좀 불러오이라…. 얼라가 나올라 칸다…."

미경이는 아장거리며 슈퍼마켓 안으로 뛰어가 사장 앞에 섰다.

21. 인자 슈퍼에서 일하다

"아재요, 옴마가 얼라 낳았심미더."

"뭐라쿠노?"

사장은 미경이가 무슨 소리를 하는지 잘 몰라 다시 물어본다.

미경이는 엄마를 살려야 한다는 생각에 아주 큰소리로

"옴마가 얼라 낳는다고예…!"

사장은 깜작 놀라 매장에 있는 여직원을 데리고 같이 뛰어갔다.

창고 구석, 시금치 박스 옆에서, 인자는 피와 양수에 젖은 채, 작고 붉은 생명을 품에 안고 있었다.

사장과 여직원은 어떻게 해야 될지 몰라 허둥거린다.

"미경이 옴마, 괴안습미꺼."

"어매야!"

놀란 여직원이 여직원 휴게소로 달려가 이불을 들고 왔고, 누군가는 수건을 들고 뛰어왔다.

인자는 그저 흐린 눈으로 갓 태어난 아기를 내려다보았다.

세 번째 아이. 세 번째 희망. 피로 물든 손에 감긴 조그마한 손가락 하나에, 그녀는 미소를 지었다.

"니… 참말로… 기어이 이 와중에도… 와 줬구나야…"

그날, 조용한 슈퍼마켓 창고 안에 새 생명의 울음소리가 울려 퍼졌다.

22. 갓난아기 복자

사장은 택시를 타고 병원으로 가라고 했지만, 인자는 머리를 세차게 저었다.

"안 갑미더. 병원비도 없고, 얼라 처음 낳는 것도 아인데 지 혼자 할 수 있습미더…."

인자는 피로한 얼굴에 땀이 송골송골 맺혀 있었고, 품에 안긴 갓난아이는 조용히 숨을 쉬고 있었다. 사장은 한숨을 쉬며 말했다.

"그라모, 내 직원 하나 따라 보내께에.

혼자 가믄 큰일 납니다."

그리하여 슈퍼마켓 직원인 젊은 여자 '영순'이는 인자를 따라 집까지 동행하게 되었다.

영순은 작은 체구에 말이 없는 편이었지만, 인자의 안색을 보자 걸음을 재촉했다.

좁은 골목길을 돌아 허름한 셋방 앞에 도착했을 때, 문을 열자마자 난방을 하지 않아 매케한 곰팡이 냄새가 진동을 한다.

영순이는 옆집에서 연탄 몇 장을 빌려와 불을 피우고 곤로를 켜 미역국을 끓인다.

미경이는 엄마의 모습이 이제 제대로 보인다.

"옴마! 옴마 배에서 피 난다! 와 그런노?"

영순은 황급히 미경이를 안아 달래고, 인자를 방 안으로 부축했다.

낡은 요 위에 누운 인자는 갓난아이를 가슴에 올려 놓고는 진통의 여파로 숨을 거칠게 쉬었다.

"미안타… 이래 또 엄마가 누워 있다…. 참말로 미안하다 미경아… 숙경아…."

영순은 솥을 올려 물을 끓이고, 마른 수건과 깨끗한 헝겊을 찾아 방을 정리했다.

밤이 늦었지만 영순이는 집으로 돌아가지 않고 산모와 아이들을 보살피고 있었다.

밤은 깊어 갔고, 인자는 병원 대신 얇은 이불 아래에서 아이를 꼭 안은 채 잠이 들었다.

연탄불이 들어가면서 새벽이 되자 셋방 안은 조금 따뜻해졌다. 미역국 냄새는 더 진하게 방 안을 채웠다.

영순은 조심스레 국을 한 그릇 떠 인자 옆에 놓았다.

"미역국 한 숟갈이라도 드시소. 이래 누워 있으면 기운 다 빠집미더."

인자는 천천히 눈을 떴다.

피로가 가득한 눈동자였지만, 갓난아이가 품에 있는 걸 확인하고는 가볍게 숨을 내쉬었다.

"영순 씨, 고맙심더…. 미안시러버서 진짜로 우짜면 좋노…."

"괴안심더. 지는 그냥… 옛날에 우리 옴마 생각이 나서예. 지도 어릴 때, 옴마가 이래 얼라를 낳았다 카데에."

그 말에 인자는 조용히 눈을 감았다.

엄마라는 단어는 항상 미안함과 그리움을 동시에 데려왔다.

인자도 엄마가 보고 싶어 눈가에 눈물이 고인다.

'지금쯤 옴마는 뭐 하고 있을꼬?'

그녀는 손끝으로 아기의 머리를 쓰다듬었다.

"얼라 이름을 뭐로 지아야 되노…?"

인자가 혼자 말을 했다.

그때, 미경이가 깨어났다.

졸린 눈으로 엄마를 바라보던 아이는 이불을 걷고 인자 옆으로 기어 왔다.

"옴마, 우리 동생 이름 '복자' 어떤노? 옴마가 자주 말했다 아이가. 복이 들어올 얼라라 쿠더만은."

인자는 놀란 눈으로 딸을 바라보다 이내 눈을 떨궜다.

"맞다… 복자…. 그래도 살아야지, 살아 보자. 우리 식구, 다 같이…."

그 순간, 방 안으로 들어온 한 줄기 햇빛이 창틈을 비집고 들어왔다.

기억나지 않을 정도로 오랜만에 느끼는 따스함이었다. 영순은 아이에게 미소를 지으며 미역국을 식탁 위에 놓고 말했다.

"자, 언자 쪼매 잡사 보이소. 얼라 젖도 믹이야 된다 아입미꺼."

인자는 숟가락을 들어 미역국을 한 입 삼켰다.

짜지도 싱겁지도 않은 그 국물은 뱃속으로 스며들며, 오래된 공복과 서러움을 잠시 덮어 주는 듯했다.

그리고 그 아침, 인자는 처음으로 짧고 불안한 삶 속에서도 '살아 낸다'는 것에 대해 생각했다.

22. 갓난아기 복자

미경이는 여전히 엄마 옆에서 이불을 덮어 주고 있었고, 숙경이는 영순의 품에서 새근거렸다. 갓 태어난 복자는 조용히 숨을 쉬었다.
비록 남편은 또 며칠째 소식이 없었고, 일터도 언제 다시 나갈 수 있을지 알 수 없었지만 그날 아침, 인자의 눈빛에는 아주 작고 단단한 불씨 같은 것이 깃들어 있었다.
그것은, 다만 살아 있기에 지켜야 할 것들에 대한 작고 끈질긴 의지였다.

울산시외버스 주차장에 내린 인자의 어머니는 커다란 보자기 보따리를 한 손에 들고, 다른 손으론 허리를 곧추세워 가며 버스를 갈아탔다.
자식들 걱정에 밤잠을 설친 터라 얼굴은 퀭했고, 팔에는 쌀 한 되와 말린 미역을 묶은 종이가방이 매달려 있었다.
"이래 가도 벌써 낳았시모 우짜노…?"
혼잣말을 중얼이며 좁은 골목을 지나 인자가 사는 셋방 앞에 다다랐을 때, 방문은 꼭 닫혀 있었다.
조심스레 문을 두드리자 안에서 낯선 여자의 목소리가 들려왔다.
"누구심미꺼?"
"색시는 누고? 내는 미경이 할매요. 산달 다 돼 가…. 디다 보러 왔구만은…."
문이 열리자 젊은 여자가 어색한 웃음을 지으며 말했다.
"안으로 들어오시소. 얼라는 어제 낳았심미더."
그 말에 어머니는 순간 발이 멈췄다.
"뭐라카노? 벌시로 낳았다고?"

"예. 점빵에서 시금치 다듬다가 가악 중에 양수가 터지가…. 낳았습미더…."

말끝을 흐리는 영순의 표정에서 인자가 얼마나 힘든 상황에서 아이를 낳았는지 짐작이 갔다. 어머니는 말을 잇지 못한 채 방 안으로 들어섰다.

그곳엔 땀에 젖은 머리를 질끈 묶고, 새벽 햇빛에 창백한 얼굴을 한 인자가 갓난아이를 품에 안은 채 누워 있었다.

그 모습을 본 어머니는 입을 틀어막았다.

"이노무… 가서나야… 미친나…. 이래 얼라 낳아모 니가 디진다. 아이고 내가 못산다…."

울먹이는 목소리에 인자는 겨우 고개를 돌려 미소를 지었다.

"옴마, 걱정 마소…. 내는 괴안타."

엄마는 딸이 너무나 불쌍해서 한숨만 나온다.

그런 엄마를 달래 주려고 인자는 애쓴다.

"옴마, 얼라 이름은 복자라 지었심미더. 내가 복마이 받아라꼬…."

인자는 말을 잇지 못한다.

어머니는 그 자리에 주저앉았다.

미역을 담은 종이가방이 구겨져 발밑에 떨어졌고, 쌀은 찢어진 보자기 틈으로 조금 흘러나왔다.

그녀는 바닥을 손으로 짚고 눈물을 훔쳤다.

"복자든, 뭐든…. 니꼬라지를 함봐라. 이기 사람 사는 기가.

니는 와 이 애럽은 짐을 니 혼자 지고 가노? 내가 좀 더 데불고 있다가 시집을 보낼꾸로…. 미안하다, 내 딸아."

그 순간, 갓난아이는 잠에서 깨듯 작게 울었다.

그 울음소리는 방 안을 채우며 살아 있음을 알리는 선언 같았다. 인자는 힘겹게 몸을 일으켜 아이를 달랬다.

"괘안심더. 지금부터라도… 우리 잘 살아 볼 깁미더. 옴마도 울지 마이소."

어머니는 이불 끝을 쥐고 눈을 감았다.

한동안 말이 없었다.

하지만 그녀의 주름진 손이 이내 미역 꾸러미를 펴며 말했다.

"물부터 올리자. 산후엔 미역국이라. 미역이라도 든든히 먹고 기운 차려야 안 되것나."

옆에서 듣고 있던 영순이는

"미경이 할매예 미역국은 지가 끼리 낳심미더. 그라고 언자 할매도 오시신깨 지는 슈퍼에 갈깨예."

인자는 몸을 일으켜서 인사를 하려고 한다.

"미경이 옴마예, 가만히 누버 계시이소. 지는 갈깨예."

인자 엄마는

"처이야, 욕받다이. 고마배서 우짜노…."

"영순 씨, 욕봤어예. 사장님한데 고맙다 카더라 캐 주이소."

"예, 그리 할깨예 몸조리 잘 하시소."

인자의 눈엔 눈물이 고였지만, 그것은 이제 더 이상 슬픔만은 아니었다.

인자의 어머니는 더 있고 싶은 마음이 굴뚝같았지만, 내봉촌에도 돌봐야 할 아이들이 있고, 밭일도 미뤄진 채 산더미처럼 쌓여 있었다.

"인자야, 나 간다. 자주 못 와서 미안타."

몸 조심하고, 미역국은 꼭 끼리 무라."

어머니는 마당 끝에 서서 애써 눈물을 참으며 당부했다.

인자는 갓난아이를 안고 숙경이와 미경이를 옆에 두고, 힘없이 고개를 끄덕였다.

"옴마, 고맙심더… 미안코… 잘 키알깨예."

어머니는 자꾸만 뒤를 돌아보았다. 마치 이제 한참을 또 못 볼 사람들처럼.

버스가 떠나고, 그 좁은 셋방에는 다시 조용한 숨소리만 남았다.

하루가 지나고 이틀이 지나도… 만수는 오지 않았다.

그가 마지막으로 문을 열고 들어온 날이 언제였는지조차 흐릿해졌다.

밤이면 미경이는

"아부지는 운제 오노?"

라고 묻곤 했다.

인자는 대답 대신 딸아이의 머리를 쓰다듬었다.

숙경이는 여전히 등에 업혀 잠들었고, 갓난아이는 수건 이불 속에서 조용히 숨을 쉬고 있었다.

22. 갓난아기 복자

23. 만석이의 국민학교 졸업

1977년 2월, 바람이 창문 틈새로 들이치던 날이었다. 춥기로 소문난 법수면의 겨울 한가운데에서 문현 국민학교 제15회 졸업식을 하였다.

교실 몇 칸에 걸쳐 중간 문을 터서 강당처럼 넓게 만든 곳에서 졸업식을 했다.

서로 다른 미닫이문을 헐고 만든 공간 안에는 삐걱거리는 나무 마룻바닥 위에 걸상만 줄지어 놓였고, 맨 앞에는 교장 선생님의 낡은 책상이 단상처럼 자리 잡고 있었다.

칠판 위에는 '졸업을 축하합니다'라는 글귀가 적힌 붉은 현수막이 걸려 있었다.

아이들은 평소 입던 누더기 외투를 입고, 옷깃을 세운 채 하나둘씩 자리에 앉았다.

교실 안은 솔방울로 불을 피우는 난로 하나로 겨우 버티고 있었지만, 코끝은 여전히 시렸다.

입김이 휘돌고, 발을 동동 구르며 졸업식이 시작되기를 기다리고 있다.

만석은 맨 뒤 창가 자리에 앉아 있었다.

엄마도, 아버지도 오지 않았다.

누군가는 어머니 손을 꼭 잡고, 또 누군가는 할아버지가 입구에 서 있는 모습에 눈을 반짝였다.

그러나 그런 풍경은 드물었다. 열 명 넘는 자식을 둔 집안이 대부분이었고, 장남이나 장녀가 아닌 이상 국민학교 졸업식쯤은 혼자 치러야 하는 것이 당연한 듯 여겨졌다.

"이제 6학년 졸업장을 수여하겠습니다."

교장 선생님의 굵은 목소리가 마루에 울려 퍼졌다. 맨 앞줄부터 한 명씩 이름이 불렸다.

"박경자."

경자는 부끄러운 듯 앞으로 나가 졸업장을 받았다.

"김만석."

만석이는 조용히 자리에서 일어나 목이 늘어난 스웨터를 여미며 앞으로 나갔다.

졸업장을 두 손으로 받아 들었을 때, 종이의 빳빳한 감촉이 손끝을 간지럽혔다.

그에게는 6년 개근상도 모범상도 없었다.

2학년 때부터 학교를 가야 했고, 일손을 거들러 가야 했던 날도 많았다.

그래도 그날 받은 단 하나의 졸업장은, 그가 처음으로 스스로 얻은 '종이 한 장'이었다.

졸업식이 끝나자 아이들은 교실 밖으로 우르르 쏟아져 나왔다.

종이로 만든 조화도, 사진도, 박수도 없었지만, 아이들의 얼굴엔 묘한 설렘이 서려 있었다.

"야, 우리 중학교 가서도 같이 댕기자!"

"니 자전거 있나?"

"엄마가 내 옷 한 벌 사 줬다!"

만석은 그 옆에서 말없이 졸업장을 품에 안고 교문을 향해 걸었다.

그를 마중 나온 사람은 아무도 없었고, 춥고 낡은 마을 길 위로 그의 발자국 소리만 또박또박 울렸다.

그날 저녁, 집에 돌아온 만석은 졸업장을 조심스럽게 벽장 속에 넣었다. 그리고 보리밥 한 그릇을 말없이 받아 들며 할머니 앞에 앉았다.

"졸업했나?"

할머니는 물었고, 만석은 고개를 한 번 끄덕였다.

"그래, 잘했다. 중학교 가모 니는 잘 할 끼다."

그 말이 칭찬처럼 들렸다.

사정리에서 법수중학교까지는 이십리 길을 자전거로 꼬박 한 시간 거리였다.

버스가 없던 것은 아니었다.

하루에 서너 번 지나가는 버스는 중학생들 통학용으로는 엄두조차 낼 수 없었다.

요금도 요금이지만, 함안 종고 고등학생들과 같이 타고 가는 버스라 버스는 상당히 비좁았다.

그래서 아이들은 언제나 자전거를 타고 다니는 게 당연한 일이었다.

학교를 마치고 논두렁 길을 달리는 아이들, 헐렁한 교복 바람에 자전거 바퀴가 흙먼지를 일으키며 들길을 비틀비틀 돌아오는 것이 일상이었다.

하지만 만석은 아직 자전거가 없었다.

자전거 수리점에서 제일 싼 중고 자전거도 삼천 원을 넘겼고, 그 돈은 어머니에게 너무 큰 부담이었다.

"쪼매만 지달리라이 만석아. 설 지나모 꼭 사 주꾸마."

그 말이 벌써 몇 달째였다.

입학식을 앞두고 동네 아이들이 자전거 페달을 점검하고 체인에 기름 칠을 하는 모습을 볼 때면 만석은 괜히 마당 한켠에서 빗자루를 들고, 마당을 쓸고 있었다.

태봉이가 말했다.

"야, 니는 운제 자전차 사노? 언자 학교 갈 때 다 되었다이."

"몰것다 움마가 사 준다꼬 하더만은 기척이 없네."

만석은 아무렇지도 않은 척 덤덤히 대답했다.

사실, 만석은 입학식 날 이른 새벽부터 어둑한 들판을 지나 굽이굽이 흙길을 따라 이십리길을 걸을 작정이었다.

자전거가 없는 아이는, 사정리에서 만석이 한 명밖에 없었다.

경수는 만석의 작은 아버지였다.

월남 전에 운전병으로 참전하고 돌아와서, 그는 운전수가 되었다.

1970년대에 대형 트럭을 모는 운전수는 아무나 될 수 없는 일이었다.

군대에서 배운 기술을 살려, 그는 대한통운에 들어갔다.

그가 몰던 5톤 화물 트럭은 정부 물자부터 외국에서 들여온 원조 밀가루까지 실어 나르던 크고 무거운 차였다.

조수 하나가 트럭 옆에 붙어 다녔고, 출입문 옆에 큼직하게 '대한통운'이라고 써 있는 트럭을 몰고 전국을 누비다 보면 어느 읍내에서는 면사무소 공무원보다도 더 대접받는 경우도 있었다.

기름 냄새에 찌든 작업복, 운전석에 얹힌 담배 한 갑, 그리고 쉴 새 없이 돌아가는 라디오 소리는 도시의 바람을 실어 나르고 있었다.

그날, 법수면에 비료를 하차하라는 지시가 떨어졌을 때 경수는 말없이 시동을 걸었다.

'거기는 우리 형님 댁 있는 데 아이가.'

트럭은 먼지를 일으키며 국도를 달려 법수면으로 향했다.

조수는 옆자리에서 졸고 있었고, 경수는 뚝심 있게 핸들을 잡은 채 생각에 잠겼다.

큰형 철수가 집을 떠난 지도 제법 되었다.

형수는 마산으로 나가 식당에 들어갔고, 남은 건 몸 약한 어머니와 어린 조카들뿐이었다.

마을 어귀에 들어서자, 몇몇 아이들이 트럭을 보며 손을 흔들었다.

"우와, 대한통운이다!"

시골에서 그렇게 큰 차는 볼 수가 없었다.

대한통운이 물건이 내려오는 날에나 볼 수 있는 귀한 구경이었다.

경수는 트럭을 어머니 집 앞에 멈췄다.

덜컥 열린 철문 너머, 어머니는 마당에 쪼그려 앉아 햇볕을 쬐고 있었다.

"어무이, 경수입니더."

어머니는 고개를 들고, 눈을 찌푸리며 말했다.

"아이고야, 니가 우짠일이고? 억수로 바쁠낀데…."

"면에 비료 내라 주는 길에 한 번 들러 봤습미더."

경수는 트럭 문을 닫고 마당으로 성큼 들어섰다.

조수는 뒤에서 트럭에 실린 비료 포대 하나를 내린다.

"어무이, 이거 남수 밭에 뿌리소예."

"아이고, 고맙다. 거름 만들라쿠모 애렵는데. 요거 뿌리모 나무세기가 새첩게 올라 온다이."

경수는 마당 끝에 서서 한동안 집을 바라보았다.

큰형이 떠난 빈자리는 생각보다 컸다.

텅 빈 돼지우리, 잡초가 자라 말라 버린 마당, 그리고 말수가 줄어든 어머니.

"어무이, 철수 형님… 소식 좀 있읍미꺼?"

경수가 조심스럽게 물었지만 어머니는 고개만 살짝 저었다.

"말도 마라… 소식도 없고, 생사도 모린다."

잠시 침묵이 흘렀다.

트럭에서 내려오던 조수가 고개를 돌려 말했다.

"기사님, 시간 됐습미더. 대산면에 가야 됩미더."

경수는 어깨를 펴고 고개를 끄덕였다.

"오매, 다음에 또 올깨예. 조카들 뭐 필요한 거 있으면 이바구 하이소."

경수가 트럭 문을 잡고 돌아서려는 순간, 마당 한쪽에서 나뭇짐을 정리하던 어머니가 입을 열었다.

그 목소리는 작고 떨렸지만, 마음속에 담긴 무게는 결코 가볍지 않았다.

"만석이가… 언자 중학생이 안 되나…. 자잔차를 한 대 사 주어야 하는데….

너거 형수가 버는 돈으로는… 그거 사 줄 형편이 안 된다….

니가… 한 대 사 주모 안 되것나…."

경수는 걸음을 멈췄다.

어머니는 고개를 숙이고 있었다.

맏며느리로 혼자서 아이 넷을 키우며 마산에서 식당을 다니는 형수의 고단함, 철수 형이 떠난 집에서 점점 작아져 가는 어머니의 뒷모습이 말없이 그의 마음을 짓눌렀다.

경수는 천천히 돌아서며 모자를 벗었다.

"오매요… 진작 이야기 하지예."

그는 입가에 씁쓸한 웃음을 머금은 채 말했다.

"지가 며칠 있다가 월촌으로 비료 싣고 내려올낍미더.

그때 잔차 한 대 싣고 올깨에. 만석이한테 맞는 거로 새탁한 거 사 올깨에 걱정 마이소."

어머니는 말없이 고개를 끄덕였다.

그 말만 들어도, 가슴속 걱정이 절반쯤 내려앉은 듯했다.

경수는 트럭에 올라탔다.

조수가 무심히 라디오를 틀었고, 낡은 스피커에서는 트로트 한 자락이 흐르고 있었다.

시동이 다시 걸렸다.

트럭은 먼지를 일으키며 천천히 마을을 빠져나갔다.

어머니는 마당 끝에 서서, 그 커다란 트럭이 고개 너머로 사라질 때까지 한참을 바라보았다.

그날 밤, 만석은 아무것도 모른 채 학교 교과서를 정리하며 중학교 입학날짜를 세어 보고 있었다.

24. 만석이 자전거 사기

　경수는 대한통운 마산지점 운행을 마치고, 트럭을 주차장에 주차한 뒤 곧장 자전거 대리점 골목으로 향했다.
　마산역 근처 뒷골목, '태양 자전거'라고 적힌 낡은 간판이 바람에 덜컹거리고 있었다.
　문을 열자 쇠에 기름칠한 냄새와 고무 냄새가 섞여 코를 찔렀다.
　벽에는 반들반들한 새 자전거들이 줄지어 있었지만, 경수는 구석 한쪽 중고 자전거들이 쌓인 쪽으로 걸음을 옮겼다.
　"사장님, 중학생 탈 만한 중고 자전거 하나 볼 수 있습미꺼?"
　작업복에 기름 묻은 손을 헝겊으로 닦던 사장이 경수를 쓱 훑어보며 고개를 끄덕였다.
　"학상이 타는 기라꼬? 여기 요놈 한 번 보이소."
　"이거는 울멘데예?"
　"새거 같으면 이십오만 하는 긴데, 중고니께 십만 원에 드리깨예."
　경수는 깜짝 놀란다.
　"아이고 씨이미야! 뭐씨 그리 비싼데예."

　경수는 자전거 대리점 한켠에 세워진 반짝이는 자전거를 바라보다가 고개를 갸웃했다.

"사장님, 요거는 좀 희한하게 생긴네예.

핸들은 왜 이리 휘어 돌아가 있고, 바구니는 와이리 얍시리 합미꺼?"

사장은 자전거를 가볍게 끌어내며 말했다.

"아, 요거요?

로드형 싸이클입미더. 선수들이 타는 자전차라서 그래예.

요새 동중이나 장신중학교 아그들은 요런 거 타고 학교 다닙미더.

아들이 환장을 합미더."

경수는 고개를 갸웃거리며 한 발 다가섰다.

"그래도, 바퀴가 너무 가느다란데예. 그 동네는 비포장이라, 비 오믄 진흙이고, 돌빼이도 억수로 많심미더. 요래 얇은 바쿠로 괜찮겠심꺼?"

사장은 바퀴를 툭툭 치며 웃었다.

"바쿠구 가늘어 가꼬 좀 걱정이 되겠지만은도 바람만 잘 넣어 주모 아무 일 없어예.

요거 한번 보이소.

밤에도 쌔리 달리도 자전차 불이 와서 밤길에도 걱정 없지예."

경수는 여전히 불안한 표정으로 페달을 한번 굴려보았다.

덜컥덜컥 부드럽게 돌아가는 체인 소리에 마음 한켠이 슬쩍 움직였다.

"그래도 우리 조카는 평상네 이래 얇은 바퀴 자전차를 본 적도 없을 깁미더.

만날 장 어르들이 타는 훗 자전차만 봤지."

"그라모 더 좋지예.

처음 보는 멋진 자전차 타고 가모, 친구들이 놀래 자빠질깁미더."

경수는 아버지 때문에 기가 죽어 있는 만석을 생각하며 자전거라도 좋은 것을 사 주어야겠다고 생각하고 자전거를 한 바퀴 빙 둘러봤다.

프레임은 낡았지만 튼튼해 보였고, 기름칠도 잘 되어 있었다.

짐받이 하나 달아 주면 가방은 실을 수 있을 듯했다.

사장은 말을 이었다.

"중고라카지만 요기 원래 비싼 기입미더."

경수는 한참을 망설이다 고개를 끄덕였다.

"아이고 모르것다.

조카 놈이 요거 보고 좋다 카모 좋겠네."

그는 주머니 속에 깊숙이 넣어둔 봉투를 꺼내 사장에게 내밀었다.

사장은 봉투를 살짝 열어보더니 고개를 끄덕였다.

"좋심더. 잘 싸매서 실어 드릴깨에.

시골길이라카이께 담요도 하나 더 얹어 줄깨에,

걱정 마이소."

경수는 자전거 대리점을 나서며 다시 한번 자전거를 바라보았다.

그건 분명히 시골길에는 어울리지 않을지 모르겠지만,

도시의 냄새가 묻은 뭔가 새롭고 반짝이는 물건이었다.

'만석이가 좋아 하모 좋겠구만은 우짤랑가 모르것다.'

그는 다시 대한통운으로 돌아와 트럭에 자전거를 조심스럽게 실으며 그렇게 중얼거렸다.

며칠 뒤, 하얀 입김이 퍼지는 이른 아침.

대한통운 마크가 크게 새겨진 큼직한 트럭 한 대가 법수면 창고 앞에 천천히 멈춰 섰다.

　꽁꽁 얼어붙은 논두렁을 따라 아지랑이처럼 피어오르는 연기 사이로, 트럭의 머플러에서 뿜는 굵은 흰 연기가 퍼졌다.

　경수가 두꺼운 점퍼 깃을 세우며 운전석에서 내려왔다.

　농협 직원들에게 서류에 도장을 받은 뒤, 트럭의 시동을 다시 걸었다. 둔탁한 엔진 소리가 겨울 공기를 울렸다.

　차 안에는 오전 햇살이 기울며 자전거 프레임 위로 길게 빛을 내렸다.

　"언자, 만석이한테로 가 보자."

　경수는 적재함에 실어 둔 자전거를 다시 한번 바라보며 중얼거렸다.

　조심히 기어를 넣고 천천히 창고를 빠져나와, 익숙한 비포장길로 접어들었다.

　법수면 중심을 지나 사정리 방향으로 가는 좁은 길은 군데군데 구덩이가 있고 얼었다 녹았다 하는 진창이었다.

　겨울 햇살에도 마르지 않은 진흙탕은 트럭의 무게에 눌려 퍼졌고, 바퀴 자국엔 물이 고여 반짝였다.

　경수는 길가에 뛰노는 아이들을 보며 창문을 반쯤 내렸다.

　대한통운 마크가 선명한 커다란 트럭이 길모퉁이를 도니, 놀란 아이들이 슬금슬금 뒤로 물러났다.

　덜컹거리는 바퀴 소리에 먼지가 피어올랐고, 트럭의 그늘 아래로 아이들 그림자가 겹쳐졌다.

　"야들아 괴안타, 만석이 삼촌이다. 만석이 어디 있노?"

　경수가 웃으며 말하자, 아이들은 눈을 동그랗게 떴다.

　"우와, 만석이 작은 아부지 입미꺼? 차가 억수로 크네예!"

한 아이가 눈을 반짝이며 외쳤고, 또 한 아이는 트럭의 커다란 바퀴를 손으로 툭툭 치며 감탄했다.

"만석이 못 봤나?"

경수가 묻자, 머리를 짧게 자른 삼규가 손가락으로 저쪽 강가를 가리켰다.

"아까 산에 나무하러 간 할매 마중 간다고 강가로 가던데예.
아! 저저 오네예!"

모두의 시선이 향한 그쪽 길, 만석이 할머니의 나뭇짐을 어깨에 메고 숨을 몰아쉬며 걸어오고 있었다.

그 작은 체구에 어울리지 않게 무거운 짐을 지고, 발걸음을 옮기는 모습은 경수의 가슴을 찡하게 했다.

"야야, 얼른 내려가자.
만석이 혼자 저걸 다 지고 오네."

경수와 조수는 재빨리 트럭에서 내려가 만석을 향해 걸어갔다.

조심스럽게 짐을 받아 어깨에서 내려놓자, 만석은 땀에 젖은 이마를 팔 소매로 훔쳤다.

"작은아버지… 오싰습미꺼."

"니가 이걸 혼자 다 지고 왔나. 아이고 기특한 놈."

경수는 짐을 트럭 짐칸에 조심스레 올려 놓고는 만석의 어깨를 툭툭 두드렸다.

"만석아, 니 뒤에 짐칸에 타라. 너거 친구들도 타라 캐라."

"참말로예?"

아이들은 우르르 몰려들었다.

삼규, 태봉이, 광명이까지 하나같이 신난 표정이었다.

지금껏 타 본 적 없는 그 '대한통운' 트럭의 짐칸은 아이들에게 마치 도시의 놀이기구 같았다.

"아이구야! 이기 꿈 아이가? 진짜로 차 탄 기가?"

"와, 높은데 올라 온 깨네 멀리 다 보인다! 옴마야, 우리 논도 보이네!"

아이들은 짐칸 난간에 매달리며 꺄르르 웃었다.

한쪽에선 만석이 자전거를 조심스레 바라보고 있었다.

흙 묻은 손으로 핸들을 쓰다듬고, 페달을 천천히 굴려 보았다.

경수는 운전석에 앉아 백미러로 아이들을 슬쩍 살펴보다가, 조용히 미소 지었다.

그리고 엑셀을 살짝 밟자, 트럭은 덜컹이며 앞으로 나아갔다.

마을 길이 흔들리고, 아이들 웃음소리가 덩달아 흔들렸다.

겨울 볕이 따스하게 내리쬐는 사정리의 오후. 경수의 트럭은 천천히, 그러나 든든하게 동네 아이들의 꿈을 실은 채 달려 나아가고 있었다.

25. 촌길에는 안 맞네

집 앞에 트럭이 멈춰서자, 기다렸다는 듯 아이들이 우르르 짐칸 뒤로 달려들었다.

경수는 조수에게 고개를 끄덕였고, 조수는 조심스럽게 트럭 뒤 적재함을 열었다.

아이들은 짐칸에서 한 사람씩 내리고 난 뒤 나뭇짐을 내리고 마지막으로 자전거를 내렸다.

싼 이불을 벗기니 반짝이는 자전거 한 대가 모습을 드러냈다.

"우와…!"

아이들의 입에서 감탄사가 터져 나왔다.

마산에서 사 온 로드형 자전거는 그야말로 동네에서 처음 보는 물건이었다.

프레임은 매끄럽고 핸들은 앞으로 휘어진 형, 시골에서 한번도 보지 못한 '선수들이 타는 자전거'였다.

바퀴는 얇고 컸고, 페달은 부드럽게 돌았으며 옆에는 다이나모 라이트까지 달려 있었다.

"만석아 진짜로 니 저거 니 거가?"

삼규가 눈을 휘둥그레 뜨고 물었다.

만석은 믿기지 않는 듯 한 발 한 발 다가가 자전거를 손끝으로 만졌다.

조심스럽게 핸들을 잡고, 안장에 손을 얹었다.

마치 꿈속에서나 보던 물건이 실체로 눈앞에 서 있었다.

경수는 아이들의 반응을 흐뭇하게 바라보다가 능청스럽게 말했다.

"이거, 마산서도 잘 없는 기다.

동중이고 창신중이고, 요거 타고 다니는 아들 별로 없다이."

아이들이 우와— 하고 또 한 번 탄성을 질렀다.

"이거 완전 선수 자전거 아이가! 니만 이거 타고 학교 가모 선상님도 깜짝 놀랄 끼다."

광명이가 부러움 섞인 목소리로 말했다.

만석은 조심스럽게 안장에 올라탔다.

처음 타보는 높고 가벼운 자전거에 중심을 잡느라 잠시 흔들렸지만, 곧 두 다리를 딱 붙이고 페달을 밟았다.

땅을 가르듯 앞으로 나아가는 바퀴의 움직임에 만석의 얼굴이 환해졌다.

경수는 입가에 미소를 머금고, 담배를 하나 꺼내 입에 물었다.

트럭 옆에 기대선 채, 무심한 듯 말했지만 눈빛은 따뜻했다.

"잘 타래이…."

만석은 페달을 밟았다.

바람을 가르며 앞으로 나아가는 그 느낌은, 처음으로 세상을 향해 나아가는 기분이었다.

아이들은 그 뒤를 쫓아 달리며, 마당 가득 웃음소리를 흩뿌렸다.

경수는 트럭 옆에 서서 팔짱을 낀 채, 아이들이 자전거를 둘러싸고 구경하는 모습을 가만히 지켜보았다.

자전거를 바라보는 만석의 눈빛은 반짝였지만, 여전히 한 발 뒤에 물러서 있는 모습이 경수 눈엔 선명히 들어왔다.

집안 장남으로, 아버지 없이 살아가는 무게를 짊어진 아이치고는 너무도 조용하고, 스스로를 작게 만드는 버릇이 몸에 배어 있었다.

경수는 그런 만석이 늘 마음에 걸렸다.

형수 혼자 아이 넷을 키우느라 고생하는 걸 뻔히 보면서도, 자신이 집안 형님 노릇을 대신할 순 없단 걸 알기에 더 미안했다.

그래서 오늘만큼은, 만석이 친구들 앞에서 당당히 웃는 모습을 보고 싶었다.

한창 커가는 나이에

'나는 별 볼 일 없는 애'

라는 마음을 품고 자라는 건 너무 슬펐다.

경수는 일부러 더 큰 소리로 말했다.

"만석아, 뭐 하노? 자전거 탄다 쿠더만은 와 아직도 서 있노? 너거 친구들 다 기다리고 있다이, 어서 타 봐라!"

아이들 중 누군가

"와, 빨리 타 보래이 우뜬는고 함 보자이."

하며 다시 웅성거리자, 만석은 조심스레 안장 위에 올라탔다.

처음엔 페달을 밟는 발이 떨렸지만, 바퀴가 구르기 시작하자 금세 균형을 잡고 앞으로 나아갔다.

"저 보레이 억수로 새탁하다이."

"우와 잘 나가네!"

골목을 한 바퀴 휙 돌아오는 동안, 바람이 만석의 얼굴을 스쳤고, 아이들의 환호가 등을 밀어주었다.

경수는 담배를 꺼내 불도 붙이지 않은 채 입에 물었다.

"그래, 이래야 우리 집안 대주지."

경수는 속으로 되뇌었다.

'이놈이 지금처럼만 어깨 펴고 살면 좋겠다.

세상살이야 원래 버거운 거다.

그래도 이렇게 한 번쯤은 얼라가 웃고 있어야제.'

만석이 돌아와 자전거에서 내릴 때, 아이들 속에서 한참을 웃고 떠드는 그의 모습에 경수는 비로소 마음이 놓였다.

오늘 하루, 이 자전거 한 대가 만든 자존심 하나가 만석이의 오랜 그림자를 걷어내 주길 바랐다.

1977년 3월 5일, 봄기운이 채 올라오지 않은 쌀쌀한 아침, 만석은 검정색 교복에 단정히 다려진 모자, 그리고 로드형 자전거를 끌고 집을 나섰다.

학교 가는 길목에 있던 이웃 할매들은 대문 앞에 나와 만석을 보며 말했다.

"어이구야, 만석이가 벌시로 중학생이가 세월 참 빠르다이."

"자전차도 번드르르하이 억수로 좋네. 누가 사 준 기고?."

"마산에 대한통운 당기는 작은 아버지가 사 준 거 아이미꺼."

"앗다야 너거 작은 아버지가 부자 가베 잔차가 비까번쩍하다이."

"아이미더 그냥저냥 살아예."

만석은 민망해서 웃지도 못하고 고개만 까딱이며 인사를 건넸다.

교복 칼라는 아직 빳빳했고, 교모 챙 밑으론 햇볕에 그을린 얼굴이 살짝 드러났다.

하지만 그 얼굴에는 그간 보기 어려웠던 기운이 돌고 있었다.

자전거의 핸들을 손에 쥔 그 감각은 아직도 손끝에서 낯설지만 짜릿했고, 교복 위에 단 단추는 그 어떤 훈장보다 자랑스러웠다.

사정리에서 법수중학교까지는 꼬불꼬불한 이십리길.

겨울이 지나며 길가엔 아직 말라붙은 논두렁이 널려 있었고, 간간이 겨울 내 덮였던 낙엽이 바람에 휘날렸다.

자전거를 타고 학교로 향하는 길, 마주치는 또래 중엔 몇몇은 같은 법수중학교 신입생이었다.

만석은 페달을 밟으며 마음속으로 되뇌었다.

"이제 나도, 진짜 중학생이다. 국민학생이 아이고 내 앞가림을 해야 할 나이다."

학교에 도착하자 정문 앞엔 '입학을 축하합니다'라는 붉은 글씨 현수막이 바람에 펄럭이고 있었고, 운동장엔 삼삼오오 모인 새내기들이 긴장과 설렘으로 웅성이고 있었다.

만석도 자전거를 자전거 대에 조심스레 세워두고, 가슴 속 깊이 숨을 들이켰다.

이날, 검정 교복 위에 실려진 만석의 어깨는 여전히 무거웠지만, 그 속에는 조용한 자부심 하나가 자리를 잡고 있었다.

아버지는 곁에 없었지만, 삼촌 경수와 엄마, 그리고 스스로의 힘으로 여기까지 왔다는 걸, 그는 알고 있었다.

그리고 그것이 앞으로 자신을 앞으로 나아가게 할 가장 든든한 힘이라는 것도.

어느 날 아침, 만석은 교복 바지 자락을 자전거 크랭크에 끼이지 않게 조심히 걷어 올리고, 단단히 매단 가방을 뒤에 싣고 자전거에 올라탔다.
법수중학교까지 가는 길이 처음엔 새 자전거가 자랑스러웠다. 친구들은 구경하듯 몰려와
"만석아, 니 그 자전차 마산에서 삼촌이 사 준 기라미?"
하며 부러움 섞인 눈으로 바라봤다.
하지만 며칠이 지나자 자랑은 고통으로 바뀌었다.
로드 자전거는 도시의 매끈한 아스팔트엔 어울렸지만, 사정리에서 법수까지의 울퉁불퉁한 자갈길엔 맞지 않았다.
바퀴는 가느다랗고 매끈했지만 그게 오히려 문제였다.
주먹만 한 돌멩이를 조금만 잘못 밟아도 자전거는 덜컹이며 휘청였고, 펑크가 나는 일도 부지기수였다.
타이어에 바람이 빠지면, 만석은 먼 길을 자전거를 끌며 걸어가야 했다.
더 큰 문제는 체인이었다.
당시엔 변속기, 즉 기어 자전거가 없던 시절이었다.
경수 삼촌이 사다 준 로드형 자전거는 톱니가 크고, 체인비는 도시 주행에 맞춰져 있었다. 그래서 처음 페달을 밟는 힘이 엄청나게 들었다.
오르막이 나오면 아예 페달을 밟을 엄두조차 나지 않았다.
친구들이 자전거처럼 타박타박 힘차게 언덕을 오를 때, 만석은 헉헉거리며 자전거를 끌고 올라가야 했다.

결국 며칠이 지나자 만석은 친구들과 함께 통학하는 걸 포기했다. 그들의 웃음소리는 등 뒤로 점점 멀어지고, 혼자 자전거를 끌며 먼 길을 걷는 날이 늘었다.

"이 자전거, 마산서 좋다카드만… 촌질에는 영 안 맞네예."

자전거 수리점에 갈 때마다 만석은 속으로 한숨을 삼켰다.

튜브에 불을 붙여 펑크를 지지는 냄새, 수리공의 덤덤한 표정, 그리고 손등에 묻은 검은 그리스 자국이 하루하루 늘어갔다.

하지만 그럼에도 만석은 그 자전거를 포기하지 않았다.

길이 맞지 않더라도, 사람들의 눈길이 변하더라도, 그것은 삼촌 경수가 어렵게 사다 준 첫 중학교 자전거였고, 누군가가 자신을 위해 마음을 쓴 흔적이었다.

어쩌면 자전거란, 길보다 마음으로 타는 것인지도 모른다.

비가 추적추적 내리는 이른 아침이었다.

비에 젖은 흙길은 미끄럽고, 돌멩이는 바닥을 움푹 파이게 만들어 놨다.

만석은 평소보다 일찍 일어나 자전거에 바람을 넣고 체인을 손수 점검했다.

"올은 중간고사 시험 치는 날이라, 절대로 지각하면 안 되는데…."

흙탕물이 튀는 걸 막기 위해 바지 끝을 다시 한번 걷고, 가방끈을 단단히 조인 만석은 자전거를 끌고 산자락 아래까지 걸어갔다.

그다음, 흙이 덜 질퍽한 곳을 골라 천천히 페달을 밟기 시작했다.

페달은 무거웠고 앞바퀴는 비탈진 자갈길에서 자꾸 휘청였지만, 만석은 이를 악물고 계속 밟았다.

그렇게 중간쯤 지나자, 저만치에서 친구들이 나타났다.

"어? 만석이다!"

"야, 니 오늘 또 혼자 먼지 왔네? 그 자전거 아직도 끌고 댕기나?"

삼규와 태봉이는 자전거를 탄 채 슬금슬금 다가왔다.

만석은 아무 말 없이 숨을 고르며 페달을 멈추었다.

진흙이 튄 얼굴 위로 땀이 섞인 빗방울이 천천히 흘렀다.

"만석아, 그 자전거 힘들다 아이가.

우리 집에 헌 잔차 하나 더 있는데, 그거 고마 고치가 타고댕기라."

그 말에 만석은 피식 웃었다.

"아이다. 이거 우리 삼촌이 사다 준 기다.

울메나 고마운 긴데, 내가 좀 고상하모 되지."

삼규는 말없이 그를 바라보았다.

그말 속에는 자전거보다 더 단단한 것이 있었다.

자기를 위해 누군가가 기꺼이 애쓴 마음, 그리고 그 마음을 지켜 주고 싶은 소년의 의지.

"그래, 니는 참… 고집도 세다. 근데 멋있다."

삼규는 그렇게 말하며 자신의 자전거 페달을 천천히 밟았다.

비에 젖은 시골길 위에서 만석은 로드 자전거에 다시 올라탔다.

덜컹거리는 자전거가 돌에 걸릴 때마다 진동이 온몸을 울렸지만, 이상하게도 그날은 발걸음이 무겁지 않았다.

그 자전거는 시골길에 어울리지는 않았지만, 만석의 마음에는 꼭 맞는 자전거였다.

그 자전거를 타고 그는 앞으로도 수없이 넘어지고, 펑크도 내고, 걸어서도 갈 것이다.

그러나 분명히 멈추지는 않을 것이다.

26. 어느 날 찾아온 은인

만석이는 뭐든 열심히 하는 데에는 자신이 있었다.

중학교에 입학한 이후, 그는 하루도 빠짐없이 책상 앞에 앉았다.

하루 종일 흙길을 자전거로 달려 학교에 다녀온 뒤에도, 저녁을 먹고 나면 마루에 교과서를 펼쳐놓고 꼼꼼히 글을 읽어 내려갔다.

교과서뿐만 아니라 마산에 있는 작은 아버지 경수가 가져다 준 헌 참고서며 문제집도 끝까지 정독했다.

국어와 사회, 과학 같은 과목은 이해하는 데 큰 어려움이 없었다.

천천히 읽고, 몇 번씩 되새기다 보면 어느새 머릿속에서 문장이 엮이고 내용이 정리되었다.

시험 성적도 나쁘지 않았다. 그러나 수학과 영어는 달랐다.

수학 문제는 책을 아무리 봐도 갈피를 잡을 수 없었다.

가끔은 너무 답답해서, 국민학교 4학년 산수 책을 다시 들춰 보기도 했다.

덧셈, 곱셈, 약수와 배수, 소수점까지 차근차근 다시 익히며 창피함도 이겨 내려 했지만, 어느 순간부터는 풀리지 않는 문제 앞에서 멍하니 앉아 있는 시간이 늘어났다.

"내가 뭐시 문제일꼬… 진짜 머리가 나빠서 그런 기가?"

한숨을 쉬며 고개를 흔들다가도, 책을 덮지는 않았다.

조금이라도 더 보고 이해해 보려는 마음 하나로, 연습장에 수십 번씩 같은 문제를 적어 넣었다.

영어는 더 막막했다.

알파벳은 겨우 익혔지만, 그 뒤부터는 완전히 미로 속에 빠진 기분이었다.

단어를 외워야 하는지도, 문장을 해석하는 법을 먼저 배워야 하는지도 감이 잡히지 않았다.

만석은 책상에 엎드려 조용히 손바닥 위에 눈을 내렸다.

수학 시간에 칠판에는 분수 곱셈이 한창이었지만, 그의 머릿속에는 숫자도, 규칙도, 아무것도 잡히지 않았다.

영어 시간에는 더했다.

알파벳은 외웠는데, 단어는 머리 위를 떠돌 뿐 내려앉지 않았다.

그날도 교실 뒤편, 선생님이 지나가며 무심히 던졌다.

"야, 이런 것도 모르나. 국민학교 때 뭐 배웠노?"

그 말에, 만석은 얼굴이 달아올랐다.

뒤에서 킥킥대는 소리, 친구들이 자전거 이야기하며 웃던 그날이 생각났다.

자전거도 공부도, 자신은 왜 이렇게 힘든 걸까.

학교에서도, 집에서도, 그 누구도 공부란 걸 어떻게 해야 하는지 말해 준 적이 없었다.

누군가 이야기를 했겠지만 만석의 머리나 가슴에는 남아 있지 않았다.

그저 혼자서 열심히 책을 몇 번이나 다시 보는 것이 전부였다.

하지만 어떻게해야 공부가 되는 건지, 책은 어떻게 읽는 건지, 수학 문제는 어디서부터 다시 시작해야 하는지 그런 걸 알려 준 사람은 단 한 명도 없었다.

만석은 혼자 책상 앞에 앉았지만, 교과서를 펼쳐도 눈은 글자를 따라가지 못했다.

무작정 필기를 따라 쓰기도 해 보고, 단어를 백 번 써 보기도 했지만, 머리 속에는 남지 않았다.

'나는 왜 이렇게 바보 같을까….'

그러나 진짜 문제는 머리가 아니라, 방법을 아무도 가르쳐 주지 않았다는 사실이었다.

누군가 단 한 번만

"만석아, 이건 이렇게 외우면 된다이.",

"여서부터 차근차근 보래이."

그렇게 손을 잡아 이끌어 주었다면, 그의 마음 깊은 곳에 고여 있는 절망은 그리 오래 머물지 않았을지도 몰랐다.

밤이 깊어지자 전등불이 흔들렸다.

바람이 문틈을 파고들고, 먼지가 책장 위에 내려앉았다.

하지만 만석은 조용히 노트 위에 연필을 들었다.

"누가 안 가리치 주도… 나는 할 끼다."

언젠가는, 언젠가는 이 어둠을 뚫고 나갈 수 있을 거라는 믿음 하나로.

학교에서 선생님이 빠르게 설명하고 지나가면, 만석은 노트에 적기는 해도 도무지 머릿속에 들어오지 않았다.

"Do you like music?"

"Yes, I do."

책에 나오는 문장을 따라 써 보며 중얼거리지만, 그것이 진짜로 무슨 뜻인지, 어디에 써먹는 말인지 알 수 없었다.

그저 교과서에 나오니까, 외워야 하니까, 따라 썼다.

사정리 들판 너머로 언 땅이 풀리고, 개울가에는 조그마한 버들강아지가 피었다. 아이들은 가끔씩 강가에 모여 다슬기를 잡고, 물장구를 치며 중학생이 되었다는 자부심에 떠들썩했지만, 만석은 그런 시간조차 아까웠다.

그는 교과서를 펼쳐 들고 강둑에 앉았다.

"이게 와 이리 안 되노…."

수학 문제 하나를 붙들고 한 시간이 넘도록 씨름하다가, 슬그머니 노트 귀퉁이에 손가락으로 흙을 묻혀가며 식을 다시 적어 보았다.

그때, 누군가 뒤에서 말했다.

"야, 만석아! 뭔데 그리 뚫어져라 보고 있노?"

뒤돌아보니, 국민학교 선배이자 복학생인 명수 형이었다.

얼굴에 여드름이 자글자글한 그는 다리를 쭉 뻗고 만석 옆에 털썩 주저앉았다.

"수학인데. 아무리 봐도 모르것다. 여 함수를 가르키는 긴데… 뭐가 뭔지 감도 안 온다."

명수는 교과서를 들여다보더니, 피식 웃었다.

"야야, 그거는 함수가 아이고, '비례식'이다. 함수는 중2 가서 배우는 기고. 이거는 간단하게 말해서, 물건 값 따질 때 쓰는 거라고 보면 된다."

그러곤 막대기를 들고 땅바닥에 예를 들어가며 설명을 해줬다.

"예를 들어, 사과 두 개에 300원이면, 네 개는 얼마겠노? 바로 곱하고 나누면 된다 아이가."

그제야 만석의 눈이 조금 커졌다.

"아… 그러깨네 이게 이렇게 계산되는 기네?"

"그렇지. 너 진짜 아무도 안 가르치 주나?"

만석은 고개를 끄덕였다.

"집에도 사람도 없고… 학교에서도 애들이랑 잘 못 친해져가…. 묻기도 좀 남사시러버스."

명수는 잠시 말이 없더니, 한마디 툭 던졌다.

"그라모 앞으로 모르는 거 있으모 내한테 물어라. 내가 니보다 나이는 한 살 많아도, 졸업은 같이 한다 아이가."

명수의 말은 놀리려는 의도가 아니었다.

오히려 진심 어린 격려였다.

그날 이후, 만석은 쉬는 시간마다 명수를 찾아갔다. 수학이든, 영어든. 영어는 특히 단어 외우는 법부터 하나하나 배웠다.

"보래이, apple은 사과다. 이건 너도 알제? 그라모 pineapple은 뭐꼬?"

"파인… 사과?"

"그게 아니고, '파인'은 '솔'이란 뜻이고, pine tree가 소나무다. 파인애플은 소나무랑 비슷하게 생기가지고 그리 불린다 카더라. 이래 하모 이

자뻐지 않는다이."

만석은 깔깔 웃으며 공책에 또박또박 적었다.

한 줄, 한 줄이 새겨질수록, 그의 세상은 조금씩 넓어지고 있었다.

밤마다 창가에 앉아 전등불을 켜고 단어장을 넘기는 손길이 바빠졌다.

이제 공부는 그저 벽이 아니라, 문이었다. 누군가 열쇠를 하나 건네준 순간부터, 그 문은 열리기 시작했다.

며칠 후, 선생님이 내 준 과제에서 만석은 처음으로 맞은 문제 수가 절반을 넘겼다.

틀린 문제도 많았지만, 전에는 백지였던 걸 생각하면 놀라운 변화였다.

교실 뒤 칠판 옆에 붙은 과제 점수표에 자신의 이름이 아래가 아닌 중간쯤에 걸린 걸 본 순간, 만석은 멍하니 서서 몇 초간 그걸 바라보았다.

그날, 수업을 마치고 명수가 자주가는 강둑으로 달려갔다.

버들강아지가 더 풍성하게 피어 있었고, 겨울잠에서 깨어난 개구리 울음소리가 귀를 간질였다.

곧 명수 형도 나타났다.

"행님아! 나, 올 숙제 점수… 열 문제 중에 여섯 개 마찻다!"

명수는 일부러 놀란 얼굴을 지으며 말했다.

"와! 쪼개이 공부 좀 한다 싶더마는, 언자 공부로 날 잡아 묵것다이!"

"에이, 아이다 행님아… 행님이 안 도와주었으모 아직도 비리비리 해가 아무것도 몰랐을 끼다."

그들은 강둑 풀밭에 나란히 누웠다.

초봄의 햇살이 부드럽게 두 볼을 쓰다듬고, 미세하게 불어오는 바람에 교복 상의가 살짝 흔들렸다.

"만석아, 니 지금부터 딱 세 가지만 계속 해라이."

명수가 말을 이었다.

"단어 외우는 거, 수학 기초 복습하는 거, 그라고 모르는 거 생기면 묻는 거. 그 세 가지만 지키모, 아무리 느리도 도달한다. 진짜다."

만석은 고개를 끄덕이며 마음속으로 되뇌었다.

"묻는 걸 두려워하지 말자. 나도 할 수 있다."

그날 밤, 만석은 학교에서 받은 '영어 단어 카드'를 벽에 붙이고, 하나씩 가리키며 입으로 소리 내 읽었다.

가끔 틀리면, 명수 형의 농담이 떠올랐다.

"'피플'은 사람이 많을 때 쓰는 기라. 니같이 친구 많아질 때쯤 쓸 단어다."

이제, 공부는 혼자가 아니었다. 무엇보다, 자신을 믿어 주는 단 한 사람이 있다는 것이 만석의 삶을 조금씩 바꾸고 있었다.

27. 명수와 함께 공부하고 있다

명수는 사정리에서도 드물게 조용한 아이였다.

체격은 또래보다 컸지만, 행동은 조심스러웠고 말수도 적었다.

사정리 사람들은 대개 명수를 "똑띠 명수"라 불렀고, 아이들 사이에서도 그는 자연스레 '형'으로 불렸다.

그런 명수가 중학교에 한 해 늦게 들어왔다는 건, 단순히 '사정이 있어서'가 아니었다.

명수는 초등학교 6학년 가을, 결핵에 걸렸다.

한창 몸이 커지고 땀이 많은 시기였는데, 기침이 멎지 않고 가슴이 아프다 하여 읍내 병원에 갔다가 결핵 진단을 받았다.

그때부터 명수의 일상은 달라졌다.

학교도 멈췄고, 친구들과 축구도 할 수 없었다.

한동안은 뒷방에서 창문을 열고 이불 속에 누워 지내며, 어머니가 끓여 준 보리차와 개장국을 마시며 지냈다.

약값도 만만치 않았다.

명수의 집은 사정리에서도 어렵기로 소문난 집이었다.

아버지는 일찌감치 돌아가셨고, 어머니 혼자 두 아들을 키우고 있었다.

명수의 동생은 국민학교 4학년이었고, 집안에선 명수가 가장 노릇을 했다.

결핵은 그저 병이 아니었다.

그것은 빈곤과 고립, 그리고 기다림의 시간이었다.

명수는 그 시간 동안 많은 것을 생각했다.

누워 있던 방 한켠엔 어머니가 구해다 준 참고서 몇 권이 쌓여 있었고, 그는 그것을 한 줄 한 줄 읽었다.

공부를 위해서라기보다는 외로움을 이기기 위해서였다.

친구들과의 놀이터가 아닌 종이 속에서 세상을 만났다.

1년이 지난 뒤, 완치 판정을 받고 복학한 날. 명수는 교실 앞문을 열며 스스로 다짐했다.

"이번에는 무슨 일이 있어도 끝까지 해 보자."

그런 명수였기에, 만석을 보며 그냥 지나칠 수 없었다.

자신도 한때는 뒤처졌고, 혼자였으며, 아무도 공부를 어떻게 하라고 말해 주지 않았던 아이였다.

그래서 더 알았다. 조금만 손 내밀어 주면, 아이 하나가 바뀐다는 걸.

명수의 어머니는 밤마다 뜨개질을 하여 가야장날 가져다 팔았다.

명수는 주말이면 동생 손을 잡고 산 중턱 돌을 치우며 작게 밭을 일구었다.

그런 형이었기에, 친구들은 그를 놀리지 않았다.

오히려 그 무게를 알고 묵묵히 따랐다.

그리고 그 마음이, 만석에게도 전해지고 있었다.

한 번의 따뜻한 말, 한 번의 설명. 그것은 명수 자신의 어머니가 그에게 했던 것처럼, 이제 만석에게로 옮겨지고 있었다.

사정리의 들녘에는 파릇파릇 새싹들이 솟아나고 있었다.

논두렁 옆 좁은 오솔길을 따라 명수의 어머니는 어깨에 작은 보따리를 이고 걸어가고 있었다. 보따리 속에는 직접 기른 무와 봄동, 그리고 종이 한 장에 싼 미역이 들어 있었다.

만석이네 마당에 들어서자, 마루 끝에 쪼그리고 앉아 있던 만석의 할머니가 천천히 일어섰다.

"아이고 눈고 했더만은 오랜만이다이. 뭐꼬 이거는 허리도 아플 낀데…."

명수의 어머니는 두 손을 공손히 모아 허리를 살짝 굽혔다.

"아지매, 안 그래도 미역국 조금 끄리 드시라꼬 좀 챙겨 왔심미더. 명수가 만석이하고 참 잘 지내서, 고맙다꼬."

할머니는 미역 봉지를 받아들며 고개를 끄덕였다.

"명수 그 아 참 똑디다. 성깔이 오대 들뜬 구석이 하나 없고, 만석이한테 잘 가르치 준다쿠더라."

명수 어머니는 쑥스러운 듯 웃었다.

"지놈이 공부를 잘 한다꼬 보기는 그렇고… 작년에 아파가 학교를 한 해 꿀릿다 아이미꺼. 그때 방구석에서 꼼짝 못 하고 있어가 책이나 보라고, 읍내 헌 책방에 가서 수학하고 영어 참고서를 중고로 사다 주었더만은, 지가 혼자 읽고 또 읽고 하더만은 그때 공부가 좀 됐는가 배예."

할머니는 한참을 듣고 있다가, 조용히 입을 열었다.

"만석이는 지 혼자 꾸역꾸역 하고 있어도, 마음이 늘 무거운 기라. 부모 없이 지가 살림을 하는 기 울메나 애럽노 그 와중에 공부도 해야 되고."

그 말에 명수 어머니는 잠시 시선을 떨궜다.

"그래서 명수 보고 말했심미더. 만석이 옆에서 기 좀 세워 주라꼬. 명수 지도 몸이 아파가 혼자서 고상했는데, 사람이 기 한번 죽어모 … 한없이 자꾸 끌빠진다 아임미꺼. 말도, 눈도, 마음도 다 쪼매이 그라지삐미더."

두 여인은 마루 끝에 나란히 앉았다.

햇살은 구름을 뚫고 들기 시작했고, 먼 하늘 어귀로 비 갠 들판의 연기가 피어올랐다.

그 속에서, 두 여인은 말없이 앉아 한참을 바라보았다.

세상이 차가워도, 아이 하나를 위해 따뜻해질 수 있는 두 여인의 마음이 거기 있었다.

그날 이후, 명수 어머니는 틈만 나면 된장 한 숟갈, 무 한 토막을 들고 만석이네 마당을 찾았고, 할머니는 돌아가는 손에 쌈 채소 몇 장, 묵은지 한 줄을 꼭 쥐어 보냈다.

아이들이 앞날을 향해 걷는 그 뒤에서, 말없이 등을 밀어주는 두 여인의 우정이 그렇게 자라나고 있었다.

법수중학교의 첫 번째 중간고사는 5월 초에 예정되어 있었다. 들판에는 모판 준비로 농부들의 손길이 바빠지고, 교실 안엔 조용한 긴장감이 흘렀다.

"야, 만석아. 요번 중간고사 잘 봐야 된다이. 이기 앞으로 반 배치나 장학금 같은 거에도 영향 준다 안 하더나."

2학년이 되면 특별한 반이 생겼다. 남학생은 1반과 2반, 여학생은 4반과 5반에서 성적이 뛰어난 아이들만 따로 선발해서, 남녀 혼성의 3반, '특별진학반'을 만들었다.

그 3반은 단순한 반이 아니었다. 마산고, 마산여고, 제일여고, 경상고 등 시내의 명문 고등학교 진학을 목표로 만들어진 학교 내 엘리트 코스였다.

선생님들도 더 신경을 썼고, 수업도 훨씬 체계적이었으며, 시험도 자주 쳤다. 거기 들어가면 학교에서 지원하는 모의고사와 특별 보충 수업까지 받을 수 있었다.

하지만 이 3반에 들어가기 위한 관문은 바로 1학년 성적이었다. 1학년 한 해 동안의 중간고사, 기말고사, 생활기록부, 심지어 선생님들의 태도 평가까지 모두 종합되어야만 들어갈 수 있었다.

성적이 좋다고 무조건 되는 것도 아니었고, 꾸준한 성적 유지가 없으면 추천에서 밀려나기도 했다.

명수는 만석의 옆자리에 앉아 입을 모았다.

만석은 고개를 끄덕이며, 노트 한 귀퉁이에 빽빽이 적힌 수학 공식들을 다시 들여다보았다.

"행님아, 근데 나는 아직도 이 '약분'이 좀 헷갈리네. 분모랑 분자를 왜 자꾸 깎아야 하는지도 모르겠고….'"

"야야, 그거는 쉬운데. 예를 들어, 6/8은 3/4이랑 같은 거다 아이가. 6도 8도 둘 다 2로 나눠지제? 그라모 그게 제일 작은 분수꼴인 기라."

명수는 연필로 노트의 지우개 똥을 훔쳐내며 간단한 분수 예시를 적어 설명했다.

그런 모습에 만석은 괜히 웃음이 났다.

"행님아, 진짜 선생님 해도 되겠다이."

시험 전날, 두 사람은 학교 뒤 산자락 아래 있는 작은 정자에 모였다.

정자는 오래된 나무로 지어져 있었고, 바람이 불면 삐걱거리는 소리를 냈다.

두 사람은 바닥에 교과서를 펼쳐 놓고, 서로 문제를 내고 맞히기를 반복했다.

"이거 다 맞으면 진짜 잘 치는 기다, 알것제?"

명수가 문제를 냈다.

"영어. What is this? 이건 뭐고?"

"이건… 이거는 '이것은 무엇입니까?' 맞제?"

"옳지! 이번엔 반대로. This is a pencil. 해석해 봐라."

"이것은… 연필입니다."

"옳지 옳지~ 이제 다 됐다!"

둘은 땀이 밴 손바닥으로 서로 하이파이브를 하며, 해가 지는 들판을 바라보았다.

그리고 시험 당일 교실은 낯선 적막 속에서 시험지가 배부되었다.

만석은 숨을 깊게 들이켰다.

책상 위의 시험지엔 익숙한 문제들이 있었다.

명수가 알려줬던 수학의 '비례식' 문제, 영어의 간단한 문장 해석. 그의 손은 떨렸지만, 머릿속엔 정자가 떠올랐다.

명수 형이 연필로 써 내려가던 그 글자들. 천천히, 또박또박 답안을 써 내려갔다.

시험이 끝난 뒤, 점심시간. 두 사람은 나무 그늘 아래에서 도시락을 까먹었다.

"행님, 나 수학은 자신 있데이. 영어는… 애매했지만."

"야, 그 정도면 됐다. 그리 계속하면 된다."

명수는 멸치볶음을 입에 넣으며 씩 웃었다.

"우리 둘 다, 이번에 한번 성적표 받아 보고… 가야에 가서 짜장면 사 묵자."

봄날의 햇살 속에서, 두 소년은 꿈보다 작은 목표를 품었지만, 그 속에 담긴 진심은 무엇보다 따뜻하고도 단단했다.

그것은, 혼자가 아니라 함께였기에 가능한 희망이었다.

28. 공부의 길을 알려 준 명수가 없다

시험 결과는 며칠 후, 교무실 앞 게시판에 붙었다.

아이들은 삼삼오오 몰려가 성적표를 확인했고, 그중 일부는 크게 탄성을 지르거나 낙담한 얼굴로 돌아섰다.

명수는 담담히 자기 이름을 찾아보았다.

수학 95점, 영어 90점. 다른 과목들도 고르게 높았다.

1반 전체에서 2등. 그는 잠시 게시판 앞에 서 있다가, 만석을 찾기 위해 고개를 돌렸다.

한쪽 구석, 사람들이 거의 없는 자리에 만석이 조용히 서 있었다.

그는 입술을 깨물며 자신의 이름을 내려다보고 있었다.

수학 61점, 영어 54점, 전반적으로 평균 이하로 어느 한 과목도 두드러진 성과가 없었다.

명수는 조용히 다가가 만석의 어깨를 툭 쳤다.

"야, 수학 60 넘었네. 니 원래 40점대 아이가?"

만석은 억지로 웃으며 고개를 끄덕였다.

"그래도 요번에는 진짜로 열심히 했거마는… 이래가 3반은 꿈도 못 꾸겠다…."

명수는 그의 눈빛에서 실망보다 더 깊은 무언가를 느꼈다.

자기 자신에 대한 부끄러움이었다.

그것은 어릴 적, 명수 자신도 많이 겪었던 감정이었다.

"만석아."

"응?"

"니한테는 지금 필요한 건 성적이 아니고, 공부하는 방향이다이. 이 길이 맞는지 아닌지 모르겠을 땐, 일단 걷고 봐야 하는 기다. 니는 지금 잘 걷고 있는 기다."

만석은 그 말에 고개를 들었다.

명수는 미소 지었다.

"그라고 이번 주 토요일은 학교 안 나가도 되는 날이다. 우리 학교 가자. 중간고사 끝났응께 아들도 별로 없을 끼다. 예습 좀 하자. 니 지금부터 지대로 하모, 기말 때는 성적표 달라질 끼다."

만석은 한참을 침묵하다가, 조용히 말했다.

"…고맙다, 행님."

그 말에 명수는 씩 웃으며 말했다.

"짜장면은 조금 있다 묵자, 다음번에는 꼭, 둘 다 잘 보고 나서 묵자."

그날 이후, 만석은 스스로에게 더 많은 질문을 던지기 시작했다.

"왜 이 문제가 틀렸지?"

"어떤 식으로 다시 풀어야 하지?"

"이 단어는 어떻게 외우면 좋을까?"

그리고 질문에 대한 답은, 언제나 명수와의 대화 속에서 조금씩 나타났다.

시험은 끝났지만, 진짜 공부는 그제서야 시작되었다.

그들의 우정은 성적표보다 오래 남았고, 그들 사이의 신뢰는 '몇 점'보다 단단했다.

어느 날이었다. 비가 올 듯 잿빛으로 흐린 하늘 아래, 둘은 운동장 옆 버드나무 아래에 있었다.

만석이 수학 공식을 읊으며 종이에 적고 있었는데, 문득 옆을 보니 명수가 말이 없었다.

"행님, 오데 안 좋나?"

"쪼개이 피곤하네. 괴안타."

명수는 그렇게 말하며 억지로 웃었지만, 그 웃음은 예전처럼 단단하지 않았다.

며칠 뒤, 명수는 학교에 나오지 않았다.

하루, 이틀, 그리고 일주일. 만석은 점점 불안해졌다.

결국, 용기를 내어 명수의 집을 찾았다.

그곳에서 만석은 명수 어머니의 붉어진 눈을 마주쳤다.

"열이 안 떨어져서 병원에 갔더마는… 폐렴이라 쿠더라. 애가 몸이 약한 거는 알았지만, 이번엔 좀 오래 갈 것 같다."

그날 밤, 만석은 혼자 책상에 앉아 공부를 하다가 문득 눈물이 났다.

그는 이제, 명수가 없는 책상에 홀로 앉아야 했다.

하지만 그는 알았다.

시험 성적은 더디게 올라갔지만, 그의 자세는 달라져 있었다.

혼자 공부하는 시간에도, 그는 늘 속으로 말했다.

"행님, 이 문제… 이번엔 내가 맞췄다."

"행님, 나 이제 단어 하루에 열 개는 외운다."

"행님, 다음 시험 땐 꼭 보여 주꾸마."

그렇게 만석은, 단지 성적이 아닌, 사람을 통해 배우고 성장해갔다.

결국, 명수는 다시 학교에 나오지 못했다.

며칠간 조용했던 그의 자리에는 먼지가 쌓였고, 담임 선생님은 아침 조회 시간에 조심스레 말했다.

"명수는 폐렴으로 입원했다. 당분간 학교에 못 나온다."

하지만 며칠 뒤 만석은 우연히 명수 어머니를 통해 진짜 이야기를 들었다.

명수는 폐렴이 아니라, 결핵이 다시 발병한 것이었다.

한 해를 쉬고 중학교에 복학한 이유도 바로 그 때문이었다.

그때는 완치된 줄 알았지만, 겨울을 지나면서 다시 기침이 시작됐고, 병원에서는 조심스럽게 말했다.

"결핵균이 다시 활동을 시작했습니다. 오랜 입원 치료가 필요합니다. 그리고 무엇보다 안정이 제일 중요합니다."

명수는 결국 마산결핵병원으로 이송되었다.

그렇게 명수는 아무런 인사도 없이 사정리를 떠났다.

만석은 그 이야기를 명수가 떠난 후 할머니에게 들었다.

"몸이 더 나빠가 작은 병원에서 안 된다 캐가 마산 결핵병원으로 갔다 쿠더라. 아메 오래 있어야 된단다."

그날 저녁, 만석은 공부가 손에 잡히지 않았다.

요양원이라는 말은, 아이들에게는 낯선 곳이었고, 어른들이 조용히 말끝을 흐리며 꺼내는 어두운 단어였다.

그곳은 병을 앓는 사람들이 오랫동안 머무는 곳, 가끔 돌아오지 않는 사람들도 간다는, 먼 도시의 외딴 병동.

명수가 떠난 뒤, 만석의 세상은 갑자기 조용해졌다.
매일같이 정자에서 함께 문제를 풀고, 도시락을 까먹던 시간은 이제 혼자만의 공백이 되어 있었다.
노트 위에 펜을 들고 앉아 있어도, 손끝은 자꾸만 망설였고, 눈은 책장을 넘기다가도 멈춰버렸다.
"이거는 명수 형이랑 같이 보기로 했는데…."
"이런 문제는 형이 막대기로 땅바닥에 그리면서 가리치 주었는데."
그가 알려 준 방식은 아직도 노트 구석구석에 남아 있었지만, 이제 그 노트를 넘겨 줄 손이 없었다.
무언가 모르면 돌아서서 물을 수 있었던 시간은 끝났고, 책 속의 문장은 여전히 낯설기만 했다.
특히 영어는 혼란스러웠다.
단어 하나 외우는 데도 오래 걸렸고, 문장을 해석하다 보면 앞뒤가 엉켰다.
문법은 마치 미로 같았고, 그 미로의 길잡이는 더 이상 곁에 없었다.
수학은 더욱더 어려웠다.
개념이 조금이라도 꼬이면 금세 막혀 버렸다.
급기야 만석은 책상 앞에서 고개를 숙인 채 중얼거렸다.
"형이 옆에 있으모, 요른거는 금시 알 낀데. 언자 우짜노…."
그는 몇 번이나 펜을 내려놓고, 책을 덮었다 폈다 하고 있다.

학교 수업 시간에는 선생님의 말이 잘 귀에 들어오지 않았고, 쉬는 시간엔 멍하니 창밖을 바라보는 날이 많아졌다.

친구들은 문제집을 새로 사고, 모의고사 이야기를 하기 시작했지만, 만석은 자신이 그 흐름에서 조금씩 멀어지고 있다는 걸 느꼈다.

그렇게 봄이 지나고, 여름이 다가오고 있었다.

명수가 없는 시간 속에서, 만석은 혼자서도 앞으로 나아가는 법을 배워야 했다.

그러나 그 배움은, 명수가 알려 주었던 공식보다 훨씬 더 어렵고, 더 깊은 것이었다.

그는 여전히 노트 위에 머리를 조아리며, 흐릿해진 글씨를 따라가고 있었다.

기말고사가 끝난 뒤 며칠 동안은 학교 전체가 웅성거렸다. 누구는 몇 점 받았느니 복도와 운동장 곳곳에 시험 이야기로 시끄러웠다.

하지만 만석은 말이 없었다. 성적표를 받은 날, 그는 조용히 종이를 접어 공책 사이에 끼워 넣었다. 국어 90점. 과학 92점. 도덕, 사회도 90점대. 그러나 정작 중요한 수학은 55점, 영어는 60점.

이 점수로는 특별반에 들어갈 수 없다는 것을 딱 봐도 알 수 있었다.

만석은 밤늦도록 책상 앞에 앉아 있었다. 창문 너머로 여름벌레들이 윙윙거리는 소리가 들리고, 희미한 전등불 아래 그의 눈은 충혈돼 있었지만, 펜을 쥔 손은 멈추지 않았다.

공책엔 영어 단어가 빼곡히 적혀 있었고, 수학 문제 옆에는 수십 번 지우고 다시 쓴 흔적이 얼룩처럼 번져 있었다.

"마산… 나는 꼭 마산에 가야 된다."

그의 속삭임은 다짐이자 기도 같았다.

처음 마산으로 내려가던 날, 만석의 등을 두드리며 말하던 어머니의 목소리가 떠올랐다.

"우리 만석이, 공부만 열심히 해라. 엄마는 걱정 안 한다."

그러나 그 말은 걱정을 감춘 말이었다.

그녀는 늘 걱정하고 있었다. 시골집에 홀로 남은 시어머니, 밭일과 가사노동, 그리고 뒷바라지 없이 혼자 학교를 다니는 어린 아들까지.

만석은 알고 있었다.

엄마가 마산에 있는 건, 집안 형편 때문에 마지못해 떨어져 있는 것이고, 그 고생이 끝날 길은 하나뿐이라는 걸.

"내가 공부 잘해서 성공하여, 옴마를 편안히 모시는 기다. 공부 잘 해가 기뻐하는 옴마의 얼굴을 보고 싶다."

그날 밤, 그는 결심했다. 더는 '못 하겠다'는 말은 하지 않기로.

더는 '형이 없어서', '머리가 나빠서'라는 핑계는 대지 않기로. 아무도 도와주지 않아도, 자기 혼자라도 가기로.

29. 겨울에 학교 가기

77년 11월 겨울이 되었다.

찬바람이 사정리 들판을 휩쓸고 지나가는 매서운 날씨였지만 자전거를 타고 학교를 가야 했다.

날이 밝기도 전, 아직 별이 떠 있는 새벽. 만석은 목도리를 두르고 아침밥을 하고 아직 열기가 남아 있는 솥뚜껑 위에 손을 녹였다.

그 손으로 두꺼운 솜장갑을 끼고, 자전거 핸들을 꼭 쥐었다.

학교까지의 길은 멀고 험했다.

자갈이 덮인 비포장도로 위엔 흰 서리가 얇게 내려앉아 있었다.

자전거 바퀴는 미끄러지고, 바람은 얼굴을 찢듯이 스쳐 갔다.

걸어가는 아이들은 종종 발을 땅에 짚으며 걷기도 했다.

코끝은 시큰했고, 손가락은 곧 얼어붙을 것처럼 저릿저릿했다.

"으으으… 손가락 끝이 감각이 없다. 참말로 떨어지 나가는거 아이가."

광명이가 옆에서 투덜대며 말했다.

만석은 말없이 고개를 끄덕이며, 숨을 깊게 들이켰다.

입김이 허옇게 흩어졌다.

등굣길에 가장 두려운 건 내리막길이었다.

서리가 내리면 브레이크가 말을 듣지 않았다.

엉덩이를 들고 브레이크를 천천히 잡아도 바퀴는 옆으로 미끄러졌고, 자칫하면 구덩이에 빠지거나 논두렁으로 굴러떨어지기 일쑤였다.

어떤 아이는 그해 겨울, 내리막길에서 자전거가 미끄러져 팔이 부러지기도 했다.

그럼에도 아이들은 자전거를 타야 했다.

걸어서는 시간이 너무 오래 걸렸고, 버스를 탈 형편이 안 되었다.

그나마 자전거가 있으면 어둠을 가르며 조금이나마 빨리 학교에 도착할 수 있었기 때문이다.

만석도 매일같이 그 길을 달렸다.

손가락과 발가락이 마비되는 고통 속에서도, 학교를 가지 않으면 큰일 나는 줄 알고 자전거 페달을 밟았다.

자전거를 타고 가다가 백산 새 동네를 지나면, 끝없이 펼쳐진 벌판이 나타났다.

그 벌판 한쪽에는 수확이 끝난 논두렁 옆에 볏짚 더미인 짚동이 쌓여 있었다.

만석과 사정리 아이들은 거기서 잠시 자전거를 세웠다.

몸은 이미 얼어붙을 듯이 차가웠고, 손발은 감각조차 느껴지지 않았다.

"야, 여서 불 좀 째아고 가자."

누군가 말하면 아이들은 말없이 볏짚을 한 줌씩 집어 들고 둑 아래 바람이 덜 부는 곳으로 모였다.

성냥을 꺼내 불씨를 붙이면, 짚은 '후욱' 하고 금세 불길을 일으켰다.

연기와 함께 따스한 온기가 피어오르고, 아이들은 손을 불꽃 가까이 내밀었다.

"언자 살 것 같다…."

"아이고, 발 좀 데파 보자. 새끼발가락이 떨어져 나가는 줄 알았다이."

만석은 불 옆에 쭈그리고 앉아, 장갑을 벗고 손을 비볐다. 볏짚 타는 냄새와 연기 냄새가 옷에 배였지만, 누구도 신경 쓰지 않았다.

그 짧은 온기가 아이들에겐 학교까지 가기 위한 힘이자, 어쩌면 소년 시절 겨울 아침의 가장 따뜻한 기억이었다.

불을 피우고 있으면, 지나가던 다른 아이들도 하나둘 멈춰 섰다.

입김을 뿜으며 손을 녹이고, 장난을 치고, 어깨를 부딪히며 웃다가도 시간이 되면 다시 자전거에 올랐다.

"간다! 늦으면 혼난다!" 누군가 외치면 불은 그대로 남기고, 자전거 페달을 다시 밟았다.

서리 내린 들판, 미끄러운 비포장길.

하지만 아이들의 가슴속에는 조금 전 볏짚 불에서 느꼈던 따스함이 남아 있었다.

그 불은, 단순히 몸을 녹이는 것이 아니라 춥고 거센 현실 속에서도 꺼지지 않는 어린 꿈의 불씨였다.

어느 날 백산 새 동네를 지나 다시 불을 피워 손발을 어느 정도 녹이고 이제 등 뒤로 돌아서 몸 전체를 녹이고 있을 때였다.

만석도 그렇게 등을 돌리고 불을 쬐고 있는데, 태붕이가

"만석아! 쓰봉에 불 붙었다."

만석은 태붕이의 소리에 깜짝 놀라 황급히 몸을 돌렸다.

"뭐라카노!"

하고 뒤를 돌아보니 정말로 바지 끝단에서 연기와 함께 불꽃이 일렁이고 있었다.

이미 종아리까지 올라온 불길에 당황한 만석은 허둥지둥 손으로 툭툭 치며 불을 끄려 했지만, 불은 나이롱 바지 천을 따라 더 빠르게 번지고 있었다.

"야 야, 이래가 안 꺼진다! 물, 물!" 누군가 외쳤고, 옆에 있던 삼규는 재빨리 논두렁 옆 눈 녹은 웅덩이에서 진흙을 퍼 와 만석의 다리에 끼얹었다.

축축한 흙탕물에 불길은 겨우 꺼졌지만, 만석의 바지 한쪽은 이미 너덜너덜해지고 다리에는 검은 그을음이 잔뜩 묻었다.

한참을 숨을 몰아쉬던 만석은 얼굴이 벌겋게 달아올라 아무 말도 하지 못했다.

태붕이가 조심스럽게 물었다.

"괴안나? 마이 디인거는 아이제?"

만석은 다리를 내려다보다가 고개를 끄덕였다.

"살은 안 데인 것 것다. 근데… 쓰봉이 다 타뻿다."

아이들은 순간 조용해졌다.

만석의 바지는 이미 한쪽 끝단이 까맣게 타들어 가 있었다.

나이롱 천은 불을 만나자마자 순식간에 타들어 갔고, 남은 건 불에 그슬린 테두리와 군데군데 구멍이 뚫린 옷자락뿐이었다.

주위에 있던 친구들 바지는 기지 바지여서 불꽃이 조금 닿아도 그리 쉽게 타지 않았지만, 만석의 바지는 달랐다.

얇고 반질반질한 나이롱 천. 겨울에 보온은 되지 않고 여름에는 땀 흡수도 되지 않는 비닐 같은 옷이었다.

그래서, 불 앞에서는 종잇장처럼 무력했다.

교복을 사줬던 건 마산에서 일하는 만석의 어머니였다.

어렵게 한 달치 봉급을 모아 중학교 교복을 장만해 줬을 때, 어머니는 망설였다.

바람은 숭숭 들어오고 불에 닿으면 순식간에 타들어 가지만, 겉보기엔 번질번질하고 깨끗해 보였다.

만약 만석이 엄마도 불에 타고 보온이 안 되는 줄 알았다면 나이롱 교복을 사지는 않았을 것이다.

만석이가 마산에서 올라온 엄마와 함께 읍내 옷 가게에 갔을 때, 엄마는 망설이다 결국 나이롱 교복을 골랐다.

가격표 앞에서 몇 번이나 입술을 깨물던 엄마가 옷 가게 아주머니가 포장해 주는 동안 뒤돌아서며 말했다.

"만석아, 그래도 교복을 입어야지 우짜것노. 고거라도 입고 댕기라."

그 목소리엔 조심스런 미안함이 묻어 있었다.

아들이 혹시 실망하지 않을까, 혹시 창피해할까, 엄마는 그것이 마음에 걸렸다.

하지만 만석은 고개를 끄덕이며 능청스럽게 웃어 보였다.

"옴마, 머슴아가 아무거나 입으모 되지. 괘안타. 비싼거 필요 없다이. 다 똑같구마는. 억수로 좋다 옴마."

엄마는 말없이 아들의 이마를 쓰담아 주었다.

그 손길엔 고마움도, 미안함도, 안쓰러움도 섞여 있었다.

만석은 정말 아무렇지 않았다.

그의 관심은 옷이 아니라 책 속에 있었고, 누가 자기 바지를 뭐라고 해도 대꾸할 이유조차 느끼지 못했다.

여자애들한테 잘 보이고 싶다? 그건 아직 먼 이야기였다.

학교 가는 길에 비가 오면 교복 바지가 종아리에 붙어서 다리가 잘 움직이지 않았고, 바람이 불면 속살까지 찬기가 들어왔지만 만석은 그런 것에 개의치 않았다.

그저 한 가지. 그 교복이 너무 약해서 불이 붙었을 때, 다른 애들보다 빨리 너덜너덜해졌다는 것이 부끄럽기는 했다.

하지만 만석은 그것조차도 불평하지 않았다.

엄마가 보내 준 그 교복 한 벌은 그녀가 한달 내내 식비를 줄여서 마련한 것임을 알았기 때문이다. 만석은 그날 밤, 타버린 바지를 들고 마루 끝에 멍하니 앉아 있었다.

짚불에 덴 바지 끝은 녹아 붙은 플라스틱처럼 딱딱하게 굳어 있었고, 구멍 주변은 그을음으로 까맣게 번져 있었다.

바지 한 쪽이 거의 반쯤 날아갔는데, 이걸 입고 학교를 갈 수도, 그냥 벗어놓을 수도 없는 노릇이었다.

그 모습을 본 할머니는 말없이 한숨을 내쉬었다.

"할매가 우찌 해결해 볼꾸마. 니는 걱정말고 자라."

그러곤 헛간 뒤편을 뒤적이며 어디론가 사라졌다.

이튿날 아침, 만석이 눈을 비비고 일어났을 때, 방 한구석엔 낯선 바지 한 벌이 놓여 있었다.

털실로 꿰맨 흔적이 여기저기 보였지만, 바지 자체는 튼튼하고 도톰

했다.

"할매 깔깔하이 좋네. 오데서 구했는데예?"

만석이 묻자, 할머니는 대수롭지 않다는 듯 대답했다.

"삼규 저거 집에 가가, 저저 성이 예전에 입었던 거 있다카길래 내가 얻어왔다…."

삼규 형은 중학교를 작년에 졸업하고 지금은 읍내 농자재 가게에 배달 일을 나간다고 들었다. 그 형은 말수가 적고 몸집이 커서 한참 위로 느껴지던 형이었다.

만석은 그 바지를 손에 들어 조심스레 펼쳐봤다.

무릎에는 살짝 기운 자국이 있었고, 허리는 크고 바짓단은 길었다.

기지 천의 질감이 묵직하고도 포근했다.

"할매. 고맙십미더."

할머니는 괜히 손을 내저으며 말했다.

"뭐시 그리 고맙노. 당장 입을 게 있어야 핵교를 갈 거 아이가. 바지 가레이가 쪼매 길어서 올은 양발 안에 넣고 갔다 오모 가레이 줄아 주꾸마."

만석은 그 말을 듣고 바지에 얼굴을 묻었다.

삼규 형님의 체취가 조금 남아 있었지만, 이 바지가 오늘 하루, 그리고 그다음 날도 자신을 지탱해 줄 것 같았다.

허리통은 좀 크고 길이는 길었지만, 만석은 똑바로 펴 입고 거울 앞에 섰다.

"앗따야. 누가 보모 새로 맞춘 줄 알것다이."

그는 여느 날과 다름없이 자전거를 끌고 집을 나섰다. 차가운 바람이 불었지만, 기지 천 바지는 바람을 막아 주었다.

30. 1학년 마지막 시험

학기말 기말고사는 12월에 치러진다.

한 해의 마지막을 마무리 짓는 시험이자, 2학년 특별반으로 갈 수 있는 마지막 기회였다.

들판엔 하얀 서리가 내려앉고, 자전거 페달을 밟는 발끝은 얼어붙을 듯 시렸다.

아이들은 교문 앞에 다다르기 전까지, 백산 새 동네를 지나 벌판에서 짚단을 모아 불을 피우곤 했다.

그 곁에 앉아 손발을 녹이는 순간만큼은, 모두가 같은 처지의 시골 중학생일 뿐이었다.

하지만 만석은 달랐다.

그는 손을 녹이면서도 책가방 안 교과서 생각을 했다.

눈앞에 아른거리는 건 명수 형이 쓰던 진한 연필 자국, 그리고 마산에 계신 엄마의 얼굴이었다.

12월 기말고사의 국어, 사회, 과학, 도덕 등의 이른바 '암기과목'은 더이상 두렵지 않았다.

어떻게 외우고 어떻게 정리해야 하는지, 이제 그는 방법을 알고 있었다.

문제는 여전히 수학과 영어였다.

두려워도, 외면하지 않고 계속 부딪히면 언젠가는 틈이 생긴다는 것을.

시험 전날 밤, 할머니는 아궁이에 불을 지피고, 상 위엔 미역국과 조기 한 마리를 올려두었다.

"내일 시험이라메. 아침 잘 묵고 가라."

만석은 밥상 앞에 앉아 잠시 머뭇거렸다. 따끈하게 김이 오르는 미역국. 옛날에 누군가가 말해줬다.

"시험 치는 날 미역국 먹으면 미끄러진다 아이가. 그거 안 좋다 카더라."

하지만 할머니는 그런 미신 같은 건 몰랐다.

그저 미역 한 줌을 불려, 멸치 몇 마리를 넣어 끓였을 뿐이었다.

"이거 묵고 기운 내라. 배가 든든해야 시험도 잘 보지."

만석은 그릇을 두 손으로 감쌌다.

뜨거운 국물 속에는 미신보다 진한, 사랑과 기원의 맛이 배어 있었다.

그는 조용히 숟가락을 들어 국 한 모금을 넘겼다.

그리고 마음속으로 다짐했다.

'미끄러지지 않는다. 오늘은 끝까지 버틴다.'

만석은 고개를 끄덕이며 말했다.

"할매, 내 진짜 이번엔 잘 쳐 볼라고."

할머니는 웃지도, 놀라지도 않았다.

다만 조용히 등 뒤에서 말해 줬다.

"잘 한다꼬 큰소리 안 치도 된다. 그래도 지금 처럼만 하모, 니 갈 길은 니가 여는 기다."

그 말은 기적처럼 가슴에 박혔다.

그리고 다음 날 아침, 시험지를 받는 순간— 만석은 떨리는 손을 책상 위에 올려놓고 잠시 눈을 감았다.

춥고 외로웠던 한 해. 하지만 그 속에서 그는 '공부하는 법'과 '포기하지 않는 법'을 배웠다.

종이 위의 숫자와 글자들이, 이제는 막연한 벽이 아니라, 하나 씩 넘을 수 있는 계단처럼 보였다.

겨울 바람이 뺨을 스치며 지나가던 오후, 학교 교무실 앞 게시판은 어김없이 아이들의 숨죽인 시선으로 가득했다.

등사기로 인쇄된 용지, 그 위에 정렬된 이름들.

'2학년 특별 진학반 선발 대상자 명단.'

만석은 그 앞에서 잠시 멈췄다.

친구들이 하나둘 씩 손가락으로 이름을 짚으며 떠들었다.

"와, 재환도 붙었네."

"영숙이는 원래 잘했다 아이가아."

"그란데… 만석이는 없네?"

태봉이가 작게 중얼이듯 말했다.

"명수 형님 있었으모, 잘 가르치가 바로 붙었을 낀데 아깝다."

삼규가 고개를 끄덕이며 어깨를 으쓱였다.

"그랑깨. 영어 수학 못하모 우짤 수 없지. 특별반은 공부 쪼매만 못 하모 안된다 카더라."

만석은 아무 말 없이 자전거를 타고 운동장을 빠져나왔다.

어깨 위에 내려앉은 겨울 햇빛이 따스하긴 했지만, 마음속에 맺힌 바람은 더 매서웠다.

집에 도착하자마자 가방을 내려놓고 성적표를 꺼냈다.

국어 94점, 사회 91점, 과학 93점, 기술·사회 88점, 체육 88점. 하지만 영어는 58점, 수학은 52점. 고개를 끄덕이며 조용히 종이를 접어 책상 서랍 안에 넣었다.

그 소리는 마치 어떤 문이 닫히는 것 같았다.

할머니는 부엌에서 된장찌개를 끓이고 있었고, 아이들이 놀러 가서 집은 조용했다.

만석은 책상 앞에 앉아 손가락으로 책상을 두드리다가, 오래전 명수 형이 건넸던 낡은 단어장을 꺼냈다.

표지가 닳아 너덜너덜해진 그 공책. 페이지를 넘기자 'apple', 'school', 'between' 같은 단어들이 명수의 삐뚤빼뚤한 글씨로 적혀 있었다.

"이건 뭐고?"

"이건 '사과'다. 아플, 따라 해봐라."

"아플?"

"아플. 이거 외울 때는 사과 생각하면서 하믄 된다. 니 엄마가 싸 준 사과 말이다."

명수 형의 목소리가 귀에 맴돌았다.

이제는 병원 창가에서 편지를 써야만 안부를 알 수 있는 사람.

그가 없었기에 이 자리까지 왔고, 또 그가 없기에 더 멀리 가야 한다고 만석은 생각했다.

'그래. 나는 아직 끝난 게 아니다. 2학년 특별반 못 갔다고 해서 내 인생이 정해진 건 아이다. 3학년 때는 꼭 간다.'

불빛 아래에서 단어장을 조용히 읽기 시작했다.

혀끝에 감긴 발음이 아직도 어색했지만, 그건 괜찮았다.

한 단어, 한 문장, 한 페이지. 포기하지 않으면 언젠가 도달할 수 있다는 것을, 명수 형이 가르쳐 주었으니까.

그 밤, 만석의 방엔 시계 소리와 함께 한 아이의 마음속에서 작은 불씨가 다시 피어나고 있었다.

31. 봉헌과 말숙이 중학생이 되다

　1977년 3월 봄. 중학교 교문 앞에는 초등학교 때보다 훨씬 커 보이는 아이들이 모여 있었다.
　어깨에 힘을 주고 가방끈을 단단히 움켜쥔 봉헌과 단정하게 머리를 묶고 온 말숙은 서로 눈이 마주치자, 말은 안 했지만 둘 다 마음속으로 생각했다.
　"이제 참말로 어른이 되어 가는 가베."
　중학교 첫날, 운동장에는 긴장 반 설렘 반 두려움 반의 공기가 감돌았다.
　법수국민학교에서 그대로 올라온 얼굴들이었지만, 교복을 입고 다시 마주하니 아이들 모두가 낯설게 느껴졌다.
　봉헌이와 말숙이도 마찬가지였다.
　어느새 아이들은 어깨가 벌어지고 키도 부쩍 자랐다.
　고무줄 바지 대신 단정한 교복 치마, 반팔 대신 와이셔츠에 넥타이까지 맨 모습은 어린 시절의 웃음기를 어딘가로 흘려보내 버린 듯했다.
　담임 선생님의 호명이 끝나고 반이 정해지자, 운동장에 모여 있던 학생들은 남녀 반으로 나뉘어 교실로 이동했다.
　법수중학교의 1학년은 모두 네 반. 남학생 1반과 2반, 여학생 3반과 4

반으로 나누었다.

봉헌은 2반, 말숙이는 3반으로 같은 반이 되기를 기대했던 마음은 허무하게도 운동장 바닥에 떨어져 버렸다.

"에이… 같은 반이모 좋겠다 생각했구만은."

봉헌은 말숙이 쪽을 바라보며 혼잣말처럼 중얼거렸다.

말숙이도 운동장 반대편에서 봉헌을 찾았다.

멀찌감치 떨어져 있지만, 눈이 마주쳤다.

봉헌이 작게 고개를 끄덕이자, 말숙은 입꼬리를 살짝 올리며 손을 흔들었다.

그 작은 인사에, 봉헌의 가슴이 다시 두근거렸다.

이제는 하루 종일 같은 교실에서 장난치고, 노트 필기를 보여 줄 수도 없게 되었다.

그저 등굣길, 혹은 하굣길에 길모퉁이 작은 정자 나무 아래에서 잠깐 눈 마주치고 몇 마디 나누는 것이 전부였다.

하지만 오히려 그래서였을까, 그 짧은 순간들이 더 특별하게 느껴졌다.

하교 길에 가방끈을 매만지며 걸어오는 말숙을 보면 봉헌은 괜히 서둘러 발걸음을 맞췄다.

"올은 수학 숙제 울매나 했노?"

"그냥… 반쯤? 내일 니꺼 보고 베끼면 되지 뭐."

"뭐라쿠노? 니 언자 중학생이다이. 얼라때 생각은 내삐라. 운제까지 니는 넘어 꺼 보고 살 끼고?"

말숙의 장난기 어린 말에 봉헌은 괜히 뺨을 붉히며 고개를 돌렸다.

이제 같은 반은 아니지만, 그들의 마음은 어느 때보다 가까워지고 있었다.

 서로를 향한 눈길 하나, 웃음 한 번, 그 모든 것이 첫사랑의 시작처럼 조심스럽고 소중하게 쌓여 갔다.

 교실이라는 울타리는 달라졌지만, 봉헌과 말숙의 하루는 여전히 서로를 중심으로 돌고 있었다. 복도에서 스치듯 마주칠 때면 눈빛으로 인사를 나누고 화장실 갈 때 우연을 가장해 서로 만나기도 했다.
 그리고 무엇보다 가장 소중한 시간은… 하굣길이었다.
 학교에서 집까지 걸어가는 40여 분의 길 위에서 봉헌과 말숙은 하루 중 가장 많은 말을 나눴다.
 봉헌은 등굣길보다 하굣길을 더 좋아했다.
 중학교는 국민학교보다 훨씬 복잡했다.
 수업 시간도 많고, 과목도 다양했으며, 시험이라는 무서운 존재가 다가오고 있었다.
 그러나 그런 변화 속에서도 봉헌과 말숙은 조금씩, 하지만 분명하게 서로에게 더 가까워지고 있었다.
 가끔은 서로를 향해 살짝 질투를 품기도 하고, 또 가끔은 말 한마디에 하루 종일 기분이 좋아지기도 했다.
 그들은 몰랐다.
 그 모든 것이 첫사랑의 시작이자, 두 번 다시 을 수 없는 시절의 한복판이라는 걸.
 그리고 그렇게, 그 봄은 조용히 깊어져 갔다.
 "오늘 사회 시간에 선생님이 억수로 무서벗다이."

봉헌이 턱을 괴며 투덜대듯 말하자, 말숙은 깔깔 웃었다.
"니는 만날 그런 소리만 한다. 내는 그 선생님 좋터만은? 칠판에 글씨도 이쁘구로 잘 쓰고. 그래도 시험은 억수로 애럽게 낼 끼다. 니 좀 갈차 주까?"
"아이다, 됐다. 내 눈 딱 감고 내가 공부 한 대로 해 볼란다."
말숙은 그런 봉헌이 대견한 듯 고개를 끄덕이며 말했다.
"참, 다음 주부터는 방과 후 음악반 할 끼다. 니는?"
말숙이가 검정색 교복 치맛자락을 살짝 모으며 봉헌에게 물었다.
봉헌은 대답 대신 가방끈을 움켜쥔 채 고개를 살짝 숙였다.
잠시 머뭇거리더니 조용히 말했다.
"내는 그런 거 못한다. 집에 빨리 가서 일해야 된다."
말숙이의 얼굴이 잠시 굳어지더니, 곧 걱정스러운 눈빛이 담겼다.
"맞나…. 우짜노…."
봉헌은 오히려 말숙을 안심시키려는 듯, 씩 웃으며 말했다.
"괴안타. 언자는 지게 지는 것보다 경운기 운전도 잘해서 경운기 끄실고 당긴다 아이가."
말숙의 눈이 동그래지며 놀라움을 담았다.
"앗따야, 니 벌시로 경운기 모나?"
봉헌은 어깨를 으쓱하며 능청스레 대답했다.
"행님도 있는데, 경운기 모는 거 별시리 애럽은 것도 아이데. 한돌이 돌리고구라찌 빵 잡아가 기아 바꾸고 하모 금시 끄시고 댕긴다."
말숙은 감탄 섞인 눈으로 봉헌을 바라보며 말했다.
"니 역시로 대단타이, 봉헌아! 니는 진짜로 집안 일도 잘하고, 공부도 하고…. 내는 니가 존경스럽다이."

봉헌은 얼굴이 벌겋게 달아올랐다.

존경이란 말이 괜히 낯간지러워서 고개를 휙 돌리며 말했다.

"그라모… 냉중에 밭에 놀러 오이라. 경운기 태아 주꾸마."

말숙은 빙긋이 웃으며 고개를 끄덕였다.

"꼭 태워 주라. 내 경운기 처음 타 본다."

"알았다, 그기 뭐시라꼬."

그날 하굣길, 봄바람이 둘 사이를 살며시 스치고 지나갔다.

그 바람은 경운기의 엔진 소리처럼, 두 사람 사이에 작은 떨림을 남기고 사라졌다.

그리고 그 떨림은, 오래도록 잊히지 않을 기억으로 남게 되었다.

봉헌은 마을 뒤 논까지 경운기를 몰고 나갔다.

쇳덩이 같은 기계에 낡은 이불을 깔아 놓고는 말숙이를 기다렸다.

잠시 뒤, 말숙이가 손등으로 햇빛을 가리며 나타 났다.

연분홍빛 셔츠와 청색 치마 차림.

"진짜… 태야 주는 기가?"

그녀가 웃으며 묻자 봉헌은 어깨를 으쓱했다.

"약속했다 아이가. 겁 묵지 말고 올라타라."

말숙이는 조심조심 발판을 디디며 올라탔다.

두 손으로 봉헌이 앉은 의자의 등받이를 살짝 잡았다.

"털털거리가 안 널지나?"

"괴안타, 살살 갈꾸마."

봉헌은 시동을 걸었다.

덜컹덜컹, 우직한 엔진 음이 땅 밑에서 부터 울려 나왔다.

경운기는 느릿느릿 앞으로 나아갔고, 둘은 좁은 논두렁 길을 따라 움직였다.

논물에 비친 하늘은 푸르렀고, 이따금 바람에 벼 잎이 살랑살랑 흔들렸다.

멀리서 봤을 땐 투박하고 지저분한 기계였지만, 그 위에선 두 아이의 얼굴에 환한 웃음이 가득했다.

"봉헌아, 이래 달리깨네 기분이 째진다이!"

말숙이가 바람을 가르며 외쳤다.

그 소리에 봉헌도 씩 웃으며 대꾸했다.

"그라모 더 쎄기 달리 삣가?"

말숙이가 눈을 동그랗게 뜨고 손을 허공에 휘저으며 말했다.

"아이다, 찬찬이 가자 무섭다이."

봉헌은 장난기가 실린 웃음을 살짝 흘리고는 경운기의 손잡이를 살짝 틀었다.

"살살 가꾸마. 니는 겁이 그리 많나?"

그 순간, 덜컹거리며 경운기가 논두렁의 움푹 파인 부분을 지나갔다.

말숙이는 놀라 반사적으로 봉헌의 어깨를 꽉 붙잡았다.

순간 두 사람 사이에 정적이 흘렀다.

말숙이는 손을 떼지 못한 채 조심스럽게 입을 열었다.

"미안… 널질까 싶어가."

봉헌은 고개를 돌리지 않은 채, 부드럽게 말했다.

"아이다 잡아모 우때서."

잠시 말숙이가 조용했다.

봉헌은 경운기의 핸들을 가볍게 조정하며 말을 이었다.

"니가 놀래가꼬 뒤로 돌아 볼라카다가 경운기 끌박을까 싶어가 그라지."

말숙이는 작은 목소리로 중얼거렸다.

"이리 천천이 가는데 안 끌박는다."

"그란데, 경운기도 오토바이 맨치로 재미있네."

"맞나. 재미있으모… 다음에 또 한 번 태야 주까?"

그 말에 말숙이는 고개를 살짝 숙이며 말했다.

"그라모… 좋고."

그들의 대화는 바람 사이로 흘러가듯 부드러웠고, 경운기의 탱탱거리는 엔진 소리도 이제는 음악처럼 느껴졌다.

그날, 두 사람은 말없이 마을 논길을 한 바퀴 천천히 돌았다.

논두렁 사이로 연두빛 보리들이 일렁였고, 하늘은 쨍하게 맑았다.

어느새 어른이 되어 가는 두 아이는, 서로의 마음속에 작은 흔들림 하나를 심고 있었다.

그날의 바람과 햇살, 그리고 경운기의 진동은 오래도록 잊히지 않을 추억으로 남을 것이었다.

32. 봉헌은 사춘기다

며칠이 지나자, 마을 골목마다 아이들 입에 오르내리는 말이 하나 생겼다. 바로 봉헌이와 말숙이에 관한 이야기였다.

장날이 끝나고 해가 기울 무렵, 미순이와 순덕이는 마을회관 옆에서 이야기꽃을 피웠다.

"야, 니 이바구 들었나?"

순덕이가 눈을 흘기며 말을 건넸다.

"무슨 이바군데?"

미순이가 궁금하다는 듯 고개를 갸웃했다.

"말숙이하고 봉헌이, 둘이 그저께는 경운기 타고 한바꾸 했다 카더라."

순덕이는 입꼬리를 올리며 수군거렸다.

"얼라 때 부터 붙어 다니더만은. 그라모, 그때부터 연애질한 기가?"

"하모. 대가리 쇠똥도 안 벗기진 기 벌시로 그 지랄하네. 손도 잡고… 안아 주고 했다 안카나."

미순이는 눈이 동그래지며 놀랐다.

"옴마야, 내는 몰랐는데 에나가? 말숙이 그년 공부 잘한다꼬 동네 머슴애들 다 쫄병 만들어뺏네."

순덕이는 더 신나서 말을 보탰다.

"영철이도 말숙이 뒤 쫄쫄 따라댕기고 기복이도 말한마디 붙이 볼라 꼬 지랄해 샀더만은."

"말숙이 그년이 꼬리 아홉달린 구미호 요물이다이. 머슴마들 앞에서는 억수로 얌전한척 하더만은 그년이 동네 머슴마들 한데 꼬리치고 댕기네."

두 아이는 키득거리며 웃었지만, 그 눈빛은 단순한 놀람만은 아니었다.

질투인지, 부러움인지, 혹은 그 나이 또래 소녀들 특유의 묘한 경쟁심이 뒤섞여 있었다.

그리고 그들의 수군거림은 어느새 퍼져갔다.

동네는 작고 말은 빨랐다.

말숙이도, 봉헌이도 그 이야기를 모를 리 없었다.

소문은 늘 그렇듯 빠르게 퍼지고, 더 빨리 왜곡되었다.

처음엔 그냥

"봉헌이랑 말숙이가 경운기 타고 논두렁 돌았다더라."

는 정도였지만, 며칠이 지나자

"붙어 다닌다카더라.",

"연애를 한다더라.",

심지어는

"밤에도 둘이서 어른들 하는 거 한다 카더라."

는 식의 말까지 아이들 입에서 돌았다.

말숙이는 처음엔 별로 신경 쓰지 않으려 했다.

하지만 쉬는 시간에 화장실 앞에서 몇몇 여학생들이 힐끔힐끔 쳐다보며 킥킥 웃는 걸 보자 괜히 얼굴이 뜨거워졌다.

"말숙아, 니 진짜 봉헌이랑 그런 사이 맞나?"

순덕이의 물음에 말숙이는 웃어넘기려 했지만, 목소리는 왠지 모르게 떨렸다.

"아이다, 그냥… 얼라 때부터 친구깨네 다른 거는 없는데."

그날 이후 말숙이는 봉헌을 피했다.

눈이 마주치면 얼른 고개를 돌렸고, 등굣길도 일부러 친구들과 함께 다녔다.

봉헌은 그런 말숙의 태도에 당황했다.

"말숙아! 오늘은 학교 같이 가자!"

그가 소리쳐 불렀지만, 말숙이는 뒤돌아보지 않았다.

그날 저녁, 봉헌은 혼자 마을 어귀 느티나무 아래에 앉아 있었다.

가을 햇살이 뉘엿뉘엿 넘어가고, 논에서는 벌써 벼를 베는 소리가 들려왔다.

봉헌은 마음 한구석이 시끈했다.

말숙이와 더 가까워진 줄 알았는데, 오히려 더 멀어진 기분이었다.

며칠 후, 말숙이가 먼저 찾아왔다.

마당가에서 삽자루를 정리하던 봉헌이 앞에 그녀가 조용히 섰다.

"니… 내 좀 섭섭했제?"

봉헌은 고개를 끄덕였다.

"니가 내 피해 다니는 거, 모를 줄 알았나."

말숙이는 잠시 말이 없었다가 입을 열었다.

"아들 말이 너무… 그래가… 좀 무서벗다. 괜히 니한테도 피해를 줄까 싶어가….”

봉헌은 땅만 보던 눈을 들어 그녀를 바라봤다.

"내는 상관없다. 니만 괴안으모 내는 아무 상관 없다이.”

말숙이의 입꼬리가 조금 올라갔다.

"그래도… 우리 당분간은 서로 보지 말자.”

그녀의 목소리는 낮고 조심스러웠지만 단호했다.

봉헌은 고개를 푹 숙인 채 대답하지 않았다.

말숙이는 천천히 말을 이었다.

"무다이… 다른 사람 입질에 올리사모, 서로 안 좋다. 내도… 지친다.”

잠시 침묵이 흘렀다.

봉헌은 마침내 입을 열었다.

"알것다…. 그래도… 한 번씩은 보모 안되것나? 그냥… 멀리서라도….”

말숙이는 고개를 저으며 말했다.

"안 된다. 가서나들 또 이상한 소문 퍼자삐모, 내는 여서 못 산다. 안 그래도 마산에 사는 우리 할매가 내 보고 자꾸 전학 오라카는 것도… 안 가고 있거만은.”

봉헌은 놀란 눈으로 말숙을 바라보았다.

"니… 전학 갈 끼가?”

말숙이는 눈길을 피하며 조용히 말했다.

"계속 이래 되모… 갈 수도 있다. 할매는 마산 중학교 더 좋다카고, 마산서 공부해야 좋은 고등학교 갈 수 있다칸다.”

봉헌은 벌떡 일어나 나뭇가지 하나를 땅바닥에 꽂듯 내리찍었다.

"니 그런 소리 하지 마라이. 니 없으모 나는 우짤라꼬. 나는… 그냥, 하루 종일 허허벌판에서 일해도 니 얼굴 한 번 보면 괘안아지는데….".

말숙이의 눈에 맺힌 물기가 바람결에 살짝 흔들렸다.

그녀는 애써 미소를 지으려 했지만, 입꼬리만 떨릴 뿐이었다.

"내도 그런 줄 안다. 그래서 더 겁난다…. 무다이 더 가까이 갔다가, 더 멀어질까 싶어가."

봉헌은 다급하게 말을 한다.

"그랑깨 전학 가모… 절대로 안 된다이."

말숙은 그제야 고개를 끄덕였다.

두 사람 사이의 침묵은 무겁고, 그러나 확실한 신뢰의 모양을 닮아 있었다.

말숙이 천천히 자리에서 일어났다.

"우리… 좀만 더 크모, 그때 다시 웃으면서 보모 안되것나?"

그녀는 그렇게 말한 뒤, 짧은 인사도 없이 마을 쪽으로 발걸음을 옮겼다.

봉헌은 말숙이의 말을 들은 뒤, 한동안 아무 생각도 할 수 없었다.

"우리, 당분간은 보지 말자."

그 말 한마디가

'공부도 못하는 놈이'

하는 험한 말보다 백배는 더 아팠다.

말숙은 담담하게 돌아섰지만, 봉헌은 그 자리에 한참을 서 있었다.

바람이 뺨을 스치고 지나갔지만, 그의 얼굴은 굳어 있었고, 가슴 깊은 데서 뭔가 천천히 무너져 내리고 있었다.

봉헌은 중학교에 올라오면서부터 몸이 부쩍 커졌다. 어른들 사이에서도
"일마보래이 사춘기인 가베."
라는 말이 나올 정도로 목소리가 굵어졌고, 감정도 전보다 훨씬 더 예민해졌다.

말숙이랑 눈만 마주쳐도 얼굴이 붉어졌고, 그녀의 웃음소리 하나에 하루 종일 기분이 좋았고, 말 한마디 안 섞은 날엔 밤잠을 설쳤다.

하지만 말숙은 여전히 그때의 그 말숙이었다.

초등학교 운동회 때 손에 밴드를 붙여 주던 그 얼굴, 개울가에서 돌을 던지며 웃던 그 웃음.

사춘기의 문턱에 아직 닿지 않은 듯한, 그래서 더 눈부시게 맑은 말숙.

그녀는 아직 연애가 무엇인지, 마음이 흔들리는 게 어떤 기분인지 모르는 듯했다.

"고마 우리는 동네 친구지 뭐 아무것도 아이다."

말숙의 그 한마디가 봉헌의 마음을 찢었다.

자기는 진심이었는데, 그녀는 아직 진심을 받아들일 준비가 되지 않은 아이였다.

33. 성장하고 있는 봉헌

그날 이후, 봉헌은 멍한 얼굴로 학교를 다녔다.

수업 시간에도, 점심시간에도 말이 없어졌고, 친구들이 장난을 쳐도 그저 씁쓸한 웃음만 흘렸다.

"봉헌아, 니 요새 와 그라노? 똑 정신 나간 사람멘치로 댕기노?"

영철이가 슬쩍 옆구리를 치며 말을 걸었다.

봉헌은 맥없는 눈으로 영철을 바라보다 고개를 푹 숙였다.

"아이다, 기냥 좀 힘들어가. 내는 언자 소미로 안 갈란다. 동상들 보내고, 내는 고마 집에 있을란다."

영철은 눈살을 찌푸리며 턱으로 멀리 보이는 강둑을 가리켰다.

"그라지 말고 같이 가자. 밀서리 해가 꾸버 묵고로. 그라모 소는 동상 미로 보내고, 해거름에 잠시 니 강가로 오이라."

봉헌은 입술을 깨물었다.

정말로 가고 싶었다.

말없이 이불 속에 누워 있는 것보다, 친구들과 장난치고 아직 여물지 않은 밀을 따다가 불 위에 구워 먹는 것이 훨씬 좋을 거라는 것도 알았다.

그 밀 냄새…. 껍질이 살짝 탄 뒤에 톡 하고 갈라지는 순간, 그 안에서 퍼지는 단내는 웬만한 과자 군것질보다 맛있었다.

하지만 말숙의 말이 자꾸 머릿속을 맴돌았다.

"우리 당분간은 보지 말자…. 다른 사람 입질에 오리내리모 서로 안 좋다."

'그래도… 말숙이는 안 오겠지. 영철이하고만 있으모 괴안것지.'

봉헌은 잠깐 고개를 끄덕였다.

"알것다… 안 갈 수도 있다이. 내 지달리지 마라."

영철은 씩 웃으며

"올라쿠모 니 낫 한가락 들고 오모 된다."

하고 손을 흔들며 멀어졌다.

그날 오후, 봉헌은 동생에게 소를 몰라고 시킨 뒤, 망설이다가 낫을 챙겨 들고 강가로 향했다.

논두렁을 따라 걷는 그의 마음은 들떠 있으면서도 조심스러웠다.

강가에 도착했을 때, 벌써 영철이와 다른 몇몇 동무들이 불을 피우고 있었다.

밀이 살짝 타들어가며 퍼지는 그 익숙한 고소한 냄새에 봉헌의 배가 꼬르륵 소리를 냈다.

"야! 니 안 올 끼라 카더만은 왔나!"

영철이 웃으며 봉헌을 반겼다.

봉헌은 멋쩍게 웃으며 자리에 앉았다.

손에 묻은 풀잎을 털며 구운 밀을 하나 받아 들었다.

입에 넣자, 고소하고 달콤한 그 맛이 퍼졌다. 어릴 적 여름의 기억이 입 안 가득 차올랐다.

그 순간, 봉헌은 잠시나마 말숙의 얼굴을 떠올리지 않았다.

33. 성장하고 있는 봉헌

그저 동무들과 함께 있는 이 시간이 소중하고, 이렇게 웃는 자신이 아직은 괜찮다는 걸 느끼고 있었다.

그리고, 그 바람 부는 강가 한켠에서 소년 봉헌은 아픔과 단맛을 함께 배워 나가고 있었다.

밀을 구워 먹고 해가 저물 무렵, 봉헌은 슬리퍼를 끌며 집으로 돌아가는 논두렁길을 걷고 있었다.

불에 구운 밀의 달짝지근한 여운이 아직 입안에 남아 있었고, 친구들과 깔깔거리며 나눈 웃음이 귀에 맴돌았다.

해는 벌써 산 너머로 기울었고, 논물 위로 주홍빛 노을이 잔잔히 퍼지고 있었다.

그런데 저만치서 누가 걸어오는 모습이 보였다.

"말… 말숙이다."

봉헌은 걸음을 멈췄다.

멀리서도 한눈에 알아볼 수 있었다.

그늘진 저녁 햇살 아래 하얀카라의 셔츠와 검정색 치마가 희미하게 흔들리고 있었다.

말숙은 혼자 책가방을 옆으로 들고 천천히 걸어오고 있었다.

아마 합창단 연습을 하고 지금 집에 가고 있는 모양이다.

봉헌의 심장은 쿵 하고 내려앉았다.

순간, 이유를 알 수 없는 묘한 전율이 아랫배에서 퍼졌다.

마치 속이 살짝 울렁이는 듯, 가슴 밑 어딘가가 찌릿하게 저려왔다.

봉헌은 한 발짝 뒤로 물러섰다.

그를 보지 못하게, 논두렁 옆 수풀 너머로 몸을 숨겼다.

'내가 와 이라노?'

스스로에게 물었지만, 대답은 없었다. 그저 말숙이의 모습이 머릿속에 그대로 새겨지고, 갑자기 온몸이 뜨거워지는 것만 같았다.

그건 단순한 부끄러움도, 놀람도 아니었다.

언젠가부터 말숙을 생각하면 가슴이 답답하고 숨이 가빠졌다.

이젠 그녀를 보는 것만으로도 설명할 수 없는 감정이 밀려왔다.

봉헌은 조용히 허리를 숙인 채 말숙이 지나가는 것을 지켜보았다.

말숙은 고개를 숙이고 걸었고, 단발을 한 머리카락이 바람결에 살짝 흔들렸다.

그 모습이 유난히 또렷하게 눈에 들어왔다.

말숙이 시야에서 완전히 사라진 뒤에도, 봉헌은 한참 동안 그 자리에 서 있었다.

그저 심장이 뛰는 소리와, 아랫배 어딘가에서 밀려온 그 생소한 감각이 자신도 모르게

'어른이 되어가고 있다'는 것을 가르쳐 주는 것만 같았다.

그는 밤에 이불을 뒤집어쓰고 소리 없이 울기도 했다.

사춘기란 게 이런 거였던가.

몸은 어른이 되어 가는데, 마음은 따라가지 못한 채 어디에 걸려 버린 듯했다.

다음 날, 봉헌은 괜히 마음이 어수선했다.

책상에 앉아도 글씨가 눈에 안 들어왔고, 점심시간에도 밥숟갈만 빙

빙 돌렸다.

영철이가 옆에서 쓱 눈치를 보다가 툭 건넸다.

"니 에나로 와 그라노, 요새 말도 별로 안하고, 낯판때기는 또 와이리 시커먼노."

봉헌은 말없이 고개만 들었다. 영철은 기다렸다가 다시 물었다.

"혹시… 니 말숙이 일로 그러는 기가?"

봉헌은 잠시 가만히 있더니, 조용히 입을 열었다.

"그런 것도 있고, 아닌 것도 있고."

"뭐꼬 그라모."

"기냥… 요상하다. 가슴도 답답하고, 아랫배가 이상하고, 머리는 멍하고…."

영철은 눈을 동그랗게 뜨고 봉헌을 바라봤다.

"니… 병 생긴 거 아이가? 설사나나?"

봉헌은 그제야 작게 웃으며 고개를 흔들었다.

"아이다, 병은 아인거 같고. 어제 강가서 집으로 가다가 말숙이 봤는데… 그냥 걷고 있었는데… 가악중에 이상해졌다. 아무 말도 못하겠고, 몸도 뻣뻣해지고, 막 찌릿하고…. 꼬치는 억수로 커지고 남사시러버서 서 있지 못하고 숨어 뻿다아이가."

"말숙이 쳐다만 보는데 고치가 뻣뻣해 지삐더나?"

"그랑께 남사시러버서 미치는 줄 알았다."

"옴마야 고마 쳐다만 봐도 꼬치가 서모 우짜노? 니 병원에 가봐야 되는거 아이가?"

봉헌은 피식 웃으며 고개를 저었다.

"아이다… 그냥 가슴이 막 쿵닥거리고, 몸이 얼어붙는 기분이 든다. 옛날에는 말도 막 했는데, 요새는… 눈도 제대로 못 마주치것다."

영철은 잠시 봉헌을 뚫어지게 보더니, 천천히 고개를 끄덕였다.

"그거… 내가 보기엔, 니 사춘기 온 기라. 니 몸이 이래 변하면서 그런다카더라. 우리 사촌 형도 옛날에 그랬다 하더만은."

봉헌은 처음 듣는 말에 눈을 깜빡였다.

"사춘기라… 그게 뭔데 그라노?"

"그게 몸도 크고, 마음도 막 복잡해지는 그런 기라 쿠데. 니 꼬치에 터래기 났나?"

"하 쪼매이 올라 오더라. 그라고 가슴에 가서나들멘치로 와 젖 몽우리가 생기노?"

"진짜가? 한번 보자."

봉헌은 영철에게 바지단추를 풀어서 보여 준다.

"우와 꼬치에 쪼개이 올라 오고 있네. 옴마야 젖몽우리도 있다이. 니 가서나 되는거 아이가?"

"이 자석이 안 그래도 심란하이 죽것거만은 헛소리 씨 불지 마라."

영철이는 자신의 바지를 내려서 사타구니를 보며

"우씨 나는 와 안 올라오노."

"니 터래기 나는 기 좋은 긴지 아나? 사람 마음이 자꾸 이상해서 미치것다이."

"괘안타 그리해야 어른이 되는 기란다.

누굴 좋아하모 괜히 보고 싶고, 그 아 생각하모 고치가 사정없이 일라고 꿈에도 나오고, 막 그렇다 카더라."

봉헌은 수줍게 고개를 끄덕였다.

"그라모… 나 에나로 어른이 되는 기가?"

영철은 살짝 웃으며 봉헌의 등을 쳤다.

"하모. 니는 이제 어른이 되는 중이데이. 너무 겁먹지 마래이. 다 그런 거 겪으면서 크는 기다."

봉헌은 영철의 말에 조금 위로받은 듯 고개를 들었다.

봄볕이 창문으로 비쳐 들었고, 먼지 사이로 빛이 흔들렸다.

"그래도… 이상타. 말숙이 안 보면 보고 싶고, 그란데 말숙이 보기만 해도 꼬가 벌떡 서니까 걷지도 못하고…. 우째야 되것노? 에나로 사는게 애럽네."

봉헌은 하늘을 올려다봤다.

구름이 천천히 흘러가고 있었다.

마치 지금의 자신처럼, 어디론가 흘러가지만 방향은 잘 모르는 듯.

"말숙이는 아무렇지도 않은 것 같은데… 나는 와 이리 자꾸 이리삿노."

34. 말숙과 마주친 봉헌의 이상 반응

봉헌은 그 순간 처음으로 알았다.

이건 단순한 호기심이나 장난이 아니었다.

며칠째, 봉헌은 말숙이를 보면 괜히 시선을 피했다.

예전 같았으면 먼저 웃으며 말을 걸었을 텐데, 요즘은 말숙이의 모습이 멀리서만 보여도 가슴이 쿵 내려앉았다.

어느 날 아침, 학교 운동장 구석에서 봉헌은 말숙이를 보았다.

머리를 반듯하게 묶고, 가방을 양손으로 꼭 쥔 채 교문을 향해 걸어가는 햇빛에 빛나는 그 모습이 눈부시게 예뻐 보였다.

하지만 봉헌은 등을 돌리고 도망치듯 복도 쪽으로 몸을 숨겼다.

가슴이 두근거리고, 숨이 가빠지고, 그리고 남자의 심벌이 사정 없이 발기되었다.

'아이씨 자꾸 와이라노… 에나로… 이상하네….'

봉헌은 자기 몸이 예전 같지 않다는 걸 알고 있었다.

아무도 가르쳐 주지 않았지만, 지금 자신이 겪고 있는 게 뭔지도 어렴풋이 느껴졌다.

몸이 크고 무거워지는 것만이 아니라, 감정도, 시선도, 온통 어딘가 낯설었다.

말숙이와 눈이 마주치기라도 하면 가슴이 쿵 내려앉고, 그 뒤엔 머리도 몸도 엉망이 되어 버렸다.

그래서 요즘은 일부러 빙 돌아 피해 다녔다.

쉬는 시간이나 수업이 끝나고 나갈 때도 말숙이와 눈이 마주칠까봐 고개를 숙이고 걸었다.

친구들은

"니 와 만날 도망 다니노?"

하고 물었지만, 봉헌은 그저

"그냥 좀 몸이 좀 이상타."

하며 얼버무렸다.

그 마음속엔 아직 말하지 못한, 아직 스스로도 완전히 이해하지 못한 감정이 얽혀 있었다.

하굣길, 마을 어귀 작은 돌다리 앞에서였다.

아지랑이처럼 햇살이 퍼진 오후, 봉헌이 책가방 끈을 질질 끌며 골목을 돌아 나오자, 말숙이가 먼저 그 자리에 서 있었다.

기다리고 있었다는 듯, 돌다리 한복판에서 봉헌을 가로막았다.

"니 요새 와 그라노?"

말숙이 먼저 입을 열었다.

목소리는 담담했지만, 눈빛은 묻고 싶다는 마음으로 가득 차 있었다.

"내 피해 댕기제? 니 내가 언자 보지 말자 했다꼬 삐진나?"

봉헌은 멈칫하며 고개를 들지 못했다.

말숙이와 마주한 봉헌의 몸은 또다시 이상했다.

말숙이와 눈이 마주친 순간, 봉헌은 심장이 세차게 뛰는 것을 느꼈다.

마치 누가 옆구리를 쿡 찌르기라도 한 듯, 가슴 언저리가 간질 거리고 남자의 심벌은 사정 없이 발기되었다.

갑작스레 말문이 막히고, 손끝이 어색하게 흔들렸다.

"뭐꼬, 니 와 그라노? 오데 아프나?"

말숙이 물었지만, 봉헌은 그냥 가방을 사타구니 사이에 막고 멀뚱히 고개만 끄덕였다.

무언가 말하고 싶었지만, 입안에서 말이 뭉개졌다.

그건 분명 말로 설명하기 어려운 낯선 감정이었다.

말숙이 웃기만 해도, 햇빛에 머리카락이 반짝이기만 해도 봉헌의 마음은 이유 없이 복잡해지고 심장은 요동쳤다.

대답 대신 고개를 한쪽으로 숙이며

'제발 빨리 좀 사그라 들어라'

속으로 빌며 발끝만 바라봤다.

말숙은 한숨을 쉬며, 봉헌 쪽으로 두 걸음 다가섰다.

"나는 그냥… 니가 걱정되가 그리 한 기다. 동네에서 이바구 돌아가는 거 들었고, 무다이 서로 더 이상해질까 싶어가. 근데, 니가 이래 피하모 내가 뭐가 되노?"

봉헌은 말숙이 말이 전혀 귀에 들어오지 않았다.

그저 이 순간을 빨리 피하고 싶을 뿐이었다.

'말숙이가 내 꼬치가 빳빳하이 서 있는 거 보모 내를 짐승이라 할 낀데 들끼모 큰일 난다'

봉헌은 더욱 가방을 사타구니 사이에 갖다 대고 허리는 최대한 꾸부정하게 해서 남자의 심벌이 서 있는 모습을 들키지 않을려고 안간힘을 쓰고 있다.

봉헌은 여전히 말이 없었다.

마음은 하고픈 말로 가득했지만, 그걸 말로 꺼내기엔 너무 낯설고 겁이 났다.

말숙이 한 걸음 더 다가서자, 봉헌은 본능처럼 한 걸음 뒤로 물러섰다.

그게 거부의 뜻이 아니라는 걸 말숙도 알았는지, 잠시 고개를 돌렸다가 조용히 말했다.

봉헌은 여전히 말이 없었다.

그러다 입술을 꾹 깨물고 나지막이 입을 열었다.

"삐진 거 아이다. 기냥… 좀 겁나가 그렇다."

말숙은 고개를 갸웃했다.

"겁? 니 뭐가 무섭노? 누가 뭐라 카더나?"

봉헌은 입술을 앙다물다가 한숨을 쉬었다.

"니만 보모… 내 마음이, 내 몸이 먼지 이상해지삐기. 막 가슴이 쿵쿵 뛰고, 말이 잘 안 나오고, 심장이 이상타."

그는 말끝을 흐렸다. 더는 설명하기 어려웠다. 자기도 도무지 왜 그런지, 어디서부터 말해야 할지 몰랐다.

말숙은 멀뚱히 봉헌을 바라보다가 작게 웃으며 말했다.

"그게 겁날 일이가? 나도 요새 니 좀 이상해진 거 같다고 생각했는데…."

봉헌은 그 말을 듣자 얼른 고개를 들었다.

"진짜로? 니도 알았나?"

말숙은 어깨를 으쓱이며 웃었.

"그래도… 난 잘 모르것다. 내는 그런 거, 아직은 잘 모르것다."

그 순간, 봉헌은 깨달았다.

자기 혼자서 너무 앞서가고 있었구나.

말숙이는 아직 소녀였고, 그는 그보다 한 걸음 먼저 어른이 되어 가고 있었다.

그 거리는 멀지는 않았지만, 무심코 뛰어넘어서는 안 될 거리였다.

바람이 불었다. 말숙이 묶은 머리카락이 살짝 흔들렸다.

봉헌은 그 모습이 괜히 가슴 아프게 예뻐 보였다.

그러면서도, 작게 웃으며 말했다.

"그라믄, 니 내가 걱정되가 내를 멀리한 기라 생각하모 되나?"

봉헌은 그 말에 가슴이 쿵 하고 내려앉는 것 같았다.

지금의 자신은 예전의 봉헌이 아니었다.

예전처럼 무심히 말숙을 대하려 해도, 마음은 자꾸 그 선을 넘으려 하고 시도 때도 없이 일어서는 남자 심벌 때문에 자기 자신도 감당이 되지 않는다.

그저 어릴때 친구로 보기에, 말숙은 이제 너무 눈부셨다.

바람이 불었다.

말숙의 머리칼이 날려 봉헌의 뺨에 닿았다. 그 짧은 순간, 봉헌은 본능적으로 허리를 꾸부정하게 하고 숨을 멈췄다.

말숙은 그걸 눈치채지 못한 듯,

"먼저 간다이."

하고 돌아섰다. 그 뒷모습을 바라보며 봉헌은 속으로 중얼거렸다.

'말숙아… 내 마음이 좀 이상해지 뻣다. 그란데, 그기 니 때문이란 것

은 확실하다.'

봉헌은 말숙과 헤어진 뒤, 먼지가 날리는 길을 따라 천천히 걸었다. 햇볕은 따가웠지만, 바람은 어딘가 서늘했다.
'나는 이상타. 말숙이는 아직 그대로 이거만은'
봉헌은 중얼거리듯 생각했다.
마을 개울을 건너며, 그는 어릴 적 물장구치던 기억이 떠올랐다.
그때는 그냥 물이 좋고, 말숙이도 좋고, 해가 지기 전까지만 놀 수 있으면 되었는데, 이젠 마음이 복잡해졌다.
'내 마음이 커지는 기라. 니 좋아하는 마음도, 니 보고 싶어하는 마음도, 어떨 땐 너무 커서 내가 감당이 안 된다. 그런데 말숙이만 보모 꼬치가 와 이지랄이고? 미치것네.'
속으로 그렇게 말하고 나자, 봉헌은 살짝 웃음이 나왔다.
어른이 된다는 건 이런 기분일까? 조금 더 책임져야 할 것들이 늘어나고, 조금 더 멀리 생각해야 하는 거.
그리고 당장은 원해도 참을 줄 아는 거.
봉헌은 이무리 나루터 옆 강가에 앉아 돌멩이를 몇 개 던졌다.
물살이 잔잔하게 일렁였다.
그 위에 햇살이 부서지고, 봄바람이 마음을 쓸고 지나갔다.
'지금은 기다려야겠다. 니가 내 마음 따라올 때까지… 내가 너무 앞서가지 않도록….'
봉헌은 천천히 일어섰다.
집으로 가는 길, 바람이 살짝 뒤통수를 밀어주었다.

35. 말숙이한테 찾아온 사춘기

어느 날 아침이었다. 말숙이는 눈을 비비며 이불을 들추다 깜짝 놀랐다. 하얀 이불 위에, 선명한 붉은 자국이 남아 있었던 것이다.

심장이 콩닥콩닥 뛰었다.

'이기… 뭐꼬? 피가 나모 죽는 거 아이가?'

그 순간, 말숙의 얼굴이 하얘졌다.

놀란 마음에 아무 말도 하지 못하고 이불을 꼭 잡고 앉아 있는데, 방 안으로 새언니가 들어왔다. 말숙의 얼굴을 본 새언니는 곧 눈치를 챘다.

"애기씨… 혹시, 이불에 피 묻어 있지예?"

말숙은 고개를 작게 끄덕였다.

새언니는 미소를 지으며 다가와 앉았다. 그리고 조용한 목소리로 말했다.

"놀랬지예? 괴안습미더. 이기 '생리'라고 해서, 여자라면 누구나 겪는 몸에 변화 입미더. 언자 애기씨도 어른이 되어가는깁미더."

말숙은 여전히 눈을 동그랗게 뜬 채, 어리둥절한 표정이었다.

"새영가… 나, 어디 잘못된 거 아이가? 배도 찌릿찌릿하고… 겁납미더…."

새언니는 고개를 저으며 손을 꼭 잡아 주었다.

"아이고 절대로 잘못 된거 아입미더. 지도 복자 낳고 피가 한달에 한 번씩 나오고 있어예. 그거는 애기씨 몸이, 아이 낳을 준비를 조금씩 시작했다는 증거입미더. 한 달에 한 번씩 찾아올 건데, 처음엔 불편할 수도 있지만 조금씩 익숙해집미더."

말숙은 서서히 눈을 내리깔며 숨을 고르기 시작했다.

새언니의 따뜻한 말이, 마치 담요처럼 자신을 감싸는 것 같았다.

"그라모 나도 진짜로 여자가 되어 가는 깁미꺼?"

"하모예. 가야장에 가서 부라자 하나 사와야 것네예. 함 보입시더."

새언니가 말숙을 슬쩍 내려다보며 말했다.

말숙은 부끄러운 듯 얼굴을 붉히고 두 손으로 가슴을 가만히 감쌌다.

아직은 눈에 확 띄진 않았지만, 분명 예전과는 달랐다.

조금씩, 도드라지고 있었다.

"아이고야… 요래 작은 젖마개가 나올랑가 모르것네."

새언니는 농담조로 말하며 웃었지만, 말숙은 쑥스러워 고개를 푹 숙였다.

"너무 큰 거 하모, 부라자가 접치사서 보기 싫은데 우짜노."

그 당시에는 뽕브라도 나오지 않았던 시기라서 새언니는 말숙의 유방이 너무 작아 걱정이다. 새언니는 말숙의 어깨를 토닥이며 말을 이었다.

"근데 애기씨, 지금은 쪼맨해도 냉중에 커질 낍미더. 마음 편히 가지이소."

말숙은 낯설고 민망한 기분에 발끝을 보며 말했다.

"지는 잘 모르겠는데예… 새엉가가 알아서 사 주이소….''

새언니는 미소 지으며 고개를 끄덕였다.

"자다가 부딪혀도 아프고, 옷에 쓸려도 민감할 끼미더. 이럴 땐 부라자 하나 제대로 차야 합미더."

말숙은 고개를 끄덕였다. 처음으로 '여자들만의 이야기'에 발을 들인 기분이었다. 왠지 모르게 어깨가 간지러웠고, 가슴은 여전히 간질거렸다.

말숙이는 거울 앞에 앉아 머리카락을 넘겨 보았다.

이마를 드러낸 채 잠시 자신을 바라보다, 이내 한숨을 쉬었다.

얼마 전 첫 생리를 시작하긴 했지만, 몸의 변화는 여전히 더디기만 했다.

가슴은 조금 돋아오르긴 했지만, 새언니가 사다 준 브래지어는 헐렁하기만 했고, 골반이 넓어졌다는 건 바지를 입을 때나 느껴지는 정도였다.

반면 순덕이는 달랐다.

같은 반도 아닌데도, 복도 끝에서 순덕이의 모습이 보이면 시선이 저절로 향했다.

교복을 입고도 너무나 큰 가슴과 크다란 엉덩이, 그리고 허리선이 분명한 치마 차림은 어른 여자처럼 느껴졌다.

국민학교 때까지만 해도 순덕이는 그리 눈에 띄는 아이가 아니었다.

말숙이보다 키도 작고, 수줍음도 많던 애였다.

그런데 중학생이 되자 갑자기 달라졌다.

남학생들이 순덕이 주위를 맴도는 걸 보면, 말숙이는 마음속 어딘가가 조용히 욱신거렸다.

'내는 머슴마 맨치로 가슴도 크지 않고, 궁디도 쪼맨하고 요래 평생 있는 거 아이가'

체육 시간에 순덕이가 웃으며 줄넘기를 할 때, 가슴이 흔들리는 걸 본

남학생들이 킥킥거리던 장면이 떠올랐다.

말숙이는 괜히 그날 이후로 줄넘기를 싫어하게 되었다.

어느 날 방과 후, 말숙이는 바지 주머니에 손을 찔러 넣고 혼잣말을 했다.

"내는 운제 순덕이맨치로 되노."

그날 저녁, 시무룩하게 있는 말숙이를 보고 새언니가 물어본다.

"애기씨, 와 기분 언짢은 일 있는 기요?"

말숙이는 고개만 살짝 흔들 뿐, 아무 말도 하지 않았다.

입술을 삐쭉 내밀고, 시선을 바닥에 두고 있었다.

"애기씨. 사춘기 땐 기분이 왔다갔다 합미더. 별거 아닌 일에도 맴이 뒤숭숭 해삐고, 그래서 사춘기를 '질풍노도'라 안 합미꺼. 엄청난 바람이 불고 성난 파도맨치로 요동치는 시기라 캤심미더."

말숙이는 그 말을 듣고서야 살짝 고개를 들었다.

하지만 눈은 여전히 탁자 아래 어딘가에 붙어 있었다.

입을 꼭 다문 채, 잠시 뜸을 들이더니 이내 조심스럽게 입을 열었다.

"새엉가… 그기 아이고예."

"그럼, 와예? 말해 보이소."

말숙이는 잠시 망설이다가, 작게 숨을 들이쉬고는, 거의 속삭이듯 말했다.

"오빠들 없을 때… 냉중에 정지 치아고 엉가하고… 이바구 하고 싶어예."

새언니는 남자들이 있을 때 할 이야기가 아니구나 싶어 이내 얼굴에 잔잔한 미소가 번졌다.

"그러지예 둘이 있을 때, 천천히 이바구 해 보입시더. 내가 겪은 것도 이바구하고 또 애기씨 생각도 한번 들어 보고."

새언니는 설거지를 마치고 재일과 조카 순덕이 그리고 고등학생 오빠들이 텔레비전 앞에 있는 것을 보고 말숙이 방으로 건너갔다.

말숙이는 라디오를 듣고 있다가 새언니가 노크하는 소리에 일어나 방문을 열어 준다.

말숙이는 그제야 고개를 푹 숙이고 있었다가, 조심스레 새언니 쪽으로 몸을 기울였다.

오랜만에 느껴지는 따뜻한 품. 어린 시절 엄마에게 안기던 기억이 겹쳐졌다.

"새엉가, 내… 몸도 변해가고, 마음도 자꾸 뒤숭숭해사서 이상해지고, 겁도 나고… 우짜야 할지 모르겠어예."

"걱정 마이소. 이거 다 지나는 길입미더. 애기씨는 잘 자라고 있는 중입미더…."

말숙이는 그제야, 참았던 울컥한 감정을 끌어안긴 채 토닥여 주는 새언니의 품 안에서 천천히 흘려보냈다.

사춘기란, 그저 혼란스럽고 부끄럽기만 한 게 아니었다.

누군가에게 솔직히 말할 수 있을 때, 그 시절은 조금씩 덜 외로워지고 있었다.

"새엉가, 지는 와 머슴마 멘치로 젖도 작고 엉덩이도 와이리 작은데예? 순덕이 젖티는 양푼이 업퍼 놓은 거만 하더만은."

말숙은 새언니 품에서 한참이나 조용히 울고 있었다.

말없이 등을 토닥여 주는 손길은, 어릴 적 감기에 걸려 누웠을 때 엄마가 해 주시던 그 손길과 꼭 닮아 있었다.

"새영가, 지는… 와 이리 자신이 없는지 모르겠습미더. 순덕이는 여자로 딱 보이는데, 지는 아직도 얼라멘치로…."

새언니는 말숙의 등을 다독이며 부드럽게 말했다.

"애기씨, 사람마다 크는 속도는 다 다릅미더. 누군가는 조금 빠르고, 누군가는 조금 느릴 뿐입미더. 그란데 그게 잘 크고 못 크고 그런 게 절대 아입미더."

말숙은 여전히 고개를 푹 숙인 채 조용히 말했다.

"그래도 순덕이맨치로 몸이 그리 되지는 아이끼 미더 몸이 빨리 크고 싶기도 하고…. 또 무섭기도 하고…. 머리도 복잡하고, 가슴도 자꾸 답답해지고…."

새언니는 살며시 웃으며 말했다.

"그런 마음이 드는 거 자체가, 애기씨가 잘 크고 있다는 증거입미더. 그거는 어른이 돼 가는 과정 중에 누구나 한번은 겪는 기고, 지도 그랬고, 삼태에 사는 큰엉가도 그리 했십미더."

말숙은 새언니의 말을 들으며 조금씩 안정을 찾아갔다.

"그라고 사람들이 몸이 전부 똑같지 않습미더. 젖이 좀 작아모 어떤데예? 사는 데 아무 지장 없어예."

두 사람 사이엔 더는 말이 필요 없는 따뜻한 침묵이 흘렀다.

말숙은 문득 고개를 들었다.

"새영가… 지, 언젠가는 순덕이맨치로 젖티도 크고 궁디도 억수로 크기 되것지예?"

새언니는 그 말에 살짝 웃으며 말했다.

"하모예 지금도 크고 있다 아입미꺼. 겁묵지 말고, 걱정도 하지 말고, 시간이 지나모 저절로 해결 됩미더. 지달리 보이소."

그날 밤, 말숙은 처음으로 '자신이 자라고 있다'는 걸 인정할 수 있었다. 비교 대신 기다림을, 두려움 대신 기대를 품게 된 밤이었다.

그리고 그녀의 사춘기는 그렇게 조금씩 단단해지고 있었다.

36. 1977년의 가을은 그렇게 깊어 가고 있었다

논두렁은 황금빛으로 물들고, 학교 운동장에도 포플러나무 낙엽이 뒹굴기 시작했다.

교실 창문 사이로 들어오는 햇살은 이제 조금 부드럽고 따뜻한 기운을 머금고 있었다.

봉헌은 창밖을 바라보며 조용히 연필을 굴렸다.

예전처럼 말숙이를 보면 숨이 턱 막히는 감정은 덜했지만, 여전히 그녀가 웃는 모습을 보면 가슴 한켠이 뜨거워지는 건 어쩔 수 없었다.

말숙은 단발머리에 윤기가 흘렀고, 웃음소리도 부드러워졌다.

몸도 마음도 전보다 훨씬 단단해진 듯했다. 쉬는 시간, 서로 스치듯 눈이 마주칠 때면, 둘은 괜히 쑥스러워 고개를 돌리곤 했지만, 그 안에는 말로 다 하지 못할 감정들이 조용히 쌓여가고 있었다.

그해 겨울이 오기 전, 두 사람은 여전히 비슷한 마을에 살며 같은 길을 오갔다. 가끔은 마을 어귀 돌다리 앞에서 마주쳤고, 가끔은 아무 말 없이 지나쳤다.

사춘기란 이름의 낯설고도 벅찬 시간은 그렇게 두 아이를 성장시키고 있었다. 어린 마음으로는 다 설명할 수 없던 그 감정들, 어색하고 조심스럽던 몸의 변화, 그리고 누군가를 바라보는 따뜻한 시선까지. 그 모든 것이, 1977년 그들만의 한 해를 만들어 가고 있었다.

　그리고 그렇게, 말숙이와 봉헌이의 중학교 1학년은 사춘기의 소란을 지나 천천히, 조용히 저물어 가고 있었다.

37. 만석은 작은 목표를 이루었다

만석은 법수중학교 2학년이 되었다.

1학년 때 명수 형에게 배운 공부 습관과 방향은 이제 만석의 삶에 뿌리처럼 자리 잡아가고 있었다.

비록 특별 진학반에는 들지 못했지만, 그는 마음속으로 '특별한' 목표를 세웠다.

"3학년 때는 꼭 들어간다. 아니, 그보다 더 멀리 간다."

새 학년이 되자 책상 정리는 물론 매일의 공부 계획표도 다시 짰다.

교실 뒤편 창가 자리에서 그는 영어 단어장을 펼치고, 수학 문제집을 풀며 매일 스스로 약속한 양을 채워 갔다.

아침 6시 30분. 이른 자전거 소리와 함께 법수중학교 앞 교정에 제일 먼저 들어서는 학생이 만석이었다.

교무실에서 열쇠를 받아서 가장 먼저 교실 문을 열고 책상을 차지했고, 수업이 시작되기 전까지 하루 공부 예습을 끝내 놓았다.

쉬는 시간엔 친구들이 노는 동안 국어 교과서 뒷부분에 실린 시를 적어 내려갔다.

'윤동주, 별 헤는 밤' 그 글귀 속에서, 만석은 외롭지 않았다.

별을 헤는 소년처럼, 자신도 자신의 길을 따라 묵묵히 나아가는 중이었다.

"만석아, 니 요즘 공부 와 이리 열심히 하노?"

태봉이가 물으면, 그는 고개를 돌리며 웃기만 했다.

들녘에는 안개처럼 서리가 내려앉은 겨울밤, 사정리의 아이들은 약속이나 한 듯 감자나 고무마, 땅콩을 들고 누구네 집 아랫방에 모여들었다.

고무신을 벗고, 발을 모닥불에 바싹 대면 어느새 누군가는 고구마를 꺼내 굽고, 또 다른 아이는 "무서번 이야기해 보자!"

며 소리를 질렀다.

그 밤에는 시골 아이들의 정다움이 피어난다. 가난해도 따뜻했고, 불빛 아래 얼굴을 마주하며 나누던 웃음은 별보다 반짝였다.

하지만 그 자리에 만석은 없었다.

"만석이는 또 안 왔나?"

태봉이가 말하면 삼규가 고개를 끄덕였다.

"공부 한단다. 또… 책 본다 카더라."

그 말을 들은 아이들은 한숨처럼 웃음을 흘렸다. 그러곤 이내 잊고 장난에 다시 빠져들었다. 웃음소리는 창문 너머로 밤하늘을 타고 퍼져갔다.

그 시각, 만석은 집 안방에 엎드려 있었다. 손전등을 이불 밑에 켜두고 영어 단어장을 펼쳤다.

볼펜으로 외운 단어엔 줄을 그었고, 외우지 못한 단어 옆에는 작은 별표를 붙였다.

겨울밤이 길어질수록 만석의 외로움도 길어졌다.

하지만 그 외로움 위에 그는 자신의 의지를 차곡차곡 쌓아갔다.

함께 웃던 시간을 뒤로 하고, 홀로 꿈을 향해 걷는 시간. 그건 분명 고된 길이었지만, 만석은 믿었다. 언젠가 자신도, 다시 웃으며 그 아이들 곁으로 돌아갈 수 있으리라.

아니, 그보다 더 넓은 세상에서 그들을 맞이하게 될지도 모른다고.

겨울방학이 막 시작된 어느 늦은 오후, 해는 벌써 산 너머로 기울었고, 바람은 한기 어린 먼지를 휘날리며 좁은 골목을 파고들었다.

만석은 국어 문제집을 덮고 책상에 엎드린 채 눈을 감았다.

문득 창밖에서 들려오는 아이들의 웃음소리에 몸이 저절로 반응했다.

"야! 절마 잡아라!"

"태봉이 눈깔에 박아 뿐다~!"

창문 너머 골목 어귀에서 삼규, 태봉이, 호진이가 술래잡기한다고 엎치락뒤치락하는 모습이 언뜻 보였다.

만석은 자리에서 일어났다.

이불을 개지도 않고, 그저 슬리퍼를 끌고 마당으로 나왔다.

"만석아!"

태봉이가 먼저 눈치채고 손을 흔들었다.

"니는 책 보는 놈 아이가? 니가 뭐 할라꼬 밖에 나왔노?"

만석은 뭐라 대꾸할 말이 떠오르지 않았다. 그저 어정쩡한 미소만 지었다.

"잠깐 바람 쐬러… 나왔다."

"바람은 무슨 바람이고, 이리 온나. 니도 한 방 맞아야 끼아 준다!"

순식간에 돌멩이 하나가 만석의 겨드랑이 밑으로 파고들었다. 반사적으로 도망치자 아이들의 웃음소리가 뒤따랐다.

"절마 웃네! 만석이도 웃는다~"

만석은 숨이 턱에 닿을 정도로 달리다가, 그 자리에서 돌멩이를 쥐고 뒤돌아섰다.

"가만 안 둔다, 태봉이 이새끼!"

그렇게, 한겨울의 들판에 또 하나의 싸움이 시작됐다.

별 볼 일 없던 시골의 오후, 책상에 갇힌 시간들 사이로 흘러든, 작은 틈이자 커다란 숨구멍이었다.

해가 완전히 기울고 땀이 흘러 옷이 흠뻑 젖어 추위가 스며들 즈음, 삼규가 말했다.

"만석아, 니는 참… 공부만 할 줄 알았는데, 웃는 얼굴이 더 낫데이."

그 말에 만석은 잠시 멈춰 섰다.

왠지 눈가가 따뜻해지는 기분이었다.

그날 밤, 책상 앞에 앉은 만석은 이상하게 단어가 더 잘 외워지는 느낌이 들었다.

삶엔 균형이 필요하다는 것. 어쩌면 명수 형이 있어도 말해 주지 못했을 공부보다 더 중요한 무언가를 그는 친구들 사이에서 배워 가고 있었다.

법수중학교 교무실 앞 게시판에는 새 학기 특별 진학반 선발 명단이 붙었다.

아이들은 점심 종이 울리기 무섭게 몰려들었다.

각자 자기 이름을 찾느라 숨죽였고, 누군가는 희망을, 또 누군가는 아쉬움을 안고 돌아섰다.

만석은 맨 뒤에 서 있었다.

손에는 여전히 연필이 들려 있었고, 아직도 공부가 부족하다는 마음에 아침 자습 시간에 풀던 문제를 접어 넣은 채였다.

"만석이 니 있다! 여기 있데이!"

태봉이의 목소리가 터지듯 울렸다.

만석은 망설였다.

차마 가까이 다가가지 못한 채, 조심스레 걸음을 옮겨 누렇게 빛바랜 종이 위에 눈을 맞췄다.

"3학년 3반 특별진학반 - 김만석"

그 순간, 무언가가 복받쳐 올라왔다. 눈이 시큰해졌고, 숨이 가빠지며 목구멍이 뜨거워졌다.

특별반 선발 명단에 자신의 이름을 확인한 날, 만석은 기쁨보다 오히려 묵직한 감정이 가슴을 짓눌렀다.

그날 밤, 얇은 이불 속에 누워 눈을 감은 만석의 머릿속을 어릴 적 기억들이 스쳐 지나갔다.

마치 주마등처럼. 가끔, 아주 가끔… 이따금 어머니의 눈가에 멍이 들어 있었던 걸 기억했다.

"옴마 눈가는 와그런노?"

"넘어진 기다. 걱정 마라이."

하지만 만석은 알고 있었다. 늦은 밤 어렴풋이 들려오던 다툼의 소리,

"오데 또 그 여자 집 갔노!"

"지랄 말고 밥이나 해라."

그 소리가 자신을 얼마나 작고 조용한 아이로 만들었는지.

국민학교 3학년 어느 겨울, 아버지가 사흘을 집에 들어오지 않던 날, 어머니는 아무 말 없이 부석에 불을 때며, 흙벽에 기대어 손으로 눈물을 닦았다.

만석은 아무것도 묻지 못했다.

그저 방 안에서 연필을 꾹꾹 눌러 쓰며 자신의 세상에서 도망쳤다.

그리고 그렇게 아버지는 점점 집안의 공기에서 사라졌고, 할머니와 어머니가 서로 눈치 보며, 묵묵히 삶을 버텨야 하는 나날이 시작되었다.

'내가 이 집을 지킬 수 있을까… 내가 잘 되모… 옴마가 웃을 수 있을까.'

이제는… 아버지의 외도, 그로 인해 무너진 가정의 틈새, 모두를 붙잡을 수 있는 건 자신의 어깨라는 걸 만석은 느꼈다.

그날 밤, 만석은 다시 책을 펼쳤다.

오늘 만큼은 너무도 공부가 잘됐다. 눈물이 뚝뚝 흘러내리는데도, 그 글자들이 또렷하게 가슴에 들어왔다.

"절대 아버지 처럼 살진 않겠다. 나는 지킬 거다. 내 식구, 내 삶, 내 이름."

만석은 그렇게 다짐하며 깊은 밤, 작은 등불 아래서 혼자, 묵묵히, 어른이 되어 가고 있었다.

부엌 쪽에서 소리 없이 불을 때던 할머니가 부스럭 소리를 내며 방으로 들어왔다. 할머니는 만석의 얼굴을 찬찬히 바라보다가 물었다.

"만석아, 오늘 뭐 좋은 일 있나? 낯반때기가 와 울상이고?"

만석은 고개를 숙이며 겨우 입을 열었다.

"특별반에 붙었습미더, 할매."

할머니의 얼굴에 미소가 번졌다.

"그래, 아이고 내 새끼. 이 할매가 기도한 보람이 있네. 그라모. 마산고 등학교 갈 끼가 언자?"

만석은 고개를 끄덕였다.

하지만 기쁜 내색을 하지 못했다. 그저 두 손을 무릎 위에 올리고 조용히 말했다.

"할매… 내는 아버지 멘치로 안 살 낍미더."

순간, 방 안의 공기가 무거워졌다.

할머니는 부드럽게 한숨을 내쉬며 장판 위에 조용히 앉았다.

"하모 너거 아부지 멘치로 살모 안되제."

만석은 주먹을 불끈 쥐었다.

"내가… 옴마 고상한거 보상해 줄깨예. 기죽지 않구로, 나 때문에 당당하게 살게 해 줄깨예."

할머니와 엄마는 한참을 말없이 만석을 바라보다가 조용히 손을 뻗어 만석의 등을 토닥였다.

"우리 만석이, 착하게 컸다. 니 아버지는… 어릴 적부터 눈이 밖을 보고 살더마는 결국 집안을 뒤엎고 나가삣다 아이가. 허나 니는 다르다. 니는 눈은 집 안을 본다. 니는 집을 살리는 아가 될 낀기라."

그 말에 만석의 눈가가 붉어졌다.

참으려 했던 눈물이 또르르 흘렀다.

할머니와 어머니는 다정하게 말했다.

"올은 울어도 되는 날이다. 실컷 울어라."

만석은 조용히 할머니의 무릎에 머리를 기댔다.

38. 1978년 만석이네

1978년 늦봄 법수면 사정리의 가장 큰 변화는 다름 아닌 '자석식 전화'였다.

지금이야 전화는 손에 쥐고 다니는 시대지만, 그해 여름만 해도 전화기는 마을 사람들에게 마치 도깨비방망이 같은 존재였다.

마을회관 한편, 책상 위에 귀하게 전화기 하나가 들어왔다. "따르릉~" 소리가 울릴 때마다 사람들은 깜짝 놀라 고개를 들었고, 전화기 옆에 하루 종일 자리를 지키는 사람이 필요했다.

처음엔 이장이 맡았지만, 이장도 논밭 일을 해야 하다 보니 결국 회관 옆 상점 주인이 상점에 전화를 설치 했었다.

전화벨이 울리면 상점 주인은 마을 스피커 앞에 서서 방송을 했다.

"무동띠기, 무동띠기~! 마산서 전화 왔심미더, 퍼뜩 오이소~"

그 말이 울려 퍼지면, 밭에서 호미질을 하던 아낙네도, 논두렁을 걷던 어르신도 헐레벌떡 뛰어왔다.

흙먼지투성이 옷에, 얼굴은 햇살에 벌겋게 익었지만, 다들 숨을 몰아쉬며 전화 수화기를 받아 들었다.

그리고는

"여보시오, 여보시오! 아, 들리는기요, 오데라꼬요? 뭐 막내가? 우리 막내 잘 있나?"

하며 안부를 주고받았다.

그 전화기는 곧 마을의 심장이 되었다. 도회지로 떠난 아들, 딸의 안부가 들려오는 소리였고, 공장에 취직한 손주의 출근 이야기가 닿는 유일한 통로였다.

편지나 전보보다 빠르고, 목소리를 들을 수 있다는 건 눈물 나는 감격이었다.

이웃들은 전화기를 사이에 두고 더 가까워졌다.

누구네 집에 전화가 오면, 동네 사람들도 옆에 모여 수화기를 바라보며 귀를 기울였다.

"그래예? 아, 그라모 반 갱일 날 내리온다꼬예?"

그러면 옆에서 누군가가 웃으며 물었다.

"와, 막내가 내려온답니꺼? 묵을 꺼는 있심미꺼예? 가야장 갔다 와야 것네예?"

전화를 받고 나오던 어르신의 눈가에 눈물이 맺힌 걸 아이들은 처음으로 보기도 했다.

'우리 막내가… 목소리만 들어도 안다….'

하며 흐느끼는 모습은 마을 사람들 모두의 가슴에 남았다.

비록 자석을 돌려가며 연결해야 했고, 기다림은 길었지만, 그 전화기는 분명히 사정리에 '세상과의 통로'를 열어 준 문이었다.

그리고 또 하나의 변화는 사정리, 마을 어귀에 다시 연기가 피어오르기 시작했다.

방앗간 원동기 굴뚝이었다.

한동안 멎어 있던 기계가 다시 돌기 시작하자, 마을 사람들은 저마다 말없이 고개를 끄덕였다.

"철수가 왔다쿠더만은."

오랜 도시 생활 끝에 철수와 숙자는 결국 다시 고향 땅을 밟았다.

마산 변두리에서 구질구질하게 이어지던 삶. 노가다, 막노동, 포장마차 설거지까지 닥치는 대로 했지만 남는 것은 늘 빚뿐이었다.

"도시는 사람 사는 데가 아이다. 빈털터리 돼서 시골 내려온다 해도, 우리 손으로 쌀 한 톨이라도 까는 게 낫다."

철수는 그렇게 말하며 트럭에 마지막 짐을 실었다.

시골로 내려와 첫 번째로 한 일은 "빚 잔치"였다.

몇 군데 남아 있던 사채며 외상 장부를 꺼내 마을 어른들과 술 한 잔씩 돌렸다.

"살다 보니 이래 됐습미더. 쪼매이 뿌이 안되지만 제 마음입미더. 남은 건 잊어 주이소."

받은 사람들도, 못 받은 사람들도 묵묵히 잔을 들었다. 그날 밤, 철수는 모처럼 취했고, 숙자는 눈물을 닦았다.

기계는 녹이 슬어 있었고, 방앗간 안에는 쥐똥이 굴러다녔다.

하지만 철수는 굵은 손으로 하나씩 닦고 조였다.

"기계는 사람보다 낫다. 손만 대면 돌아간다."

며칠 뒤, 드르륵, 칙칙— 기계가 처음 돌아갈 때 만석은 방앗간 문 앞에 서 있었다.

아버지가 무겁게 레버를 당기는 모습, 기름에 젖은 손, 으르렁대는 소리.

38. 1978년 만석이네

"만석아, 쌀 냄새 나제? 이거이 사람 사는 기라."
철수는 그날, 처음으로 만석의 어깨를 토닥였다.

철수의 손길 아래 기계는 서서히 숨을 되찾았다.
우지끈거리던 도정기에서 처음으로 쌀알이 흘러나왔을 때, 숙자는 손등으로 눈가를 훔쳤다.
"에구, 그래도 돌아오길 잘했심미더."
그날 이후, 마을 사람들은 하나둘 방앗간으로 나락 가마니를 들고 찾아왔다.
뙤약볕 아래서 무거운 자루를 지고 온 김씨네 할머니가 기계 돌아가는 소리를 들으며 말했다.
"방아 돌아가는 소리 들으니께 사람 사는 거 같다이."
철수는 대꾸 대신 기름 묻은 손으로 웃으며 모자를 벗어 인사했다.
방앗간은 다시 마을의 심장이 되었다.

매일 아침, 할머니는 가마솥 부석에 불을 넣었다. 연기가 한 줄기, 두 줄기 피어오르면 숙자는 부엌으로 들어가 아이들의 도시락을 준비했다.
쌀 씻는 물소리, 달걀 부치는 지글거림, 된장국에서 피어오르는 김. 그 소리와 냄새가 부엌을 넘어 안방까지 퍼졌다.
잠결에 만석은 눈을 비비며 그 익숙한 냄새를 맡았다.
어릴 적, 그러니까 부모님이 마산으로 가기 전에, 한때는 이런 아침이 매일 있었던 것도 같았다.
"만석아, 일어났나? 벤또 싸 놨다."

숙자의 목소리에 만석은 이불을 젖혔다. 부엌에서 김을 뿜는 가마솥, 밥상 앞에 놓인 도시락, 그리고 바깥에서 들려오는 방앗간 기계의 첫 시동 소리. 그 모든 것이 낯설 만큼 따뜻했다.

남들에겐 당연한 하루의 시작일지 몰라도, 철수의 가족에게는 기적처럼 되찾은 평범함이었다.

한때는 쌀이 없어 보리밥을 비벼 먹던 날도 있었고, 도시 외곽 쪽방에서 철수와 숙자는 바닥에 등을 맞대고 잠들던 날도 있었다.

숙자는 그 시절을 떠올리며, 도시락 뚜껑을 닫고 천천히 숨을 내쉬었다.

'언자사, 사람답게 사는 거 같다이.'

방앗간에서는 철수가 힘껏 레버를 당기며 첫 도정을 시작했다.

기계가 으르렁 소리를 내자, 마을 사람들의 발길도 하나둘씩 방앗간으로 향했다.

조용히 문지방을 넘는 이웃들이 철수에게 말없이 쌀 자루를 건넸다.

"어서 오이소."

철수는 웃으며 받아 들었다.

기계는 사람보다 낫다고, 손만 대면 다시 돌아간다고, 그는 그렇게 믿고 있었다.

기계와 달리 망가진 사람의 마음은 쉽게 고쳐지지 않았지만— 그래도 다시 시작하는 기계처럼, 사람도 하루하루를 살아가는 게 아닐까.

만석이는 이제 보리밥을 먹지 않는다. 아니, 먹을 필요가 없다.

방앗간 창고에는 도정 대기 중인 나락 자루가 쌓여 있었고, 부엌 찬장엔 하얀 쌀이 매 끼니마다 따뜻하게 올라왔다.

반찬이 변변찮아도 밥알 하나하나는 윤기가 자르르 흐르고, 그 자체로 포만감을 주었다.

어느 날 저녁, 하얀 밥을 입에 넣던 순간 문득 오래전의 그 보리밥이 떠올랐다.

거칠고 투박했던, 하지만 그보다 더 간절했던 밥.

그때는 정말 먹을 게 없었다.

할머니는 찬장에 붙은 보리쌀 자루를 톡톡 두드리며 한숨을 쉬었고, 만석은 조용히 아궁이 앞에서 입술을 꼭 다문 채 불씨만 살피고 있었다.

보리쌀이 다 떨어지는 그런 날이 이어지던 어느 날, 광명이가 슬며시 품 안에서 보자기 하나를 꺼냈다.

"만석아, 이거… 우리 옴마 몰래 살째기 퍼 온 기다. 니가 밥 못 묵는다 카이."

보자기 안에는 손바닥만큼 되는 보리쌀 한 봉지가 있었다.

울퉁불퉁하고 누렇게 마른 보리쌀, 그 조그만 봉지를 건네던 광명의 얼굴이 지금도 생생하다.

그날 저녁, 할머니는 말없이 물을 끓이고, 광명의 보리쌀로 밥을 지었다.

그 밥은 부드럽지 않았고, 잘 씹히지도 않았지만, 배는 따뜻해졌고 마음도 차츰 풀어졌다.

그 밥 한 끼가 겨우, 그 밤을 넘길 힘이 되어 주었다.

지금의 쌀밥은 풍요의 상징이지만, 그날의 보리밥은 온기였다.

배를 채우기보다, 마음을 지켜 준 한 줌의 우정이었다.

만석은 숟가락을 멈춘 채 잠시 창밖을 내다봤다.

저녁 햇살이 방앗간 굴뚝에 스며들며, 먼지 사이로 반짝였다.

39. 겨우 한 가족이 되었다

어느 날 저녁, 해는 기울고 바람은 한층 선선해졌다.

방앗간 도정 기계의 덜커덩대는 소리가 멎고, 마당에는 고요가 깃들었다.

철수는 마당 한쪽 아궁이 앞에 쪼그려 앉아 담배를 피우고 있었다.

한 모금 빨아들인 담배 연기가 천천히 허공을 휘돌다 이내 사라졌다.

만석은 조용히 다가와 아버지 곁에 주저앉았다.

잠시 말없이 불씨만 바라보던 철수가 낮고 걸걸한 목소리로 입을 열었다.

"만석아, 니… 공부한다고 고생 많다."

만석은 말없이 고개만 끄덕였다.

"내는 말이다… 니한테 늘 미안타. 마산에 있을 때, 집구석을 지대로 챙기지도 못하고…. 니가 어린 나이에 너무 많은 애러븐 일을 겪게 해서…."

철수는 담배를 털어냈다.

재가 바람에 흩어지며 발등에 떨어졌다.

만석은 아버지의 옆 얼굴을 바라보았다.

그 얼굴은 여전히 딱딱하고 무뚝뚝했다.

하지만 그 속엔 오래된 피로와 후회의 그림자가 어렴풋이 드리워져 있었다.

"…아부지, 이제 괴안습니다. 이래 돌아와서… 우짜든, 우리 가족이 다시 모잇다 아임미꺼."

그렇게 말은 했지만, 만석의 속에서는 말하지 못한 말들이 소용돌이쳤다.

'이제 와서 미안하다고 하면 다 끝입니까?'

'보리밥도 못 먹고 눈치 보며 살던 그 날들이 다 사라지는 기요?'

'옴마가 새벽마다 식당 나가면서 눈물 훔치던 그 시간들은예?'

그러면서도 만석은 그런 말을 끝내 뱉을 수 없었다.

그저 불길을 가만히 바라보며 쓸쓸하게 웃었다.

자신이 감정을 억누르며 자라온 시간이 너무 길었고, 이제 와 분노를 터뜨릴 힘조차 남아 있지 않은 듯했다.

그 순간, 철수가 손을 내밀어 만석의 어깨를 툭 건드렸다. "그래도, 니 덕분에 우리가 이래 산다. 니가 기둥이다, 만석아."

그 말에 만석의 눈이 순간 시큰해졌다.

미움과 그리움, 억울함과 자부심이 한꺼번에 솟구쳐 올랐다.

그러나 그는 고개를 숙인 채 조용히 말했다.

"저, 방에 들어가 공부 좀 더 하께예."

그러고는 자리에서 일어나 방으로 천천히 걸어갔다.

그 뒷모습을 바라보는 철수의 손끝에는 담배 한 개비가 서서히 타들어 가고 있었다.

만석은 책상 앞에 앉아 있었지만, 한 글자도 눈에 들어오지 않았다.

아버지와의 대화가 마음속을 계속 맴돌았다.

'기둥이라꼬?… 그 말이 왜 이리 무겁노.'

그때, 방문이 살며시 열렸다.

"만석아, 공부하나?"

어머니였다. 숙자는 손에 국이 담긴 뚝배기를 들고 방으로 들어왔다. 그릇을 조심스레 책상 옆에 내려놓으며 말했다.

"저녁 때 제대로 못 묵었제? 뜨끈할 때 좀 묵우라."

만석은 고개를 끄덕이며 국을 한 숟갈 떴다.

된장의 구수한 맛이 입 안에 퍼지자, 그제야 속이 조금 가라앉는 듯했다.

어머니는 조용히 앉아 그를 바라보았다.

이마에 난 땀, 볼에 스친 펜 자국, 책상 위에 엎드린 채 깜빡 졸다 깨어난 흔적들 그 모든 것이 어머니의 가슴에 차곡차곡 쌓여 있었다.

"니 아부지한테 너무 마음 두지 마라."

만석은 국을 젓던 숟가락을 멈췄다.

"내가 모를 줄 아나. 니 속에 쌓인 거. 동상들 하고 그 고생했던 거 다 안다. 마산서 지낼 때, 내가 식당서 허리 휘도록 일해도 집에 오모 정적뿐이고…. 너거 아부지 그 인간은 말이제, 니 생각 한 번이라도 제대로 했것나."

말투는 차분했지만, 숙자의 목소리엔 오래된 슬픔과 분노가 함께 묻어 있었다.

"그래도, 만석아. 다시 시골로 내려와 기계 돌리고, 니 공부하는 꼴 보면서 마음 바꿀라 하는 갑다. 저 인간이 늦게 철이 드는 갑다."

만석은 고개를 들었다.

어머니의 얼굴은 피곤하고 마르고, 눈가엔 잔주름이 깊게 파여 있었지만, 그 눈빛만은 여전히 따뜻했다.

"내는…."

조용히 입을 열었다.

"내는… 움마 없으시모, 벌써 엇나갔을 기라."

그 말에 숙자는 눈을 돌렸다. 한동안 말이 없더니, 조용히 말했다.

"그 말… 오늘 내가 평생 기억하고 살꾸마. 니는 내 자랑이다, 만석아. 그 아버지 밑에서, 애려븐 세월 견디고 이 자리까지 온 기…. 니는 진짜 큰 사람이다."

그 말에 만석은 더는 말하지 못하고 고개를 숙였다.

숟가락이 국에 다시 잠겼지만, 이번엔 눈물이 함께 섞여 있었다.

정미, 영미, 춘석이도 이제 제법 자랐다.

정미는 어느덧 국민학교 6학년이 되어 어른스러운 말투가 익숙해졌고, 영미는 4학년이 되어 동생을 가르치는 여유가 생겼다.

춘석이도 7살, 예전처럼 어린아이 취급을 받지 않았다.

이젠 스스로 밥도 푸고 신발도 가지런히 놓을 줄 알았다.

그러나 불과 몇 해 전만 해도, 특히 영미는 학교 가는 길마다 울고 또 울었다.

국민학교에 막 입학하던 해, 아침이면 얼굴이 벌겋게 달아오르도록 울며 뛰쳐나갔고, 십리길 학교까지 줄창 울며 걸어갔다.

영미가 우는 것은 특별한 이유가 없었다.

그렇게 서럽게 울던 영미는 이제는 컸다.

정미는 이제 엄마를 도와서 밥도 하고 빨래도 했다.

"아부지, 오늘 방아 몇 가마 찧었는 기요?"

"어이구야, 니가 그런 것도 관심 가져 주나…. 참말로 장하다."

영미는 더 이상 울지 않았다.

책가방을 가방끈에 꽉 메고, 고무신도 반듯하게 신고 간다.

춘석이는 방앗간에 나간 엄마 대신 쌀을 물에 담가 두고 기다린다.

그 모습에 숙자는 문득 발걸음을 멈추곤 했다.

'애들이 컸다…. 어쩌다 이리 컸노….'

그들의 성장은 단지 키가 크고 학년이 올라가는 것이 아니었다.

그립고 아팠던 시간들을 이겨낸 흔적이 자라서 된 것이었다.

숙자는 조용히 아이들 머리를 쓰다듬으며, 작은 목소리로 말했다.

"우리 애들… 참말로 잘 컸다…."

그날 밤, 달빛이 방 안으로 고요히 스며들었다. 잠든 아이들의 숨결이 일정했고, 숙자의 마음속엔 따뜻한 안도감이 잔잔히 흘렀다.

세상은 아직 거칠고 팍팍했지만, 이 아이들만큼은 이제 자신만의 길을 잘 걷고 있었다.

숙자는 팔을 무릎에 걸고 얼굴을 묻었다.

아이들이 자란 것이 고마웠고, 또 미안했다.

'얼라들이 엄마 없이 울메나 애썼을꼬….'

그 생각에 또 목이 메었다. 아이들은 아무 말 없이 컸지만, 그 아무 말 없음 속에는 참 많은 것이 들어 있었다는 걸 안다.

보고 싶다는 말도, 왜 나만 도시락 반찬이 매일 장아치나 김치뿐이냐는 말도, 왜 엄마는 집에 안 오느냐는 말도, 하나도 꺼내지 않은 채 조용히 자라났다.

정미는 가장 먼저 어른이 되었다.

어릴 적 엄마가 마산으로 떠날 때, 울음을 삼키며 동생들을 끌어안던 모습이 아직도 눈에 선했다.

영미는 참 여린 아이였다.

학교 가는 길에 엉엉 울던 그 작은 등이 아직도 마음에 남아 있다.

춘석이는 말없이 엄마를 찾던 아이였다.

밤마다 아궁이 앞에 앉아 멍하니 불꽃을 바라보며, 아무도 모르게 눈물을 떨구던 모습.

그 아이들이 지금은 웃는다.

방앗간 마당에서 서로 장난치고, 저녁상을 같이 차리며 웃는다.

그 웃음이 숙자에게는 세상 그 무엇보다 소중한 것이었다.

그때 철수가 문을 열고 들어왔다.

검은 기름에 얼룩진 작업복, 손에는 아직 기름 내가 남아 있었다.

"얼라들은 다 자나?"

"예. 만석이는 공부하고 있고, 정미는 숙제하다 자고, 영미는 책 보다가 졸고 있네."

"춘석이는?"

"옴마 뒤에 졸졸 따라 댕기삿더마는 지도 지치가 자네."

철수는 한숨을 길게 내쉬었다.

그리고 숙자 옆에 앉아 담배를 꺼냈다.

불을 붙이지도 않은 채 입에만 물고, 하늘을 봤다.

"만석이 옴마… 우리, 이제 진짜 다시 시작할 수 있겠나?"

그 말에 숙자는 고개를 돌렸다. 한참 동안 아무 말도 하지 않았다.

그러다 천천히, 아주 작게 대답했다.

"…애들 봐가. 우리 안 망할 기다."

"…그래, 안 망해야지."

두 사람은 오래도록 말없이 달을 바라보았다.

바람은 느리게 지나가고, 별 하나가 천천히 옮겨가고 있었다.

새벽이 가까워지자, 숙자는 마지막으로 중얼거렸다.

"내일은 애들 좋아하는 김치찌지미 해 무까… 정미한데 파 좀 따듬어라 캐야것네."

철수는 가만히 웃었다.

그 웃음은 진심이었다.

비로소, 가족이었다.

부서졌던 시간들을 이겨낸, 작고 단단한 가족이었다.

40. 갑자기 찾아온 늦둥이

그해 여름, 들녘은 초록빛으로 가득 찼고, 방앗간 발동기 굴뚝에서는 하루도 거르지 않고 연기가 피어올랐다.

철수는 새벽이면 기계 점검을 하고, 숙자는 부엌에서 아이들 도시락을 챙겼다.

그렇게 하루하루가 안정되어 가던 어느 날, 숙자는 이상한 피곤함을 느끼기 시작했다.

처음엔 과로 탓이라 여겼다.

마산에서 지내던 시절에 비하면 지금은 훨씬 나아졌지만, 여전히 일이 많았다.

아이들 살림에, 방앗간 뒷바라지까지. 그러다 어느 날 아침, 밥 짓다 말고 숙자는 조용히 자리에 주저앉았다.

머리가 어지러웠고, 속이 울렁거렸다.

정미가 걱정스레 물었다.

"옴마, 오데 아픈 기가?"

"아이다… 좀 쉬면 괜찮을 끼다."

하지만 쉬어도 나아지지 않았다.

며칠 뒤, 숙자는 면소지에 있는 보건지소에 다녀왔고, 돌아오는 길에 눈을 감고 한참을 걸었다.

철수가 묻자 조용히 말했다.

"만석이 아부지, 우리 집에 또 얼라가 생기습미더."

철수는 말이 없이 입을 반쯤 벌린 채 멈춰 서 있었다.

그러다 눈을 깜빡이며 겨우 입을 열었다.

"에나로? 니 몇 살이고 지금… 마흔둘 아이가?"

"하모"

"이야… 참말로…."

한동안 아무 말도 없었다.

숙자는 속이 상했다.

철수의 반응이 섭섭했다.

기쁜 것도 아니고, 놀란 것도 아니고, 그냥 멍하니 있는 그 얼굴이 괜히 야속했다.

그러나 그날 밤, 방앗간 기계 소리가 멎은 뒤, 철수는 숙자 옆에 앉아 말없이 손을 잡았다.

그리고 조용히 말했다.

"정미 옴마, 내 참… 바보같이 말도 못하고. 고맙다… 다시 시작해 줘서. 우리 집이 다시 사람 사는 집처럼 돼가고 있는데… 또 이런 선물까지 준 기라 생각하자."

숙자의 눈가가 촉촉해졌다.

그는 말없이 고개를 끄덕였다.

철수는 한참 만에 머리를 긁적이며 말했다.

"니… 지금도 이쁘다. 애나다."

숙자는 피식 웃었다.

"늙은 여편네 보고 그런 소리 하는 사람은 만석이 아부지뿐이 없을 끼미더."

"그라모 됐다. 내는 평생 니밖에 없는 기라."

그리고 그 말은 거짓이 아니었다.

언젠가 철수가 말도 없이 나가 바람을 피웠던 시절이 있었지만, 그 모든 허물은 시간이 묻고, 땀과 눈물과 아이들 사이에서 부부는 다시 진짜 부부가 되어 있었다.

철수는 다음 날부터 더 부지런해졌다.

기계 소리는 더 커졌고, 방앗간 마당은 언제나 정돈되어 있었다.

숙자는 입덧을 하면서도, 아이들의 손을 잡고 논길을 걸었다.

정미는 엄마가 다 못한 살림을 맡았고, 영미는 조용히 엄마 옆에 붙어 앉아 부채질을 해 주었다. 춘석이는 '진짜 동생이 생긴다'는 생각에 매일 밤 흥분해서 자다 깼다.

1970년대 피임이라는 말은 낯설고 멀었다.

정관 수술은 생소했고, 피임약은 약국 유리진열장 안쪽에 숨겨 놓은 '말 못 할 약' 정도로만 여겨졌다.

설령 이름을 들어 본 적이 있다 해도, 그것을 쓰자고 입 밖에 꺼내는 부부는 드물었다.

산아 제한 이전이라서 정부에서 권장하지도 않았다.

그래서였을까. 마흔이 넘은 나이에 아이를 다시 품게 되는 일은, 흔치 않지만 그리 특별하지도 않았다.

동네 어귀에 나가면, 할머니들의 입담 속엔 늘

"그 집에 막내가 또 생긴나? 그라모 또 막둥이가 나온다 말이가?"는 이야기가 빠지지 않았다.

생계를 걱정하며 겨우겨우 살아가던 집안에, 느닷없이 또 하나의 생명이 찾아드는 것. 그것은 곧 한숨이었고, 걱정이었고, 그러나 동시에 묘한 기쁨이기도 했다.

어머니들은 말했다.

"뭐… 어쩌겠노. 들어섰다카이, 낳아야지."

그 말 속엔 순응과 체념, 그리고 조용한 사랑이 섞여 있었다.

마흔을 넘긴 몸은 예전 같지 않았고, 집안엔 이미 커가는 아이들이 셋, 넷. 막내라고 불리던 아이는 초등학교에 들어갈 나이가 됐는데, 다시 기저귀 빨래를 한다는 건 몸보다 마음이 더 버거운 일이었다.

그러나 그렇게 태어난 아이들은 또 이상하게도 집안의 분위기를 바꿔 놓았다.

바로 앞세대 형, 누나들은 엉겁결에 고모나 삼촌 같은 동생을 봐야 했고, 아버지는 늦은 나이에 기저귀를 갈며 딴에는 진짜 아버지 노릇을 처음 해 보는 것 같았다.

이미 인생에 조금 지쳐 있었던 엄마도, 다시 아이 냄새를 맡으며

"이래서 늙어도 사람이 사는가 보다."

하고 중얼거리곤 했다.

늦둥이는 그래서 '생명의 덤'이었다.

예정되지 않았고, 환영받지 못했을 수도 있으나, 태어나고 나면 기어코 모두의 마음을 녹였다. 그 아이가 자라 말을 트고 걷기 시작하면, 가

족 안의 굳었던 공기가 풀렸다.

　형과 누나는 웃으며 책가방을 메고 나섰고, 아버지는 기계 소리에 파묻혀 있던 하루 속에서도 유난히 고운 그 아이의 얼굴을 떠올렸다.

　그리고 무엇보다, 그런 늦둥이 하나쯤은… 1970년대를 지나온, 그 거칠고 메마른 시대의 한가운데서 우리가 끝내 놓지 않았던 따뜻함의 증거였는지도 모른다.

41. 진석이가 첫날에 태어난다

1978년 겨울은 유난히 매서웠다.
남부지방이라 눈은 내리지 않았지만, 바람은 날마다 얼굴을 때렸다.
집집마다 굴뚝 연기가 쉴 틈 없이 피어오르고, 어른들 입에선
"이래 추운 해는 참 오랜만이다."
라는 말이 습관처럼 붙었다.
사정리 철수네 방앗간도 다시 생기를 되찾고 있었다.
쌀이 도정되는 소리, 드르륵 드르륵, 쌀겨가 날리는 기계음 속에서도 철수의 귀에는 어느 날부터 한 문장이 계속 맴돌았다.
"1979년 1월 1일 태어난 아기에게 남양유업에서 상금을 드립니다!"
TV 광고였다. 흑백 브라운관 속에서, 우윳빛으로 반짝이는 광고 화면이 나올 때마다 숙자는 몸을 숙여 말없이 배를 쓸어내렸다.
"와… 우리 아도 혹시?"
"우리 얼라가 딱 그날 나오모… 진짜 되는 거 아이가?"
철수는 혼잣말처럼 중얼거리며 어이없어 웃었지만, 속으론 은근한 기대를 품었다.
도시에선 거짓말이 난무한다 했지만, 텔레비전에 나왔고, 우유 회사가 그렇게까지 사기야 치겠나 싶었다.

숙자는 산달이 12월 말이라 더 귀를 기울였다. 밤마다 아이들을 재워 놓고 앉아, 달력에 빨간 줄을 그었다.

12월 25일, 아직 조용.

12월 28일, 뭉클거림.

12월 31일, 진통 시작.

철수는 쌀가마니 위에 걸터앉아 밤하늘을 올려다보았다.

"새해 첫날… 그래 나와라… 우리 집도 운 좀 트이자."

동네 사람들도 한마디씩 보탰다.

"보래이, 철수네 집 얼라 나오믄 TV 나올 낀데?"

"앗따 방앗간 집 늦둥이 유명해지는 거 아이가?"

노산이라 진통은 길었고, 1월 1일 낮 11시 40분. 숙자는 이마에 땀방울을 흘리며 이를 꽉 물었다.

방앗간 안쪽, 안채의 방 안에서는 숨소리 하나하나가 땀처럼 흘렀다.

숙자는 두 다리를 오므리고 억지로 참는 듯한 얼굴로 이마를 짚고 있었다.

할매가 따뜻한 물을 데우며 고래고래 소리를 질렀다.

"양푼이는? 수건은? 얼른 들고 오라 캐도! 와이리 어정거리노."

밖에서 뛰어다니던 아이들 소리에 방 안은 더 어수선했다.

그중에도 만석은 마루 끝에 서서 방 안을 자꾸 힐끔거렸다.

방 안엔 엄마가, 엄마의 배가, 그리고 곧 태어날 아기가 있었다.

'얼라는 진짜 오데로 나오는 기고…?'

만석은 오래전부터 궁금했다.

학교에서 들은 말은 파편 같았고, 동무들끼리 떠드는 말들은 어설펐다.

어떤 애는 '배꼽 밑에 문이 있다 카더라'고 했고, 어떤 애는 '병원 가야만 아기가 나올 수 있다' 고 했다.

그러나 오늘, 자기 집 방 안에서 아기가 나온다.

그것도 엄마 몸에서. 그리고 그 순간, 그는 거기에 있었다.

그는 슬그머니 방문을 밀었다.

삐그덕— "만석아!"

숙자의 목소리가 순간 날카로워졌다.

"니, 나가 있어라. 여는… 여자들만 있는 데다."

하지만 그 말보다 먼저, 이미 만석의 눈은 방 안의 모습을 스쳤다.

엄마는 얼굴이 창백했고, 온몸이 땀에 젖어 있었고, 할매는 다리를 받치고 있었다.

방 안에는 뜨거운 김과 비눗물, 그리고 아기 태어날 때 특유의 무거운 공기가 뒤섞여 있었다.

그 순간, 엄마의 얼굴이 만석을 향해 돌아왔다.

눈가에 고름 같은 눈물이 고여 있었지만, 입가엔 단호한 힘이 있었다.

"만석아, 어서 나가 있으라…. 옴마는 괴안타…."

만석은 얼른 문을 닫았다.

심장이 쿵쿵 뛰었다.

그 문틈 너머로 들려오는 것은 엄마의 거친 숨소리, 그리고 낯선 이질 감이 섞인 울음소리였다. 그 울음은 엄마의 것이었고, 곧 태어날 아기의 것이었다.

만석은 문밖에 쪼그려 앉았다.

손으로 뺨을 감쌌다.

41. 진석이가 첫날에 태어난다

'옴마는 억수로 아파가, 얼라 낳는 갑다'

자신도 예전에 그렇게 태어났을 것이고, 엄마는 또 그렇게 자기를 낳았을 것이다.

한참 후, 어느 순간. 방 안에서 아주 작은, 그러나 너무도 맑은 울음소리가 났다.

"우애애— 앙…"

그 순간, 만석은 혼자 중얼거렸다.

"얼라 낳았다. 언자 상금은 우리가 받는다."

가슴이 묘하게 벅차올랐다.

자신도 모르게 눈이 젖었다.

그날 이후로, 만석은 더는 '아기가 어디로 나오는가'를 묻지 않았다.

문틈 너머에서 봤던 엄마의 얼굴, 땀에 젖은 이마, 그리고 생명을 끌어안는 손. 그 모든 것이 대답이었다.

철수네에 울려 퍼진 그 울음은 누구보다 우렁찼다.

"됐다!" "첫날, 첫 아기다!"

동네 사람들까지 들썩였다.

그 아침, 아버지 철수는 새로 태어난 아이의 이름을 '진석'이라 지었다.

"복 많이 받고, 복 많이 나눠 주라."

방앗간 굴뚝에서 연기가 피어오르던 1979년 1월 첫날, 사정리에도 살얼음이 낀 논두렁 위로 해가 천천히 지나가고 있었다.

방 안에선 갓 태어난 아기의 울음소리가 여전히 가늘게 울려 퍼졌다.

42. 1월 1일 태어나면 상금 준다

철수는 회색 잠바 깃을 바짝 세우고 마을회관 옆 상점에서, 낡은 자석식 전화기 앞에 쪼그려 앉았다.

전화기 위에 놓인 낡은 전화번호부는 해묵은 국거리 냄새와 땀 냄새가 스며든 채였고, 누구도 그걸 본 적 없는 듯 먼지가 뽀얗게 앉아 있었다.

철수는 수화기를 들고, 전화를 돌려 신호를 넣었다.

"교환! 서울에 남양유업 연결해 주소!"

수화기 너머 교환원의 목소리가 들려왔다.

"오데 라꼬예?"

"서울… 서울! 남양유업 대 도라고예!"

교환원이 피식 웃으며 말했다.

"아재요, 서울 전화번호를 말해야 연결해 주지예. 전화번호 모리모 안 됩미더~"

철수는 헛기침을 한 번 했다.

"촌에서 남양유업 전화번호를 우예 아노. 우찌 찾아가 연결 해 주소."

교환원도 마냥 무뚝뚝하진 않았다.

"아재, 그라모 쪼매만 지달리 보이소. 서울에 연결해가 물어볼께예. 와 그라는데예?"

철수는 수화기를 왼손에 쥔 채, 오른손으로는 담배를 꺼내 무는 흉내를 냈다.

"1월 1일 날 얼라 나모 상금 준다 안 카딩기요. 우리 집에 얼라가 1월 1일 날 낳아서예."

교환원이 잠시 침묵하더니, 밝은 목소리로 말했다.

"아~ 그래예! 지도 선전하는 거 봤어예! 남양에서 첫해 첫날 얼라 나오모 상 준다꼬 하던데예!"

철수는 목소리가 절로 높아졌다.

"그래예! 우리집 아 오마이가 낳았심더. 딱 1월 1일 날 나왔다 아입미꺼!"

"아재~ 쪼매이 지달리 보이소. 서울 연결되모 바로 신호 넣을께예. 오데 먼데 가지마이소~"

"알았심더, 어뻔 넣어 주이소."

철수는 수화기를 턱에 끼운 채, 밖을 향해

"만석아! 잘하모 우리 얼라 진석이, 상금 타 묵것다이!"

하고 외쳤다.

상점 밖에 있던 동네 사람들은

"만석이 아부지, 상금 탄단다~"

"앗따 그 집 새해부터 복이 들어오는 소리가 나네."

그날, 철수의 가슴엔 오래간만에 작은 기대가 깃들었다.

비록 전화가 몇 번 튕기고, 서울 연결은 한참을 기다려야 했지만

그 기대는, 도시에서 찌들다 돌아온 철수에게 '사람답게 사는' 기분을 살짝 안겨 주는 것이었다.

한참 후에 남양유업과 전화 연결이 되었다.

"남양유업이지예?"

철수는 경상도 특유의 억양을 꾹 눌러 담아 말했다.

"어어, 있다 아이미꺼. 우리집 얼라가 1월 1일에 나왔십미더."

수화기 너머, 다소 피곤해 보이는 여직원의 목소리가 돌아왔다.

"고객님, 해당 캠페인은 병원에서 출생하고, 1월 1일 오전 0시 이후 출생신고 된 아기에 한해 적용됩니다."

철수는 순간 말을 잃었다.

"예…? 뭔 말을 그런 식으로 합니꺼. 얼라가 태어났어모 됐지, 집에서 나왔다고 상금도 안 준다꼬예?"

여직원은 침착했다.

너무 침착해서, 철수의 입술이 부르르 떨렸다.

"고객님, 저희도 규정이 있어서요. 집에서 태어난 경우는 출생 시간을 객관적으로 확인할 수 없으니까요."

"그라모… 그라모 집에서 얼라 낳아모 상금 없는 기요?"

철수는 황당해서, 슬며시 올라오던 희망이 한순간에 부서지는 소리를 마음속에서 들었다.

"네, 죄송합니다. 좋은 하루 되세요."

뚝. 뚜- 뚜- 뚜—

철수는 수화기를 내려놓고 한참을 멍하니 서 있었다.

'데레비에 나와서 그런다 캐서, 돈 주는 줄 알았더만은'

풀이 죽어서 상점에서 집으로 돌아갔다.

"뭐라카더노…? 상 못 탄다 카더나…?"

철수는 조용히 고개를 끄덕였다.

42. 1월 1일 태어나면 상금 준다

"집에서 낳았다고, 증명 못 한다꼬 안 준다카더라."

숙자는 잠시 입을 다물었다.

곧 조용히 웃으며 말했다.

"뭐, 그런 상금 없이도 된다 아이가. 얼라 건강하게 태어난 게 상이지. 당신은 돈 준다꼬 장거리 서울까정 전화도 하고 참 잘한다."

철수는 잠시 숙자의 말에 미소를 짓다, 고개를 푹 숙였다. 그때, 옆방에서 만석이 조용히 문을 열고 나왔다.

"아부지, 상금 그런 거, 뭐 중요합미꺼. 동상 이름이 '남양이' 될 뻔 했네예."

순간 모두가 웃음을 터뜨렸다.

숙자도 배를 부여잡고 웃으며 말했다.

"그러게 말이다. 상 타 묵으면 이름을 남양이라고 지을 뻔 했구마는."

철수도 피식 웃었다.

"진석, 남양진석… 그 이름도 되겠다이. 아, 무다이 기대했다가…"

그날 저녁, 철수는 마루에 나와 앉아 담배를 피웠다.

겨울바람이 매서웠지만, 집 안에서 들려오는 아기 울음소리에 가슴 한편이 따뜻해졌다.

상금은 못 받았지만, 가족은 함께 웃었고, 아기는 건강했다.

그거면 됐다.

철수는 턱을 굳게 물었다.

"사람 사는 게 그렇지, 뭐…."

그는 주섬주섬 담배를 꺼내 물었다.

쏙— 성냥불이 켜지며 붉은 불꽃이 그의 눈동자에 비쳤다.

"그래도… 이놈이 태어나 준 게 상금이다 상금."

철수는 그렇게 중얼이며 쌀자루를 짊어졌다.

방앗간 기계가 다시 우르릉 소리를 내며 돌아가기 시작했다.

바깥은 또 평범한 하루, 아이는 마루 위에 놓인 작은 이불 속에서, 조용히 새해의 두 번째 날을 살아가고 있었다.

43. 또다시 고난이 걸어 들어오고

만석의 집은 원인은 정확히 알 수 없으나, 어린 막내 진석이가 태어나고 나서부터 방앗간이 점점 쇠퇴하기 시작했다.

기계는 예전처럼 돌아갔고, 아버지도 변한 건 없어 보였지만, 이상하게 손님이 줄기 시작했다.

마을 어귀에 새로 들어선 전기식 방앗간 때문인지, 아니면 어느샌가 퍼진 좋지 않은 소문 때문인지 알 수는 없었다.

아버지는 "경기가 안 좋다"고 했고, 어머니는 "사람들이 의리가 없다"고 했다.

하지만 만석은 언뜻언뜻 보이는 진실을 알아챘다.

어느 날은 마을 어른이 벼 자루를 들고 와서는 멋쩍게 말하는 걸 들었다.

"올은 아래 방앗간으로 천상가야 것다. 사장, 미안타. 우리 며느리가 그리가서 방아 찧어 오라카네."

철수는 겉으로 웃으며

"예예, 뭐 우짜것습미꺼. 기계가 새기라 더 잘 될 끼미더."

하고 넘겼지만, 표정은 구겨진 볏짚처럼 쓸쓸했다.

집안은 점점 조용해졌고, 방앗간 기계 소리는 들쑥날쑥해졌다.

예전에는 줄을 서서 기다리던 방앗간이 이제는 간헐적으로만 일이 생겼다.

진석이는 그런 걸 알 리 없었다.

뽀얀 얼굴에 웃음을 머금고 방앗간에 기어들어 와 하얀 먼지 위에 그림을 그리고 놀았다.

그 모습을 바라보던 어머니는 한숨을 쉬면서도,

"그래도 이놈 키우모 복 들어올 끼다."

라며 스스로를 다독였다.

하지만 만석은 뭔가 무너지고 있다는 걸 느꼈다.

어릴 적엔 어깨를 들썩이며 방앗간 뒷마당에서 겨울 볕을 쬐던 마을 어르신들이 점점 보이지 않았고, 아버지는 기름때 묻은 공구통을 닦으며 말이 줄었다.

그렇게 만석의 집은 조용히, 서서히 변화하고 있었다. 마치 기계가 한 톱니씩 느슨해지는 것처럼, 소리 없이.

철수의 외도는 단지 한 여인과의 탈선이 아니었다.

그것은 만석의 집안이 조금씩 무너져 가는 시작이었다.

철수는 예전엔 마을에서 성실한 가장으로 통했다.

새벽이면 정미소 기계를 돌리는 소리가 동네를 깨우고, 해가 지기 전까지는 땀에 젖은 채로 한시도 쉬지 않았다.

벼를 빻고, 보리를 갈고, 마을 사람들의 곡식을 정성껏 다뤘다.

"사정리 정미소는 믿고 맡긴다"는 말이 있을 정도였다.

일이 많을 땐 밤을 새우기도 했다.

그 덕분에 집안은 늘 쌀독이 비지 않았고, 아이들 신발도 남들보다 늘 반짝거렸다.

하지만 어느 순간부터 철수는 장에 나간다며 집을 자주 비우고, 정미소 기계는 점점 먼지가 쌓여 갔다.

곡식 맡기러 온 이웃들도 "오늘은 안 되니 내일 오이소."라는 소리를 자주 들었다.

이내 그들도 다른 동네 정미소로 발길을 돌렸다.

처음엔 '몸이 안 좋다더라', '기계가 고장 났다 카더라'는 말들이 돌았지만, 나중엔 '딴 짓 한다더라', '여편네가 하나 있다더라'는 소문으로 바뀌었다.

철수는 경기가 좋을 때 준비를 해야 한다는 걸 몰랐다.

돈이 잘 벌릴 때는 새 기계 하나 더 들이자며 아랫목에 돈 뿌리고, 술상 차리며 이웃을 불러들였다.

그 술상에 자주 끼던 낯선 여자 하나가 어느 날 철수의 옷과 함께 사라졌다.

그리고 돌아온 건 날려 먹은 돈과, 말수가 적어진 어머니, 식어 버린 정미소 기계뿐이었다.

만석은 이제 철수를 곧잘 원망했다.

"아버지가 조금만 정신을 똑바로 차렸더라면…."

진석이가 태어난 해부터 정미소는 식어 갔고, 집안의 온기도 함께 식었다.

어머니는 말없이 마당의 화초에 물만 주었고, 만석은 이따금 정미소 창틀에 앉아 빈 기계의 소음을 상상하며 한숨만 쉬었다.

그 정미소는 이제 사정리 사람들에게 외면당했다.

돌아가는 기계도, 찧는 곡식도 없이 그냥 방치된 커다란 철제 덩어리에 불과했다.

만석은 그런 정미소를 바라볼 때마다, 흙먼지가 내려앉은 바퀴처럼 마음도 묵직하고 텁텁했다.

그리고 그 모든 시작이, 철수의 외도 때문이라고 생각하면, 아버지를 향한 서운함과 분노는 더욱 깊어졌다. 어린 마음에도 '사랑'이 뭔지는 몰랐지만, 책임이란 게 뭔지는 알고 있었다. 철수는 그것을 버렸고, 가족들은 그것을 대신 짊어져야 했다.

만석이가 중학교 3학년이 되자, 집안은 그야말로 숨 돌릴 틈도 없이 바빠졌다.

정미는 이제 갓 중학교 1학년이 되었고, 영미는 국민학교 5학년, 춘석이는 1학년에 들어갔다. 막내 진석이는 아직 젖내가 가시지 않은 아직 돌도 되지 않았다.

아이들이 줄줄이 학교를 다니기 시작하자, 본격적으로 학비와 교복비, 참고서 값이 부담으로 다가왔다.

새 학기마다 들려오는 학교에서의 준비물 목록은 마치 한 장짜리 전쟁통지서 같았고, 숙자는 그 종이를 들고 한참을 바라보다 한숨부터 내쉬었다.

정미소는 여전히 침묵하고 있었다.

기계는 가끔 철수가 시험 삼아 돌려 보긴 했지만, 이미 사람들의 발길은 다른 마을로 옮겨간 뒤였다.

무거운 벼가 아닌, 조용한 먼지만이 정미소 안을 가득 채웠다.

그렇게 밀려오는 생활비 앞에, 철수와 숙자는 다시금 도시 이야기를 꺼냈다.

마산에 나가 고생한 것이 얼마 되지 않았는데 또다시 나가야 하는지 고민한다.

그곳에서 숙자는 식당에서 일을 하고, 철수는 건설 현장 막일을 했다.

그때 벌어들인 돈으로 정미소 기계도 손보고, 집도 조금씩 고쳐 나갈 수 있었던 시절이었다.

"보소, 진석이야 어머이가 본다 치더라도, 나머지 애들은 우찌 할낀데예. 만석이는 이제 좀 있으모 고등학교도 가야 하는데, 학비만 해도 큰일입미더."

숙자는 이불을 개다가 말고 문턱에 주저앉아 말을 꺼냈다.

철수도 담배 연기를 뱉으며 말이 없었다.

"정미소는 언자 안 된다. 그건 인정해야 된다."

숙자는 화가 치밀어서

"이기 누구 때문인꼬? 와 씹지랄 해서 집안을 이 꼬라지로 만들어 놨는 기요?"

"기차 불통을 삶마 묵었나 와 고함을 지르노."

"내가 미치가 돌아 안뎅기는 기 용타. 얼라만 아이모 내도 벌써 도망갔다 이 인간아."

"나도… 나도 정신 못 차리고 했던 거는 미안하다."

그 말에 숙자는 가만히 철수를 노려보다가, 한참만에 시선을 거두었다.

입술을 꾹 깨물고 있던 숙자의 눈가가 붉어졌다.

억장이 무너지는 속이 어디 하루 이틀 일이던가.

철수가 정신을 못 차리고 방황하던 그 몇 해 동안, 숙자는 아이들 데리고 마당 귀퉁이에 피는 잡초처럼 그렇게 버텼다.

오죽하면 동네에서도

"만석이 옴마 참 독하다, 신랑이 저지랄하고 날뛰는데도 도망 안 간다."

하고 혀를 찼거나.

"사람이 사람이라모 사죄할 줄은 알아야지. 정신 못 차린 거, 그래, 알겠심미더. 그런데 우리 얼라들 앞길까지 막아 삐는 것은 우짤 낌미꺼?"

숙자의 말엔 여느 때와는 다른 담담함이 있었다.

울분이 사라진 자리에 깊은 체념이 들어앉은 목소리였다.

철수는 담배를 털어냈다.

그 손끝도, 얼굴빛도 나이 45살이었지만 다 늙어 있었다.

젊은 날 기계를 샀을 때처럼, 정미소 처음 돌리던 날처럼 자신감 있고 으스대던 그때의 철수는 이제 없었다.

"마산으로… 가자. 거기 가서 다시 해 보자. 이번에는 나도 정신차리가 잘해 볼꾸마."

철수의 말에 숙자는 조용히 고개를 끄덕였다.

그 고개 끄덕임은 '믿는다'는 뜻이 아니라, '다른 길이 없으니 해 보자'는 체념이었다.

이제 아이들이 줄줄이 커가는 집에서, 더 이상 미련 둘 틈은 없었다.

"내가 내일 마산 내려가서 방 한 칸 알아볼 끼다. 하루 벌어 하루 먹고 살아도, 애들만 공부할 수 있으면 됐다 아이가."

숙자는 허리띠를 질끈 졸라매며 말했다.

그날 밤, 만석은 방에서 곤히 잠들어 있었다.

그의 머리맡엔 낡은 책가방이 놓여 있었고, 손엔 내일 풀 문제집이 펼쳐져 있었다.

숙자는 문틈으로 그 모습을 오래도록 바라보았다.

그 모습이 미안해서, 또 대견해서, 눈물이 났다.

그리고 조용히 문을 닫고 부엌으로 내려가, 진석이에게 먹일 쌀죽을 끓이고 있다.

"진석이만 안 낳았어도…."

숙자는 무심코 내뱉었지만, 말끝이 미안해져 얼른 입을 다물었다.

진석이는 잘 때마다 손가락을 빠는 어린 아기지만, 그 작은 손 하나가 어쩌면 이 가족의 마지막 끈일지도 몰랐다.

그날 밤, 두 사람은 오래도록 불 꺼진 부엌 앞에 앉아 있었다.

바람이 부엌 창문을 흔들고, 닭장에선 이따금 날갯소리가 들렸다.

결국 결론은 하나였다.

다시 도시로 나가서 몇 해 전처럼 하루 12시간 일하는 생활을 다시 시작해야 했다.

아니, 이제는 그보다 더 열심히 벌어야 했다.

아이들을 모두 학교에 보내고, 굶기지 않으려면. 그 밤, 철수는 오래도록 정미소 문을 바라보았다.

거기엔 한때 그의 꿈과 자존심이 있었지만, 이제는 현실이 더 무거웠다.

44. 젖먹이와 떨어져야 하는 숙자

진석이는 시어머니가 보기로 했다. 그 말에 숙자는 마음 한켠이 무거웠지만, 달리 방법이 없었다.

도시에서 방 한 칸 얻고, 식당 일을 나가려면 떼어놓을 수밖에 없었다.

"어머이… 진석이 좀 잘 봐주이소. 낮에 우유 끼리가 주고, 쌀죽도 좀 미이소."

숙자는 떠나는 아기를 품에 안고, 노쇠한 시어머니 앞에서 몇 번이고 말을 되풀이했다.

시어머니는 고개를 끄덕이면서도

"알것다 내가 잘 볼꾸마. 만석이 얼라 때 내가 다 키웠다 아이가."

그렇게 말했지만, 눈에선 벌써부터 피로가 서려 있었다.

진석이는 아무것도 모르고, 할머니 품에 안긴 채 웃었다.

작은 손이 할머니 턱을 더듬고, 이따금

"으응… 맘마…."

하고 불렀다.

그 소리에 숙자는 등 돌려 빨리 마당을 나섰다.

눈물이 터질까 두려웠다.

"엄마 간다 진석아. 금방… 올꾸마."

작게 중얼이며 돼지마구 옆에서 잠시 멈춰 섰지만, 돌아보지 않고 발걸음을 옮겼다.

그 발걸음 하나하나마다 무게가 실렸다.

진석이를 두고 떠나는 죄책감과, 아이들을 살려야 한다는 절박함이 뒤엉켜 있었다.

그날 저녁, 할머니는 부엌에서 쌀죽을 끓였다.

진석이는 정미 품에 안기어 손가락을 쪽쪽 빨고 있었다.

방 안엔 조용한 바람만 불고, 멀리선 개 짖는 소리만 간헐적으로 들려왔다.

이제 그 집은 또다시 아이 하나를 품에 안고, 남겨진 사람들의 시간을 견뎌야 했다.

그리고 도시로 향한 철수네 가족은, 진석이 없는 저녁을 시작해야 했다.

서로 마음 깊숙한 곳에 텅 빈 한 자리를 안은 채로.

14살인 정미는 또다시 동생을 돌봐야 했다.

노쇠한 할머니가 어린 진석이를 온전히 챙기기엔 이미 몸이 많이 약해져 있었다.

뇌졸중이 한 번 왔다 간 할머니는 다리엔 힘이 빠졌고, 귀도 예전만큼 밝지 않았다.

그래서 학교에서 돌아온 정미는 책가방을 내려놓기도 전에, 먼저 기저귀부터 확인해야 했다.

젖은 헝겊 기저귀를 손빨래로 헹구고, 솥단지에 쌀을 씻어 죽을 올리면, 그제야 책상 앞에 앉을 수 있었다.

하지만 오래 앉아 있지는 못했다.

진석이가 "응애~" 하고 울음을 터뜨리는 순간, 정미는 다시 아이 곁으로 가야 했다.

"쉿, 쉿… 진석아, 누야 왔다."

아기에게 젖병을 물리고 토닥이며 달래는 일도 이제는 익숙했다.

하지만 정미는 아직 열네 살, 얼굴에는 뾰루지가 나고, 손톱엔 늘 하얀 빨랫비누 자국이 남아 있었다.

다른 친구들이 방과 후 놀이터에서 고무줄 놀이를 하고, 도서관에 들러 책을 빌려 볼 때, 정미는 부엌과 안방 사이를 바삐 오갔다.

언젠가는 그런 일상이 너무 힘들어, 이불을 뒤집어쓰고 소리 없이 울기도 했다.

하지만 아무도 정미에게 "힘들겠다"는 말을 해 주지 않았다.

다들

"장하다, 누야가 다 키았다."

며 웃었고, 심지어

"진석이 어마이 노릇 잘하네. 시집가서 얼라 낳아도 되것다이."

라며 놀리는 동네 어른도 있었다.

그날도 해가 질 무렵, 정미는 기저귀를 빨아 마당에 널고 있었다.

작은 손으로 물기를 짜내다가 하늘을 올려다보았다.

노을이 붉게 번지고 있었다.

그 불그스름한 하늘 아래, 정미의 마음에도 작은 바람 하나가 스쳐갔다.

"내도… 공부하고 싶은데. 내도 그냥, 평범한 학생이고 싶은데…."

그러나 그런 생각은 기저귀보다도 먼저 마를 수 없었다.

진석이가 또 울음을 터뜨리고 있었고, 정미는 서둘러 두 손을 털고 마루로 뛰어갔다.

그날도, 그렇게 하루가 저물었다.

소녀는 어른보다 먼저 철이 들었고, 아이는 누나의 품에서 조용히 잠들었다.

엄마의 손에서 자라지 못한 진석이는 병치레도 잦았다.

밤중에 갑작스레 열이 펄펄 끓어오르며 경기를 일으켜 까무러치는 경우도 있었다.

작은 몸이 덜덜 떨리고, 입술이 파래지며 눈까지 뒤집히는 모습을 보면 주변에 있던 사람들 모두 놀라 어쩔 줄 몰라 했다.

그럴 때면 할머니는 부엌으로 달려가 찬 식초를 그릇에 덜어 손바닥과 발바닥, 그리고 이마에 발라 주었다.

"이놈아, 이기 와 이래 뜨겁노…. 엄마도 없이 우짜노."

할머니의 목소리는 떨렸고, 그 손은 조심스럽게, 그러나 다급하게 움직였다.

그 와중에 정미는 아이가 죽는 줄 알고 무서워 울고불고하고 있다.

"진석아! 진석아!

눈좀 떠봐라! 누야 여 있다!"

두 손으로 진석이의 작은 어깨를 흔들며 눈물을 뚝뚝 흘렸다.

기침 소리조차 미약해진 진석이의 얼굴은 불덩이 같았고, 가슴은 빠르게 들숨을 토해내며 가쁜 숨을 내쉬고 있었다.

영미와 춘석이도 그 분위기에 압도되어 방 한켠에서 훌쩍이며 울음을 터뜨렸다.

"진석이 죽는 기가? 누야 진석이 숨 쉬나?"

춘석이는 코를 훌쩍이며 정미의 옷자락을 붙들었다.

영미는 입술을 깨물며 한 손으로 눈물을 닦았다.

정미는 울먹이며 고개를 저었다.

"안 죽는다! 안 죽는다고! 괴안타…. 할매 맞제?"

그러나 등 뒤에서 묵묵히 식초를 적신 손으로 진석이의 이마를 쓸어내리던 할머니는 잠시 말이 없었다.

그 손끝의 떨림이, 아이보다 더 불안해하고 있는 듯했다.

밤은 깊어 갔고, 그 조그만 방은 아이 셋의 흐느낌과 할머니의 탄식, 그리고 미지근한 물에 적신 수건이 식는 소리만이 감돌았다.

그 순간만큼은, 집안의 누구도 가난이나 삶의 무게를 논할 수 없었다.

그저 진석이의 숨소리 하나하나에 모두의 마음이 매달려 있었다.

방 안은 숨죽인 듯 고요했지만, 그 침묵은 무거운 걱정과 간절한 기도로 가득 차 있었다.

가끔 진석이의 가쁜 숨이 줄어들고, 열이 조금씩 내려가며 이마에 땀이 맺히기 시작하면 그제야 할머니는 조용히 눈을 감고 숨을 돌리곤 했다.

정미는 그 옆에서 이불을 당겨 주고, 그 작고 여윈 얼굴을 바라보며 중얼거렸다.

"진석아, 제발 좀 괴안아지라. 누야가 아픈 거 대신하고 싶다."

그런 밤이 한두 번이 아니었다.

진석이의 병치레는 육체적인 고통뿐 아니라 이 집안에 드리운 가난과 분주함, 그리고 엄마 없는 빈자리까지 조용히, 그러나 깊게 드러내고 있었다.

진석이는 어느 날 배앓이를 하며 며칠을 누워 있던 날도 있었다.

그럴 때마다 정미는 아이 곁을 지키며 물수건을 적셔 이마에 올려 주고, 젖병에 보리차를 타서 천천히 입에 물려 주었다.

할머니는 허리가 아프다며 오래 앉아 있을 수 없었고, 엄마 숙자는 이미 마산에서 하루 벌어 하루 살아가느라 주말에도 좀처럼 집에 오지 못했다.

"진석아, 안 아프모 누야가 책도 읽어 주꾸마."

정미는 가느다란 목소리로 진석이를 달랬다.

낡은 동화책을 꺼내 아이에게 들려주면서도 눈은 창밖으로 어두워지는 하늘을 바라보았다.

약을 먹이고 아이가 잠들면, 그제야 조용히 안방 구석에 몸을 뉘였다.

머리맡엔 아직 다 못 푼 수학 숙제가 놓여 있었고, 책장 사이엔 접어 둔 편지가 삐죽 나와 있었다. 그 편지는, 마산에 있는 엄마가 보낸 것이었다.

"진석이는 잘 있제? 정미야, 엄마가 고맙다. 우리 딸, 조금만 더 참자."

글씨는 삐뚤삐뚤했지만, 편지를 다 읽고 나면 정미는 베개를 껴안은 채 한참을 말없이 누워 있었다.

그 밤도, 작은 숨소리와 미지근한 눈물 속에 조용히 지나갔다.

병치레 많은 진석이는 자주 아팠지만, 그 곁에는 늘 소녀의 손길이 있었다.

엄마의 손은 아니었지만, 그보다 따뜻하고 고된 손이었다.

진석이가 병치레를 자주 하기는 했지만, 춘석이처럼 병원에 입원할 정도로 심하게 앓지는 않았다.

그것이 그나마 다행이라면 다행이었다.

밤이면 열이 올라 울고, 새벽이면 기침으로 뒤척이기 일쑤였지만, 이튿날이면 언제 그랬냐는 듯 다시 바닥을 기어다니고, 누나들의 치마폭을 붙잡고 까르르 웃기도 했다.

정미는 그런 진석이를 볼 때마다 안도의 한숨을 쉬면서도 가슴 한켠이 시렸다.

"진석아, 니는 지발 꼭 건강하게만 자라라."

이건 누나가 아니라, 마치 엄마처럼 중얼거리는 말이었다.

춘석이가 앓던 해를 정미는 또렷이 기억하고 있었다.

거렁거렁하는 숨소리에 놀라 회성의원으로 업고 갔더니 가망이 없다고 집으로 데리고 가라는 것을 의사에게 눈물로 호소하여 겨우 치료를 받아 다시 살아났다.

그때 며칠을 꼬박 병실 바닥에서 웅크리고 잠을 잤다. 그 시절의 냄새— 소독약 냄새, 수돗물 냄새 아직도 생생했다.

그때 정미는 아이 하나 아픈 것이 집안 전체를 얼마나 흔들 수 있는지를 처음으로 알게 되었고, 그래서 진석이의 열이 오를 때마다 온몸이 긴장되었다.

그래도 이번엔 입원까지 가지 않은 것이 얼마나 감사한지. 그 밤, 정미는 손수건으로 진석이의 땀을 닦으며 조용히 중얼거렸다.
"진석아, 이 누야 니 볼라꼬, 학교 끝나고도 아무 데도 안 간다이. 세기 나아삐자."

만석이네 집은 이제 예전처럼 밥을 굶을 정도로 가난하지는 않았다.
부모님이 도시로 나가 일을 시작하면서, 비록 넉넉하진 않아도 끼니를 걱정할 일은 줄어들었다.
쌀독이 바닥을 드러내기 전에 도시에서 보내온 쌀자루가 도착하곤 했다.
하지만 따뜻한 밥상 앞에 가족이 둘러앉던 시절은 지나가고 있었다.
밥은 있어도, 말소리가 없었고 집은 그대로지만, 빈자리가 더 커 보였다.
아버지 철수는 마산 어느 건설 현장에서 일용직으로 일하고 있었고, 어머니 숙자도 식당에서 종일 설거지와 잔심부름을 하며 하루를 보냈다.
집으로 보내오는 돈은, 아이들 학비와 생활비로 거의 빠듯하게 써야 했다.
집에는 정미와 영미, 춘석이, 진석이, 그리고 만석이, 아이들만이 남아 있었다.
특히 만석이는 이제 형이자 가장처럼 느껴졌다.
새벽이면 막내 진석이 기저귀를 갈아 주는 정미를 도와주고, 저녁이면 학교 다녀온 동생들의 숙제를 봐주기도 했다.
말수가 줄고, 눈빛이 조금씩 깊어졌다.
학교에서 돌아온 만석이는 밥을 퍼고 조용히 앉아 밥상머리를 지켰다.

아무도 뭐라 하지 않아도, 자신이 해야 할 일들이 늘어났다는 걸 알고 있었기 때문이다.

가난은 덜했지만, 그 대신 어린 나이에 어른이 되어야 하는 책임감이 만석이를 힘들게 만들고 있었다.

그는 저녁밥을 먹고 나면 늘 책상 앞에 앉았다.

마루 끝에 오래된 교자상 하나를 놓고, 낡은 형광등 불빛 아래에서 문제집을 펼쳤다.

연필은 짧아 손끝이 아팠고, 책장은 군데군데 찢겨 있었지만 그는 한 장, 또 한 장 묵묵히 넘겼다.

공부는 도피처였다.

그 속에서는 누구도 울지 않았고, 진석이의 밤중 열도, 정미의 눈물도 없었다.

공부를 하고 있으면 잠시나마 자신이 이 집을 짊어진 어린 기둥이라는 사실을 잊을 수 있었다.

"행님아, 나 이거 모르것다."

춘석이가 낡은 공책을 들고 와서 물으면 만석이는 조용히 웃으며 옆에 앉혀 준다.

"봐라, 요래 하는 기다."

말끝은 어눌했지만, 눈빛은 든든했다.

정미는 부엌에서 죽을 끓이다 말고 형이 동생에게 문제를 가르쳐 주는 모습을 가만히 바라보다가 소리 없이 눈물을 닦았다.

엄마 대신, 아버지 대신 이 집안의 버팀목이 되어가는 모습이 자랑스러우면서도 안쓰러웠다.

밤이 깊어 가고, 부엌에서 쌀죽 냄새가 희미하게 번져 나오는 그 시골 집 안엔 작지만 단단한 의지들이 하나둘 모여 있었다.

아이들은 아직 어려도 그들 나름의 방식으로 삶을 지탱하고 있었다.

그리고 만석은 마음속으로 다짐했다.

'이 집은 무너지지 않는다. 내가, 우리가 끝까지 지켜 낸다.'

45. 인자는 고난의 연속이었다

　내봉촌 어머니가 가지고 온 쌀까지 전부 다 먹었다. 며칠째, 부엌 찬장은 바닥을 드러냈다. 쌀독엔 쌀 한 줌도 남지 않았고, 미역국을 끓일 물조차 아껴 써야 할 지경이었다.
　인자는 부엌 앞에 주저앉아 젖은 헝겊으로 바닥을 닦으며, 아이들 눈을 피해서 한숨을 쉬었다.
　"미경아, 배 안 고프제?"
　"옴마. 고마 물 묵었다."
　어린 미경이는 배고픔에 익숙해진 듯, 입꼬리를 올려보였지만 눈빛은 텅 비어 있었다.
　"숙경이, 복자는… 언자 우짜노…."
　복자는 젖을 먹어도 금세 울었고, 숙경이는 옆에서 누운 채 힘없이 손가락만 빨고 있었다.
　슈퍼마켓 일을 쉬게 된 건 출산 때문이었지만, 한 번 자리를 비우니 다시 돌아가기 어려웠다.
　갓난아기를 맡길 사람도, 집을 봐 줄 사람도 없었다.

　그날 오후, 쌀쌀한 바람이 문풍지 사이로 스며들고 있었다. 인자는 막내 복자를 가슴에 안고, 미경이와 숙경이를 무릎에 눕혀 토닥이며 조용히 앉아 있었다.

배고픔에 쩔쩔매는 하루, 쌀 한 톨 없어 저녁을 어떻게 넘길지 걱정뿐이었다.

그때였다.

낡은 출입문이 덜컹하고 흔들렸다.

밖에서 들리는 목소리.

"미경이 옴마, 집에 있나?"

문을 열자, 주인집 할머니가 바가지에 무언가를 품어 안고 서 있었다.

할머니의 숨결은 약간 가쁘고, 손끝에는 떡고물이 묻어 있었다.

"요래 굶으면 안 된다. 떡방앗간에서 오는 길인데, 떡 찧고 청소한 찌꺼래이이다. 보기에는 이래도 묵을 만할 끼다."

인자는 순간 아무 말도 못 하고, 마루 끝에 주저앉았다.

할머니가 가져온 바가지에는 떡 찌꺼기와 함께 얇게 뭉친 조각 떡들이 모습을 드러냈다.

하지만 오래 되어서 쉰내가 났다.

"고맙십미더. 이리 폐를 끼치서 우짠미꺼."

"그런소리 하지마라이. 니가 내 딸 같아서 이라는 거 아이가. 내가 잘 살모 쌀이라도 팔아 줄 낀데 미안타."

"오데예, 아입미더. 이것도 울메나 고마뱬지 모르것심미더."

인자의 눈시울이 붉어졌지만, 애써 고개를 숙이며 눈물을 참았다.

할머니는 고개를 저으며 말했다.

"내도 젊을 적에, 애 둘 업고 요래 살았다. 누가 한 번 도와주모, 억수로 숨통이 트이더라. 얼라들 주고, 니도 꼭 한 입은 무라이."

그 말에 인자는 꾹 다문 입을 벌려 감사합니다를 여러 번 속삭였다.

"내일도 허퍼 삼아 떡 방앗간에 가 보꾸마."

"고맙심더. 이 은혜는 안 이자 무께예."

미경이는 떡 냄새에 눈을 반짝이며 일어났고, 숙경이도 조용히 엄마 무릎에서 몸을 일으켰다.

인자는 떡을 쥔 채 멍하니 앉아 있었다.

떡에서는 이미 시큼한 쉰내가 올라오고 있었지만, 쌀 한 톨도 남지 않은 부엌에선 그것마저도 귀한 음식이었다.

그녀는 떡을 도마 위에 올려 칼로 잘게 썰었다. 딱딱하게 굳은 떡이 칼 아래서 딱딱 소리를 내며 부서졌고, 인자는 그것을 냄비에 넣고 물을 부어 끓였다.

김이 올라오자 쉰내가 부엌을 가득 채웠지만, 인자는 모른 척했다. 그저 '배만 부르면 된다'는 생각뿐이었다.

"야들아, 떡국 묵자."

인자는 아이들 앞에 조심스레 그릇을 내밀었다.

미경이는 허겁지겁 한 숟가락을 떠넣었다.

숙경이도 배고픔에 울음을 삼키며 그릇을 들여다봤다.

그러나 몇 순갈 먹자 미경이는 입을 찡그리고 고개를 저었다.

"옴마, 이상한 내미가 난다…. 못 묵것다…."

숙경이도 입을 오므리며 숟가락을 내려놓았다….

인자는 부엌 한켠에 쭈그려 앉아 쉰 떡이 담긴 그릇을 다시 바라보았다. 떡은 이미 말라붙어 있었고, 쉰내는 더욱 진하게 퍼지고 있었다.

그러나 그 냄새 속에서 문득 떠오른 게 있었다.

'쉰 김치… 맞다이, 쉰 김치하고 같이 끓이모 묵을 만할지도 모르것다…'

시골에서 어릴 적, 반찬이 없을 때 어머니가 남은 쌀에 묵은지를 넣고 끓여 줬던 기억이 불현듯 떠올랐다.

그때도 쉰내는 났지만, 신맛과 매운맛이 뒤섞여 나름 입맛을 살려 줬었다.

인자는 급히 김치 단지를 열었다. 꺼낸 김치는 이미 물러 있었고 진한 국물 냄새가 코를 찔렀지만, 지금으로선 그것이 유일한 선택이었다.

작은 냄비에 김치 몇 조각을 가위로 잘라 넣고, 쉰 떡을 한 줌씩 보태 물을 붓고 끓이기 시작했다.

곤로 불 위에서 서서히 김치 냄새와 떡에서 나는 쉰내가 섞이며 새로운 냄새가 피어올랐다.

인자는 국간장 한 방울, 고춧가루 한 숟갈을 넣고 조심스레 간을 맞췄다.

"미경아, 숙경아, 이리 온나. 요것은 김치 떡국이다."

아이들은 또 떡국이냐는 표정으로 쳐다봤지만, 이번엔 전에 없던 칼칼한 냄새에 조금은 관심을 보였다.

미경이가 젓가락으로 떡을 하나 집어 먹고는 고개를 끄덕였다.

"이거는… 괴안타."

인자는 그 말을 듣고 작게 숨을 내쉬었다. 숙경이도 따라 한 숟가락을 넣고는 입을 오물오물 움직였다.

그날 저녁, 인자는 처음으로 남은 떡을 전부 끓여 냄비를 비웠다. 그녀는 자신만의 방식으로 아이들에게 따뜻한 밥 한 끼를 만들어 냈다.

허름한 셋방 안에 김칫국 냄새가 가득 찼고, 아이들은 오랜만에 배를 두드리며 바닥에 누웠다.

주인집 할머니는 매일 아침 떡 방앗간에서 돌아오는 길에 꼭 인자의 문을 두드렸다.

"미경이 옴마, 올도 떡 좀 가 왔데이. 얼라들 좀 미이라."

손에 든 바가지에는 찰떡이거나 설기, 고물이 떨어진 인절미 따위가 뒤섞여 있었고, 며칠씩 남은 것을 모아 놓다 보니 떡에서는 점점 더 강한 쉰내가 풍겼다.

그래도 인자는 두 손으로 받으며 연신 고개를 숙였다.

"감사합미더, 할매."

할머니는 말없이 인자의 얼굴을 바라봤다.

부은 눈가, 말라버린 입술, 늘어진 어깨… 그러나 안으로 들어서면 아이들 앞에서는 여전히 웃음을 띠우고 떡을 썰고 있었다.

그 모습이 안쓰러워서 할머니는 다음 날도 떡을 들고 문을 두드릴 수밖에 없었다.

만수는 여전히 소식이 없었다.

어디서 무슨 일을 하는지, 살아는 있는지조차 알 수 없었다.

인자는 며칠에 한 번씩 슈퍼마켓 사장에게 찾아가 일거리가 있는지 물었지만, 갓난아기를 안고는 아무 일도 맡기 어려웠다.

방 안에서는 아이들이 떡을 이리저리 입에 물었다가 뱉기도 하고, 때론 찌개에 넣어 끓여 낸 걸 꾸역꾸역 삼켰다.

미경이는 어느새 동생의 기저귀를 갈 줄 알게 되었고, 숙경이는 엄마 옆에서 팔을 베개 삼아 동생을 토닥였다.

밤이 되면 인자는 방문을 꼭 닫고, 작은 아이를 가슴에 꼭 끌어안았다.

곰팡내가 나는 이불 속, 인자는 홀로 남은 이 현실 속에서 하루하루를 버티며 생각했다.

46. 마지막 고난 뒤에 다시 희망이 피어나

　인자는 하루하루가 견디기 힘들었다.
　사람들과 대화할 때조차도 마음 한편은 늘 얼어붙은 채였다.
　아이들 웃음소리에도, 따스한 햇살에도, 예전 같지 않게 아무런 반응이 없었다.
　빨래를 널며 하늘을 올려다보던 그날도 마찬가지였다.
　봄볕은 눈부셨지만, 그의 마음은 여전히 겨울이었다.
　그녀의 얼굴에는 깊은 슬픔과 지친 피로가 묻어 있었다.
　세상은 그녀에게 너무도 잔인했고, 더 이상 밝은 내일을 꿈 꿀 힘조차 남아 있지 않았다.
　오랜 시간 고통 속에 갇힌 그녀는, 자신과 소중한 아이들 모두가 이 지옥 같은 현실에서 벗어나길 바라는, 어쩔 수 없는 절망의 끝에서 선택지를 하나 만들어 냈다.
　걸음마다 산바람은 잔잔하지만, 그녀의 내면에서는 폭풍우가 몰아쳤다.
　아이들은 아직 그 의미를 온전히 이해하지 못한 채, 엄마의 손을 꼭 잡고 있었다. 그 순수한 눈망울 속에는 불안과 혼란 대신, 단지 엄마의 따뜻함만이 존재하는 듯 보였다.

그러나 어머니의 마음속에서는 이미 세상 모든 빛을 잃은 채 어둠만이 자리 잡고 있었다.

산비탈을 따라 오르던 길목, 그녀는 문득 멈춰 섰다. 눈앞에 펼쳐진 고요한 풍경은 마치 모든 고통을 잊게 만드는 듯 보였지만, 그녀의 결심은 이미 단단해져 있었다.

"여서, 언자 싹다 막살하자…."

그녀는 속삭였다.

긴장감 속에서 아이들의 작은 손이 따뜻한 울림을 전했다. 어린아이들은 그저 호기심 어린 눈빛으로 주변을 둘러보며, 엄마가 무엇을 생각하는지 짐작조차 할 수 없었다.

그녀는 자신이 놓은 마지막 계획을 다시 한번 되새겼다.

아이들과 함께 이 절망의 굴레에서 벗어나기 위해 선택한 길, 그 끝에는 어둠만이 기다리고 있을지라도.

하지만 산 정상에 가까워질수록, 작고도 섬세한 자연의 소리들이 그녀의 귓가에 속삭이기 시작했다.

바람에 실려 온 나뭇잎의 떨림, 그리고 멀리서 들리는 작은 새들의 노랫소리는 무심코 지나쳤던 기억의 조각들을 하나하나 되살려 냈다.

그녀의 마음 한 켠에 자리 잡은 미묘한 갈등이 솟구쳤다.

이대로 가버리면 아이들에게 어떤 미래가 남을까?

아직 이 세상을 온전히 누릴 가치조차 모르는 어린 영혼들에게 남겨줄 마지막 선물이 무엇이겠는가?

눈물은 말없이 흘렀고, 찬바람이 그 눈물을 씻어 내듯, 그녀의 마음 깊은 어둠에 미세한 빛 한 줄기가 스며들었다.

인자는 무심코 빨랫줄을 풀어 그것을 다시 소나무와 기둥 사이에 단단히 묶었다. 마치 누군가의 손을 빌려 매듭을 짓는 듯, 조심스레 그러나 아주 익숙하게 줄을 고쳐 매고 나서, 그는 주변을 둘러보았다.

바람 한 점 없던 그 고요 속에서, 인자는 빨랫줄을 천천히 손에 쥐고 목에 감아 보았다.

생각보다 차가운 감촉이 피부를 스쳤고, 마른침을 꿀꺽 삼켰다.

한동안, 그는 그 자세로 가만히 서 있었다.

하지만… 순간 뒤에서 들려오는 아이들의 웃음소리와 함께 미경이 목소리가 들려왔다.

"움마! 그기 뭐 하는 기고."

인자는 놀란 듯 목에서 줄을 풀었다.

땀이 등줄기를 타고 흘렀다. 방금 전까지의 시간이 마치 꿈처럼 느껴졌다.

산에서 내려오는 길은 올라갈 때보다 훨씬 길게 느껴졌다. 아이들은 엄마의 손을 꼭 잡고 있었고, 인자는 무겁게 내려앉은 숨을 참으며 천천히 발걸음을 옮겼다.

마음속에서는 온갖 말들이 엉켜 있었다.

"미칬는 갑다 내가 이 얼라들을… 이 얼라들을 데불고 디질라 캤는 갑다. 인자야 정신 채리라."

수치심, 죄책감, 그리고 끝내 실행하지 못한 자신에 대한 혼란이 뒤엉켰다.

그러나 그보다 더 짙게 깔린 것은, 아이들의 따뜻한 손길과 작은 질문이 그녀의 심장을 다시 두드렸다는 사실이었다.

"옴마, 우리 오데 가는 기고?"

숙경이가 묻는다.

"그냥, 산에 바람 씨러 갔다 아이가."

인자는 억지로 미소를 지으며 대답했다.

집으로 돌아온 후, 인자는 마루에 걸터앉아 한참 동안 아무 말 없이 멍하니 창밖을 바라보았다. 하늘은 어느덧 저녁노을로 물들고 있었다.

며칠이 지났다.

인자는 여전히 마음 깊은 곳에서 자신을 용서하지 못하고 있었다.

그날 산에서의 기억은 그녀 안에 생채기처럼 남아 있었고, 아이들의 눈을 마주칠 때마다 가슴이 조여 왔다.

아무도 그녀에게 화를 내지 않았고, 아무도 울지 않았다.

아이들은 여전히 엄마 품을 찾아왔고, 작게 웃으며

"옴마하고 놀고 싶다이."

말했다.

하지만 인자는 그 아이들의 무조건적인 신뢰가 더 큰 무게로 다가왔다.

밤이 깊어 가도 잠은 오지 않았다.

두 손을 가만히 들여다보다가, 다시 눈을 감으면, 어둠 속으로 빨려 들어가는 듯한 기분이 들었다.

살아가야 할 이유는 어느새 희미해져 있었다.

퀭한 눈 밑, 허옇게 말라버린 볼, 뿌리마저 검게 내려앉은 머리카락… 그곳엔 더 이상 예전의 자신이 없었다.

찬장 한 켠에 숨겨두었던 작은 병. '쥐약.' 그것을 손에 쥐었을 때, 손끝이 조금도 떨리지 않았다. 마음은 이미 무너진 지 오래였다.

갓난아이는 잠들어 있었고, 미경이는 좁은 방 안에서 종이접기를 하고 있었다.

"미경아, 옴마랑 이거 하나 묵자. 달다."

그녀는 떨리는 손으로 병을 열었다.

조그마한 알약 하나를 꺼내 미경이에게 내밀었다.

"옴마, 이거 무모 죽나?"

그 한마디.

그 조그만 입에서 터져 나온 말이 인자의 가슴을 마치 번개처럼 후려쳤다.

그 순간, 손에 들린 쥐약이 너무도 또렷하게 보였다.

그리고 딸아이의 얼굴, 맑은 눈동자, 작지만 말똥말똥한 그 눈망울이 그녀를 붙잡았다.

"안 된다이… 이년이 미친나!"

인자는 미경이 손에서 쥐약을 빼앗아 집어던졌다.

탁자에 부딪히며 병이 깨지고, 알약이 바닥에 쏟아졌다. 그리고 인자는 아이들을 껴안고 방 한가운데 주저앉았다.

"미안타… 옴마가… 정신이 우찌 됐는 갑다. 디지자고 하는 니이미가 울메나 나쁜 년이고, 울메나… 더러번 년이고."

눈물은 멈추지 않았고, 숨은 헐떡이듯 거칠었다.

아이들은 처음엔 놀란 듯 멀뚱히 앉아 있었지만, 곧 미경이가 인자의 등에 매달렸다.

"옴마, 와 오데 아프나?… 울지 마라, 옴마…."

인자는 아이들을 더 꼭 끌어안았다.

삶은 여전히 고통스러웠지만, 그 순간만큼은 죽는 것보다 사는 것이 더 어렵고, 그래서 더 소중하다는 것을 깨달았다.

봄이 깊어질 무렵, 울산 시내 한편에는 거대한 공장이 들어서기 시작했다.

사람들은
"현대 정공이라 쿠더라. 찌프차 만든단다."
"그라모 사람들 마이 뽑아 씨것네?"
하며 웅성거리고 동네가 점점 들썩이고 있었다.

인자에게도 변화의 기운이 찾아왔다.

슈퍼마켓 사장은 늘 성실히 일하던 인자를 눈여겨보고 있었다.

어느 날, 슈퍼 사장이 조용히 불러 말했다.

"미경이 옴마, 혹시 정공이라는 회사 아나? 거기 식당에 사람 구한다 카데. 내가 아는 사람 있는데 힘 좀 써라 할꾸마."

인자의 두 눈이 커졌다.

"참말입미꺼? 너무 고맙심미더."

며칠 뒤, 인자는 현대정공 공장 내 식당에 출근하게 되었다.

커다란 가마솥에 밥 짓고, 국 끓이고, 나물 무치고, 고기 굽는 일은 고되었지만 그녀는 매 순간 감사했다.

최소한 오늘 하루, 아이들은 밥을 굶지 않아도 되기 때문이었다. 그리고 대기업에 정식 직원이 되었다.

47. 인자는 이제 행복했다

그 무렵, 만수도 지칠 대로 지쳐 있었다.

인력 시장에서 버티지 못하고 거리만 떠돌다가 인자의 일자리 소식을 듣고 조심스레 그녀를 찾아왔다.

얼굴은 수척하고 눈빛은 바닥을 향하고 있었다.

"나도… 거 정공에… 뭐라도 할 수 있것나?"

인자는 한참을 그를 바라보다 고개를 끄덕였다.

"이번이 마지막입니더. 언자 술 묵고, 그래 사모 진짜로 내는 못 삽미더."

정공의 미화 팀에 들어간 만수는 처음엔 묵묵히 일을 잘했다.

아침이면 새벽같이 출근해 청소 도구를 챙기고, 공장 구석구석을 돌며 바닥을 닦았다.

기름 때가 끈적하게 남은 철 바닥을 솔로 문지르고, 쓰레기 봉투를 짊어지고 몇 번이고 오르락내리락하는 일.

몸이 고단했지만 그는 별다른 불평 없이 적응해 갔다.

인자도 마찬가지였다.

식당 안에서는 끊임없이 김이 오르고, 밥 짓는 냄새와 기름 튀는 소리로 하루가 가득 찼다.

쉴 틈 없는 하루였지만, 적어도 일하고 있다는 뿌듯함이 그녀의 어깨를 지탱해 주었다.

그러나 첫 월급에 다시 문제가 생겼다.

그날은 모두가 들뜬 얼굴이었다. 점심을 먹으며 누군가는

"올 저녁에 돼지고기 꾸버 묵자!"

하고 웃었고, 누군가는 자식들 신발을 사 줄 생각에 눈이 반짝였다.

인자 역시 작은 희망을 품고 있었다.

만수도 이제는 달라졌다고, 아이들 우유라도 한 통 더 사 줄 수 있을 거라고.

하지만 해가 저물고, 공장이 퇴근 시간의 소란을 지나 고요해졌을 무렵까지도 만수는 집에 돌아오지 않았다.

그 시절엔 월급이 통장으로 들어오는 시대가 아니었다. 회사에서 직접 노란 봉투에 돈을 담아 종업원에게 건넸다.

이름이 쓰인 봉투 속엔 일한 날 수만큼 계산된 현금이 고스란히 들어 있었다.

만수는 그 봉투를 손에 쥔 채, 다시 술집 골목으로 사라졌다.

밤이 깊어 가고, 아이들이 잠들 무렵에도 인자는 멍하니 대문을 바라보고 있었다.

그녀는 눈을 감고 혼잣말처럼 중얼거렸다.

"저 인간 운제 시근 들것노?"

밖에서 누군가 술에 취해 고함을 지르며 비틀거렸다. 인자는 몸을 일으켜 문고리를 꽉 쥐었다.

'아이고 내 팔자야. 내는 누구 믿고 사노?'

그녀의 눈에, 실낱같은 희망이 다시 어둠 속으로 꺼지고 있었다.

만수는 월급날이면 늘 같은 패턴이었다. 노란 봉투를 받아 들고는 일말의 망설임도 없이 공장 담벼락 너머로 향했다.

그가 사라진 곳엔 오래된 선술집과 허름한 포장마차가 줄지어 있었다. 거기에서는 하룻밤쯤 마음 놓고 부어라 마셔라 할 수 있었다.

그리고 이틀, 많게는 사흘 후에야 그는 헝클어진 머리에 퀭한 눈으로 집에 들어왔다.

"지금이라도 출근은 할꾸마."

그가 하는 말은 늘 똑같았다. "어제는 친구 놈이랑 있다 보이…."

인자는 말없이 그를 바라봤다.

매번 같은 변명, 같은 얼굴, 같은 비틀거림.

그러나 만수는 어김없이 다시 정공으로 출근했다.

지각도 잦았고 술 냄새가 날 때도 있었지만, 일을 아예 포기하지는 않았다.

하루 이틀 허송세월한 후에는 언제 그랬냐는 듯, 다시 기름 묻은 바닥을 닦고, 무거운 짐을 나르며 하루를 버텼다.

사람들은 말했다.

"만수가 술을 못 끊는 건 맞지만, 또 일은 꾸역꾸역하니 신기하제."

하지만 인자에게 그것은 '신기함'이 아니었다.

그저 반복되는 생존의 틀 안에서, 하루하루 겨우 매달려 있는 모래성 같은 삶이었다.

그녀는 일하고, 밥하고, 아이들을 돌보았다.

만수에 대한 실망도, 기대도 모두 내려놓고 그저 아이들의 얼굴만을 바라보며 버텼다.

밤이면 그녀는 벽에 걸린 달력을 바라보았다.

"다음 월급날만… 아무 일 없이 넘어 가모 될 낀데."

그러나 그런 바람조차, 이제는 그저 허공 속 메아리로 흩어지는 것 같았다.

그러다가 어느 날, 정공에서 새로 바뀐 공지 사항이 내려왔다.

"다음 달부터 전 직원 급여는 지정 계좌로 입금됩니다."

작업장 곳곳에 붙은 안내문은 단 몇 줄이었지만, 인자는 그것을 읽는 순간 손끝이 떨렸다.

'통장으로? 현금이 아이고?'

그날 저녁, 퇴근한 만수에게 그녀는 조심스럽게 물었다.

"언자 제 월급 통장으로 돈이 들어온다 쿠던데… 맞지예?"

만수는 고개를 끄덕였다.

"몰라… 뭐. 다 글타 카더만은."

무심한 듯 대답한 그 말이, 인자에겐 전혀 다르게 들렸다.

그건 곧 이제부터 인자의 세상을 의미했다.

처음으로, 돈이 손에 쥐어지기 전에 사라지는 일이 없게 된 것이다.

인자는 정공 식당에서 일하며 받은 월급과 만수의 통장으로 들어오는 돈을 아껴가며 예금통장을 새로 만들었다.

통장 맨 앞장을 넘기며 그녀는 무언가 단단히 다짐했다.

'이 돈은 얼라들 몫이다. 다시는 굶가지 않것다. 다시는….'

그날부터 인자의 눈빛이 달라졌다.

정직하고도 치열했다. 야채를 다듬을 때도, 식판을 나를 때도, 점심시간이 끝난 뒤 바닥을 걸레질할 때도, 그녀는 고개를 푹 숙이고서도 세상을 향해 버티는 사람이었다.

아이들도 자라며 달라졌다.

미경이는 학교에 들어갔고, 숙경이는 엄마를 따라 슈퍼마켓과 식당 사이를 오갔다. 그리고 어느 날, 만수가 퇴근 후 집에 들어와 슬그머니 말했다.

"통장 비밀번호… 뭐로 해 놨노?"

인자는 고개를 들었다. 잠시 뜸을 들이다가, 또렷하게 말했다.

"미경이 생일."

그 짧은 대답에 만수는 더 이상 아무 말도 하지 못했다.

작고 단단한 아내의 등이, 그 순간 유난히 크게 보였다.

돈은 서서히 모이기 시작했다. 인자는 매일매일 조심스럽게 가계부를 적고, 아이들 용돈과 필요한 생활비를 꼼꼼히 챙겼다.

그렇게 모은 돈은 작지만, 그녀에게는 큰 희망이었다.

어느 날, 인자는 만수에게 말했다.

"미경이 아부지, 카드 한도 200만 원 되는 걸로 하나 만들어 줄 낀게 쓰고 싶은 대로 쓰소."

만수는 처음엔 의아한 눈치였지만, 곧 깊이 고개를 끄덕였다.

"고맙다, 미경이 옴마. 그 말만 들어도 맴이 좋다."

만수는 카드가 손에 쥐어진 그 순간만큼은 어딘가 달라 보였다.

그가 마음껏 쓰고 싶은 만큼 쓴다면, 그게 집안에 돌아올 어떤 희망일 거라고 믿고 싶었다.

하지만 인자는 속으로 다짐했다.

그날 이후, 만수는 그 카드를 들고 가끔은 술집 대신 작은 식당에서 동료들과 식사도 했다. 술잔을 기울이는 횟수도 조금씩 줄어들었고, 집으로 들어오는 시간도 점점 빨라졌다. 인자는 그 모습을 보며 마음 한 켠의 긴장과 희망이 교차했다.

아이들은 그런 엄마 아빠 모습을 지켜보며 조금씩 커갔다.

미경이는 학교에서 발표도 잘하고, 숙경이, 복자 역시 어엿한 학생이 되었다.

그 작은 행복들이 모여 인자의 마음속엔 어느새 단단한 빛이 피어올랐다.

만수는 여전히 변하지 않았다.

카드를 손에 쥐고도, 월급이 통장으로 들어오게 된 뒤에도, 그는 술을 끊지 못했다.

월급날만 되면 회사에 나가지 않았다. 며칠씩 연락도 없고, 술에 절은 얼굴로 퀭한 눈을 하고서야 집에 들어왔다.

"또 시작이네… 언제까지 이럴 끼고…."

인자는 한숨을 삼키며 저녁상을 물렸다.

아이들 앞에서 더 이상 화를 낼 수도 없었다.

이제는 체념인지, 단념인지 모를 감정만이 그녀의 눈가에 드리워져 있었다.

하지만 인자는 포기하지 않았다. 월급이 통장으로 들어오는 그 구조가 그녀에게는 희망이었다.

조금씩, 아주 조금씩, 남편이 무너지더라도 아이들과 자신을 지킬 수 있는 삶의 기반이 모이고 있었다.

인자는 야근을 하고, 반찬가게 아르바이트도 하면서 돈을 모았다.

남편 없이도 돌아가는 삶. 그녀는 고단한 하루를 끝내고 밤이면 손바닥만한 수첩을 꺼내 자리에 앉았다.

거기엔 숫자와 날짜, 통장 잔액과 계획이 빼곡히 적혀 있었다.

그러던 어느 날, 부동산 사무소에서 전화를 받았다.

"예, 이 아파트… 바로 계약 들어가실랍니꺼? 지금 안 하모 다른 사람한데 넘길라꼬예."

인자는 망설임 없이 대답했다.

"합시더. 지금 갑미더."

그렇게, 마침내 인자는 아파트를 샀다. 작고 오래된 아파트였지만, 자신과 아이들에게는 세상에서 가장 단단한 집이었다.

그날 밤, 인자는 아이들을 안고 창밖을 내다보았다. 어두운 골목이 내려다보이는 창문 너머, 붉은 가로등 불빛이 희미하게 깜빡이고 있었다.

아이들이 잠든 뒤, 인자는 혼잣말처럼 중얼거렸다.

"만수야… 니가 저서 돌아댕기도 내는 안 흔들릴 기다. 내 새끼들하고, 이 집에서… 꼭 웃고 살 끼다."

인자의 눈엔 눈물이 고였지만, 입가엔 미소가 번지고 있었다. 그 미소는 고단하고도 단단한 엄마의 얼굴이었다.

정공이 자동차 회사로 흡수 통합되던 해, 회사 분위기는 뒤숭숭했지만 인자에게는 새로운 전환점이었다. "정식으로 현대자동차 식구가 됐다 아입미꺼, 언자는 우리도 똑같이 월급 받아예!"

식당 아주머니들 사이에서 들려오는 이야기였다.

인자도 이제는 정규직 신분으로 등록되었고, 급여도 이전보다 확실히 올랐다.

통장은 점점 두꺼워졌고, 아이들 도시락 반찬에도 기름 냄새가 났다.

늘 끓이던 국 대신 조림 반찬이 올라오고, 미경이는 학교에서 친구에게 말했다.

"우리 엄마, 요즘은 장조림도 할 줄 안다!"

인자는 그 돈을 마냥 쓰지 않았다. 월급이 들어오는 날이면 현금 일부를 찾아 통장에 따로 묻어 두고, 집 근처 부동산을 기웃거렸다.

"이 동네야, 지금은 허허벌판 같아도… 분명히 올라갑미더."

땅을 보고 또 보고, 한 평 두 평… 남편 몰래 주변 밭 자락과 빈터를 사들였다.

만수는 여전히 술을 마시고 회사도 뜸했지만, 이제 인자는 그에게 휘둘리지 않았다.

"만수야, 니는 니대로 살아도 된다. 내는 내 새끼들, 이 땅 위에다 꼭 뿌리 내릴 끼다."

그녀는 계산기를 두드리며 눈빛을 반짝였다.

"지금은 아무것도 없는 땅이지만… 냉중에 이 동네가 다 아파트 올라가믄, 이게 금디이가 되는 기다."

아이들이 잠든 밤, 인자는 방 안에 앉아 손때 묻은 지도를 펼쳐 놓고 있었다.

남향, 학교에서 가까운 거리, 버스 노선, 그리고 물 빠짐 좋은 땅. 그녀는 이미 미래를 보고 있었다.

눈앞의 현실이 아닌, 십 년 뒤 아이들이 웃는 모습을.

그 밤, 인자의 입가에는 오랜만에 희망이 아닌 확신이 서린 미소가 번지고 있었다.

그때만 해도 울산 변두리 땅은 황량했다.

언덕배기 아래로는 드문드문 밭이 있고, 멀리 고속도로 소리만 간간이 들릴 뿐이었다.

아무도 거기까지 나가 살 생각은 하지 않았고,

"거긴 아직 사람이 살 데가 아이다."라는 게 동네 사람들의 말이었다.

하지만 인자의 눈에는 달랐다.

공단이 점점 확장되고 있었고, 회사에서는 직원 아파트 이야기도 돌고 있었다.

"그 옆 동네에 아파트 들어선다 캤다 아입미꺼. 거기 옆 빈 땅 나오모 바로 연락 주이소."

부동산 사장도 처음엔 반신반의했지만, 몇 번이나 현금을 들고 오는 인자를 보고는 말이 달라졌다.

"보이소, 그 땅 내놓은 지 오래 되었는데, 이번에 잘 잡으시소. 한 평에 겨우 삼만 원이라예."

인자는 목돈이 모일 때마다 변두리 땅을 사들였다.

문서에 도장을 꾹꾹 눌러 찍을 때면 손끝이 떨렸지만, 그녀의 마음은 단단했다.

"지금은 아무도 눈길 안 주지만… 이 땅이 내 새끼들 목숨 줄이 될 기다."

만수는 여전히 월급날이면 며칠씩 돌아오지 않았다.

그래도 인자는 남편에게 아무 말도 하지 않았다. "술이 그리 좋으면 마시라. 내는 이 손으로 땅을 일궈서 내 자식들 지킬 끼다."

세 아이의 손을 잡고, 인자는 토지계약서를 품 안에 꼭 안고 집으로 돌아왔다.

그녀가 사들인 땅 위에 먼 훗날 누군가의 집이 세워지고, 골목이 생기고, 아이들의 웃음소리가 퍼질 날을 생각하며.

그날 밤, 그녀는 오랜만에 아이들과 함께 밥상 앞에 앉았다. 소박한 반찬 위로 번지던 미소는, 변두리 하늘 아래 작은 승리의 불빛이었다.

48. 2학년이 된 아이들

2학년이 되자, 말숙은 특별반으로 올라갔다.

공부도 곧잘 했지만, 더 눈에 띈 건 말숙의 또렷한 눈빛과 정돈된 말투였다.

예전엔 장난기 많고 개구쟁이였던 그녀가, 특별반에서 공부도 상위권이었고, 선생님의 질문에도 또박또박 대답했다.

똑같은 교복을 입었지만, 단정하고 깔끔했다.

체육 시간에는 호루라기 소리에 맞춰 선생님을 도와 체조를 지도하기도 했다.

반면 봉헌이는 여전히 그저 그런 평범한 일상을 보내고 있었다.

성적은 늘 뒤쪽이었지만, 키는 또래보다 한 뼘은 더 자랐다.

누가 등 뒤에서 보면 고등학생처럼 보인다며 친구들이 놀려댈 때도 있었지만, 봉헌은 그저 어깨만 으쓱 할 뿐 딱히 신경 쓰지 않았다.

수업은 지루했고, 두 시간만 지나면 배가 고팠다.

그래서 점심시간이 되기 전에 두 시간 수업을 마치고 도시락을 먹었고, 점심시간이 되면 친구들의 도시락을 한 숟갈씩 얻어먹었다.

반 친구들과 둘러앉아 한 숟갈씩 나눠 먹는 그 시간이, 봉헌에겐 하루 중 제일 기다려지는 순간이었다.

"야, 봉헌아. 니 또 밴또 먼지 까먹었나?"

친구 기복이가 한 숟갈 떠먹다 말고 힐끗 봉헌을 쳐다봤다.

봉헌은 민망한 듯 머리를 긁적이며 웃었다.

"배가 고파 디지겠는데. 우짜 끼고."

"그라모, 너거 옴마한테 밴또 두 개 싸도라 카던지. 와 자꾸 친구들 밴또 빼글어 묵노?"

기복의 말에 옆에 있던 영철이가 웃음을 터뜨렸다.

"밴또 두 개 싸모 가방이 무겁다 아이가."

봉헌은 억울한 표정으로 말하며 김치가 묻은 젓가락을 흔들었다.

"자석이 덩치는 산만한 기 엄살은."

기복이가 쿡 찔렀고, 호구도 맞장구쳤다.

"니는 키도 크거만은, 울메나 더 클라꼬 짜꾸 처묵노 자슥아."

봉헌은 숟가락을 들고 친구들 도시락을 기웃거리다 말고 투덜거렸다.

"모르것다. 배창수에 거지가 들었는가, 와이리 내는 배가 고프노, 씨."

웃음이 터졌다.

그들은 서로의 도시락을 한 숟갈씩 주고받으며 그렇게 점심시간을 보냈다.

반찬이 좋고 나쁨은 중요하지 않았다.

가끔은 멸치볶음에, 때로는 묵은지에 깍두기만 있어도, 여럿이 나눠 먹으면 그게 그리 꿀맛일 수가 없었다.

이렇게 왁자지껄하고 따스했던 도시락 한 끼가 자라서도 한참을 그리워할 추억이 되리란 것을 봉헌은 몰랐다.

봉헌의 하루는 늘 똑같았다.

아침이면 졸린 눈을 비비며 교실에 들어가, 국어책을 펴기도 전에 담임의 호통이 들려왔고, 운동장에 나가면 자기 세상인 양 잘도 뛰어다녔다. 도시락은 여전히 점심시간이 되기 전에 다 먹고, 점심시간이 되면 친구들 도시락을 훔쳐 먹었다.

누군가에게는 밋밋한 하루일지 몰라도, 봉헌에게는 나름 즐거움도 있고 행복한 나날이었다.

그리고 그 하루에 유일하게 특별한 시간이 있다면, 쉬는 시간 복도 끝 창문 너머로 말숙의 모습을 먼발치에서 바라보는 순간뿐이었다.

말숙은 특별반으로 옮긴 이후, 점점 봉헌의 곁에서 멀어져 가고 있었다.

아침이면 일찍 학교에 와 자습을 해야 했고, 수업이 끝난 후에도 별도 수업이 있어 늘 늦게까지 교실에 남았다.

등하교도 따로였고, 토요일이면 보충수업 때문에 얼굴 볼 시간조차 없었다.

그리 길지 않은 복도를 사이에 두고도 말숙은 점점 다른 세계로 들어가고 있었다.

봉헌은 그런 말숙을 바라보며, 괜히 발끝을 쳐다보고, 가끔 운동장에서 혼자 공을 차다가 말숙이 있는 교실 창문 쪽을 힐끔 보았다.

그리움이란 게 뭔지 아직은 알 수 없었지만, '와 저 아는 날 보지 않노?' 하는 아릿한 질문만 자꾸 마음속에 떠올랐다.

특별히 잘하는 것도 없고, 특별히 혼나는 일도 없는 아이. 교과서 뒤 표지처럼 늘 그 자리에 있지만 아무도 눈여겨보지 않는 존재로 되어 간다는 걸, 봉헌은 어렴풋이 느끼고 있었다.

말숙은 바빠졌고, 똑똑해졌고, 선생님들이 칭찬하는 아이가 되었지만, 어쩌다 복도에서 마주치면 어색하게 눈만 마주치고 지나갔다. 예전 같았으면
"야, 봉헌아!"
하고 소리쳤을 말숙이가 이젠 조용히 고개를 숙이고 지나치기 일쑤였다.
봉헌은 그게 섭섭했다.
그런데 또 한편으로는 괜히 말이라도 걸었다가 지금의 말숙에게 어울리지 않는 자신이란 걸 들킬까 두렵기도 했다.
어느 날 오후, 운동장 너머로 말숙이가 친구들과 웃으며 걷는 모습을 본 봉헌은 문득 혼자서 철봉에 매달려 허공을 바라봤다.
"같이 컸다 생각했는데, 말숙이는 저만치 가 뼈고 없네."
그러면서도 마음 한구석에는 아직도 말숙이와 뛰놀던 들판, 땅콩 서리하다 들켜서 도망쳤던 기억이 희미하게 남아 있었다.
그리고 그것이 여전히 봉헌의 마음을 잡아끄는 따뜻한 햇살 같았다.

봉헌이 눈을 떠 보니 창밖이 이미 환했다.
부리나케 이불을 걷고 일어나 벽에 걸린 시계를 보니, 학교 종이 울릴 시간이 지났다.
"아, 망했다! 좆됐다."
세수도 제대로 하지 못한 채, 대충 얼굴만 물로 적시고 밥 한술 뜨지도 못한 채 가방을 메고 뛰쳐나왔다.

신발을 신으며 한 손으로는 교복 윗단추를 채우고, 다른 손으로는 헝클어진 머리를 쓸어 넘겼다.

학교 정문 앞에는 이미 학생 지도를 하는 체육 선생님이 긴 대나무 막대를 들고 서 있었다.

그 앞에 고개를 푹 숙인 지각생들이 줄지어 서 있었고, 봉헌은 그들 사이로 헐떡이며 꼴찌로 뛰어들었다.

"봉헌이 니, 또 지각이가? 벌시로 몇 번째고? 이 자슥이 정신 머리가 이래 가지고 사회에 나가서 우찌 살라꼬 그라노! 이노무 새끼."

체육 선생님은 늘 그랬듯 말끝을 흐리며 대나무 막대를 번쩍 들었다.

아이들은 하나씩 앞으로 나와 엉덩이를 맞았다.

한 대, 두 대… 막대가 휘어지며 허공을 갈랐다.

숨죽인 바람 사이로 '짝!' 소리가 울릴 때마다 아이들의 어깨가 움찔거렸다.

봉헌의 차례가 왔다.

다른 애들은 억지로라도 웃으며 맞았지만, 봉헌은 눈을 질끈 감았다.

어깨를 웅크리고, 교복 바지 뒷주머니에 든 손수건이 삐죽 나와 있었다.

'짝!' 첫 한 대는 그리 아프지 않았다.

하지만 문제는 그다음이었다.

두 번째 막대가 엉덩이를 세차게 때리자, 봉헌은 자신도 모르게 짧은 신음을 흘렸다.

뒤에 서 있는 아이들 중 누군가가 킥킥 웃었고, 그 웃음은 봉헌의 얼굴을 붉게 물들게 했다.

아프기보다 창피했다.

체벌의 고통보다, 누군가에게 '한심한 놈'으로 보일까 두려웠다.

교실로 향하는 발걸음은 무겁고 느렸다.

한 손은 얻어맞은 엉덩이를 감쌌고, 다른 손은 책가방 끈을 질질 끌고 있었다.

복도 끝에서 말숙의 반 교실이 보였지만 오늘은 고개를 들지 않았다.

자신이 작아진 기분. 그건 맞은 자리보다 더 오래 아팠다.

그날따라 지각생이 유독 많았다. 운동장 한쪽, 담벼락 아래에 학생 지도를 서는 체육 선생님이 대나무 회초리를 들고 서 있었다.

아이들은 고개를 푹 숙인 채 차례를 기다리고 있었다.

"여학생이라고 예외 없다. 똑같이 맞는다!"

선생님의 목소리는 바람을 타고 교문까지 울려 퍼졌다.

교복 치마를 입은 여학생들 몇이 서로 눈치를 보며 불안한 표정이었다. 그중에는 순덕이도 있었다.

평소 말이 없고 덩치가 좀 있어 눈에 띄는 아이.

하지만 오늘만큼은 유난히 표정이 굳어 있었다.

"순덕이, 앞으로 나와."

선생님의 목소리가 또 한 번 운동장을 가로질렀다.

아이들의 시선이 일제히 순덕이에게 향했다.

그 순간 순덕이의 두 손이 치마 끝자락을 꾹 움켜쥐었다.

"엎드려."

순덕이는 천천히 몸을 숙였고, 선생님은 주저 없이 회초리를 내리쳤다.

'짝!' 두 대. 그리고 또 한 대.

그제야 봉헌은 그 줄 뒤쪽에 서 있는 자신이 어느새 순덕이를 빤히 쳐다보고 있다는 걸 깨달았다.

평소에 별 관심도 없던 아이였는데, 엉덩이를 맞을 때마다 순덕이의 크다란 유방이 출렁이는 것을 보고 그 순간엔 이상하게도 가슴이 철렁 내려앉았다.

순덕이는 아무 말 없이 자리로 돌아왔다.

고개는 여전히 푹 숙인 채였다.

누군가 웃었고, 누군가는 고개를 돌렸다.

하지만 봉헌은 그저 멍하니 순덕이의 뒷모습을 바라보고 있었다.

그날 봉헌은 하루 종일 어딘가 불편한 기분을 떨칠 수 없었다.

말숙이도 아니고, 은희도 아니고… 왜 하필, 순덕이였을까?

그녀가 맞던 순간, 자신의 볼이 먼저 화끈하게 달아올랐다는 걸 봉헌은 말하지 못했다.

49. 뚜디리 맞지 말고 학교 가지 말래

순덕이는 아무 말 없이 자리로 돌아왔다.

고개는 여전히 푹 숙인 채였고, 걸음마다 조심스러움이 묻어났다.

옆을 지나치는 친구들과 눈이 마주칠까 봐, 누군가 쑥덕일까 봐, 몸을 조금 더 작게 움츠렸다.

봉헌은 그녀의 뒷모습을 향해 시선이 자꾸만 머무는 자신이 낯설었다.

처음 보는 것처럼 느껴졌다. 그녀의 굳은 표정, 꾹 다문 입술, 그리고 모진 회초리를 참고 견뎌 낸 그 모습이 왠지 거슬렸고 동시에 아릿했다.

'내가 와 이라노? 뚜디리 맞은 거는 순덕이인데 와 내가 맞은 거맨치로 그런노?'

수업 종이 치고 교실로 돌아가는 길, 봉헌은 괜히 순덕이가 공부하는 4반 교실 쪽을 힐끔 바라보았다.

그녀는 맨 끝자리에 앉아 창밖을 멍하니 보고 있었다. 그 모습이 왠지 모르게 멀어 보였다.

"야, 봉헌아. 아까 그거 봤제? 순덕이 울 뻔했다 아이가."

기복이가 킥킥대며 말했지만, 봉헌은 대답하지 않았다.

대답을 하려다 입술을 꼭 다물었다.

왜 그런지 몰랐다.

그저, 무언가가 뭉클했다.

자신도 모르게, 가슴 속 어딘가가 자그마하게, 그러나 분명히 흔들리고 있었다.

1학년 때와는 달리 봉헌은 더 이상 말숙을 쉽게 부를 수 없었다.

2학년이 된 지금, 말숙은 특별반에 배정되어 아침엔 일찍 등교하고, 방과 후에도 늦게까지 교실에 남았다.

그 시간 동안 봉헌은 운동장에서 공을 차거나, 점심시간에는 나무 그늘에서 시간만 때웠다.

예전처럼 둘이 나란히 걷던 등굣길도, 도서실 구석에서 나누던 짧은 대화도 모두 아득한 옛일처럼 느껴졌다.

어느 날은 쉬는 시간, 복도에서 멀리 말숙을 본 적이 있다.

하얀 손수건을 들고 입을 가리며 웃고 있었고, 그 옆에는 특별반 친구들, 특히 말끔한 흰 셔츠를 입은 남학생 한 명이 서 있었다.

봉헌은 멈춰 서서, 그 장면을 뚫어져라 바라보다가 괜히 화장실로 방향을 틀었다.

'거기는 내가 갈 데가 아이다….'

봉헌은 그렇게 생각했다.

어느 순간부터 말숙은 '올라갈 수 없는 나무'가 되어 있었다.

키는 자신이 더 컸고, 힘도 더 셌고, 밥도 더 많이 먹었지만, 그녀는 점점 높은 곳에 있었다.

자신은 그늘 아래 서서, 위를 올려다보는 것밖에 할 수 없었다.

'말숙이… 요새 내 얼굴도 기억 못할 낀데….'

그런 생각이 들면, 가슴 어딘가가 바스러지는 듯 아팠다.

별로 친하지도 않은 친구가 말숙 이름을 아무렇지도 않게 부르는 걸 들을 때면, 속으로만 수십 번 그 이름을 삼켜야 했다.

"말숙아."

작은 속삭임은 결국 봉헌 자신의 그림자 속에 묻혀 아무도 듣지 못한 채 사라졌다.

말숙은 특별반 교실 창가에 앉아 한참 동안 운동장을 내려다보았다.

하교 종이 울리기 전, 햇살이 기울기 시작할 무렵이었다.

운동장 한 귀퉁이, 철봉 밑 그늘진 자리. 삼삼오오 모여 떠드는 아이들 틈에서도 그 아이 봉헌이의 모습은 멀리서도 단박에 눈에 들어왔다.

봉헌이는 여전히 혼자였다. 친구들 사이에 섞여 있었지만, 이상하게도 외로워 보였다. 말숙은 창밖에서 눈을 거두고 책장을 넘기려다, 손을 멈췄다.

굳이 찾지 않아도 자꾸만 눈에 밟히는 얼굴, 언제부턴가 말숙은 스스로도 모르게 봉헌이를 눈으로 쫓고 있었다.

그 애는 요즘 들어, 말숙의 이름을 한 번도 부르지 않았다.

예전엔 작은 일에도 '말숙아' 하고 웃으며 다가오곤 했는데, 요즘은… 눈길조차 제대로 마주친 적이 없었다.

어쩌면 일부러 피하는 것 같기도 했다.

하지만 봉헌이가 말숙을 피한다 해서 다른 누군가에게 마음을 둔 것도 아니었다.

그는 말숙이 없는 자리에서도 늘 말숙을 떠올렸다.

말하지 못한 감정은 늘 마음속에 남아 있었고, 그럴수록 말 한마디 더 꺼내기 어려워졌다.

말숙 역시 달라진 학교생활 속에서 딱히 누구에게 마음을 주는 일이 없었다.

특별반의 남학생들은 책만 들여다보거나 선생님 흉내를 내며 잘난 체하거나, 아직 유치한 농담으로 서로를 툭툭 치고받기 일쑤였다.

그 속에서 말숙은 늘 약간 비켜서 있었다.

누군가 웃는 소리, 누군가 이름 부르는 소리,

그 모든 소리들 너머로 말숙은 혼자 책상에 고개를 숙이고 있었다.

그럴 때면 문득 떠오르는 얼굴. 언젠가 봉헌이와 나란히 걷던 마을 길. 봄볕이 따사로웠던 그날, 서로 아무 말 없이 걷기만 했던 짧은 시간. 그건 지금도 말숙의 기억 속에 유난히 따뜻하게 남아 있었다.

'봉헌이가 요새 와 그리 머노? 그 아한데, 내가 뭐 서운하게 한 거 있나?'

생각은 꼬리를 물고 이어졌다.

그럴수록 말숙은 일부러 더 바쁘게 지내려 했다.

수업에 집중하고, 책을 읽고, 자습실에 오래 남아 있었다.

하지만 저녁 무렵, 집으로 가는 길에 붉게 물든 하늘을 보면 자꾸만 봉헌이의 옆모습이 떠올랐다.

그 아이는 웃고 있었던가. 아니면 그늘에 서 있던 얼굴이었을까.

말숙은 조용히 한숨을 쉬며 생각했다.

'참, 웃긴다 아이가…. 이제는 말도 못 거는 사이가 될랑 갑다….'

발밑으로 길게 드리운 자신의 그림자를 밟으며 말숙은 천천히 골목 안으로 사라져 갔다.

그날 하늘은 어쩐지, 더 붉었다.

봉헌은 또 늦잠을 잤다.

어젯밤에도 분명히 일찍 자고 일찍 일어나겠다고 다짐했건만, 아침 햇살이 방 안으로 스며들었을 때는 이미 수업 시작종이 울리기 직전이었다.

헐레벌떡 바지를 주워 입고 가방을 메고 뛰쳐나와 급하게 달려갔다.

땀방울이 이마를 타고 흐르기 시작할 즈음엔 이미 깨달았다.

지각은 분명했다. 학교 앞 교문에는 매일처럼 긴 막대기를 휘두르면서, 지각한 아이들의 엉덩이를 내리치는 그 학생 지도 선생님이 서 있을 것이다.

'맞는 것보단 아예 안 가는 게 낫겠다.'

봉헌은 삼실골 고개 아래에서 발걸음을 멈췄다.

그 고개 하나만 넘으면 학교였지만, 오늘 따라 고개는 산처럼 높고 멀게만 느껴졌다.

그는 숨을 몰아쉬며 한쪽 바위에 주저앉았다.

"봉헌아!"

누군가 뒤에서 헐떡이며 달려오는 소리가 들렸다.

봉헌이 뒤를 돌아보니, 순덕이었다.

가방을 손에 들고, 얼굴은 벌겋게 달아 있었고, 신발 뒤축은 한쪽이 벗겨질 듯 헝클어져 있었다.

"니 와이리 늦었노?"

봉헌이 물었다.

순덕은 숨을 고르며 씩 웃더니 고개를 끄덕였다.

"연속극이 재미있어가, 동해물과 나올 때까정 봤더만은."

말끝엔 스스로도 민망한 듯 실소가 섞였다.

봉헌은 말없이 땅바닥만 바라보았다. 잠시 그렇게 서 있다가, 봉헌이 먼저 입을 열었다.

"고마 우리 선상한테 뚜디리 맞지 말고… 학교 땡땡이 치삐까?"

50. 순덕과 봉헌의 갑자기 찾아온 일탈

그 말에 순덕은 고개를 돌려 봉헌을 바라봤다.
"몰라. 선상님이 무단 결석했다고 부모님 오라카모 우짤라꼬."
순덕은 괜히 신발 끝을 땅에 문질렀다.
"내일 담임 선생한테…. 가악중에 아파가 못 왔다 카모 안 되겠나?"
봉헌의 말에도 확신은 없었다.
순덕은 이러지도 저러지도 못하고 입술을 꾹 다물었다.
잠시 후, 그녀는 허리를 숙여 바닥에 주저앉은 봉헌을 내려다보았다.
"그라모, 학교 안 가고… 오데 갈 낀데?"
봉헌은 살짝 입꼬리를 올렸다.
"여 뒷산에 있다가…. 밴또 까묵고 집에 살살 가자. 집에 가서는 '올 일 찍이 보내 주더라' 카모 되지."
잠시 망설이던 순덕은 결국 고개를 끄덕였다.
그러고는 말없이 봉헌 옆에 앉아 신발 끈을 다시 조여 맸다.
둘은 교문 대신, 삼실골 뒷산으로 난 오솔길로 방향을 틀었다.
등굣길과는 정반대의 조용하고 나른한 산길.
잔디에 이슬이 맺혀 있었고, 나뭇잎 사이로 쏟아지는 햇살이 두 사람의 어깨를 부드럽게 감쌌다.

"니, 밴또 뭐 싸 왔노?"

"땐뿌라하고 계란말이…. 니는?"

"우와 뭐시 그리 좋은 거를 싸 왔노 직이네. 우리 옴마는 김치뿌이 안 싸 준다…. 아, 어제저녁 묵다가 남은 장아찌 밥 위에 부은 거 있데이."

둘은 그렇게 웃으며 산길을 걸었다.

어린 마음엔 가벼운 죄책감과 동시에, 학교보다 훨씬 자유로운 오늘 하루가 어쩌면 꽤 괜찮은 모험처럼 느껴지고 있었다.

할 것도, 갈 곳도 딱히 없었던 두 사람은 뒷산 능선을 따라 걷다가 무덤가에 이르렀다.

무덤가 언저리는 여느 때처럼 잡초가 무성했고, 그 사이로 띠풀이 우거져 있었다.

봉헌은 먼저 풀숲을 헤치고 들어가 손으로 줄기 끝을 움켜쥐었다.

"야, 니 삐삐 뽑아 먹을 줄 아나?"

"삐삐 말이가? 와 이라노 나도 소미로 가서 엄청시리 빼 묵었다."

순덕도 주저하지 않고 두 손으로 굵은 줄기를 뽑아 올렸다.

줄기 끝을 손톱으로 쪼개고 조심스럽게 속살을 잡아당기면, 얇고 반투명한 심지가 길게 빠져나왔다.

"요래 잡고… 요래 핥아 묵는 기라."

봉헌은 혓바닥으로 그 희끄무레한 줄기를 쭉 빨았다.

순덕이도 따라 하더니 고개를 끄덕였다.

"음~ 달다."

"맞제. 단내는 쪼매뿌이 안 나는데, 그게 더 좋다 아이가."

두 사람은 무덤가 언덕에 앉아 띠풀을 뽑아 먹으며, 가끔 서로 눈을 마주치고는 피식 웃었다.

말도 많지 않고, 특별히 재미난 얘기를 주고받지도 않았지만, 어쩐지 조용한 산바람과 햇살, 그리고 이 짧은 시간이 아주 오래 기억될 것 같은 기분이었다.

순덕이 갑자기 말없이 고개를 들어 하늘을 바라봤다.

잔잔한 구름이 산 능선을 타고 넘어가고 있었다.

"봉헌아."

"와?"

"학교 안 간다고 디지지는 않것제?"

"될 대로 되라캐라.

혼나믄 혼나는 기고… 근데, 지금은 좋다 아이가."

순덕은 웃지도 않고, 울지도 않는 얼굴로 봉헌을 바라보았다.

봉헌도 더 이상 말을 잇지 않았다.

멀리서 까치 한 마리가 울었고, 풀숲 사이에 귀뚜라미가 숨어서 한 번 짧게 울었다.

그뿐이었다.

그들은 그렇게 무덤가에 앉아, 한 줌의 달짝지근한 띠풀로 속을 채우며 세상에서 가장 한가한 아이들이 되어 있었다.

무덤가의 바람은 적막했다.

햇빛은 엷은 구름을 사이에 두고 간신히 얼굴을 비췄고, 풀잎들은 바람 따라 잔잔히 흔들렸다.

두 사람은 무덤 앞 상석에 나란히 앉았다.

말없이 앉아 있는 봉헌의 가슴속에, 무언가 알 수 없는 감정이 울컥 차올랐다.

설명할 수 없는 갈증, 채워지지 않는 공허, 그리고 알지 못할 욕망이 한데 뒤엉켜 있었다.

순덕은 조용히 손끝으로 무릎을 감쌌다.

그 모습이 봉헌에겐 너무나 낯설고도 가까웠다.

눈길이 머무르는 것이 죄처럼 느껴졌고, 동시에 떨리는 마음은 어쩔 수 없었다.

"순덕아…."

그의 목소리는 바람에 섞여 가늘게 흩어졌다.

무언가를 말하고 싶었지만, 말로 옮기지 못했다.

손끝이 스쳤다.

그리고 그 순간, 두 사람 사이엔 짧고도 긴 침묵이 흘렀다.

봉헌은 더 이상 참지 못하고 순덕의 가슴을 만진다.

그녀는 흠칫 놀라며 몸을 뒤로 뺐지만 그것이 거절의 몸짓은 아니었다.

봉헌의 손끝이 잠시 떨렸다.

그 떨림 속에, 말로는 다 할 수 없는 외로움과 그리움, 그리고 인간적인 약함이 배어 있었다.

순덕은 놀란 눈으로 봉헌을 바라보았지만, 금세 고개를 돌렸다.

그녀의 어깨가 미세하게 떨리고 있었다.

봉헌은 자신의 손을 내려다보았다.

그저 떨리고 있을 뿐이었다.

무엇을 해야 하는지도, 무엇을 원하고 있는지도 알 수 없었다.

그저 순덕의 봉곳한 유방만 어루만진다.

그러다가 본능적으로 그녀의 치마 밑에 손을 가져간다.

순덕은 다시 한번 놀라며 봉헌의 손을 뿌리친다.

하지만 순덕도 다른 아이들보다 성숙했었고, 봉헌이 역시 작은 아이는 아니라서 무덤의 상석 위에서 순덕의 속옷을 벗기고 그녀 위에 올라탄다.

30초도 되지 않게 끝내고 내려오는 봉헌은 그게 남녀 간의 사랑의 전부인 줄 안다.

그날 상석 위에서, 그들은 어른이 되기엔 너무 어린, 하지만 아이로 남기엔 이미 너무 멀리 와 버린 순간을 함께 지나고 있었다.

봉헌은 자리에서 천천히 몸을 일으켰다.

상석 아래로 길게 드리운 자신의 그림자가 어딘가 부끄럽게 느껴졌다.

그림자는 조용했고, 순덕도 말이 없었다.

"미안타."

봉헌은 뒤돌아보며 조용히 말했다.

그 말이 진심이었는지, 아니면 단지 무언가를 덮으려는 말이었는지, 그조차도 확신할 수 없었다.

다만, 속이 답답하고 숨이 턱 막혔다.

순덕은 고개를 숙인 채 무릎 위에 손을 모았다.

그녀의 어깨 위로 햇살이 부서지듯 내려앉았다.

"괴안타."

한참 후, 순덕이 조용히 말했다.

그 말은 봉헌의 마음을 더욱 복잡하게 만들었다.

무덤 옆 풀숲에서 잠자리가 날아오르고, 해가 머리 위에 있는 것을 보니 점심때가 되어가는 듯했다.

봉헌은 한 발짝 뒤로 물러섰다.

무언가를 되돌릴 수는 없다는 걸, 본능적으로 느끼고 있었다.

하지만 지금 이 순간을 어떻게 받아들여야 할지 몰랐다.

그저 마음속에 멍한 기분이 맴돌고, 손끝이 아직도 저릿하게 떨렸다.

"우리 내일은 학교 가자."

순덕이 일어나며 말했다.

봉헌은 고개를 끄덕였다.

그 말이 마치 아무 일도 없었다는 듯 자연스러웠기에, 그는 더 말할 수 없었다.

그날 이후로, 순덕은 달라졌다.

복도 끝에서 봉헌이를 보면 일부러 크게 손을 흔들었고, 수업이 끝나면 교실 밖으로 나가려는 봉헌의 책가방을 덥석 잡아 주는 일도 잦아졌다.

"우짜노, 니 머리카락 저리 뜨면 안 된다. 쪼매 있어 봐라!"

그러곤 손바닥으로 봉헌의 머리카락을 꾹 눌러 정돈해 주기까지 했다.

주변 아이들은 키득거리며 수군대기 시작했다.

"순덕이, 봉헌이 좋아하는 갑다."

"얼마 전에 같이 학교 안 왔다 아이가, 둘이 뭐 있었던 거 아이가? 억수로 수상타."

이야기는 삽시간에 퍼졌다.

순덕은 그 수군거림에 얼굴이 달아올랐지만, 애써 모르는 척 웃으며 봉헌 옆을 더 바짝 붙어 다녔다.

그러나 정작 봉헌은 그 모든 분위기 속에서도 한 걸음 비켜 서 있었다.

수업 시간, 창가에 앉은 봉헌은 여전히 특별반 쪽을 멍하니 바라보곤 했다.

쉬는 시간마다 습관처럼 말숙의 얼굴을 찾았다.

운동장을 가로질러 뒷뜰을 청소하러 가는 모습, 복도를 걸어가는 뒷모습. 가까워질 수 없는 거리에서, 그리움만 쌓였다.

51. 봉헌은 순덕이를 멀리하고 싶었다

"순덕아, 니 내한테 하는 기 너무 고맙다. 근데…."
봉헌은 어느 날 삼실골 고갯길에서 조용히 말했다.
"내는 아직, 누가 좋고 하는 그런 마음 없다. 그냥, 그런 기분이 아이다."
봉헌의 말은 조심스러웠지만, 순덕의 귀에는 차갑게만 들렸다.
순간, 웃고 있던 순덕의 입꼬리가 뚝 떨어졌다. 눈동자가 커지며, 입을 떡 벌리더니 그 자리에서 소리를 질렀다.
"뭐라삿노, 니 그날 이 산속에서 니하고 내하고 한 것은 뭐꼬!"
봉헌은 순덕의 돌연한 고함에 눈을 깜빡이며 물러섰다.
숨결이 거칠어졌고, 주위에 아무도 없는 산자락이라 더욱 울림이 컸다.
"니 내 책임지라!"
순덕의 목소리는 떨렸고, 눈시울도 벌겋게 물들어 있었다.
"내는 언자 다른 데 시집도 못 간다!"
그 말에 봉헌은 눈을 피했다.
그날, 둘이 뒷산에 올라 오래도록 무덤 옆 풀밭에 앉아 있었다.
순덕이 먼저 기대었고, 봉헌은 멍하니 앉아 있었다.
서로 말은 없었지만, 해가 기울 무렵까지 같이 있었다.
무슨 일이 있었다고 할 수 있을지는… 봉헌도 말하기 어려웠다.

하지만 순덕의 얼굴은 진지했고, 그날을 마음속 깊이 담아두고 있었던 것이다.

봉헌은 숨을 고르며 조심스럽게 말했다.

"…내가, 그런 뜻 아니었데이. 아무 말도 안 했고, 아무것도…."

그 말은 오히려 불쏘시개였다.

순덕이 눈에 눈물을 머금고 외쳤다.

"니는 니가 한 짓이 아무것도 아닌지 몰라도, 내는 내 마음을 다 걸었데이! 사람 마음이 장난이가! 같이 산에 올라가 빠구리까지 해 놓고, 머슴아가 와 이리 책임감이 없노."

순덕은 얼굴을 돌려 버렸다.

눈물을 들키기 싫은 듯, 입술을 깨물었다.

그 순간 봉헌의 가슴이 서늘하게 식어 갔다.

말숙이 아닌 다른 여자의 눈물이, 자신 때문이라는 게 처음으로 가슴에 와닿았다.

"내가 잘못했데이."

봉헌은 말없이 고개를 숙였다.

무엇이 잘못인지 다 말할 수는 없지만, 그저 그렇게 말하는 수밖에 없었다.

순덕의 봉헌에 대한 집착은 생각보다 깊고, 단단했다. 봉헌이 처음 그 사실을 뼈저리게 느낀 건, 어느 날 학교 담장 뒤에서였다.

순덕은 교실 창문 너머로 봉헌을 한참이나 바라보다가, 수업이 끝나자마자 달려와서 물었다.

"니 오늘 누하고 말했노?"

"그냥… 친구들하고."

"말숙이하고는 안 말했제?"

"뭐라삿노 말숙이는 특별반에 있어서 요새 한 번도 못 봤다."

순덕은 봉헌의 대답을 듣고서야 그제야 숨을 고르듯 안도의 한숨을 쉬었다.

그렇게 며칠이고, 몇 주고, 봉헌의 곁에는 순덕이 그림자처럼 따라붙었다.

쉬는 시간마다 슬그머니 봉헌이 교실 쪽으로 왔고 점심시간에는 우연한 듯 마주치고, 집에 가는 길목에도 서 있곤 했다.

봉헌은 점점 숨이 막히는 기분이었다.

무엇보다 괴로운 건, 그 모든 일이 자신이 한때의 내린 흐린 판단에서 비롯되었다는 점이었다.

그날, 그 산 위에서 순덕이의 어깨로 전해져 온 체온을 거절하지 못한 것.

그 무심함과 망설임이 이제는 순덕의 '믿음'으로 변해 있었다.

순덕은 이미 봉헌과 자신 사이에 어떤 '약속'이 존재한다고 믿고 있었다.

그리고 그것은 봉헌에겐 올가미였다.

말숙을 바라보는 마음이 여전했지만, 순덕은 그걸 아는지 모르는지, 더 단단히 자신을 옭아매고 있었다.

"니, 내만 보이제? 다른 아는 없제?"

그 말에 봉헌은 대답하지 못했다.

대답하면 순덕이 기뻐할 것이고, 침묵하면 상처받을 것이다.

그리고 그 사이에서, 봉헌은 점점 미궁 속으로 빠지고 있었다.

그날 오후, 봉헌은 결국 결심했다.
이대로는 안 된다고, 자꾸만 얽히면 나중엔 더 큰 상처를 주게 될 거라고. 그래서 종례가 끝나자마자, 봉헌은 순덕이에게 말을 걸었다.
"삼실골 입구 쪽으로 잠깐만 나올 수 있나?"
순덕은 아무 말 없이 고개를 끄덕였다.
둘은 마을 어귀 외딴길, 그늘진 감나무 아래에 마주 앉았다. 잠시 침묵이 흐른 뒤, 봉헌이 먼저 입을 열었다.
"순덕아… 나 니한테 미안한 건 많다. 그날… 아무 생각 없이 그런 게 아이다. 내 나름대로는 진심이 있었고, 니한테 최선을 다하려고 했던 것도 사실이다."
순덕은 속으로 생각한다.
'니는 최선을 다 한기 그기 30초가'
순덕은 잠시 입술을 깨물며 눈을 피했다.
"그라모, 지금은? 지금 니 마음은 뭐꼬?"
"지금은… 솔직히, 내가 누굴 좋아하는지 마음이 너무 분명해졌다."
봉헌은 조심스럽게 말을 이어갔다.
"그게 니가 아니라서 미안하다. 그날 이후, 나도 마음이 복잡했는데… 시간이 지나면서, 확실해졌다."
순덕은 한동안 아무 말 없이 봉헌을 바라보다가, 쓸쓸하게 웃었다.
"그라모… 나는 뭐가 되는 기고? 니한테 잠깐 흔들려 본 바보가 되는 기가?"

"아니다. 그런 말 하지 마라. 내 잘못이다. 감당 못할 마음을 건드라서 니한테 상처 준 거, 안다."

순덕은 눈시울이 붉어졌다.

"그래도, 나 니 좋아했던 거 진짜다…. 아무도 안 알아 줘도, 나는 그때 진심이었데이."

봉헌은 고개를 숙였다. 두 사람 사이엔 더는 말이 오가지 않았다.

단지 바람만이, 소나무잎을 흔들고 있었다.

소나무잎이 몇 개가 땅에 떨어졌다.

바람이 그걸 데리고 몇 발짝 더 나아가자, 순덕도 마치 그 바람에 밀리듯 조용히 일어섰다.

"그래, 니 말 다 들었다. 이제 더 이상 니한테 매달리지 않을 끼다."

봉헌은 눈을 들었다.

순덕의 표정에는 분노도, 눈물도 없었다.

단지 텅 빈 얼굴. 무언가 오랫동안 기대하던 것이 무너진 사람의 얼굴이었다.

"그래도…."

봉헌이 조심스레 말을 이었다.

"니랑 나, 무다이 원수 되지는 말자. 같은 동네에 살고, 같은 학교 다니는데… 서로 피하고, 그러면 더 힘들 거 아이가."

순덕은 고개를 끄덕이더니, 돌아서 걸어갔다.

한 걸음, 또 한 걸음. 멀어지는 뒷모습을 바라보며 봉헌은 입술을 깨물었다.

'이리 끝나는 기 맞는 기가?'

그러나 그 순간, 멀어져가던 순덕이 갑자기 멈춰 섰다.

그러고는 고개를 살짝 돌려, 봉헌에게 마지막으로 말했다.

"니, 말숙이 좋아하제?"

봉헌은 당황해 아무 말도 못 했다. 순덕은 조용히 웃었다.

"내가 모를 줄 알았나 머슴마야."

그러고는 다시 걸음을 옮겼다.

이번엔 한 번도 뒤돌아보지 않았다.

봉헌은 그 자리에 한동안 멍하니 서 있었다.

말숙이… 그녀의 얼굴이 하늘 위 구름처럼 스쳐 지나갔다.

하지만 그날 이후, 무언가 어깨를 짓누르던 무거운 돌덩이가 조금은 가벼워진 듯했다.

다만, 봉헌은 몰랐다.

순덕의 마지막 말 뒤엔 아직 꺼내지 못한 감정들이, 어두운 밤처럼 조용히 가라앉고 있었음을. 그리고 그 감정은, 또 다른 파장을 몰고 올지도 모른다는 것을.

순덕은 봉헌과의 대화를 끝내고 집으로 돌아오는 길에 마음속 깊은 곳에서 어두운 감정이 피어오르는 것을 느꼈다.

'이 새끼가… 양다리 걸치고, 지랄이고, 말숙이가 니 같은 놈을 만나 주것나? 축구 새끼야! 이 자석이 나를 따먹고 버리는 기가? 껌 씹어서 단물 빠지깨네 뱉아삐는 기가'

순덕은 눈앞이 캄캄해지는 듯했고, 가슴속에 치밀어 오르는 복수심은 더욱 단단해졌다.

이제는 봉헌을 향한 애틋함 대신, 차갑고도 무자비한 마음이 그녀를 움직였다.

'내가 가마이 있을 줄 알았냐? 봉헌이 니는 큰 오산이다이.'

속으로 다짐하며, 그녀는 복수를 향한 길을 걷기 시작했다.

이내 순덕의 눈빛은 예전과 달리 날카로워졌고, 마음속의 분노가 외모에도 서서히 드러나기 시작했다.

그 누구도 그녀가 품은 어두운 감정을 쉽게 알 수 없었다.

하지만, 그 복수의 불씨는 봉헌과 말숙, 그리고 주변 사람들의 일상에 작은 파문을 일으킬 준비를 하고 있었다.

눈물이 목구멍까지 차올랐지만, 순덕은 억지로 삼켰다.

대신 그 마음은 차가운 복수심으로 변했다.

'그를 괴롭히지 않으면 내가 괴로울 끼고, 그렇다고 가만히 있을 수도 없고. 말숙이도, 봉헌도 내 손아귀에 들어오게 해야 된다이.'

순덕은 그날 밤부터 조용히 계획을 세우기 시작했다.

학교에서 봉헌을 은근히 곤란하게 만들 방법을 찾고, 말숙이가 속한 특별반 아이들 사이에 소문을 퍼뜨리며 갈등을 일으키려 했다.

순덕의 속마음은 차갑고 무자비했지만, 겉으로는 평소처럼 밝고 친절한 척했다.

그녀의 이중적인 태도는 마치 무성한 가시덤불처럼, 가까이 다가가면 상처를 입힐 것만 같았다.

봉헌과 순덕의 평화로웠던 관계는 그렇게 조금씩, 미묘하게 흔들리기 시작했다.

52. 봉헌은 이러지도 저러지도 못하고 있다

순덕이는 하루하루 학교에 나올 때마다 봉헌과 말숙을 더 예리한 눈빛으로 바라보았다.

속으로는 복수의 계획을 차근차근 세우며 그들을 혼란에 빠뜨릴 방법을 고민했다.

점심시간, 남학생과 여학생 반이 따로여서 서로 마주칠 기회가 적었지만, 순덕은 친구들을 모아 봉헌 주변을 맴돌기 시작했다.

일부러 봉헌의 친구들에게 말을 걸며 그를 곤란하게 만들었고, 봉헌이 피하고 싶어도 점점 피할 수 없는 상황이 되었다.

순덕의 복수는 단순한 괴롭힘을 넘어, 봉헌과 말숙의 관계를 시험하는 작은 파동으로 번져 갔다.

그 속에서 봉헌은 점점 더 혼란스러워지고, 말숙과의 거리도 더 벌어져만 갔다.

그리고 그 모든 어둠 속에서, 세 사람 모두 각자의 상처와 불안을 품은 채, 성장의 아픔을 겪고 있었다.

순덕의 복수는 교묘하고도 끈질겼다.

아이답지 않게 조용히, 그러나 무섭도록 집요하게 진행되었다.

겉보기엔 아무렇지도 않은 얼굴로 학교생활을 이어갔지만, 그녀는 봉헌을 향한 분노와 상실감으로 속을 새까맣게 태우고 있었다.

처음엔 소문부터 퍼뜨렸다.

"야, 니 봉헌이 그 자식이 여자를 물 믹였단 말 들었나?"

"그거 순덕이 말이가?"

"와, 순덕이는 순한 줄만 알았는데…."

이런 말들이 하루 이틀 사이에 퍼졌다.

누가 처음 말했는지는 아무도 몰랐지만, 순덕이 친구들이 조용히 흘린 말들 덕에, 봉헌의 이름은 복도에서도, 운동장에서도, 화장실 칸 안에서도 회자되었다.

봉헌은 아무 말도 하지 못하고 그저 주먹을 꽉 쥐고 있을 뿐이었다.

다음은 교무실 쪽이었다. 순덕은 일부러 종례 시간에 선생님에게 다가가 울먹이며 말했다.

"선생님, 저… 봉헌이한테 좀…."

"뭐라꼬? 봉헌이가 와 우쨌는데?"

"아입미더… 아입미더. 그냥… 아무것도 아입미더…."

선생님의 눈빛이 달라졌다.

자세한 말은 없었지만, 뭔가 일이 있었던 것처럼 이미 분위기가 기울기 시작했다.

며칠 뒤에는 봉헌이의 도시락이 교실에서 없어지는 일이 생겼다.

누가 그랬는지는 밝혀지지 않았지만, 순덕은 평소보다 조금 더 밝게 웃었다.

그리고 일부러 봉헌이 있는 곳 가까이에서 다른 친구에게 말했다.

"뺀또 누가 훔치 갔는지 몰겠지만 봉헌이는 밥 못 무모 미치삐리 낀데?"
가장 잔인했던 건, 말숙을 향한 침묵의 포위였다.
순덕은 말숙에게는 아무 말도 하지 않았다.
그러나 말숙이 혼자 책상에 앉아 공부할 때, 그녀의 주변을 떠도는 소문과 시선은 조용히 옆구리를 찔렀다.
아무도 대놓고 말숙을 손가락질하진 않았지만, 말숙이 고개를 들었을 때 교실 어딘가에서 눈이 마주친 아이들이 피식 웃고 고개를 돌리는 일이 잦아졌다.
하지만 말숙은 그런 분위기에도 조금의 흔들림도 없었다.
그녀는 책상 위 문제집에만 시선을 고정한 채, 여전히 특별반 수업에 가장 먼저 도착했고, 가장 늦게 자습실을 나섰다.
봉헌에 대한 감정도, 순덕에 대한 감정도, 아무 말도 하지 않았다.
오직, 고요히 자신의 세계 속에서 공부에만 전념하고 있었다.
그리고 봉헌은, 어느 순간 자신이 두 사람 사이에서 더 이상 어느 쪽으로도 나아갈 수 없는 진창에 빠졌음을 느꼈다. 그는 혼자 중얼거렸다.
"순덕이도, 말숙이도… 우찌해야 되노? 돌아 삐것네."
그렇게 봉헌은, 하루하루 더 고독해졌다.
순덕의 복수는 성공하고 있었고, 말숙은 아무 말 없이 그 복수의 바깥에서 자신만의 길을 걸어가고 있었다.

종례가 끝난 뒤, 집으로 가는 길에 봉헌은 영철이를 불러서 단둘이 이야기를 나누었다. 언제부턴가 답답한 마음이 차올라 도무지 혼자서는 견딜 수 없었다.

"영철아… 나 니한테 이바구 할 게 좀 있다."

"와? 무슨 일이고, 와 이리 풀이 죽어 있노?"

봉헌은 망설이다가, 주위를 한번 둘러보고 조용히 입을 열었다.

"있다 아이가, 울메 전에 학교 안 온 날 있었다 아이가."

"하, 그날 니 아파서 학교 안 왔다미?"

"아이다 그날 사실은 늦잠을 자가 지각을 하것는 기라. 그래 가꼬 학교 가모 교문에 선상이 궁딩이 때릴 끼고 고마 산에서 놀다가 갈라꼬 생각하고 있는데 순덕이가 고개 먼다이로 땀을 뻘뻘 흘리시롱 뛰어 오데. 순덕이 지도 뚜디리 맞기 싫어가 내하고 산에서 뺀또 까묵고 놀다가 집에 가자 했더만은 지도 그리하자 캐가 둘이서 하루 땡땡이 첫다 아이가."

"그런 일이 있었나. 니 간디이 크네. 들키모 더 뚜디리 맞을 긴데 대단타."

봉헌의 말끝이 떨렸다.

"니는 아직 대단한 이야기 시작도 안 했구만은 벌시로 대단타 해샀노."

"그래 순덕이하고 벤또 까묵고 놀다가 집에 가모 되지 와?

무신 일 있었나?"

"하… 사실은 순덕이 하고 그날 매똥에서 빠구리 했다."

영철이는 깜짝 놀라 눈이 휘둥그레진다.

"뭐… 뭐 빠구리?"

"하….'

영철이는 침을 꼴깍 삼키며 눈알이 튀어나올 정도로 반응한다.

"우와 니 완전 재미 봤는 가베."

"개새끼야 그기 중요한 기 아이다."

"자석이 니 빠구리한 거 자랑할라꼬 내한테 씨부리는 거 아이가?"

52. 봉헌은 이러지도 저러지도 못하고 있다

"그기 아이다. 이바구를 좀 들어 봐라 자석아."

영철이도 사춘기라 순덕이의 크다란 가슴과 엉덩이를 힐끔힐끔 쳐다보며 침을 흘리고 있었다.

영철이는 순덕이의 몸매가 너무나 궁금하여 다시 봉헌이에게 물어본다.

"니 순덕이 젖티 봤나? 너거 옴마 젖하고는 다르제? 우찌 생깃더노 이바구 좀 해 도라."

"야이 이 새끼야! 젖티가 뭐시 그리 궁금하노. 로케트 폭탄멘치로 똥그리하고 뾰족하더라 새끼야."

"그럴 끼다. 교복 입은 거 본께 그리 생긴 거 것더라."

"이 자석아 그기 중요한 기 아이다."

"참 맞다 니가 순덕이하고 빠구리했다 캐서 내가 정신이 없다. 그란데 한깨네 재미있더나?"

"아이고 미치것네."

봉헌은 영철이의 반응에 더 이상 말을 하지 못한다.

"봉헌아 미안타. 내가 궁금한 거는 니가 말하고 나모 물어볼꾸마. 살살 이바구 해 봐라."

영철이는 웃는 얼굴을 표정을 바꾸며

"그라모 니는 순덕이하고 한 것을 지금은… 후회된다는 말이가?"

영철이 진지한 눈빛으로 물었다.

봉헌은 힘없이 고개를 끄덕였다.

"근데 순덕인… 완전히 진심 같다. 내한테… 책임지라 카고,

자기가 나 때문에 다른 데 시집도 못 간다 카고…. 그 말 듣는데, 숨이 탁 막히더라."

영철은 한참을 말없이 돌멩이를 발로 굴렸다. 그러다가 담담히 말했다.

"야 봉헌아. 순덕이 잘못은 아니다. 니도 그날 그 자리에 있었고, 니도 그날 재미 좋아가 입이 허벌레 했을 거 아이가. 근데 지금 와서 '순간의 감정'이었다 쿠모, 니는 좆나 나쁜 새끼지."

봉헌은 얼굴을 붉히며 고개를 떨궜다.

"그라고, 니 맘속에 말숙이 있는 거, 다 안다. 근데 말숙인 지금 니한테는 눈길도 한번 안 준다 아이가."

"맞다 내 마음속에는 항상 말숙이지. 말숙이는 그냥… 말숙이다. 순덕이랑은 다르다."

영철이 한숨을 쉬며 말했다.

"그라모 확실하게 해라. 계속 어정쩡하게 있으모 순덕이 더 다친다. 지금도 니한테 매달리고 있는데… 니가 애매하게 말하고, 피하고, 그거 다 상처다."

"그라모… 우짜라꼬? 확 끊어 버리삐라꼬?"

"확 끊든가, 아님 책임지든가, 둘 중 하나다. 지금 니 하는 거는, 사람 두 명 다 피곤하게 만드는 기라."

봉헌은 말없이 주먹을 꽉 쥐었다.

"내가 뭘 잘못했는지도 모르것다. 그냥, 순덕이가 너무 다가 온깨네 숨이 막힌다. 말숙이처럼 멀리 있는 애한테만 마음이 끌리는 거는 와 그런노?"

그날 이후, 봉헌은 고민에 빠졌다.

말숙이는 자신을 쳐다보지도 않고, 순덕은 매일 그를 붙잡는다.

그리고 영철이의 말이 귓가에 자꾸 맴돌았다.

"확실하게 해라이. 니 그라다가 순덕이가 지서에 신고하모 우짜 끼고?"

그날 밤, 봉헌은 방 한구석에 누워 천장을 멍하니 바라보았다.
영철이의 마지막 말,
"니 그라다가 순덕이가 지서에 신고하모 우짜 끼고?"
그게 가슴을 쿡쿡 찔러댔다.
'설마… 설마 순덕이가 그 정도로까지 하것나….'
하지만 순덕의 눈빛이 머릿속에서 선명하게 떠올랐다.
붙잡고, 애원하고, 소리치던 그 눈. 그건 단순한 집착이 아니었다.
무언가 더 깊은, 그리고 더 무서운 감정이 꿈틀거리고 있었다.

53. 봉헌은 양 갈래 길에서 서 있다

다음 날 아침, 봉헌은 눈을 뜨자마자 학교 가기 싫은 마음이 솟구쳤다.

하지만 안 갈 수도 없었다.

말숙이는 매일 학교에 오고, 순덕도 학교에 있다.

그 사이에 서 있는 자신은, 한 발만 잘못 디뎌도 낭떠러지로 떨어질 것 같았다.

등굣길, 교문을 지나 복도를 걷는데 뒤에서 익숙한 목소리가 들렸다.

"봉헌아. 오늘 방과 후에 이야기 좀 하자."

순덕이었다.

봉헌은 대답하지 않고 고개만 살짝 끄덕였다.

그 눈빛엔 무언의 강요가, 이미 결론이 정해진 대화가 담겨 있었다.

방과 후. 봉헌은 약속대로 삼실골 입구로 갔다.

순덕은 먼저 와 있었다.

책가방을 두 손으로 움켜쥔 채, 하얀 운동화 앞코를 계속 땅에 긁으며 서 있었다.

"왔나."

"왔데이…."

봉헌이 무거운 한숨을 쉬며 말을 꺼냈다.

"순덕아… 나 니한테 미안한 거 많다. 그날도 그렇고, 지금도 그렇고…. 내 솔직히 말하자면, 마음이 헷갈린다."

순덕이 고개를 들었다.

눈은 이미 촉촉했다.

"그래서… 결국은 말숙이한테 가겄다 이기가?"

"그건… 아직 결정 못 했다. 내 마음이 말숙이한테 있는 건 사실이다. 하지만, 순덕이 니도… 억수로 좋다. 고맙고… 미안하고…."

순덕은 고개를 천천히 저었다.

"니 내를 똑바로 보고 말해라이. 내는 지금부터라도 니만 바라보고 살라 하면 산다. 그란데 니 그거 못하겠다 싶으면, 올 여서 끝내라."

봉헌은 그 말을 들으며 눈을 감았다.

어디서부터 어긋났는지, 왜 처음부터 이렇게 무거운 일이 되어 버렸는지, 자신도 알 수 없었다. 하지만 선택해야 했다.

"순덕아… 내 지금은, 아무것도 못 정하겠다. 그게 솔직한 내 마음이다."

그 말에, 순덕의 얼굴이 굳어졌다.

그녀는 아무 말도 없이 고개를 돌려, 산 쪽으로 천천히 걸어가기 시작했다.

그 뒷모습엔 체념도, 분노도, 그리고 복수의 냄새도 어렴풋이 섞여 있었다.

며칠 후, 순덕은 아무 일 없던 듯 학교생활을 이어갔다.

다만, 봉헌이 느끼기에 그녀는 예전보다 더 조용하고, 더 웃지 않았다.

친구들과도 잘 어울리던 순덕이, 이제는 말도 아끼고, 혼자 다니기 시작했다.

그리고 이상한 소문 하나가 돌기 시작했다.

"누가 교무실에 몰래 쪽지를 넣었다 카더라. 어떤 남자애가 여학생이랑 학교 안 가고 땡땡이 치가 산에서 이상한 짓 했다 써 가꼬."

봉헌은 속이 철렁 내려앉았다.

혹시… 그 쪽지에 자기 이름이 적혀 있다면?

며칠 동안 봉헌은 잠을 설쳤다.

학교에서도 웃지 못하고, 밥도 제대로 넘어가지 않았다.

친구들과도 말수가 줄었고, 수업 시간엔 멍하니 창밖만 바라봤다.

혹시라도 순덕이 정말 쪽지를 교무실에 넣은 거라면? 혹시 이 모든 걸 부모님이 알게 된다면?

가슴이 조마조마하고, 점점 더 자신이 한 행동이 얼마나 경솔했는지 뼈에 사무쳤다.

결국 봉헌은 결심했다.

'사과하자. 정식으로. 말로만이 아니라… 책임지는 자세로.'

방과 후.

봉헌은 교무실 앞 복도에서 순덕이 나오기를 기다렸다.

순덕이 문을 열고 나오자마자, 봉헌은 바로 고개를 숙였다.

"순덕아… 미안타. 내가… 내 생각만 하고… 니 마음을 무시했다. 그날 이후로 내가 도망치고, 외면한 거, 정말 잘못됐다. 니한테도 상처였을 거 알고 있다. 그래서 사과하고 싶다. 진심으로."

순덕은 그 말을 듣고 가만히 서 있었다.

표정은 아무런 변화도 없었다.

봉헌은 계속 말을 이었다.

"만약 니가… 내한테 성이 나는 거는 당연하다. 니가 원하면 교무실에 같이 가서 말하자. 내가 한 거 다 말하고 벌도 받을 꾸마. 근데… 니도 안다 아이가. 그날, 나만 그런 기 아이다 아이가."

그 순간이었다.

순덕의 입꼬리가 비틀어지며, 짧게 한숨을 내뱉었다.

그리고 또렷하게 말했다.

"지금 그기 내한데 하는 사과가?"

"니는 지금 책임질 각오는 없고, 그냥 '벌 받겠다'고 말만 하고 싶은 거 아이가?"

봉헌은 당황했다.

순덕은 고개를 살짝 돌리며, 날카롭게 웃었다.

"니, 지금도 내 마음 모린다. 내는 니 좋아한다 했다. 지금도 그 마음 그대로다. 니는 '잘못했다. 벌 받겠다'는 말만 하고, 정작 내한테 다시 마음 준다는 소린 없다. 그게 사과가? 그냥 니 죄책감 털어 내는 소리 아이가?"

봉헌은 말을 잇지 못했다.

순덕은 가방을 다시 손에 들며, 낮게 속삭였다.

"다시는 내 앞에서 내 이름 꺼내지도 마라. 니는 이제 내게 죄인도 아니고, 인간도 아이다."

그리고 그녀는 복도 끝으로 사라졌다.

그 뒷모습은 이전의 순덕이가 아니었다.

이제는 봉헌이 통제할 수 없는 사람, 그리고 언제, 어떤 방식으로 되갚아 올지 모를 사람이었다.

며칠이 지났다.

봉헌은 그날 순덕에게 면박을 당한 뒤, 더 이상 어떤 말도 하지 않았다.

그날 이후 그는 순덕을 피하지 않았다.

아니, 피할 생각조차 하지 않았다.

점심시간이면 순덕이 반 앞에서 그를 기다렸고, 하교 시간이면 교문 근처에서 나란히 걸었다. 학교 마당 구석 그늘진 자리에 앉아, 순덕이 무슨 말을 하든지 봉헌은 고개를 끄덕였다.

"내하고, 중학교 졸업하면… 결혼하자."

순덕이가 그런 말을 툭 던져도, 봉헌은 아무 표정 없이 고개를 끄덕였다.

"그래… 니가 그러자면."

그 대답엔 어떤 설렘도 없었다.

다만… 체념한 사람의, 받아들이는 말투였다.

영철이가 그걸 보며 답답해했다.

"야 봉헌아, 니 진짜 와 그리 사노? 니 원래 그리 순하던 놈 아이다 아이가. 지금은 순한 것도 아이고, 그냥 서리에 시든 배추멘치로. 생기라곤 하나도 없고."

봉헌은 웃지도 않았다.

"영철아. 그래 이리 살모 편하다. 내가 뭘 더 생각하고 순덕이 싫다고 해 보았자 뭐시 달라질 끼고. 니도 안다아이가. 우리 같은 놈, 공부 잘하는 것도 아이고, 집에 돈 많은 것도 아이고…. 말숙이 같은 애는 우리 같은 놈 안 치다본다."

영철은 어이없다는 듯 입술을 깨물었다.

53. 봉헌은 양 갈래 길에서 서 있다

"그라모 순덕이 하고 사는 기 답이가?"

봉헌은 가만히 고개를 떨궜다.

"순덕이는 적어도 내를 쳐다봐 주고 좋아 한다 아이가. 그라고 내 이름도 불러 주고, 내하고 밥 같이 먹자 카고, 손도 잡고 그리 하모 된거 아이가."

영철은 더 이상 말을 하지 않았다.

그날 하굣길.

순덕이 말없이 봉헌의 손을 덥석 잡았다.

봉헌은 놀라지도 않고 그냥 맞잡았다.

"다들 우리 보고 신랑 각시라 칸다. 이제 니도 소문 걱정 마라. 그냥… 이렇게 가자."

봉헌은 고개를 끄덕였다.

그의 손안에서, 순덕의 손은 따뜻했다.

그러나… 그 온기는 봉헌의 가슴속까지는 미치지 못했다.

그저, '그래야 할 것 같아서 하는 행동', 그리고 '이미 돌이킬 수 없다는 생각'이 그를 순하게 만들고 있었다.

며칠째 봉헌은 영혼 없이 하루를 흘려보내고 있었다.

아침이면 순덕이 교문 앞에서 기다렸고, 하굣길엔 팔짱을 끼며 웃었고, 봉헌은 그저 고개만 끄덕였다.

적어도 겉으로는 그에게 더 이상 말숙은 없었다.

그러던 어느 날, 비가 오기 직전의 무더운 날 오후 하교 종이 울리고 아이들이 우르르 쏟아져 나올 때, 봉헌은 운동장 귀퉁이의 수돗가에 물을 마시러 갔다.

바로 그때였다.

"봉헌아."

뒤에서 자신을 부르는 그 목소리를 듣는 순간, 봉헌은 심장이 멈추는 듯했다.

말숙이었다.

여전히 단정하게 앞머리를 내리고, 흰 셔츠 소매를 걷은 채였다. 그리고, 오래전처럼 그에게 말을 걸었다.

"요새… 괴안나?"

그 단 세 글자, '괜찮아'가 봉헌의 가슴을 두드렸다.

그는 아무 말도 하지 못하고 고개만 끄덕였다.

말숙은 눈을 피하지 않고 그를 바라보며 말했다.

"니… 예전 같지가 않다이. 웃지도 않고, 니답지 않게 기운도 없고…."

그 말에 봉헌은 조용히 수돗물을 한 모금 마셨다.

차가운 물이 목을 타고 넘어갔지만, 가슴속은 더 뜨거워졌다.

"그냥… 사는 기지."

그가 어렵게 꺼낸 한마디에 말숙은 잠시 고개를 숙이더니,

"니, 지금 니 인생을 누구한테 맡기고 사는 것 같다."

그 말을 남기고 그녀는 조용히 걸어갔다.

봉헌은 멍하니 그 뒷모습을 바라보다가, 가슴속 깊은 곳에서 뭔가 불쑥 솟아오르는 걸 느꼈다.

말숙은 자신을 쳐다보지 않는다고 생각했다.

하지만, 그녀는 알고 있었다.

54. 봉헌은 결국 폭발하고 만다

순덕에게 학교는 단순히 글자를 배우고 셈법을 익히는 곳이 아니었다.

그녀에게 학교란, 삶의 온기였고, 사람을 느낄 수 있는 유일한 공간이었다.

버스도 다니지 않는 오지 마을 사평에서 아버지는 새벽부터 밤까지 논밭을 일구었고, 어머니는 하루 종일 굳은 얼굴로 살림을 도맡았다.

언니와 오빠는 중학교 졸업과 동시에 마산으로 떠났다.

편지를 보내는 일도, 명절이 아니면 집에 오는 일도 드물었다.

집안은 늘 조용했다.

밥을 먹어도, 이불을 개어도, 나무를 해도 늘 말 없는 풍경이었다.

보고 배운 것이 없던 순덕이에게 삶이란, 그저 엄마처럼 살아가는 것, 소문 없이 착하게 살다가, 누군가의 아내가 되고 어머니가 되는 것, 그것이 전부였다.

신문도, 잡지도 잘 닿지 않던 마을에서, 그녀는 '여자'란 무엇인지도 알기 전에 '여자로서의 운명'을 먼저 배워야 했다.

그리고… 그날 봉헌과 함께한 산속의 하루는, 그녀의 운명을 확정 지은 사건이었다.

'몸을 준 여자는 반드시 그 남자와 결혼을 해야 한다.'

할머니가, 어머니가, 그리고 동네 아낙들이 늘 말하던 그 말이, 이제는 자기 자신의 이야기가 된 것이다.

그날 이후, 순덕은 더 이상 예전의 순덕이 아니었다.

웃을 때도 눈치를 보았고, 봉헌의 말 한마디에도 숨이 가빠졌다.

자신은 이제 더 이상 '돌아갈 수 없는 강'을 건넜다고 믿고 있었기 때문이다.

'순결'.

그것은 1970년대 시골 중학교 여학생에게 있어, 삶을 좌우하는 절대적 가치였다.

'한 번 몸을 준 남자와는 반드시 결혼을 해야 한다.'

'그렇지 않으면 버림받은 여자, 더러운 여자로 낙인찍힌다.'

그 믿음은 교실 칠판보다 더 견고했고, 어른들의 수군거림은 마을 전체를 휘감았다.

순덕은 매일같이 밤에 이불을 덮고 울었다.

봉헌을 향한 집착은, 애정이라기보다는 이제 사회적 생존의 문제였다.

"봉헌이 니가 내 인생을 바꿔 놨다. 나는 이제 니 없이는, 어디 갈 데도, 뒤로 물러날 자리도 없다."

그녀는 그렇게 믿고 있었다.

순덕과 봉헌은 팽팽하게 당겨진 실 한 가닥 위를 걷고 있었다.

서로를 바라보며, 또 외면하며, 그렇게 중학교 2학년이라는 낯설고도 벅찬 시간을 지나고 있었다.

누군가는 그 시절을 '꿈 많던 시절'이라 부르지만, 이들의 하루는 그저 복잡하고, 조용히 흔들리는 나뭇가지 같았다.

학교 종이 울리면 순덕은 늘 봉헌의 등 뒤를 따라 걸었고, 봉헌은 언제부터인가 그 발소리를 애써 모른 척하게 되었다.

비 오는 날, 그들은 같은 처마 아래 서 있었지만 눈은 마주치지 않았다.

맑게 갠 날이면, 운동장 한편에서 나란히 서 있었지만 말은 놓지 않았다.

그 시절, 누군가는 꿈을 꾸고 있었고 누군가는 그 꿈에 실핏줄처럼 매달려 있었다.

순덕과 봉헌. 그 둘은 그렇게, 얇고 위태로운 감정의 끈을 붙잡은 채, 아무도 모르게 마음의 겨울과 여름을 번갈아 지나고 있었다.

그리고 세월은 그렇게… 중학교 2학년이라는 계절을 조용히 흘려보내고 있었다.

어느 날 점심시간, 남학생 반 교실 구석에선 야릇한 분위기의 속삭임과 웃음이 퍼지고 있었다.

교문 옆 감나무 그늘 밑, 영철이와 기복이, 영학이, 그리고 봉헌이 둥그렇게 앉아 도시락을 까먹고 있었다.

"봉헌이 이 자석, 요새 웃는 낯반때기가 와 그리 환하노? 순덕이하고는 우째 잘 되어 가는 가베?"

기복이가 김치를 찢으며 능청스럽게 물었다.

영철이도 웃으며 거들었다.

"그 자석, 2학년 초에 산속 매똥 뒤에서 순덕이 따묵다 안 카나.

우찌 재미있었나?

요새 또 운제 했노?

아메 올도 했을 랑가 모린다."

"진짜가? 진짜 빠꾸리했나? 니들이 농담으로 한 말 아이라 캐도 너무 구체적이라서 믿을 뻔 했데이."

영학이는 수줍은 듯 물으면서도 귀가 쫑긋 서 있었다.

봉헌은 김치 한 조각을 씹다 말고 헛기침을 했다.

"이 새끼들아, 그런 거 말 좀 하지 마라. 누가 듣기라도 하모 우짤라꼬 그라노."

하지만 말리는 척하면서도 봉헌의 입가엔 어쩐지 미묘한 자부심 같은 게 스쳤다.

그걸 놓칠 리 없는 영철이, 입꼬리를 올리며 웃었다.

"봐라, 봐. 저 표정. 순덕이 그날 이후로 눈에는 꿀물을 흘리 산시로, 봉헌이만 따라댕기다 아이가. 야 억수로 부럽다이."

"야야, 근데 말숙이는 우짤 낀데?"

기복이가 슬쩍 눈짓을 보냈다.

"나는 말숙이 눈썹 짙은 거 보면 왠지 모르게 숨이 턱 막히더라. 그 가서나는 진짜 공부만 하는 기계 같다."

"하모. 그런 애들이 속에 뭐 있을지도 모른다. 아이스캐끼처럼 생겨도, 뚜껑 열어 보모 뜨거운 호빵이 나오는 기라."

영학이가 말하며 낄낄 웃었다.

봉헌은 조용히 웃음을 지었다.

속으론 이런 친구들의 말이 가볍게 넘기기 힘들었다.

처음엔 별 뜻 없던 장난스런 농담들이 어느새 '자기 자신은 어떻게 보

54. 봉헌은 결국 폭발하고 만다

여지고 있는가'를 자꾸 생각하게 만들었다.

'니는 진짜 좋아하는 사람이 누고? 순덕하고 있었던 건 순간이었고, 말숙이는 그저 바라보는 사람이었는데… 지금 와서 이 둘 사이에서 나는 무슨 사람으로 남는 기고?'

그날 이후, 봉헌은 친구들과 있을 때면 괜히 웃음으로 넘기고, 혼자 남으면 말없이 창밖을 바라보는 일이 많아졌다.

친구들의 말은 장난이었지만, 그 장난들이 매일매일 쌓이면서 그의 마음은 조금씩, 아주 천천히 흔들리기 시작했다.

그날 이후, 봉헌은 순덕이와 단 한 번도 육체적으로 가까워진 적이 없었다.

그때도 실은 우발적이었다.

학교도 가지 않던 어느 날, 서로의 불안한 틈을 파고든 감정이 순간적으로 터진 것이다.

봉헌은 후회와 혼란 속에서 조용히 거리를 두려 했지만, 순덕은 달랐다.

그녀는 마치 그날의 일이 '둘만의 약속'인 양, 매일 아침 교문 앞에서 봉헌이를 기다리고, 종례가 끝나면 가방을 들어 주려 했다.

복도에서 스쳐도 반가운 눈빛으로 쳐다봤고, 심지어 어떤 날은 도시락 반찬을 따로 싸 와 봉헌에게 내밀었다.

이 모든 행동은 결국 다른 이들의 오해를 불러왔다.

"야, 봉헌이 니는 진짜 좋겠다. 순덕이가 완전 니 마누라 아이가?"

영철이의 말에 아이들이 우르르 웃었고, 기복이가 장난 섞인 눈으로 말했다.

"요새는 점심시간마다 뭐하노? 또 땡땡이치고 매똥 뒤에 가서 빠구리 하는 거 아이가?"

"오늘따라 순덕이 화장했는 것 같던데, 니 만날라꼬 그랬제?"

"뭐, 또 한 판 했것지. 이 부럽은 자석아."

봉헌은 억지 웃음을 지으며 넘겼다.

속으로는 부글거렸다.

'내가 지금 뭘 하고 있는 기지…. 사람들은 내가 순덕이하고 맨날 그러는 줄 아는데, 그건 한 번 있었던 일이었고, 그것도 지금은 후회되는데…. 나는 그런 놈이 아닌데….'

하지만 아무리 얘기해도 아무도 믿지 않을 거라는 걸 봉헌은 알고 있었다.

아이들은 자극적인 이야기엔 귀를 열고, 사실엔 귀를 닫는다.

순덕도 그걸 모를 리 없었다.

하지만 그녀는 오히려 그 오해를 즐기기라도 하듯, 봉헌에게 계속 다가왔다.

어쩌면 그 '소문'이 그녀가 가질 수 있는 유일한 무기라고 생각한 건지도 몰랐다.

세상이 그녀를 인정해 주지 않지만, '봉헌은 내 남자다'라는 암묵적 분위기만큼은 그녀가 만들어 갈 수 있다고 믿었던 것일지도.

쉬는 시간이 끝나고, 복도에 아이들이 몰려 있었다.

운동장에서는 체육 선생의 호루라기 소리가 울리고, 교실 안팎으로는 장난기 어린 웃음소리가 퍼졌다.

54. 봉헌은 결국 폭발하고 만다

영철이와 기복, 그 무리들이 또다시 봉헌을 중심에 두고 놀리고 있었다.

"봉헌이 요새 통 피곤하대매. 순덕이한테 다 빨려서 그런 거 아이가?"

"하이고야, 순덕이 요새 더 달라붙더라. 올도 계란후라이 소세지 따로 싸와서 먹여 준다 카더라."

"아니 근데, 그날 매똥 뒤에서 했다는 거, 진짜가?"

"진짜 아이가! 그때 순덕이 치마에 흙 묻은 거, 아직도 기억난다이."

봉헌은 처음엔 웃어 넘기려 했다.

언제나처럼, 가짜로 웃고 넘기면 조용해지리라 생각했다.

하지만 오늘은 달랐다.

가슴 한가운데 무언가가 쿵, 내려앉았다.

말도 안 되는 소문과 왜곡된 진실, 자신도 모르게 엮여 버린 누명과 부끄러움이 한꺼번에 밀려왔다.

봉헌은 갑자기 책상을 쾅, 내리쳤다.

"닥치라 안카나!!!"

순간, 교실이 얼음처럼 멈췄다.

아이들 모두가 봉헌을 쳐다봤다.

언제나 온순하고 조용하던 봉헌의 목소리가 교실을 쩌렁 울렸다.

봉헌은 거칠게 숨을 쉬며 말을 이었다.

"내가 운제 너거들 앞에서 자랑했노? 내가 운제 그 일이 좋았다 카더나? 그날은… 그날은… 참말로 실수였다! 근데 와 니들이 내를 갖고 씨부리고 웃노?"

그는 친구들을 하나하나 쳐다보았다.

기복, 영철, 영학, 준균… 그 웃고 있던 얼굴들이 하나씩 굳어갔다.

"순덕이한테도 미안하다. 근데 그 미안한 감정하고, 내 마음속에 누가 있는가 하는 건, 전혀 다르다 아이가."

누구 하나 말을 잇지 못했다.

봉헌은 쓴웃음을 흘렸다.

"니들한테는 그게 그거 같제? 근데 나는 하루하루 숨 막힌다. 순덕이는 내 말 한마디에 매달리고, 니들은 그걸로 내를 갖고 놀고, 말숙이한테는… 아무 말도 못하고. 내가 진짜 웃기지 않나?"

그는 고개를 푹 숙였다가, 조용히 가방을 들고 뒷문을 열고 나갔다.

복도 끝으로 사라지기 전, 마지막으로 한마디를 던졌다.

"더는 내를 갖고 니들 입에서 함부로 씨부리지 마라. 내가 니들 갖고 노는 공깃돌 아이다."

그리고 그는 조용히 교실을 나섰다.

그날 이후, 봉헌을 대하는 친구들의 태도는 조금씩 달라지기 시작했다.

누구도 더는 그를 함부로 농담의 소재로 삼지 않았다.

55. 만석 3학년 되어 말숙이 만나다

만석은 드디어 3학년이 되었다.

그리고… 특별 진학반, 3반에 배정되었다.

3반 교실로 들어서자, 전날부터 걸어 두었던 '특별진학반' 현판이 교실 입구에 조심스레 매달려 있었다.

책상은 4줄로 배치되어 있었다.

왼쪽 두 줄은 남학생, 오른쪽 두 줄은 여학생. 딱 봐도 교장 선생님이나 교무회의에서 고민 끝에 나온 자리 배치였다.

만석은 문을 열고 들어서자마자 잠시 얼어붙었다.

국민학교 이후로, 여학생과 같은 반을 해 본 적이 없었다.

그때는 서로 뛰어놀던 시절이었지만, 지금은 달랐다.

누가 먼저 말을 걸지도 않고, 누구도 먼저 웃지 않았다.

서로의 눈치를 살피며 책상 위만 내려다보고 있었다.

만석은 교실 맨 뒤 창가 자리에 앉았다.

창밖 들판에 내리는 봄 햇살이 눈부셨지만, 그보다 더 눈부신 건 오른쪽 줄에 앉은 여학생들의 모습이었다.

하얀 블라우스에 검정 교복 단정하게 묶은 머리, 말도 안 했는데, 뺨이 후끈 달아올랐다.

그중 한 여학생이 책가방을 내려놓고 조용히 앉았다.

긴 머리를 뒤로 말아 단정히 묶은 그녀는, 마치 바람결 따라 앉는 풀잎 같았다.

만석은 순간 숨을 멈췄다.

말숙이는 처음 보는 얼굴이었다.

이전까지 같은 학교였던 적도, 동네에서 본 적도 없었다.

하지만 그 순간, 그녀는 만석의 눈에 천사처럼 비쳤다.

햇살이 교실 창문으로 스며들던 그 아침, 말숙이는 고개를 살짝 숙인 채 조용히 교과서를 펼쳤다.

그녀의 옆얼굴에 비친 햇빛은 부드럽게 빛났고, 손끝은 고요하게 책장을 넘기고 있었다.

'저런 애도 공부하러 특별반에 왔는 가베….'

만석은 속으로 되뇌며, 괜히 연필을 손에 쥐었다가 내려놓았다.

갑자기 심장이 빠르게 뛰기 시작했다.

누가 쳐다보는 것도 아닌데, 뺨이 달아오르고, 마음속 어디선가 알 수 없는 파문이 퍼지는 듯했다.

'만석아 와이라노 공부하러 왔다 아이가. 지금은 집중해야 할 때다. 가스나 한 데 마음 뺏기모 안 된다.'

스스로를 다그쳐 보았지만, 눈길은 자꾸만 오른쪽 두 번째 줄, 말숙이의 자리로 돌아갔다.

수업 종이 울리고 담임 선생님이 들어왔다.

하지만 만석의 귀에는, 선생님의 목소리보다 책장을 넘기던 말숙이의 조용한 손끝 소리가 더 생생하게 들렸다.

그날, 만석은 수업 시간 내내 책보다 한 사람을 더 자주 생각했다.

공부에 미쳐 지내던 지난날, 처음으로 가슴이 두근거리는 순간이었다.

만석은 원래 그런 아이가 아니었다.

라면을 보면 먹고 싶고, 낮잠을 자고 싶으면 잠깐 엎드리는 게 중학생의 본능인데, 만석은 책상 앞에 앉은 채 모든 유혹을 물리쳤다.

밤에 졸리면 눈을 비비고, 배가 고프면 물을 마셨다.

공부 외에는 아무것도 욕심내지 않았다.

"내는 사춘기 같은 거 없는 갑다."

스스로도 그렇게 생각했다.

다른 친구들이 거울을 들여다보고, 이마의 뾰루지를 걱정할 때도 만석은 연필심이 제대로 깎였는지만 신경 썼다.

그런데 말숙이를 본 후부터 달라졌다.

사춘기가, 마치 눌려 있던 스프링처럼 튀어나왔다.

하늘을 보며, 만석은 하루에도 열두 번 기분이 바뀌었다.

해가 뜨면 기분이 괜찮다가도, 바람이 불면 괜히 울적해졌다.

말숙이가 교실에 들어올 때면 가슴이 철렁 내려앉고, 그녀가 조용히 머리를 귀 뒤로 넘기면, 왜 그렇게 이쁘고 고운지….

'내 지금 뭐 하고 있는 기고….'

하루에도 몇 번씩 스스로를 다잡았다.

그런데 어느 순간, 만석은 옷 입는 데도 신경을 쓰기 시작했다.

전에는 바지가 조금 찢어져도 그냥 기워 입었고, 교복 셔츠가 낡아 색이 바래도 상관없었다.

하지만 이제는 카디건 단추를 끝까지 채울까 말까, 양말에 구멍이 나진 않았나, 앞머리는 너무 눌려 보이지 않나 하고 거울을 보게 되었다.

심지어 하루는 이발소에 가서 말했다.

"앞머리 너무 짧게 자르지 마이소. 좀 자연스럽게…."

이발사는 빙그레 웃었고, 만석은 얼굴이 붉어졌다.

누가 물어본 것도 아닌데 괜히 변명했다.

"그냥… 좀 어른멘치로 보일라꼬예."

공부하느라 꽉 쥐어온 마음속에 말숙이라는 아이가 스며들자, 만석은 처음으로 자신을 한 걸음 떨어져서 바라보게 되었다.

누가 봐도 소년의 마음이었다.

아직 서툴고 조심스러웠지만, 그 마음은 책 한 권보다도 무거웠고, 단어 하나보다도 또렷했다.

어느 날 오후, 학교 마치고 운동장 옆 자전거 보관소에서 자전거를 끌어내던 중이었다.

만석은 머뭇거리다가 2학년 때 같은 반이었던 말숙이 옆 동네 사평에 사는 영학이에게 결국 입을 뗐다.

만석은 괜히 망설이며 영학이 옆에서 머뭇거렸다.

"야, 니 그… 말숙이 집 오던고 아나?"

영학이는 눈을 휘둥그레 떴다.

영학이 눈치챘는지 슬쩍 웃으며 먼저 물었다.

"근데 니… 요새 이상타. 말숙이는 와 니는 여자들 꽁무니 안 따라댕기고 공부만 하는 아 아이가?"

만석은 당황해 고개를 홱 돌렸다.

"뭔 소리고, 그런 거 아이다. 그냥 같은 반이라서 궁금해서 니한테 물어보는 기다."

영학이는 킥 하고 웃었다.

"니, 말숙이 좋아하나?"

"아~ 아이다! 진짜 아이다! 그냥… 좀 궁금해서 물어보는 기다."

영학이는 자전거 핸들을 돌리며 천천히 말했다.

"말숙이는 어릴 때부터 봉헌이하고 붙어 다닌다. 봉헌이 그놈, 말숙이한테 소에 붙어 있는 가문달이멘치로 붙어 있다이."

만석은 입술을 꾹 다물고 잠시 말이 없었다.

그런데 이내 고개를 들고 또박또박 말했다.

"그래도… 니 말숙이 저거 집 모리나?"

영학이는 고개를 갸웃하며 물었다.

"말숙이 집에? 니 진짜 가 보고 싶나?"

만석은 잠시 망설이다가, 천천히 숨을 들이켰다.

그리고 조용히 내뱉었다.

"괴안타. 봉헌이가 있어도… 내는 그냥, 궁금해서 그라는 기다. 공부도 잘하고, 말도 조용조용하이… 우찌 그런 기가 궁금해 갖고."

영학이는 더는 뭐라 하지 않았다.

둘 사이에 잠시 정적이 흘렀고, 운동장 끝 갈대숲이 바람결에 사르르 흔들렸다.

영학이는 자전거 안장을 어루만지며 중얼거리듯 말했다.

"에이, 니 진짜 웃기네. 알긋다. 그라모 이번 일요일 날, 백산서 버스 타고 석무서 내리가. 거서 사평까지 걸어 오이라.

그라모 니하고 내하고, 같이 말숙이 집 가 보자."

만석의 얼굴에 미소가 번졌다.

"고맙다. 그라모 7시 반 차 타고 갈꾸마. 석무 도착하모 8시 10분쯤 될 끼다. 너거 집까정 걸어가모 울매나 걸리노?"

영학이가 고개를 끄덕였다.

"천천히 걸어가모 한 시간 걸리 끼고, 좀 빨리 가모 50분이면 된다."

"아이고야… 버스 내리가 그리 머나…."

"하모. 우리 동네가 좀 안쪽이 되가 좀 멀다. 그래도 찬찬히 걸어오모 걸을 만하다. 국민학교 댕길 때 6년 동안 석무까지 걸어 댕긴다 아이가."

만석은 웃으며 말했다.

"너거 동네 비하모, 우리 동네는 버스 종점인데 10분만 걸어 가모 버스 타는데. 우예뜬, 일요일 7시 반 차 타고 갈꾸마."

영학이는 고개를 끄덕이며 말했다.

"알것다. 일요일 날 보자, 만석아."

두 사람은 자전거에 올라 바람을 가르며 각자의 집으로 향했다.

만석은 자전거 핸들을 꼭 쥔 손끝에, 뭔가 이상한 떨림이 느껴졌다.

설렘인지, 두려움인지, 아니면 처음으로 누군가를 향해 다가가는 자기 자신에 대한 어색한 기대감 때문인지 몰랐다.

페달을 밟으며 앞서 나아가는데, 영학이가 뒤에서 한 마디 던졌다.

"야 만석아!"

"와?"

"그래도, 무다이 가서 울고 오지 마라잉!"

만석은 대답 없이 그 말에 씩 웃었다.

햇빛은 어느새 기울어 붉게 물들고 있었고, 그의 마음 한 켠엔 말숙이란 이름이 조용히 자라나고 있었다.

56. 말숙이 집에 찾아가는 만석

영학이의 봉헌과 말숙이 관계 그 말을 듣고 만석은 며칠을 고민했다.
'진짜 가도 되나…? 여자애 집에, 그것도 혼자서….'
하지만 일요일 아침, 만석은 해 뜨기 전부터 일어났다.
할머니는 평소보다 더 부지런히 바지에 다리미를 눌러 주며 물었다.
다림질하며 바지가 덜 말라 할머니는 침 바지에 뱉으며
"페~페~ 이 주봉 입고 서울 간다이."
"할매 그기 뭐하는 기고?"
"추진 옷 입으모 재수 없다 아이가. 이기 치방이다."
"니는 올 갱일인데 오데 간다꼬 이리 바쁘노?"
"친구 집에 공부 좀 하러 간다꼬예."
"그래, 좋은 일이다. 놀러 가는 것도 아니고 공부라꼬 하모, 할매가 말릴 일이 있나."

만석은 자전거에 작은 가방을 걸고 백산 버스 정류장으로 향했다.

봄 바람이 뺨을 스치고 지나갔지만, 오늘은 춥지도 않았다. 마음속이 따뜻해서였을까?

7시 반 정각, 낡은 버스가 덜커덩 소리를 내며 도착했다.

만석은 조심스레 버스에 올랐다.

버스 안은 일요일이고 이른 시간이어서 그런지 사람들이 많지 않았다.

자리에 앉아 유리창 밖을 내다보며, 말숙이의 얼굴이 떠올랐다.

'오늘은… 말 한마디라도 해 볼 수 있으려나….'

40분쯤 달렸을까.

석무 정류장에 도착했다.

이미 기다리고 있던 영학이가 손을 흔들며 다가왔다.

"왔나, 만석아!"

"하, 많이 지달렸나?"

"아이다 언자 왔다. 어픈 가자. 쪼깨 쌀랑하네 추번깨네 빨리 걷자."

논두렁을 따라 걷기 시작했다.

논은 아직 비어 있었지만, 논둑을 따라 길게 이어진 발자국들이 그들의 길을 안내했다.

들판을 가로지르자 하얀 서리 밟는 소리가 바스락거렸다.

"저~ 건너편 산자락 보이제? 저 밑에가 우리 동네다."

"이리 본깨 생각보다 그리 멀지 않네."

"그래도 걸어 보모 멀다. 혼자 가모 더 멀기 느끼진다."

산기슭에 다다르자 작은 마을이 나타났다.

악양 뚝방 아래로 기와집과 슬레이트 지붕들이 나란히 줄지어 있었고, 굴뚝 연기가 느릿하게 하늘로 올라가고 있었다.

영학이는 골목 중턱에서 멈췄다.

"저기, 저 파란 대문 집 보이제? 저가 말숙이 집이다."

만석의 심장이 덜컥 내려앉는다.

"오데 말이고 저 집 말이가?"

대문 앞에 도착한 만석과 영학이는 조심스레 안쪽을 살폈다.

마당 너머 부엌 쪽에서는 가마솥에서 김이 피어오르고 있었고, 굴뚝에서는 하얀 연기가 천천히 퍼져 나왔다.

"안에 말숙이 보이나?"

영학이가 속삭이며 담장 옆으로 살짝 고개를 내밀었다.

"말숙이 있는 거 맞제?"

만석은 심장이 쿵쿵 뛰는 것을 느꼈다.

입 안은 바싹 말라 있었고, 손은 바지 주머니 속에서 땀으로 축축해지고 있었다.

그런데 갑자기, 뒤에서 기척이 느껴졌다.

바람이 지나가는 것도 아닌데, 마치 누군가 시선을 던지고 있는 것처럼….

만석이 천천히 뒤를 돌아봤다.

그 순간 작은 골목길을 따라 누군가 걸어오고 있었다.

그 사람은 바로… 말숙이었다.

짙은 코트 위에 목도리를 두른 채, 조용히 걸어오고 있던 말숙이는 고개를 들고 두 소년을 보자 걸음을 멈췄다.

그러고는 눈을 동그랗게 뜨고, 살짝 입을 벌렸다.

"야…!"

말도 하기 전에, 만석의 얼굴이 벌겋게 달아올랐다.

영학이도 상황을 눈치채고 속삭였다.

"야야, 뛰자!"

"어! 뛰지 마!"

두 소년은 말도 제대로 못 꺼낸 채, 뒷골목으로 냅다 도망쳤다.

짚단을 넘고, 돌담을 돌아, 논둑길을 따라 달리는 발소리만 골목에 남았다.

멀리서

"야! 니들 뭐하는 기고!"

말숙이의 당황한 목소리가 들려왔지만 만석과 영학이는 되돌아보지 않았다.

숨이 턱까지 차오를 때까지 달려가서야, 두 사람은 멈춰서 숨을 헐떡이며 서로를 바라보았다.

"와 도망을 가노, 아이고."

영학이가 웃으며 말했다.

만석은 바지 무릎에 묻은 흙을 툭툭 털며, 고개를 푹 숙였다.

"그냥… 너무 놀래 가꼬…. 내 얼굴도 못 들겠다."

"그래도 니 낯반때기 좀 봐라, 완전 토마토 색깔이다."

둘은 쿡쿡 웃었지만, 만석의 가슴은 아직도 콩닥콩닥 뛰고 있었다.

말숙이의 눈동자, 놀란 얼굴, 그리고 그 짧은 순간의 마주침이 자꾸만 눈앞에서 아른거렸다.

그날 이후, 만석은 자주 멍해졌다.

수업 시간에도, 밥을 먹을 때에도, 논두렁 길을 자전거로 달릴 때에도 말숙이의 얼굴이 문득 떠오르곤 했다.

큰 눈, 가만히 웃던 입꼬리, 그리고 놀라서 눈을 동그랗게 뜨던 그 순간까지.

'빙시아 와 그때 도망친노?'

부끄러바서?

아이모 니가 말숙이 좋아하는 거 들킬까 십어가?

뭐시 겁이 나서?

아무리 생각해도 그날의 자신은 너무나 어설펐다.

말 한마디 건네지도 못하고, 얼굴 한번 바로 보지도 못하고… 그렇게 등을 보이며 도망친 자신이, 자꾸만 속상했다.

57. 사춘기 소년이 된 만석이

그날 이후, 만석은 더욱더 거울을 자주 보기 시작했다.

그전까지는 아침에 세수하고 말리던 머리도, 이제는 물을 다시 묻혀 가며 빗질을 했다.

"니, 빗도 안 들던 아가 고무래질하는 거멘치로 가르마 잘 타네. 포마드 지름 좀 바르지 와?"

영학이의 농담에도, 만석은 아무 대꾸도 하지 않았다.

심지어 교복 셔츠를 입을 때도, 어깨가 펴졌는지, 팔꿈치가 너무 짧아 보이지는 않는지 신경이 쓰였다.

하루에도 열두 번 거울을 보고, 겨울인데도 자꾸만 목도리 색깔이 신경 쓰이고, 말숙이가 있는 쪽으로 자꾸 시선이 간다.

말숙이는 창가에 서서 혼자 책을 들여다보고 있었다.

해가 교실 안으로 비스듬히 들어와 그녀의 옆모습을 감쌌다.

만석은 걸음을 멈췄다.

손끝이 저릿했다.

'가까이 가야 하나…. 말을 걸어 볼까…. 아이다, 이상하게 볼지도 모른다.'

그렇게 망설이고 있는데, 말숙이가 천천히 고개를 돌려 그를 바라보왔다.

눈이 마주쳤다.

그리고 말숙이가 먼저 말을 걸었다.

"니, 전번에 우리 집에 와 왔더노?"

목소리는 조용했지만, 분명했다.

만석은 눈이 휘둥그레졌다.

숨이 멎는 것 같았다.

"왔으모… 집에 들어오든지 하지."

말숙이의 말투엔 어딘지 모르게 서운함도 섞여 있었다.

만석은 얼굴이 벌게져 고개를 숙이며 얼버무리듯 말했다.

"아이다… 그기… 영학이 저거 집에 놀러 갔다가…. 니, 우리 반 아이가 그래 갖고…. 그냥, 궁금해서…."

말숙이는 조용히 웃었다.

만석은 그 미소에 더욱 말문이 막혔다.

"궁금했단 거, 내가 궁금했던 기가…?"

말숙이는 다시 창밖을 바라보며 말했다.

바람에 찰랑이는 그녀의 머리카락이 햇빛을 받아 금빛으로 빛났다.

만석은 대답하지 못했다.

그저 책상 옆을 손끝으로 만지작거리며 작은 목소리로 말했다.

"…그냥, 공부 잘하고 말도 조용조용하이…. 그런 니가, 좀… 이상하게 마음에 남아서…."

그 말이 떨어지자 말숙이는 고개를 살짝 돌려 만석을 다시 보았다.

그리고 말없이 한참을 바라보다가, 조용히 말했다.

"공부도 좋고, 성적도 좋고…. 그라모, 마음도 공부 좀 해라."

그 말에 만석은 깜짝 놀라 얼굴을 들었다.

바로 그 순간, 말숙이가 고개를 들었다.

조용한 교실 한복판에서, 두 사람의 시선이 정면으로 부딪혔다.

만석은 숨을 멈췄다.

그 짧은 순간, 마치 시간이 멈춘 듯했다.

그녀의 눈동자에는 맑은 샘물 같은 정적이 깃들어 있었다.

그 안에 비친 자신의 모습이 부끄럽고 낯설게 느껴졌다.

그는 반사적으로 고개를 푹 숙였다.

심장이 미친 듯이 뛰고 있었다.

고개를 숙인 채, 속으로 중얼거렸다.

"와 이리… 가슴에 방맹이질을 해샂노…."

말숙이의 얼굴, 그녀의 눈빛, 그 조용한 미소. 하나하나가 머릿속에 박혀 나가지 않았다.

책상 위의 책 글자는 이미 눈에 들어오지 않았다.

심장은 아직도 쿵쿵거리며 불규칙하게 요동치고 있었다.

그는 애써 숨을 고르며 창밖을 바라봤다.

그러나 만석의 속은 그와 반대로 들끓고 있었다.

'우짠 일로 이라노? 공부만 하겠다 카고, 아무한테도 눈길 안 준다 카던 내가….'

그는 아직 사춘기란 걸 체감하지 못하고 있었다.

그러나 그날, 그 찰나의 순간에 말숙이라는 존재가 그의 마음 한가운데에 자리 잡았다는 걸 부정할 수 없게 되었다.

이제 그는 더 이상 공부만 하는 '기계 같은 학생'으로는 남아 있을 수 없다는 걸 알아차리기 시작했다.

그녀를 마주할 때마다 달라지는 자신의 가슴 깊은 곳에서 뭔가가 싹트는 소리를 이제 그는 분명히 듣고 있었다.

만석은 지금까지 공부를 위해 사춘기를 참아 냈다고 믿었지만, 그날 이후로는 사춘기라는 바람이 스멀스멀 자신을 뒤덮고 있다는 것을 더는 부정할 수 없었다.

말숙이를 보면 웃고 싶고, 말숙이 옆자리에 앉고 싶고, 말숙이가 자신을 한 번쯤 봐 주길 바라는 마음.

만석은 처음으로, '공부 말고 다른 것'에 가슴이 뛰는 기분을 알게 되었다.

그것은 설렘이자 혼란이었고, 두려움이자 달콤한 기대였다.

어느 날 아침, 특별반 3반의 교실엔 유독 맑은 햇살이 퍼지고 있었다. 만석은 평소보다 일찍 등교해 자리에 앉아 책을 펴 놓았지만, 눈은 글자를 따라가지 못하고 자꾸만 창밖으로 흘렀다.

그때였다. 말숙이가 조용히 교실 문을 밀고 들어왔다.

단발머리를 깔끔히 묶고, 교복 치마에 흰 운동화를 신은 그녀는 마치 다른 계절의 공기라도 입고 온 듯했다.

그녀가 자리에 앉기 전, 만석의 옆을 지나가며 불쑥 한 마디를 툭 던졌다.

"니, 어제도 늦게까지 공부했나? 눈이 뻐굼하다이."

만석은 순간 말을 잃었다.

말숙이의 말투는 평소처럼 담담하고 무심했지만, 그 한마디가 마치 따뜻한 물 한 컵처럼 가슴 깊은 곳을 서서히 데우고 지나갔다.

"아… 아이다. 그냥 좀 늦게까지 안 자고 있었더마는."

그는 급히 대답했지만, 말숙이는 이미 자리에 앉아 책을 꺼내고 있었다.

수업 종이 울리고 선생님이 들어와도, 만석의 머릿속은 온통 '눈이 뻐굼하다이' 그 한마디뿐이었다.

그녀가 자기를 본다는 것, 자세히 봤고, 걱정하는 말투로 말을 건넸다는 사실이 귓가를 떠나지 않았다.

'그냥 하는 말이었을까? 아이다, 그래도… 날 봤다는 거 아이가.'

그날 수학 시간, 선생님이 문제를 풀라 했지만 그는 칠판을 뚫어지게 바라보며 숫자 사이로 말숙이 얼굴을 떠올렸다.

점심시간엔 밥숟갈을 들다가 깜빡 흘려 놓기도 했고, 체육 시간에는 달리기를 하다 넘어질 뻔했다.

하굣길에 자전거를 타며 그는 중얼거렸다.

"눈이 뻐굼하다이 할 때… 하모 공부 좀 했다 아이가…. 그 한마디가 우째 이리 힘더노."

그날 밤, 만석은 책상에 앉아도 공부가 잘되지 않았다.

대신 종이 한 귀퉁이에 말숙이의 이름 세 글자를 연필로 조용히 써 봤다. 금세 지우개로 지웠지만, 자국은 남았다.

그 자국처럼, 그녀의 말 한마디는 하루 종일, 그의 마음에 잔잔하게 번지고 있었다.

그날 이후, 만석은 마치 두 세계 사이에 서 있는 것 같았다.

하나는 책상 위의 문제집과 단어장, 그리고 '출세'라는 말이 늘 붙어 다니는 고단한 세계.

다른 하나는 말숙이의 한마디, 미소, 그리고 조용한 숨결이 어른거리는 세계였다.

밤이 되면 그는 여전히 책상 앞에 앉았다.

하지만 책장이 넘어가는 속도는 점점 느려졌고, 한 줄의 문장을 읽는 데 십 분이 걸리기도 했다. 문장 사이사이에 끼어드는 말숙이의 얼굴, 목소리, 그리고 "눈이 퀭하데이."라는 말.

'이래가 우예 마산에 있는 고등학교 갈 끼고….'

스스로 다짐하며 정신을 붙잡아도, 그녀의 그림자는 자꾸만 마음속을 흔들었다.

어느 날 밤, 할머니가 조용히 방문을 열고 물었다.

"만석아, 와 이리 공부를 안 하노? 어디 아프나?"

"할매 괴안타 아픈 데 없다."

그는 고개를 숙인 채, 연필을 쥔 손에 힘을 더했다.

하지만 종이는 깨끗했고, 단어장은 펼쳐져 있을 뿐이었다.

그날 저녁, 그는 책상에서 일어나 방문을 살짝 열고 마당에 섰다.

겨울밤의 찬 공기가 얼굴을 스치며 정신을 맑게 해 주는 듯했지만, 가슴속은 여전히 혼란스러웠다.

'내가 이래도 되는 기가? 나는 공부해서 마산 갈기라고 마음먹었는데…. 지금 이 마음은, 공부하고는 아무 상관이 없는 기다 아이가….'

하지만 또다시 머릿속에 떠오른 건 말숙이의 어여쁜 눈빛이었다. 그 눈빛 하나가, 지금껏 자신이 살아온 모든 방향을 흔들어 놓고 있었다.

학교에서는 말숙이와 마주치면 일부러 눈을 피했다. 그녀가 옆을 지나가면 심장이 뛰는 소리가 귀에 울릴 만큼 커졌다.

그러나, 그녀가 보이지 않으면 또 허전하고 허무했다.

그 감정이 사랑인지, 단순한 호기심인지, 아니면 공부만 해 온 삶 속에서 처음 겪는 '사춘기'의 몸부림인지 만석은 알 수 없었다.

그저 확실한 건 하나였다.

지금의 그는, 그 전의 그가 아니란 것.

책상 앞에서 단어만 외우던 아이가 아니라, 누군가를 향해 마음이 흔들리는 한 사람의 소년이 되어 가고 있었다.

58. 만석의 가슴에 피어나는 사랑의 감정

그날 이후, 만석은 말숙이를 향한 감정을 더 이상 감출 수 없게 되었다.

책상 앞에 앉아 있어도 말숙이의 작은 눈짓 하나, 책을 넘기는 손짓 하나가 자꾸 떠올랐다.

어느 날, 비가 부슬부슬 내리던 오후였다.

비가 오면 자전거를 탈 수가 없어서 버스를 타고 등교를 했었다.

수업이 끝나고 다들 우산을 펴거나 뛰어가느라 분주한 운동장에서 만석은 우산이 없었다.

가방을 머리에 이고 터덜터덜 교문 쪽으로 걸어가던 중, 누군가 조용히 그의 옆에 섰다.

"니, 우산 없제?"

말숙이었다.

그녀는 자기 우산을 살짝 그의 쪽으로 기울였다.

둘 사이에는 손 하나 닿을 듯 말 듯한 간격이 생겼고, 빗방울은 우산 끝자락을 따라 졸졸 떨어졌다.

만석은 당황했지만, 피하지 않았다.

"고맙다…. 니는 우산 가지고 왔는 가베?"

"하모. 우리 새엉가가 꼭 챙기라 캐서."

짧은 대화였지만, 그 순간 만석의 가슴은 몹시 뛰었다.

빗줄기는 잦아들지 않았다.

버스 정류장까지 그들은 말없이 걸었다.

말숙이 먼저 입을 열었다.

"니, 요즘도 밤늦게까지 공부하제?"

만석은 고개를 끄덕였다.

"하모. 그래야 제우 따라갈 수 있다. 특별반에 들어왔지만 나는 머리가 좋은 축은 아이다."

말숙은 흠칫 웃었다.

"니, 솔직하네. 근데, 니 억수로 성실하다는 건 안다. 매일 제일 일쩍 학교 오고, 쉬는 시간에도 책을 보고 있고."

만석은 어깨를 움츠렸다.

"딴 건 몰라도… 부지리 하는 거는 자신 있다. 그거라도 해야… 머리 좋은 너거들 따라갈 수 있다 아이가."

"내도 그리 머리는 안 좋다."

말숙은 잠시 걸음을 멈췄다.

고개를 들어 만석을 바라봤다.

"그날… 우리 집까지 와 왔더노?"

만석은 말없이 빗소리를 들었다.

어쩌면 대답은 준비돼 있었는지도 모른다.

다만, 입으로 꺼내기까지 시간이 걸렸다.

"그냥… 니가 우애 사는지, 어떤 집에 사는지 궁금해 갖고. 같은 반인데, 말도 잘 안 하고, 공부도 잘하고 그래서 한 번 가 봤다."

말숙은 우산을 살짝 더 기울여 만석 쪽으로 기울였다.

"그라모, 언자는 궁금한 기 풀린나?"

만석은 작게 웃으며 말했다.

"아니. 더 많아지뻐가. 책을 봄시롱도 니에 대한 궁금한 기 많아지가 자꾸 생각이 난다."

말숙도 웃었다. 고개를 숙이며 말했다.

"나도 니가 우리집 앞에 왔다 가고 나서 니 생각하모, 수학 문제 풀다가도 멍할 때가 있더라."

비는 여전히 내렸고, 말숙의 손끝에서 전해지는 따뜻한 체온이 만석의 마음을 가만히 덮어 주었다.

버스 정류장에 도착하자, 만석은 우산을 밀어내지 않았다.

오히려 잠시 멈춰 섰다.

"말숙아."

"와?"

"니 없었으모, 내 지금처럼 못 버텼을 끼다."

말숙은 대답하지 않았다.

다만, 우산을 든 손을 조금 더 단단히 잡았다.

그리고 말없이 웃었다.

그 순간, 말없이 주고받는 마음이 말보다 더 깊게 가슴에 스며들었다.

말숙이는 정류장에 아이들이 많은 것을 보고 근처에서

"여서 정류장에 뛰어가라. 아들이 마이 서 있어서 소문나것다."

"알것다. 고맙다이. 내일 학교서 보자이."

만석은 인사를 하고 버스 정류장으로 뛰어가고 말숙이는 삼실골 고갯

길로 천천히 걸어서 독산 집으로 갔다.

 집으로 돌아온 만석은 저녁상을 물끄러미 바라보다가 할머니의 재촉에 겨우 숟가락을 들었다.
 밥이 입에 들어가는지도 몰랐다.
 고추장에 무친 나물과 된장국의 익숙한 맛도, 그날따라 무미건조했다.
 "만석아 뭐 하노? 밥을 입에 넣고는 와 멍하이 있노?"
 할머니의 잔소리가 머리 위를 스치고 지나갔다.
 하지만 만석의 마음은 아직도 그 좁은 우산 속, 말숙이의 옆에 머물러 있었다.
 저녁을 대충 넘긴 뒤, 방 안으로 들어온 만석은 책상 앞에 앉았다.
 책을 펼쳤지만, 눈에 들어오는 건 글자가 아니라 말숙의 얼굴이었다.
 창가에 기대어 책을 보던 모습, 조용히 웃던 입술, 그리고 고개를 들어 눈이 마주쳤던 순간.
 마치 책장마다 말숙의 얼굴이 그려져 있는 듯했다.
 "이카믄 안 되는데…. 시험도 얼마 안 남았는데…."
 속으로 중얼거리며 다시 책을 들여다보았지만, 한 줄을 읽고 나면 이미 앞 문장을 잊고 있었다.
 눈은 글을 따라가도 마음은 여전히 빗속에 머물러 있었다.
 우산 속, 말없이 가까웠던 그 거리.
 말숙이 우산을 살짝 자기 쪽으로 기울였던 순간의 온기.
 그리고 그녀가 조용히, 하지만 분명한 눈빛으로 자신을 바라봤던 그 찰나.

만석은 그것들이 마치 꿈처럼 어지럽게 머릿속을 맴도는 걸 어찌할 수 없었다.

책상 위 시계가 어느새 열 시를 가리켰다.

그는 이불 속으로 들어가 눈을 감았지만, 눈앞에 떠오르는 것도 여전히 말숙이었다.

'이러다가 정말 공부 못 해 묵는 거 아이가….'

한숨을 내쉬었지만, 마음 깊은 곳에서는 희미하게 미소가 번졌다.

비록 불안한 감정이었지만, 그 속에는 세상이 조금 따뜻해지는 듯한 위안이 있었다.

책상 위 스탠드 불빛 아래에서 만석은 한참이나 책장을 넘기지 못하고 있었다.

영어 문법책 속 글자가 온통 말숙이 얼굴처럼 일렁였다.

'우짤라꼬 와 이리 마음이 쓰이노….'

그는 조용히 눈을 감았다.

그러자 잊고 지냈던 누군가의 얼굴이 마음 깊은 곳에서 불쑥 떠올랐다.

국민학교 4학년 때 전학을 왔던 그 애…. 엄은희.

하얗고 긴 얼굴, 얌전한 말투, 창가에 앉아 수업 시간이면 고개를 살짝 숙이고 공책에 뭔가를 열심히 적던 모습. 은희는 문현국민학교에서는 보기 드문 도시에서 온 아이였다.

친구들 사이에 쉽게 섞이지 못하고, 점심시간이면 혼자 나무 그늘에 앉아 책을 보곤 했다.

만석은 그 애가 뭘 좋아하는지도, 어디서 왔는지도 묻지 못했다.

그저 매일 교실 뒤쪽에서 은희가 자리에 앉는 걸 슬쩍슬쩍 훔쳐보곤 했다.

그땐 어려서 마음이라는 게 뭔지도, 다가간다는 게 어떤 건지도 몰랐다.

그저 꿈에만 나타났다.

학교 마당에서 같이 뛰놀고, 나무 밑에 앉아 도란도란 얘기하고, 같이 소꿉장난하듯 웃는 꿈.

그런데 깨어나면 언제나 현실은 조용했다.

한 마디 말도 붙이지 못하고 은희는 떠났고, 그 후로 다시 그런 마음이 찾아올 거라곤 생각하지 않았다.

그런데 지금, 말숙이와는 말을 섞고 있다.

"그때는 나 자신이 너무 초라하고 볼품없었다."

만석은 속으로 중얼거리며 창밖을 바라봤다.

삼실골 너머, 말숙이 사는 독산마을 쪽을 바라보며 다시 생각했다.

'언자는 도망치지 말자.'

그녀가 뭘 좋아하는지, 무슨 생각을 하는지, 어떤 길을 걸어왔는지…. 천천히, 그러나 꼭 알고 싶었다.

종이 위에 단어 하나를 적고 나서, 만석은 흐릿하게 웃었다.

그는 더 이상 초등학교 4학년의 어설픈 소년이 아니었다.

말숙 앞에서는 여전히 긴장되지만, 그래도 용기를 내 볼 수 있는… 그만큼 자란 자신을 느끼고 있었다.

지금, 말숙은 다르다.

그녀의 눈빛 하나, 말 한마디, 우산을 내밀어 주는 작은 손길까지도 마음에 깊숙이 남았다.

은희가 지나가던 바람이었다면, 말숙은 머무는 바람이었다.

그리고 그 바람은, 만석의 마음 구석구석을 흔들고 있었다.

'나는 누굴 이토록 오래, 깊게 생각해 본 적이 없었다.'

만석은 스스로도 놀라웠다.

고작 같은 반 친구 하나가 하루 종일, 아니 며칠째 마음에서 떠나질 않는다는 사실이.

책상 위 영어 단어장이 덮인 채, 그는 한참 동안 창밖을 바라보았다.

만석이 근처에 말숙이 살고 있다는 사실만으로도 가슴이 뛴다.

문득, 말숙이가 떠올랐다.

언제나 똑 부러지고 밝았던 그 아이.

하굣길 걸어갈 때면 말숙이의 걸음은 유난히 경쾌했다.

웃을 때면 잇몸이 살짝 보이는 그 미소는 만석에게 말없이 용기를 주었고, 그저 그 자리에 있어 주는 것만으로도 세상이 덜 막막하게 느껴졌다.

하지만 지금, 말숙이를 떠올릴수록 가슴 한구석이 조여 왔다.

'내가 뭔데, 그 아이 앞에서 마음을 내 보이것노….'

만석은 괜히 말없이 주먹을 쥐었다가 펴기를 반복했다.

좋아했다. 그저 좋기만 했다.

말숙이의 눈빛도, 말투도, 교복 옷깃을 여미던 손끝도. 하지만 그런 마음을 말로 꺼낼 수 없었다.

자신의 처지 때문이었다.

다른 친구들은 고등학교 진학 얘기를 당연히 꺼내고, 도시로 간다는 이야기에 설렘을 품지만, 자신은 학교에 갈 수 있을지조차 불안했고, 이제 막 아버지가 마음을 돌려 겨우 길을 터 준 참이었다.

말숙이 앞에서 웃는 것도, 말을 건네는 것도 자신에겐 사치처럼 느껴졌다.

그 아이에 비하면 자신은 너무 초라해 보였다.

해진 교복과 덧댄 신발, 자신의 초라한 모습이 자꾸 눈앞에 겹쳐졌다.

그저 멀리서 바라보기만 했다.

말숙이가 다른 친구들과 이야기하며 웃고 있으면, 멀리 떨어진 운동장 끝에서 괜히 다른 친구들과 장난을 하며 시선을 피해 버렸다.

'그저… 한 번쯤은 내 이름을 불러 주면 좋겠다.'

그 소박한 바람조차, 만석은 늘 마음속에만 묻어두었다.

만석은 말숙이를 가슴속 깊이 품고 있었다. 그러나 그것은 어디까지나 마음속에서만 가능한 일이었다.

그는 말숙이를 보며 종종 웃고, 멀리서 그녀가 지나가는 길목을 쳐다보기도 했지만, 단 한 번도 다가가 본 적은 없었다.

그저… 올라갈 수 없는 나무라고 생각했다.

말숙이는 늘 단정했고, 공부도 잘했고, 또래 사이에서도 중심에 있는 아이였다.

반면, 만석은 집안일도 거들고, 동생들 보느라 책도 제대로 못 펴는 날이 많았다.

가끔 운동화 끈이 풀어져도 제대로 묶지 못한 채 교실에 앉아 있어야 할 만큼, 마음의 여유가 없었다.

"니는 마산 가제, 내는 이 동네서 못 벗어난다 아이가."

그렇게 누군가 말숙이에게 한 말을 떠올릴 때면, 가슴이 시렸다.

말숙이는 언젠가 시골을 벗어날 사람이고, 자신은 어쩌면, 늘 이 좁은 논길 위를 맴돌아야 할 사람일지도 몰랐다.

그래서 만석은 말숙이에게 말 한마디 제대로 건네지 못했다.

눈이 마주쳐도 그냥 피했고, 같은 길을 걷게 되면 괜히 한 발 뒤로 물러섰다.

말숙이와 나란히 걷는 꿈은, 잠결에나 가능했다.

그 마음은, 조용히 말라가는 들풀 같았다.

누구에게 내 보일 수도 없고, 그렇다고 꺾어 버릴 수도 없는, 애틋하고 어설픈 짝사랑.

만석은 그저 그렇게, 말숙이를 마음속에만 품고 살았다.

마치 오래된 책갈피 속에서 잊히지 않는 꽃잎처럼.

만석은 말숙이가 마음속 깊이 간절했다.

그녀를 생각하지 않는 날이 없었다.

학교에서 돌아오는 길, 밥을 먹다가 문득, 심지어 동생들의 재잘거림 사이에서도 말숙이의 얼굴이 떠올랐다.

그러나 그는 아무 행동도 하지 않았다.

편지를 써 보려 펜을 잡아 보기도 했지만, 막상 몇 글자 쓰다 말고 종이를 구겨 버리기 일쑤였다.

'니를 좋아합니다'라는 그 간단한 말이, 자기 손끝에선 너무도 먼 이야기처럼 느껴졌다.

그녀의 집을 찾아가 보는 것도 한 번쯤은 상상해 보았지만 실제로는 골목 어귀에 들어서지도 못했다.

그 집 담장에 다가가는 것만으로도 가슴이 쿵쾅거렸고, 혹여 마주칠까 봐 뒷걸음질치게 되었다.

말숙이의 눈길 한 번, 웃음 한 번에 가슴이 울렁거렸지만, 그는 끝내 아무 말도 하지 못했다.

좋아한다는 말 한마디도, 언젠가 한 번 만나자는 부탁도, 그 무엇도 꺼내지 못했다.

자신이 너무 초라하다고 느꼈다.

말숙이는 도시 고등학교를 준비하며 매일 도서관을 다니고 있었고, 만석은 아직도 정미소와 공부 사이를 오가며 동생들 뒷바라지에 지쳐 있었다.

'니 같은 애가 감히….'

어쩌면 누가 말한 것도 아닌데, 자신이 스스로에게 던지는 말이었을 것이다.

그래서 그는 아무것도 하지 않았다.

말숙이는 그렇게, 멀리서 바라보기만 하는 사람으로 만석의 가슴속에만 살고 있었다.

마치 한 번도 피지 못한 꽃처럼, 조용히, 아프게.

59. 법수면의 10.26의 풍경

 1979년 10월 26일 아침, 사정리 마을은 서리가 내려앉고 공기는 한층 싸늘해졌다.
 논두렁 끝엔 하얀 서릿발이 바스락거렸고, 콧속으로 들어오는 공기는 차가워 김이 모락모락 났다.
 만석은 친구들과 자전거를 타고 학교로 가던 길이었다.
 늘 그렇듯, 새 동네 마을 어귀에서 한 차례 쉬어가기 위해 멈춰 섰다.
 논두렁에 불을 피워놓은 자리에 둘러앉아 손을 쬐고 있었는데, 삼규가 다급하게 입을 열었다.
 "야야, 니들 뉴스 들었나? 대통령 죽었다 카더라!"
 만석은 처음엔 귀를 의심했다.
 "뭐라꼬? 자다가 봉창 두드리나. 가악중에 대통령 각하가 와 죽노?"
 그 옆에 있던 태봉이도 헛웃음을 지으며 맞장구쳤다.
 "맞다. 어젯밤에도 테레비 나왔더만은. 아따, 삼규 니 또 이상한 데서 주워들은 거 아이가?"
 삼규는 벌겋게 상기된 얼굴로 고개를 세차게 저었다.
 "진짜다! 우리 아부지가 새벽에 라디오 듣고 난리났데이. 총 맞았다 카더만은!"

그때는 텔레비전 방송이 저녁 6시에 시작하여 밤 12시가 되면 끝이 나서 라디오를 듣지 않으면 긴급뉴스나 속보는 알 수가 없었다.

그리고 한참 잠이 많았던 아이들이 새벽에 일어나서 라디오를 들을 일은 없었기에 밤새 일어난 사건 사고는 당연히 알 수가 없었다.

아이들의 손이 불가에 머물러 있었지만, 온기보다 그 말이 더 뜨겁게 다가왔다.

정말이라면, 나라가 뒤집힐 일 아닌가.

"대통령 각하가… 총에 맞았다고?"

만석은 불길한 예감이 뱃속 어딘가에서 꿈틀거리는 것을 느꼈다.

"누가 쐈는데?"

"그건 아직 모른다 카더라. 뉴스에도 자세히는 안 나왔다 카던데."

"북한서 총 들고 와가 싸아삔 거 아이가?"

"그라모 언자 큰일 난다. 뺄개이 새끼들 전쟁 일바시는 거 아이가?"

"광명이 니는 키가 커서 전쟁터에 끌리가것다."

"뭐라샀노 내가 와 전장터에 가노."

"니 책에 안 나오더나 학도병. 니는 전장에 나갈 끼다."

"아… 씨 죽기 싫은데 전장에 나가모 너거 위문품 마이 보내라."

"야들아 지금 농담할 때가 아이다."

"참말로 북한 뺄갱이들이 처내려 와서모 우리 학교로 갈 끼 아이고 집에 가서 피난 가야 되는 거 아이가?"

"맞다 우리 학교 가지 말고 집으로 가자. 잘못 하모 학교에 군인들 와가 우리 전장 터로 잡아가모 우짤 끼고?"

그 순간, 아이들 사이에 스르르 퍼지는 공포는 비명도 없이 조용히 피어올랐다.

갓 중학교에 올라온 아이들에게 '대통령 사망'이라는 말은 단지 뉴스가 아니라, 세상이 무너지는 소리처럼 다가왔다.

그것이 무엇을 의미하는지 정확히는 몰라도, 그냥 보통 일이 아니라는 건 본능적으로 알 수 있었다.

"그라모 진짜 전쟁 나는 거 아이가…. 우리 피난 가야 되는 거 아이가…."

광명이가 겁먹은 얼굴로 말하자, 삼규는 불안한 눈으로 주위를 둘러봤다.

"야야, 조용히 해라. 아직 아무것도 모른다 아이가. 근데… 진짜면 우예하노…. 우리 아부지도 예비군 나가야 되나?"

만석은 그제야 손을 불에서 떼며 조용히 일어섰다.

"야들아, 일단 학교는 가 보자. 학교 가면 선생님들이 뭐라카실 낀데…."

하지만 광명이는 여전히 불안에 떨며 말했다.

"나는 안 갈란다. 진짜 군인들 와가 끌고 가모 우짤라꼬.

그냥 집에 갈란다. 옴마하고 논두렁 뒤에 숨을 끼다."

태봉이도 얼굴이 굳은 채 고개를 끄덕였다.

"야야, 그라지 말고 선생님한테 물어나 보자. 헛소문일 수도 있다 아이가?"

아침 안개가 걷히며 겨우 햇살이 스미기 시작했지만, 아이들의 마음에는 여전히 두터운 안개가 드리워져 있었다.

자전거 페달을 밟는 발에 힘이 없었고, 서로 눈치를 보며 천천히 학교 쪽으로 방향을 틀었다.

그날 아침, 사정리의 중학생들은 누구는 농담처럼 말했고, 누구는 눈을 피했지만, 모두가 알고 있었다. 이날 이후 세상은 예전 같지 않을 것이란 것을.

학교 운동장에 도착했을 때, 교실 창문마다 학생들이 웅성이고 있었다.

정문 앞에는 이장님과 몇몇 어른들이 서성거리고 있었고, 선생님들 얼굴은 굳어 있었다.

"야야, 진짜가 맞는 갑다. 우리나라 대통령, 진짜 죽었는 갑다."

누군가 중얼거렸다.

그 순간, 스피커에서는 교장 선생님의 목소리가 울렸다.

"전교생은 운동장에 조용히 집합하라. 오늘은 수업하지 않는다. 우리나라 대통령 각하께서 돌아가셨다. 지금부터 전교생 묵념하겠습니다."

아이들은 조용히 고개를 숙였다.

하지만 고개 숙인 그 순간, 모두의 마음속엔 무겁고 알 수 없는 불안과 질문이 웅크리고 있었다. 앞으로의 세상은, 어떤 모습일까.

그것을 아무도 대답해 주지 못했다.

며칠 뒤, 법수면 사무소 앞에는 검은 천이 드리워지고, 태극기가 조기로 달렸다.

건물 안쪽엔 대통령의 영정이 걸린 분향소가 마련되었다.

영정 아래에는 굳은 표정의 대통령이 정면을 바라보고 있었고, 그 앞엔 향이 연기처럼 피어오르고 있었다.

그날 아침, 학교에서는 전교생이 운동장에서 일렬로 정렬되었다.

아이들은 평소와 다르게 교복 윗단추를 단정히 채우고, 팔짱도 끼지 않은 채, 조용히 서 있었다.

교감 선생님의 호명이 끝나자, 반별로 정돈된 줄이 길게 이어졌다.

만석이와 친구들은 입을 다물고, 경직된 걸음으로 법수면 사무소까지 걸어갔다.

모두가 아무 말도 하지 않았다.

아니, 할 말이 없었다.

"뒷사람하고 간격 맞추어 걸어가라이!"

선생님의 목소리만이 공기처럼 맴돌았다.

사무소 앞에 도착하자, 면 직원들이 나와 아이들을 분향소로 하나하나 인도했다.

학년이 높을수록 먼저 들어갔다.

말숙이와 같은 고학년들은 나무젓가락으로 향을 들고 조심스레 불을 붙였다.

하얀 연기가 코끝을 간질였다.

"일동, 묵념."

"하나… 둘…."

만석은 분향소 안으로 들어가 대통령의 얼굴을 바라보았다.

언제나 TV 속에서 보던 그 얼굴이었지만, 지금은 그 어떤 말도 하지 않았다.

사진 아래 놓인 술잔에는 누군가의 눈물에 젖어 있었다.

향을 꽂고 허리를 굽히는 순간, 만석은 어쩐지 마음속 깊은 곳이 쿵 내려앉는 것을 느꼈다.

자신과는 아무 상관도 없을 것 같던 '국가'라는 말, '정치'라는 단어가,

지금 이 순간엔 너무도 가까이 와 있는 것 같았다.

아이들은 조용히 묵념을 마치고 돌아섰고, 다시 길게 늘어진 줄을 따라 학교로 향했다.

분향소를 떠나는 아이들의 뒷모습은 왠지 평소보다 어른스러워 보였다.

그해 늦가을, 시골의 아이들은 슬픔이 무엇인지보다 그 슬픔을 '표현하는 법'을 먼저 배웠다.

60. 농사꾼 봉헌 이제 책을 본다

1970년대, 중학교 3학년은 더 이상 어린아이가 아니었다.

어엿한 가장이라 해도 어색하지 않을 만큼, 그는 이미 가족의 중심이었다.

봄이면 이랑을 타고, 여름이면 물꼬를 보고, 가을이면 낫을 들고 들녘을 누볐다.

아버지가 일을 나가면, 집안일은 자연스레 그의 몫이 되었고 때로는 농사일에 있어 아버지보다 더 능숙하단 소리를 듣기도 했다.

그래서일까. 어떤 날은, 밭고랑을 어떻게 틀어야 물이 잘 빠질지를 두고 아버지와 언성을 높였다.

"아부지, 요래 해야 된다꼬 내가 몇 번을 말했능교!"

봉헌의 목소리는 열기와 자신감으로 가득했다.

아버지는 낫을 내려놓고 천천히 고개를 들었다.

"뭐라샀노? 니가 농사일을 알모 울메나 안다꼬 씨부리샀노."

그 말에 봉헌도 물러서지 않았다.

"아버지 여산이 그리 없는 기요! 그리하모 또 물꼬 보러 와야 된다 아이미꺼. 맨날 물 넘치고 논 질퍽대는 거 모르미꺼?"

아버지의 눈썹이 꿈틀했다.

"어허, 아이다! 쿠도! 고마 원래대로 나나라!"

단호한 한마디에, 봉헌은 입술을 꾹 다물었다.

그러고는 삽을 내려놓고 말없이 집 쪽으로 걸어가 버렸다.

풀이 죽은 것도, 화가 난 것도 아닌, 어쩐지 어깨가 무겁게 느껴졌다.

혼자 남은 아버지는 잠시 논두렁을 바라보다 입가에 담뱃대를 물고 천천히 연기를 빨아들였다.

그 눈빛은 무언가를 오래 씹는 듯, 슬그머니 먼 산을 보고 있었다.

어떤 날에는 경운기로 로타리를 칠 때 또 부자가 맞서고 있다.

"니가 쬐깐한 게 뭘 안다고 자꾸 토를 다노!"

아버지는 무뚝뚝하게 말을 내뱉고는, 담뱃대를 삐뚤게 물었다.

그러나 봉헌은 물러서지 않았다.

"아부지, 요래 하면 물 빠지는 골이 고이고, 로터리도 다시 쳐야 된다고 몇 번을 말했능교!"

"허 참말로… 요새 중학생이 농사도 책으로 배우나!"

"말좀 들어 보라꼬요. 로터리칠 때 턱 안 맞춰 놓고 돌리모 기계가 덜컥거리고, 깔끔하게 안 나옵미더. 어제도 고랑 타시롱 쟁기살 하나 휘어지삐리 심미더."

어깨 너머로 배운 것도 있었지만, 봉헌은 이미 손맛을 알고 있었다.

경운기의 시동을 걸 때는 몇 번의 압축 감각만으로도 오늘 기계 상태를 짐작했고, 로터리를 땅에 내릴 땐 손목의 각도만으로도 적정 깊이를 맞췄다.

쟁기질을 하면 아버지보다 곧고 반듯한 줄을 세웠다.

처음엔 아버지도 웃으며

"자식놈이 대가리 새똥도 안 빗기진 놈이 애비한데 앵기 들기는 세상 말세다 말세."

하셨지만, 어느 날부터인가 봉헌의 손을 슬며시 멈추지 않게 놔두었다.

어느 여름날, 논두렁 위에서 경운기를 몰고 가며 봉헌은 땀을 닦았다.

뒤를 돌아보니 곧게 뻗은 고랑이 마치 자를 대고 그은 선처럼 반듯했다. 그 순간, 작은 자부심이 그의 가슴속에 스며들었다.

"내가 아버지보다 헐씬 쟁기질 잘한다이."

그 생각은 뿌듯함도 있었지만, 동시에 뭔가 어른이 되어 간다는 실감이었다.

하지만 그것이 늘 좋은 것만은 아니었다.

농사일에 능하다는 건, 곧 더 많은 책임이 주어진다는 뜻이었고, 공부를 핑계 삼기 어려운 어정쩡한 처지였다.

학교에선 아직 '학생'이었고, 논밭에선 '일꾼'이었으며, 가끔은 집안의 가장처럼 가장 먼저 새참을 챙기고, 기계의 고장도 수습해야 했다.

봉헌은 안다.

그 시절, 봉헌에게 학교는 꿈을 좇는 공간이 아니라 일터와 집을 오가는 짧은 휴식처였고, 책가방보다는 쇠스랑과 곡괭이가 더 익숙한 손이었다.

친구들과 웃으며 걷던 등굣길에서도 그의 눈은 논둑 위 벼 이삭을 훑었고, 마을회관에서 들려오는 스피커 소리에 귀가 먼저 반응했다.

그런 시절이었다. 아직 아이이면서도 이미 어른이었고, 꿈을 꾸기엔 손이 너무나 거칠었던 시절.

마음은 아직 아이면서, 몸은 어른이 되어 버린 봉헌은 하루하루 자라는 몸에 당황했고, 자신도 모르게 달라지는 감정에 자기 자신도 감당이 되지 않았다.

하지만 그 낯선 변화의 한가운데에는 순덕과 말숙, 두 소녀가 있었다.

순덕이는 가까웠다.

가끔은 지나치게 가까웠다.

언제든지 다가올 수 있었고, 봉헌이 외면하려 해도 마치 빗물처럼 스며들었다.

함께 산에 올라간 날 이후로, 순덕이는 봉헌을 하나의 '사람'이 아닌 '책임져야 할 남자'로 보기 시작했다.

그녀의 눈빛은, 그 어린 나이에 감당하기에는 너무 무거웠다.

반면 말숙이는 멀었다.

가까이 있어도 닿지 않는 거리에 공부할 때는 눈썹 하나도 흐트러지지 않는 단단한 아이였다. 봉헌은 그 차가운 단단함 속에서 어떤 그리움 같은 것을 느꼈다.

손에 닿을 듯하면서도 닿지 않는 그 거리감이 오히려 그를 붙잡았다.

봉헌은 어느 날 문득, 자신이 어른이 되어 간다는 것을 느꼈다.

어릴 적엔 하루가 마냥 길고 사람 마음은 단순한 줄만 알았는데 지금은 눈빛 하나, 말 한마디에도 마음이 복잡하게 흔들렸다.

어른이 된다는 것은 누굴 좋아하는지도 숨겨야 하고, 누군가의 기대도 짊어져야 하며, 때로는 아무것도 하지 않았다는 이유로 누군가의 원망을 받아야 한다는 것을 그는 알기 시작했다.

이제 봉헌은 고등학교 원서를 써야만 했다.

진로희망서에 붓끝을 떨고 있었다. '희망 고등학교: 함안종합고등학교 보통과' 그렇게 적고 난 뒤에도 한참 동안 이름을 쓰지 못했다.

문득 말숙이의 또렷한 얼굴이 떠올랐다.

매일 뒷모습만 바라보는 그녀는, 늘 책을 놓지 않았다. 그리고 봉헌은 알 수 있었다.

그 애는, 지금 이 시골의 언덕길을 훌쩍 넘어서, 어딘가 더 크고 반듯한 세상으로 갈 준비를 하고 있다는 것을.

"니, 대학 갈 끼가?"

담임 선생님의 말은 툭 던진 말 같았지만, 봉헌의 가슴엔 무거운 쇳덩이처럼 내려앉았다.

봉헌은 조용히 고개를 들었다.

"예… 갈 낀데예."

입은 그렇게 말했지만, 목소리에는 자신이 없었다.

말숙이처럼 당당하고 똑 부러지게 말하고 싶었지만, 그건 마음속에서만 가능했다.

담임은 봉헌을 한참 바라보다가 고개를 천천히 끄덕였다.

"그래… 보통과는 경쟁이 좀 있다이. 원서는 내가 써 주는데… 니 그서 떨어지모 갈 데 없다. 차라리, 농과나 축산과로 가는 기 어떤노? 보통과 떨어지모 진동에 있는 삼진종고 가는 수밖에 없데이."

그 말에 봉헌은 잠시 고개를 떨구었다.

'진동에 있는 삼진종고'라는 말이 귀에 콕 박혔다.

삼진종고는 거의 막차 학교처럼 여겨지는 곳이었다.

입학만 하면 다 받아 주는 곳.

대학은커녕, 어차피 졸업하면 바로 노동 현장으로 나가야 하는 학교. 그곳에 가게 되면, 말숙이는 평생 다시 못 보게 될 수도 있다.

꼭 대학을 가서 말숙이와 같이 대학을 다니고 싶었다.

봉헌은 고개를 끄덕이며 말했다.

"선생님, 떨어지모 삼진종고 가지예. 보통과로 써 주이소."

조금은 결연하게 말했다.

담임은 교탁 위의 원서 봉투를 들고, 다시 한번 봉헌을 바라보았다. 눈빛엔 걱정이 묻혀 있었지만, 동시에 뭔가를 기대하는 눈치도 있었다.

"알것다. 그라모… 니 떨어져도, 선생님 원망하지 마라이."

"예, 선생님. 원망 안할깨예."

그 말과 함께, 봉헌은 선생님이 내민 볼펜을 잡고 자신의 이름을 또박 또박 써 내려갔다.

그날 저녁, 논두렁길을 걸으며 봉헌은 혼잣말처럼 중얼거렸다.

"그래, 가 보자… 어디까지 갈 수 있는지."

산 너머 마을의 불빛이 아련하게 깜빡였다.

봉헌의 안에 있던 희미한 빛도, 이제 막 깨어나고 있었다.

하지만 말숙이가 갈 고등학교는 절대 그런 곳이 아니다.

그녀는 아마 창원이나 마산, 혹은 진주까지 나갈지도 모른다.

그러니까, 자신이 보통과를 택한 건… '말숙이와 같은 방향'을 향해 걷고 싶어서였다.

순덕은 벌써 원서를 냈다고 자랑했다.

"나는 함안여상 넣었다. 졸업하모 다른 거 생각 안하고 회사 다니모 된다 아이가."

그러고는 봉헌의 얼굴을 힐끗 보며 말했다.

"니는 뭐라꼬? 보통과? 대학 간다꼬? 아따 그건 진짜 꿈꾸는 거 아이가?"

봉헌은 대답하지 않았다.

대신, 두 주먹을 꽉 쥐었다.

삽자루보다 무거운 교과서를 들어야 할 날이 머지않았다.

"나는 공부할 끼다. 말숙이와 함께 할 수 있는 것은 공부빼이 없다."

그날 저녁, 아버지는 탁주를 마시며 무뚝뚝하게 물었다.

"원서 냈나?"

"예, 함안종고 보통과 넣었심더."

"대학 갈라꼬? 돈이 어디 있다고."

"등록금은 냉중에 지가 알아서 합미더."

아버지는 담뱃대를 탁탁 털며 입을 다물었다.

봉헌은 조용히 방에 들어가 책상 앞에 앉았다.

누렇게 바랜 문제집 한 권을 펼치며 속으로 중얼거렸다.

"그래도, 난 간다. 누가 뭐라 해도, 내 길은… 내가 정한다."

61. 말숙의 도시 생활 시작

말숙이는 당연히 마산 고등학교를 진학하게 되었다.
이미 오래전부터 예견된 일이었다.
어릴 적부터 반에서 늘 상위권 성적을 놓치지 않았고, 말도 조리 있게 잘했으며, 성실하고 또렷한 눈빛이 선생님들 사이에서도 늘
"얘는 공부로 사람 될 아이."
라는 평을 들었다.
말숙이의 고등학교는 마산 제일여고였다.
시골에서는 이름만 들어도 고개를 끄덕이는, 똑똑한 아이들이 모인 학교였다.
시골 살림으로는 딸 하나를 도시에 유학 보내는 일이 큰 결심이 필요한 일이었지만, 말숙이 집은 그다지 큰 걱정이 없었다.
오빠가 독산리에서 경운기 센터를 운영하고 있었고, 지역에서는 제법 기술자로 이름이 나 있었다.
농번기 철이면 줄줄이 고장 난 경운기와 쟁기를 맡기려는 농사꾼들이 하루에도 몇 번씩 오고 갔고, 센터는 북적였다.
더구나 말숙이 할머니는 마산 성호동에 제법 넓은 집을 가지고 계셨다.
마당엔 감나무도 있었고, 안채와 바깥채가 구분된 옛날식 기와집이었다.

말숙이 엄마가 돌아가신 뒤로, 할머니는 종종 말숙이를 불러 말했다.

"마산에 올라 온나. 할매하고 살자."

그 말에는 아들과 며느리를 일찍 떠나보낸 대한 미안함과 손녀에 대한 애틋한 정이 함께 담겨 있었다.

하지만 말숙이는 선뜻 결정을 내리지 못했다.

시골 친구들과의 정, 늘 우르르 몰려다니던 형제 자매들과의 왁자한 하루하루가 너무도 소중했기 때문이다.

마산은 화려하고 편리했지만, 어쩐지 외롭고 자신이 있어서는 안되는 곳으로 보였다.

그렇게 미루고 또 미루던 말숙이는 결국 고등학교 진학을 앞두고 결심했다.

"그래도 공부할라쿠모 마산으로 가야지. 할매도 만날 오라 산는데."

짐은 많지 않았다. 몇 벌의 옷과 얇은 교과서 몇 권, 그리고 새언니가 손수 싸 준 찐 고구마 한 봉지가 전부였다.

성호동 집 대문을 처음 넘을 때, 말숙이는 어쩐지 낯설고 서운한 마음에 잠시 눈시울이 붉어졌다.

그러나 할머니는 반갑게 말숙이를 끌어안으며 말했다.

"이제부터 여가 니 집이다. 할매가 니 공부는 책임질꾸마."

그 말에 말숙이는 묵묵히 고개를 끄덕였다.

그날 밤, 말숙이는 처음으로 도시의 희미한 가로등 불빛 아래에서 자신의 꿈과 외로움을 함께 껴안고 잠이 들었다.

마산 성호동, 골목 안쪽에 자리한 그 옛집은 마당이 넓고 기와지붕이

낮게 내려앉은 고요한 공간이었다.

창호지 문이 달린 방문을 열고 나서면, 마당 끝 감나무 가지 사이로 아침 햇살이 비스듬히 흘렀다.

시골에서는 늘 형제들 발소리, 부엌소리, 닭 우는 소리에 깨어났지만, 이곳은 달랐다. 정적이 흐르고, 느릿한 시간이 머물고 있었다.

할머니는 이른 새벽마다 마당에 물을 뿌렸다.

날이 밝기도 전, 바스락거리는 빗자루 소리는, 말숙에게는 알람 시계보다 먼저 깨어나는 신호였다.

"문지가 일나 사서."

할머니의 그 말을 하며 빗자루질은 매일 반복되었다.

말숙이는 졸린 눈을 비비며 고무 바가지로 물을 푸기 시작했다.

"할매, 뭘 할라꼬 만날 아적에 마당에 물 뿌리노. 더 추집거만은."

입으로는 툴툴대면서도 손은 익숙하게 움직이고 있었다.

"야야, 이리 안 하모 문지가 감당이 안 된다이."

할머니는 허리를 굽힌 채 물을 뿌리면서도 말숙의 옆을 슬쩍 힐끔 봤다.

말숙이는 입을 삐죽이며 중얼거렸다.

"고마 공굴이 해라. 할매 돈도 많은데 와 이리 사노."

할머니는 잠시 손을 멈추고, 저 멀리 하늘을 바라보았다.

"장포에 있을 때 생각이 나서 안 그라나. 너거 할배 살아 있을 때만 해도 부러울 것 없이 살았다 아이가. 니는 쪼매나서 모를 끼다."

말숙이는 고무 바가지로 물을 퍼 올리다 말고 잠시 생각에 잠겼다.

"내는 할배는 잘 생각 안 나도…. 할매가 뽕밭에 댕기는 거는 생각 난다. 그때는 머슴도 많고, 농사도 잘했는데, 근데 와 가악중에 전답하고 집을 팔고 마산 와삐노?"

할머니는 물 한 바가지를 탁 뿌리고는 입꼬리를 살짝 올렸다.

"너거 아부지 죽고, 너거 큰아버지 6.25 때 없어지가 죽은지 살았는지도 모르제. 그다가 부산서 신발공장 하는 너거 잔아부지, 돈 해도라 캐서 가만 있으모, 너거 잔아부지 곶감 빼묵더시 살살 땅 팔아 갔삐모 너거나 내나 다 빈털터리 되었을 끼다."

할머니는 신발 공장 하는 만호 뒷바라지하려면 한도 끝도 없다는 것을 알고 모든 재산을 처분하여 재산을 분배하였다.

"할매… 우리 할매지만 우찌 그리 똑디고."

할머니는 눈을 찡그리고는 허리에 손을 얹었다.

"이노무 가서나, 할매한테 똑디가 뭐꼬? 내는 니가 똑디다 카모 욕같이 들린다. 그라고, 그때 장포 들판에 살던 집 생각하면 아직도 가슴이 뭉클하고 고마 그때 그서 살꾸로 싶어진다이."

말숙은 말없이 할머니가 뿌린 물로 반들거리는 마당을 바라봤다.

물빛 아래 비친 자신과 할머니의 그림자가 겹쳐졌다.

잠시 후, 말숙은 고무 바가지를 다시 움켜쥐며 말했다.

"할매, 오늘은 내가 물다 뿌리꾸마. 할매 손 안 시럽나, 방에 들어가라."

할머니는 잠시 멈칫하더니, 웃음처럼 흘러나오는 숨을 쉬었다.

"됐데이. 이 일은 내 몫이다. 그래도 니가 거들어 주서 좋네."

그리고 두 사람은 그렇게 새벽의 고요한 마당에서 함께 물 뿌리고 마당을 청소하였다.

할머니는 말숙이를 쳐다보며 안쓰러워서

"너거 아부지 일찍이 죽었제. 너거 옴마도 니 국민학교 때 가악중에 죽었제. 너거 옴마, 니 몇 학년 때 갔노? 내도 나이로 무께네, 가물가물하다이…."

말숙은 잠시 멈칫했다. 물기를 머금은 바닥에 눈길을 떨구며 대답했다.

"할매… 내 2학년 때 돌아가셨다 아이가."

할머니는 바람결에 흔들리는 삿갓풀을 바라보다가 고개를 끄덕였다.

"아이고야… 그기 그리 세월이 오래 되었뻰나."

말숙은 조용히 고개를 끄덕였다.

"맞다. 벌시로 그리 세월이 오래되었다, 할매."

할머니는 허리를 굽힌 채, 잠시 무거운 숨을 내쉬었다.

말숙도 말없이 서 있었다.

고무 바가지에 남은 마지막 물방울이 조용히 떨어져 마당 돌 위에 맺혔다.

누군가는 까맣게 잊어도, 누군가는 생생히 기억하는 시간.

그 기억은, 슬픔을 말하기보다 그저 묵묵히 버텨 내는 마음으로 남아 있었다.

할머니가 작게 중얼거렸다.

"니 옴마, 웃는 낯이 참 고봤는데…. 이승에 오래 머물 사람은 아니었던 갑다. 너거 옴마보다 내가 더 오래 살 줄은 누가 알았것노."

말숙은 괜히 바가지 손잡이를 더 꼭 쥐었다.

"할매… 내는 옴마 얼굴, 잘 기억 안 난다. 근데 이상하게… 꿈에는 우짜다가 보인다."

할머니는 천천히, 물 묻은 손으로 말숙의 등을 토닥였다.

"그거면 됐다. 사람 얼굴이든 기억이든, 가슴에 한 자락 남아 있으모 되는 기라."

말숙은 말없이 고개를 끄덕이며, 마당 한가운데로 시선을 던졌다.

62. 말숙 어머니의 빈자리

　말숙에게 어머니는 얼굴 없는 기억이다. 구체적인 이목구비는 흐릿하다.
　눈이 컸는지, 머리는 길었는지, 웃을 때 눈가에 주름이 졌는지… 말숙은 대답할 수 없다.
　그저 따뜻했던 손, 저녁밥 냄새 속에 어렴풋이 섞인 체온, 그리고 가끔 뺨에 스치던 숨결처럼 감각적인 잔상만이 희미하게 남아 있다.
　어머니가 세상을 떠난 건 말숙이 겨우 아홉 살, 초등학교 2학년 봄이었다.
　본격적인 추위가 시작되기 전, 어른들은 말숙을 방 한구석에 앉혀 두고 귓속말을 했고, 검정 옷을 입은 사람들이 문지방을 넘나들었다.
　말숙은 그날을 생각하면, 마음속에 회색 비닐 천처럼 축축한 공기가 내려앉는 기분이 든다.
　하지만 이상하게도, 어머니의 죽음보다도 기억나지 않는 얼굴이 더 무서웠다.
　어릴 적 말숙은 거울을 보다가 문득 혼잣말을 하곤 했다.
　"내 얼굴이 옴마 닮았나?"
　그러곤 스스로 얼굴을 찌푸리거나 미소를 지어 보며, '옴마는 이런 표정이었을까' 하고 추측했다.

그러나 확신은 없었다.

그 표정도, 그 온기도, 어느 순간 기억 깊은 곳에 덮어 둔 채 스스로 꺼내지 못한 채 자라 버렸다.

어쩌면 말숙은 그 감당하기 힘든 상실을, 어린 마음으로 망각하는 쪽을 선택했는지도 모른다. 기억해 낼수록 아프고, 떠올릴수록 불안했던 그날들. 그래서 마음 한구석에 작은 문을 닫아걸듯, 어머니의 얼굴을 조심스럽게 밀어냈던 것 아닐까.

할머니는 가끔 말숙에게 말했다.

"니는 옴마 닮아서 눈매가 참 곱다."

그럴 때면 말숙은 어색하게 웃었지만, 속으로는 늘 슬픔과 부끄러움이 뒤섞인 마음이 일었다.

'참말로 내가 닮았을까? 내는 와 기억을 못하노?'

그리움이라는 말조차 사치스럽게 느껴질 정도로, 말숙에게 어머니는 잊으려 애쓴 것이 아니라, 기억할 수 없어서 더 슬픈 사람이었다.

사랑했는지조차 스스로 확신할 수 없는 존재 그러나 마음속 깊은 곳에는 항상, 빈자리를 만든 채 남아 있는 사람.

그래서 말숙은 다른 누구와도 쉽게 마음을 나누지 못했고, 누군가의 따뜻한 관심 앞에서도 한걸음 물러나는 습관이 생겼다.

누군가를 기대는 법을 배우기도 전에 기댈 사람을 잃어버린 아이였으니

어린 시절, 골목 끝에서 다른 아이들이 엄마 손을 잡고 장을 보러 가거나 학교 앞에서 기다리는 모습을 볼 때마다 말숙은 자기 손이 비어 있다는 사실을 먼저 깨달았다.

그녀의 기억 속 어머니는 항상 희미한 냄새로 다가왔다.

세숫비누 냄새, 조기 굽는 냄새, 두툼한 솜이불 냄새. 어머니는 말숙이 아플 때 이마에 올려 주던 손처럼 따뜻했고, 말없이 머리를 빗겨 주던 저녁의 손길처럼 부드러웠다.

그러나 그 기억은 오래가지 못했다.

2학년이 되던 해 겨울, 말숙은 재일이 오빠의 울음소리로 아침을 맞았고, 그날 이후 엄마라는 단어는 가족들 사이에서 조심스러운 공기처럼 흩어졌다.

말숙은 자라며 어머니를 향한 그리움을 표현하는 법을 잊었다.

누군가

"너거 옴마 올 뭐 하노?"

라고 묻기라도 하면, 늘 목에 뭐가 걸린 것처럼 꿀꺽 침을 삼키고 짧게 말했다.

"죽었는데예."

그리고 대화를 얼버무리곤 했다.

엄마의 부재는 그녀에게 무언의 책임을 남겼다.

말숙은 친구들이나 새언니한테는 씩씩한 척 자신이 어른이라는 착각 속에 어린 시절을 건너야 했다.

그러다 문득, 또래 친구들이 엄마한테 꾸중을 들으며 투덜거릴 때, 말숙은 묘하게 질투가 났다.

"옴마가 있어야 잔소리도 하고 매도 맞지."

속으로 그렇게 생각한 적도 있었다.

그리움은 시간이 지나면서 그늘처럼 말숙의 마음에 드리웠고, 누구에게도 꺼내지 못한 채 혼자만의 골방에 접어 둔 편지처럼 늘 가슴속에 남아 있었다.

그리고 꿈속에서 어머니를 보면, 말숙은 늘 그 얼굴을 또렷이 보지 못했다.

항상 어렴풋한 실루엣, 멀리서 손짓하는 뒷모습, 그리움은 생생한 얼굴보다 보이지 않는 모습으로 더 오래 남았다.

말숙에게 어머니란, 보고 싶다고 말할 수 없는, 그러나 잊히지 않는 존재였다.

그녀가 사랑을 배우기 전에 이미 떠나 버린, 그래서 누군가를 사랑하는 법도, 기대는 법도 서툴게 만든 사람. 어머니는 말숙에게 처음이자 마지막으로 마음이 닿지 못한 사랑이었다.

말숙은 조용히 눈을 감았다.

작은 손으로 눈가를 가만히 누르며, 기억 속의 문을 열어 보려 애를 썼다.

햇살 가득하던 어느 봄날, 혹은 바람에 빨래가 나부끼던 마당 한 켠의 풍경. 어머니가 끓이던 된장국 냄새는 어렴풋이 떠오르는데, 어머니의 얼굴은… 아무리 떠올리려 해도, 그 희미한 형체조차 잡히지 않았다.

'나는 정말… 엄마 얼굴도 기억 못하나….'

9살, 그 어린 나이에 말숙은 너무 큰 충격을 받았고 그 충격이 너무 커서 어쩌면 스스로 기억의 서랍을 잠가 버렸는지도 몰랐다.

엄마의 품, 엄마의 냄새, 엄마가 들려주던 목소리조차 지금의 말숙은 알지 못했다.

가끔 할머니가 꺼내 놓는 엄마 이야기를 들을 때마다 그저 '그랬었겠지' 하고 고개를 끄덕였을 뿐. 그게 다였다.

어쩌면 그 슬픔은 너무 컸다.

그래서 그걸 견디기 위해, 아예 처음부터 없었던 것처럼 살아온 걸지도 몰랐다.

'사람이 잊는다는 건… 참 잔인한 일이구나….'

말숙은 조용히 눈을 떴다.

그리고 깊은 숨을 내쉬었다.

기억은 사라졌지만, 그 빈자리가 남긴 그림자는 지금도 마음 한 켠을 드리우고 있었다.

그래서일까. 사람들과 쉽게 친해지지 못했고, 누구에게도 허투루 기대지 못했다.

마치 또다시 누군가를 잃게 될까 봐 애초에 마음을 주지 않는 쪽을 택한 아이. 그게 바로 말숙이었다.

"기억 안 나는 건 안 나는 거다."

라며 스스로 다독였다.

말숙은 할머니의 목소리를 떠올렸다.

"니 옴마는 참말로 얌전했다. 말도 조곤조곤하게 하고, 누구 험담하는 거도 못 봤다. 딱 니 나이 때 시집와서, 니 낳고 얼마 안 돼 가악중에 하늘로 갔뻤다 아이가."

할머니는 매번 같은 이야기를 꺼냈고, 말숙은 그 이야기를 들을 때마다 왠지 모르게 서러웠다. 그래서일까.

말숙은 남들보다 더 단단하게, 조숙하게 자라야 했다.

누군가에게 징징댈 줄 몰랐고, 어리광 부리는 법도 배운 적이 없었다.

늘 알아서 물을 퍼 나르고, 남의 눈치를 빠르게 읽었으며, 누군가가 슬쩍 소리를 높이기라도 하면 금세

"미안합미더."

하고 먼저 말하는 아이가 되었다.

그렇게 말숙은 자신의 감정을 꾹꾹 눌러 담아 버린 채, 겉으로는 조용하고 야무진 소녀가 되었다.

그러나 봉헌을 처음 알게 되었을 때, 말숙의 마음속에서 그 오랜 침묵이 깨지는 소리를 스스로도 분명히 들을 수 있었다.

봉헌은 어딘가 자기와 비슷하게 상처 입은 듯한 눈빛을 가졌다.

무력하지만 순한, 그리고 혼자만의 무게를 묵묵히 견디는 아이. 그런 봉헌을 보며 말숙은 이상하게 자신과 동일시하는 감정이 생겼다.

어머니 얼굴 없는 기억 속에서 미처 끝내지 못한 감정들이 서서히 되살아나는 것을 느꼈다.

'그 사람은 날 기억해 줄까. 내가 말 안 해도… 내가 뭘 견디고 있는지 알아 줄까.'

말숙은 그해 봄, 처음으로 누군가에게 기대고 싶다는 생각을 했다.

그 대상이 봉헌이었다는 것이 자신에게 어떤 의미인지, 그때는 아직 알지 못했다.

속으로 읊조리자 눈가가 저릿하게 아려왔다.

63. 영희는 아직 성호동에 있다

말숙은 밥을 먹다 말없이 앉아 있던 할머니에게 무심히 물었다.
"할매, 할매 집에 함안 사람 산디미?"
할머니는 국을 뜨던 손을 멈추고 고개를 갸웃했다.
"함안 사람이야 매치 있지. 와? 가악중에 와 묻노?"
"있다 아이가. 얼라 데불고 도망 나왔단 아지매 이바구 했삿더만은."
할머니의 눈이 둥그레졌다.
"아… 진홍이 애미 누구 이바구 한다꼬?"
"하아, 그 아지매 아직 여 사나?"
할머니는 한숨을 길게 내쉬며 고개를 끄덕였다.
"아이고야… 말도 마라. 내가 그 새댁이 불쌍해서 눈물이 다 났다. 진홍이도 그때 겨우 얼라였는데…. 그 사정이 방앗간하는 양반이 자주 들락 거리 삿더만은, 운제년에 본께네 배가 살살 불러오는 기라. 그리삿더만은… 얼라 낳고 나도 코빼이도 안 보이는 기 지금도 안 나타난다."
말숙은 젓가락을 든 채 멍하니 있었다.
할머니는 뭔가 오래 묵은 이야기를 꺼내듯 목소리를 낮췄다.
"배가 불러가 일도 못 나가제. 내가 밥도 챙기고 반찬도 갖다 주는 기 한정이 있다 아이가. 친척이 이나 누구 도와 줄 사람이 있는지 물어본 깨

아무 대답을 안 하는 기라."

말숙은 눈을 끔벅이며 물었다.

"그래가… 그냥 고래 지냈나?"

"나중에는 지가 하도 답답한깨 친정 오빠한데 갔다 온다꼬 내보고 차비 좀 빌리 도라카데."

말숙은 가만히 고개를 끄덕였다.

"그래 할매가 돈 좀 빌리 주지 와?"

"하모 오백원 빌리 도라카는 거 내가 천 원 주었따 아이가."

"그래 갖고 할매?"

"한 이틀 있다가 저저 오빠하고 올치하고 같이 우리 집에 보따리 몇 싸 들고 왔데. 같이 합칠 형편은 안 되고 이 집에 산 시롱 저저 오빠가 생활비를 좀 주는 갑더라."

"맞나? 그라모 안주 여 사나?"

"하모 아이라 여 살고 있다 아이가 진홍이는 언자 핵교 당기고 2학년가? 3학년가? 그 밑에 얼라도 제법 크가 저저 옴마 의상실에 일하는 데 따라댕긴다 아이가."

"와 할매가 얼라 좀 봐 주지?"

"내가 그리 이바구했는데 새댁이가 미안타꼬 얼라 데불고 만날 일하러 간다 아이가."

"할매 니가 얼라 좀 봐주라 같은 함안 사람인데."

"아이다 시댁이 함안이지 친정은 창녕아이가."

"우쨰든 할매가 거다야지 누가 하것노? 전시네 묵고 산다고 바쁜데 할매는 부자 아이가."

"이노무 가서나 언자 할매도 육십 다섯 살이다. 힘에 부친다."

"할매 간난 얼라도 아인데 뭐가 힘에 부치노."

"문지 마이 나고 일 많으모 내 한데 봐 달라 칸다."

말숙은 밥을 한 숟갈 더 뜨며 조용히 말했다.

"고마 만날 봐 주라, 할매가. 얼라 옴마도 미안시럽어가 말을 못 하는 기라."

할머니는 말숙을 한 번 째려보더니, 금세 피식 웃으며 밥을 또 한 숟갈 떴다.

"그리 불쌍 하모 니가 봐라."

말숙은 억울하다는 듯 눈을 동그랗게 떴다.

"할매 내가 촌에서 올라와가 도시 가서나들 공부따라 갈라카모 가래이 째진다. 내가 그랄 여가가 오데 있노."

"문디 가서나, 지는 안합시롱 와 내보고는 하라 카노?"

말숙도 지지 않고 맞받았다.

"그라모 할매, 니 내 대신 제일여고 학교 가던가."

할머니는 허리를 툭 펴며 소리쳤다.

"아이고야, 니가 그리하모 내가 안 갈 줄 알았나! 내도 왜정 때 중핵교는 다녔따이. 그때는 글만 배웠다 캐도 선생이 나가라 카모 칠판에 글도 쓰고 했따."

말숙은 웃음을 꾹 참으며, 고개를 끄덕였다.

"그라모 내 대신에 학교 가라, 할매. 할매가. 영어책도 읽고, 수학도 풀고. 아메 다음 주부터 반 배정 시험도 친다."

말숙이 진지한 표정으로 말하자, 할머니는 숟갈을 내려놓고 허허 웃더니 고개를 절레절레 저었다.

"왜정 때는 영어 같은 건 안 배앗는데, 영어는 안 하모 안 되것나?"

말숙은 눈을 동그랗게 뜨고 되물었다.

"그라모 수학은 해도 되나?"

"수학 그기 뭐시 필요하노? 더하기, 빼기만 알모 살아가는 데 아무 지장 없다. 구구단 쪼매 외우모 더 좋고."

말숙은 씩 웃으며 일부러 놀리는 투로 말했다.

"할매는 벌써 꼬랑지를 내리는 기제. 학교 가라한깨네,

안 되겠제?"

그 말에 할머니는 눈을 흘기며 버럭 소리를 질렀다.

"이놈에 가스나, 요래 입만 살아 가지고 어른을 골라 미나. 그래도 니는… 불쌍한 사람 보면 그냥 못 지나가는 성질이다."

그러고는 한참 말숙을 바라보다가, 고개를 끄덕이며 나직하게 덧붙였다.

"니 성깔 봐가, 큰일 나도 큰일 하나는 꼭 할 끼다."

말숙은 그 말에 괜히 가슴 한 켠이 뜨거워지는 것을 느꼈다.

할머니는 늘 그렇게 구수하게 타박하면서도, 결국 말숙을 누구보다 믿고 있었다.

64. 말숙의 다짐

이제 말숙에게도 겨울방학부터 졸업과 함께 찾아온, 짧지만 묘하게 공허한 시간이 있었다.

고등학교 입학 전까지는 아직 두어 달 남짓 남아 있었다.

그동안 바짝 조였던 공부의 끈을 조금 놓아도 되는 시기였다.

책상 앞에 앉아 문제집을 넘기다 가도, 문득 멍하니 창밖을 바라볼 때가 많았다. 그러면 그 틈을 타고 봉헌의 얼굴이 불쑥 떠오르곤 했다.

처음엔 그저 짧은 생각이었다.

'그 아는 지금 뭐 할꼬? 나처럼, 조금은 심심해하고 있을랑가?'

그러나 친구가 무심히 던진 말 한마디에, 그 생각은 송두리째 흔들렸다.

"봉헌이하고 순덕이 사귄다 카드라."

말숙은 웃지도, 화내지도 않았다. 그냥 속으로

"그럴 줄 알았다."

는 생각이 들었다.

예전에도 몇 번, 논두렁이며 우물가에서 둘이 붙어 있는 모습을 본 적 있었다.

순덕의 눈빛은 이미 봉헌을 두고 있는 것이 분명했고, 봉헌도 특별히 뿌리치지 않는 듯했다.

마치 누구에게든 순응해 버리는, 그런 봉헌이었기에 더더욱.

그날 밤, 말숙은 혼자서 천천히 성호동 골목을 걸었다.

달빛이 골목 따라 길게 드리웠고, 찬바람이 볼을 스치고 지나갔다.

그녀는 봉헌을 한 번쯤 불러 세워 물어보고 싶었다.

"진짜로, 니 순덕이랑 사귀는 기가?"

그렇게 묻고 싶었다.

그러나 말숙은 그저 가만히, 그 마음을 꾹 눌러 삼켰다.

'내가 뭐라 할 입장도 아니지. 걘 나한테 어떤 말도 한 적 없는데….'

그리고 조용히 마음속에서 하나를 지워 냈다.

봉헌을 만나 볼까 했던 생각, 그 마을에 다시 가 볼까 했던 흔들림, 그 모든 것을 고요히 접어 두었다.

이제 다시 책상에 앉아야 할 시간이었다.

말숙은 영어 참고서를 펼치며 스스로를 다잡았다.

하지만 문장 사이사이, 봉헌의 이름이 흐릿하게 스며드는 걸 막을 수는 없었다.

아직은, 완전히 끝내지 못한 어떤 감정이었다.

3학년 때 같은 반이었던 만석의 얼굴이 문득 떠올랐다.

말숙은 고요히 창밖을 바라보았다.

3학년 초, 봄기운이 막 돌던 무렵이었다.

말숙이가 삼태에 언니 집에 갔다 오는 길에 낯설지 않은 얼굴 하나가 대문 앞에 멀뚱히 서 있었다.

만석이었다.

늘 교실 구석에 앉아 조용히 책만 들여다보던, 그 눈길 한번 잘 마주치지 않던 아이.

그가 웬일인지 집까지 찾아온 것이었다.

하지만, 말숙의 얼굴을 보는 순간— 그는 도망치듯 몸을 돌려 뛰어가 버렸다.

"야! 왜 왔다가 그냥 가노!"

말숙이 뒤에서 소리쳤지만, 만석은 대답도 없이 먼지 일으키며 골목 끝으로 사라졌다.

그날 이후, 둘은 교실에서 몇 번 눈을 마주쳤을 뿐이었다.

말숙은 무슨 말을 걸까 하다, 그 묘한 공기를 깨기 싫어 그냥 지나치곤 했다. 그리고 만석도 늘 말이 없었다.

그러나 이상하게도, 말숙의 기억 속에 남아 있는 아이는 봉헌이도, 영철이도 아닌 만석이었다. 도망치듯 뛰어가던 그 뒷모습. 부끄러움인지, 두려움인지 알 수 없는 그 눈빛. 그리고 한 번도 입 밖에 꺼내지 않았던 말 한마디. 말숙은 어느새 긴 한숨을 내쉬며 다시 창밖을 보았다.

그 뒤로 둘은 단둘이 깊은 대화를 나눈 적도 없었다.

그러나 조용하고 눈에 잘 띄지 않던 만석은, 이상하게도 말숙의 눈길을 끌었다.

수업 시간에도, 운동장에서도, 말없이 책상에 앉아 있거나 혼자 있는 모습이 자꾸 눈에 밟혔다. 늘 말이 없고, 눈도 잘 마주치지 않았지만 가끔씩 힐끗 쳐다보는 그 시선은 왠지 모르게 진심이었다.

말숙은 입가에 희미한 웃음을 지었다.

봉헌이와 순덕이, 그리고 어른들 사이에서 어른 흉내 내며 지내는 틈에서, 만석은 이상하게도 조용한 울림처럼 남아 있었다.

 차분하게 흘러가던 자신의 일상 속에서, 그 조용한 얼굴 하나가 왠지 잊히지 않았다.

 말숙은 조심스레 수저를 내려놓고 할머니를 바라보았다. 그 눈빛에는 평소 장난기 어린 표정 대신, 다부지고 깊은 결심이 담겨 있었다.

 "할매…." 말숙은 조용히 입을 열었다. "내, 진짜 공부 열심히 할 끼다. 그냥 졸업만 할라카는 거 아이고, 진짜, 내 꿈 이루고 말 끼다."

 할머니는 그 말에 멈칫하더니, 괜히 부끄러운 듯 헛기침을 하고는 허허 웃으며 빈 밥그릇을 들었다.

 "하모, 그래야지. 그란데 니 꿈은 뭐꼬?"

 말숙은 입꼬리를 살짝 올렸다가, 다시 진지한 표정으로 말했다.

 "내 꿈은, 작은 아버지맨치로 서울에 가서 공부하는 기고, 그 다음 꿈은… 선생이 되는 기다."

 할머니는 그 말에 눈을 크게 뜨더니, 입을 다물지 못했다.

 "아이고야, 꿈이 야무치네. 니 그리 할라카모, 쌔가빠지게 공부해야 되것다이. 잠도 줄이고, 친구도 덜 만나고, 글자하고만 살아야 된다이."

 말숙은 고개를 끄덕이며 말했다.

 "그랑깨, 내 코가 석자인데 남의 얼라 봐 줄 시간이 오데 있것노, 할매."

 할머니는 그 말에 코웃음을 치며 젓가락을 내려놓았다.

 "앗따야, 우리 손녀 앞으로 만날라 카모 서울 가야 보것네."

 말숙은 피식 웃다가, 이내 표정을 고쳐잡고 말했다.

 "할매, 니 지금 농담 삼아 하는 기 아이다. 내는 진짜다. 진지하다이."

그 말에 할머니는 말숙을 찬찬히 바라보다가, 입꼬리를 살짝 올렸다.
"내가 뭐라 캤노. 맥지 가마이 있는 내보고, 지랄이고."
그러고는 자리에서 일어나 부엌으로 들어갔다.
뒤통수를 긁적이며, 한마디 더 덧붙였다.
"아이고… 언자 우리 손녀 서울 가모 서울말 하것네."
말숙은 식탁에 남은 밥알을 젓가락으로 툭툭 건드리며 웃었다.
"니가 공부를 잘 한께네 그런 꿈도 꾸는 기다. 우애뜬, 죽기 살기로 해라이."
할머니는 손에 들린 그릇을 씻지도 않은 채 설거지 다라이에 툭 내려놓으며 말했다.
목소리에는 장난기도, 감동도, 염려도 뒤섞여 있었다.
말숙은 고개를 끄덕이며 씩 웃었다.
"알것다, 할매. 그라모 할매가 내 마이 도와주야 된다이."
할머니는 잠시 멈추어 서더니, 말숙을 돌아봤다.
"내가 뭐 니한테 도와줄 일이 뭐 있노. 밴또나 잘 싸 주모 되는 거 아이가."
말숙은 그 말에 바로 응수했다.
"그기 도와주는 기지, 할매."
말숙의 말에 할머니는 씽긋 웃으며 다시 그릇을 들었다.
손은 바쁘게 움직였지만, 입꼬리는 내려갈 줄 몰랐다. 그렇게 할머니는 설거지를 하면서도 혼잣말처럼 중얼거렸다.
"하이고… 이노무 가스나, 나를 요래 부려 먹을라고 서울 간다꼬 카제. 그래, 그래. 내가 싸 줄꾸 마. 밴또그기 뭐시라꼬. 니는 공부만 해라이."

그 말에 말숙은 살짝 눈시울이 뜨거워졌다.

그 말투, 그 표정. 평소엔 투덜거리면서도 자신을 늘 챙겨 주는 사람. 세상에서 하나뿐인, 자신의 버팀목. 그날 밥상 앞에서, 말숙은 진심으로 느꼈다.

할머니가 있기에, 어떤 꿈도 이룰 수 있다고 생각했다.

65. 만석이도 3학년 겨울방학이 되었다

　만석이는 이제 고등학교 진학을 앞두고 있었다. 마을에서는 이맘때쯤 되면 아이들이 하나둘씩 원서 쓸 학교를 정하고, 담임 선생님과 면담을 하며 진로를 정하곤 했다.
　그러나 만석은 쉽게 결정을 내리지 못했다.
　예전처럼 무조건 마산으로 나가야 한다는 생각이 흔들리고 있었다.
　마산에 있는 인문계 고등학교에 진학하면 확실히 대학 가기에는 유리했다. 선배들 중에도 도시 학교를 나가 서울로, 부산으로 진학한 이들이 몇몇 있었다.
　그것이 공부 잘하는 아이들의 '당연한 길'처럼 여겨졌고, 선생님들도 그 길을 추천했다.
　하지만 지금 만석의 마음은 예전 같지 않았다.
　그래서일까. 마산 인문계 고등학교 원서를 받아 들고도 만석은 며칠을 망설였다.
　그 종이 한 장이 마치 자기 집안의 형편을 그대로 묻는 질문처럼 느껴졌기 때문이다.
　"니, 어디 낼 낀데?"
　삼규가 묻는 날도 있었다.

"마산고 갈 끼가?"

광명이는 옆에서 덧붙이며 말했다.

"니 정도 성적이모 마산고도 가고도 남는다 아이가?"

하지만 만석은 대답을 피했다.

"쪼매이 더 생각 중이다."

밤이면 이불을 덮고 누워, 천장 너머로 들려오는 정미가 진석이 달래는 소리를 들었다.

그 작은 울음과, 할머니의 밥을 짓는 부지런한 발소리 그 소리들이 만석의 결정을 더욱 무겁게 만들었다.

그는 자신이 집을 떠나면 정미가 더 힘들어질 걸 알았다.

정미 혼자서 동생들을 먹이고 입히며, 병치레 잦은 막내까지 돌보는 건 거의 불가능에 가까웠다.

지금도 정미는 겨우 버티는 형편이었다.

그러던 어느 날 밤, 숙자가 집으로 늦게 들어와 조용히 만석의 방문을 열었다.

책상 앞에서 엎드려 자고 있던 아들의 등을 두드리며 그녀는 말했다.

"니, 하고 싶은 길로 가라. 그라모 우짰든 내는 버티 볼 끼다."

만석은 고개를 들지 못했다.

눈물이 나올까 봐, 그 말이 자신을 더 아프게 할까 봐.

그저 조용히, 작게 말했다.

"나… 고마 종고 갈란다."

숙자는 아무 말 없이 고개를 끄덕였다.

그 고개 끄덕임엔 안도도, 안쓰러움도, 그리고 미안함도 섞여 있었다.

그 밤 이후, 만석은 더 이상 망설이지 않았다.

비록 도시로 나가는 길은 아니었지만, 이 길이야 말로 지금 자신이 설 수 있는 가장 단단한 길이라 믿었다.

'공부도 중요하지만, 사람 사는 게 더 소중한 거 아이가.'

그는 그렇게 생각하며 다시 원서 용지를 들여다보았다.

함안종고, 보통과. 그 한 줄의 선택이, 자신의 삶에 어떤 의미로 남게 될지 그는 아직 알 수 없었다.

하지만 지금 이 순간, 가장 가슴이 끌리는 방향이었다.

농과와 축산과로 광명이와 삼규도 함안종고로 진학하게 되었다.

공부보다도 손에 기술을 익히겠다는 현실적인 선택이었다.

농사짓는 부모 밑에서 자라면서 자연스레 흙냄새와 가축 똥 냄새에 익숙해졌고, 학교 수업보다 논밭에서 일하는 것이 더 익숙하던 아이들이었다.

어쩌면 아버지 세대처럼 평생을 농사꾼으로 살아갈 운명이었지만, 그래도 함안종고에 들어간 건 그 나름대로 '공부해서 뭔가 하나쯤은 배워야 한다'는 생각이었을 것이다.

밤이 되면 아이들은 마을 사랑방에 하나둘씩 모였다.

겨울이면 군불 때서 따끈하게 데워 놓은 방에 둘러앉아,

김치 국밥을 끓여 먹고 고구마를 구워 먹으며 하루하루 지나가는 이야기를 나눴다.

사랑방 한구석에서 아이들이 웅성거리며 이야기를 나누고 있었다.

누가 먼저 시작했는지 모를 험담 같은 말이었지만, 순간 분위기는 숙

연하면서도 기묘하게 달아올랐다.

"너거 이거 아나?"

광명이가 말을 꺼냈다.

"철제 저거 집에 소 있다 아이가? 교미기가 왔는데, 소죽을 안 묵는다 카더라."

삼규가 눈을 동그랗게 떴다.

"그라모 교미 붙이모 되지. 안 붙인다 카더나?"

1979년 소고기 파동이 있어서 소 값이 많이 떨어져 소를 먹이면 더 손해가 났었다.

광명이는 목소리를 낮추며 속삭이듯 말했다.

"저거 아버지가 손을 집어 넣어가, 교미 한 거멘치로 했다쿠네."

사랑방 안이 순간 조용해졌다.

소 키우는 광명이 말이니 괜히 더 실감이 났다.

그러자 태봉이가 헛웃음을 지으며 물었다.

"뭐… 라? 그리하모 소가 교미 끼가 없어지는가?"

광명이는 고개를 끄덕였다.

"심하게 손을 쑤셔 넣었다 카더라. 소가 일나지도 못하고 시름시름 앓고 있단다."

"앗따…. 그 아재 술도 억수로 묵더만은, 소한테 이상한 구신 짓 했는가베…."

태봉이는 손으로 머리를 감싸 쥐며 혀를 찼다.

삼규가 말끝을 이었다.

"그랑깨 소가 불쌍타…, 하고 싶을 때 황소한테 해 주지도 못하고, 황소 자지 대신에 철제 아부지 손으로 해결이 되겠나…."

광명이의 말에 삼규가 킥킥거리며 웃었고, 태봉이도 어깨를 들썩였다. 그 안에는 어설픈 지식과 감추지 못한 호기심, 그리고 사내아이들 특유의 거칠고도 순진한 심리가 뒤섞여 있었다.

중학교 3학년, 몸은 어느덧 어른을 향해 달려가고 있었지만, 마음은 아직 무르익지 않았다.

성에 대한 이야기는 늘 조심스럽지만 또 가장 끌리는 주제였다.

그러나 막상 여자아이들과 눈을 마주치는 것도 어색한 시절이었다.

미옥이가 지나가면 괜히 웃으며 눈길을 피했고, 순이가 책을 빌려 주면 멋쩍은 고맙단 말도 잘 못했다.

"야야, 니 여학생한테 편지 써 봤나?"

삼규가 조심스레 묻자, 광명이가 손사래를 쳤다.

"아이, 미친나. 누가 그런 짓을 하노. 사실하고 싶은데 할 여학생이 없다이."

태봉이는 한술 더 떠,

"내가 미옥이 좋아한다꼬 소문나 봐라. 우리 누야한테 귀 싸대기 맞는다."

"그라모 여자한테는 관심 없단 말이가?"

"야… 억수로 있지. 근데 말도 못 붙이겠다. 심장이 벌렁벌렁 해사서."

말은 그렇게 했지만, 사실 그들 마음속에는 첫눈처럼 맑고 부끄러운 감정들이 자라고 있었다. 장작불처럼 금세 타오를 듯하면서도, 어른들 눈치와 서로의 조롱이 두려워 애써 태연한 척 감추고 있었다.

그날 밤, 아이들은 사랑방에서 한참을 수다 떨다가 하나둘 흩어졌다.

광명이와 삼규는 담벼락을 넘으며 장난을 쳤고, 만석은 조용히 혼자 집으로 돌아갔다.

손끝은 얼어 있었지만, 가슴 한 켠은 묘하게 뜨거웠다.

그 시절, 사랑도, 성도, 세상도 다 어렴풋한 그림자처럼 멀고도 가까운 이야기였다.

66. 1979년의 끝자락에 중3들

 어쩌다 한 번, 광명이 형님이 마산에서 달 지난 '선데이 서울'을 들고 오는 날이면, 아이들 사이에선 난리가 났다.
 그 낡은 잡지는 순식간에 보물처럼 취급되었고, 사랑방의 분위기는 온통 술렁거렸다.
 "야야, 광명이 선데이 서울 갔고 왔다이."
 누군가가 그 말을 뱉자마자, 다들 신발도 제대로 못 신고 광명이 사랑방으로 달려갔다.
 선데이 서울 표지부터 심상치 않았다.
 선글라스를 쓴 여배우, 속이 훤히 비치는 블라우스, 그리고 넘기면 나오는 비키니 수영복 차림의 여자들 사진은 아이들이 한 장 한 장 넘길 때마다 숨을 죽였다.
 누구는 입을 다물지 못했고, 누구는 얼굴이 붉어졌다.
 가끔씩 야한 장면이라도 나올라치면, 누가 먼저랄 것도 없이 킥킥대며 웃었다.
 "야야, 저거 봤나? 저 가서나 젖마개도 없다!"
 "에이, 니는 모리나. 저거 원래 그런 사진이다."
 "저거 보다가 우리 누야한테 걸리모 디진다."

잡지를 넘기는 손끝이 조심스러웠다.

너무 많이 보면 헐거워질까, 찢어질까 싶어 한 장 한 장 아껴가며 봤다.

눈은 정면을 보고 있어도, 옆에 누가 보는지 신경 쓰느라 마음은 정신이 없었다.

어느 순간, 광명이가 잡지를 거둬들였다.

"야야, 이제 됐다. 째진다이 그라모. 형님 또 안 가지온다."

아이들은 아쉬움에 입을 삐죽 내밀면서도, 아무도 더 보자고 떼쓰지 않았다.

그 잡지는 고무줄에 돌돌 말아 사랑방 천장 위, 장롱 위로 올려졌다. 그리고 언제 또 꺼내 보게 될지, 아무도 몰랐다.

그 시절, 선데이 서울은 금단의 문턱이었고, 아이들 마음속 첫 어른의 그림자였다.

서툴고 낯설었지만, 분명히 그것은 '자라 간다'는 신호였다.

어느 날, 삼규가 마산 다녀오는 길에 손에 쥐고 온 것은 작은 라디오 한 대였다. 손바닥만 한 일본제 트랜지스터 라디오.

검은 플라스틱에 은색 안테나가 달린 그것은, 시골 아이들의 세상과 도시 문화를 연결해 주는 마법 상자 같았다.

"이거 마산에 잇는 큰집 행님이 씨던 긴데 내 주더라."

삼규는 어깨를 으쓱이며 자랑했고, 아이들은 넋을 놓고 라디오를 바라보았다.

그리고 그날 저녁, 사랑방 한쪽에 둘러앉아 듣기 시작한 도시의 소리.

뚜— 뚜— 하고 신호음이 흐른 뒤, 흘러나온 것은 경쾌한 멜로디. 혜은이의 제3한강교가 흘러나오자, 아이들 얼굴이 환하게 밝아졌다.
"강물은 흘러 갑니다~ 제3한강교 밑으로~"
그 노래는 금세 따라 부르기엔 어렵고 복잡했지만, 가사 한 줄 한 줄을 받아 적어 외우는 데 열을 올렸다.
종이 한 장과 연필만 있으면, 누구나 노래책을 만들 수 있었다.

1975년, 혜은이가 『당신은 모르실 거야』로 데뷔하자마자 대한민국 가요계는 그야말로 '혜은이 신드롬'에 빠져들었다.
짧은 단발머리, 또렷한 눈매에 애잔한 듯 힘 있는 목소리. 남학생들은 그녀의 사진을 공책에 끼워 넣고, 라디오에서 혜은이 노래가 나올 때면 조용히 숨죽이며 따라 불렀다.
법수면 사정리에서도 예외는 아니었다.
덕분에 말숙이는, 원하든 원치 않든 늘 주목을 받았다.
그녀는 시골 여학생답지 않게 고운 단발머리에 생김새가 또렷했고, 목소리조차 혜은이 목소리와 비슷했다.
"야, 혜은이 판박이다!"
소리를 들었다.
지금 생각해 보면, 정말 그렇다. 말숙이는 어쩌면 자신도 모르게, 혹은 아주 조금은 의식적으로 혜은이를 닮아가려 했던 것 같다.
학교에서 자율학습 끝나고 아이들이 다 집으로 가고 나면, 가끔 혼자 운동장 끝 그네 근처에 앉아 있던 말숙이는 작은 휴지 조각 같은 종이에 뭔가를 적고 있거나, 작은 거울을 꺼내어 단정하게 머리를 손질하는 모습이 보였다.

어느 날은 살짝 노래도 따라 불렀다.

"당신은 모르실 거야~ 얼마나 사랑했는지~"

그 순간은 혜은이가 아니라, 분명히 말숙이였다.

그러나 목소리 끝의 떨림, 눈을 지그시 감는 표정은 마치 텔레비전 속 혜은이처럼 느껴졌다.

아무도 말숙이에게

"니 혜은이 닮고 싶어서 그라제?"

하고 묻지 않았지만, 아이들 모두는 묘하게 그렇게 믿고 있었던 것 같다.

그리고 만석은, 말숙이가 꼭 혜은이여서가 아니라, 그 시절 시골 교실 한쪽 창가에 앉은 말숙이의 옆모습은 그 어떤 무대보다 빛났고, 그 모습은 만석이 마음속에 평생 지워지지 않을 '자기만의 혜은이'로 남았다.

며칠 뒤에는 나미의 '빙글빙글'이 나왔다.

그 중독성 있는 후렴구가 흘러나오자, 누군가 "빙글~ 빙글~" 하며 몸을 돌리기 시작했다.

그리고는 TV에서 본 적 있는 춤 동작을 흉내 내기 시작했다.

팔을 휘저으며 리듬을 타고, 어깨를 흔들다가 엉거주춤 멈추고는 낄낄 웃었다.

"야야, 니 그거 오데서 배았노?"

"데레비에 나왔다 아이가! 나미가 이래 했데이!"

"아따, 얼굴은 누리끼리한 게 나미는 무신… 머슴마가 나미멘치로 춤치모 가서나들 다 도망 갔뿐다이."

태봉이가 킥킥 웃으며 삼규를 놀렸다.

삼규는 흰 고무신으로 불 지핀 모닥불 앞에서 비틀거리며 나미 흉내를 내고 있었다.

팔을 번쩍 들고, 허리를 돌리며 "빙글빙글"을 흥얼거렸지만, 그 몸놀림은 영락없는 땔나무 나르는 머슴마 같았다.

"머슴마라 쿠모 전영록이 춤이지."

광명이가 한술 더 뜬다.

"아직도 어두운 밤인가 봐 쿨 때 한바구 돔시룽 손을 짝 펼치는 기라. 요래요래, 딱 삼규니 딱 그 스타일 아이가.

나미는 안되 것다."

삼규는 억울한 얼굴로 뾰로통해져서 말했다.

"너거들, 내 마산 가서 진짜 춤 선생한테 배우가 올 끼다. 지다리 봐라."

그 말에 또 한바탕 웃음이 터졌다.

그 시절 시골 아이들에게 '댄스학원'이란 말은 마치 영화 속 대사처럼 들렸다.

하지만 그런 허세와 장난이 오히려 우정을 단단히 붙들고 있었던 시절이었다.

그날 밤, 별이 반짝이는 겨울 하늘 아래, 아이들은 모닥불을 앞에 두고 불티처럼 튀는 웃음과 흉내로 자기만의 '무대'를 만들어 가고 있었다.

그렇게 한 명이 흉내를 내면 나머지도 따라 하며 춤을 추고 웃음소리와 발소리가 사랑방을 가득 채웠다.

그 작고 허름한 공간이 어느새 음악방송 무대처럼 되었다.

전기도 자주 끊기고, 텔레비전도 흑백이던 그 시절. 삼규가 들고 온 라디오는 아이들에게 도시의 소리, 젊음의 기운, 그리고 아직 가 보지 못한 세계의 낯선 설렘을 선물했다.

그 작은 라디오가 울릴 때면, 아이들의 마음속에도 꿈과 흥겨움이 불티처럼 피어올랐다.

삼규는 은근슬쩍 말숙이 얘기를 꺼내고, 광명이는 만석이 눈치를 보며 킥킥대기도 했다.

그리고 그렇게 이야기꽃을 피우다가 이불을 덮고 옹기종기 누우면, 사랑방 천장에 비치는 5와트짜리 전등불 그림자를 바라보며 한 명씩 잠에 빠져들었다.

비록 세상은 팍팍했지만, 그 밤들은 따뜻했고 안전했다.

누구 하나 허투루 꾸짖지 않았고, 서로의 꿈과 고민이 자연스레 흘러나오는 그런 밤들이었다.

함안종고 농과와 축산과로 진학한 그들은, 비록 마산이나 큰 도시로 나가는 길은 아니었지만, 자기 뿌리를 딛고 서서 살아가겠다는 소박하고 단단한 의지를 지닌 시골 청년들이었다.

67. 고등학교 가지 마라

고등학교 원서도 쓰고 이제 졸업을 하면 고등학교로 입학을 하게 되어 있었다.

집 앞의 대나무 숲에서 바람이 일 때면 썰렁한 소리가 골목 안까지 파고들었다.

철수는 그해 겨울, 마산 건설 현장이 일이 없어서 집으로 들어와 있었다.

방안에서 텔레비전을 보다가 그는, 어쩌다 한 번씩 만석을 불러 앉혔다.

그날도 그런 날이었다.

갑작스러운 아버지의 말이 마음을 내려앉게 했다.

"만석아, 니 기계 좋아하제?"

"예… 고치는 거, 만드는 거 좋아합미더."

"그라모. 니 고등학교 가지 마라."

순간 만석은 눈이 커졌다.

"예~ 예?"

철수는 말끝에 담배 연기를 길게 뱉으며 말을 이었다.

"니 이종사촌 중에 영석이 있제? 그 행님이 자동차 정비공장 댕긴다. 니 그기 가서 기술 배아라. 기술만 있으면 굶지는 않는다."

그 말에 만석의 속은 콱 막혔다.

예전 같으면 고개를 끄덕였을지 모른다.

불과 십 년 전만 해도 가정형편이 어려워 학교를 안 가는 아이들도 많았고, 그저 손에 기술 하나쯤만 있으면 먹고 사는 데 부족함이 없다고 여겨졌던 시대였다.

하지만 지금은 달랐다.

범수면 사람들 대부분이 수박 농사로 꽤 짭짤한 수익을 올리고 있었고, 마을 안에 고등학교만 나와도 도시로 나가 회사 다니는 젊은이들이 많았다.

그래서 요즘은 웬만한 집 아이들은 다 고등학교에 갔다.

공부를 잘하든 못하든, 누구도 중졸로 끝내지 않았다.

친구 삼규도, 광명이도, 모두 고등학교 원서 넣는다 했다.

그런데 나만, 기술 배우러 정비공장에 가라니….

그것도 이종사촌 밑에서, 말은 하지 않았지만 만석은 속으로 아버지를 원망했다.

'나는 왜 안 되는 걸까. 나는 왜 늘 뭔가를 포기해야 하는 걸까….'

하지만 그런 마음을 아버지에게 드러낼 수는 없었다.

가난은 조용한 복종을 먼저 배우게 했다.

"…예, 아버지. 시키는 대로 할게예."

결국 그렇게 말하며 고개를 숙였지만, 그 말에는 억울함도, 체념도, 미련도 모두 섞여 있었다.

공장으로 기술 배우러 떠나라고?

철수는 예전처럼 우락부락 화를 내거나 소리를 지르지는 않았지만, 그 말 한마디에 만석은 아버지와의 거리감이 더 멀어지는 것을 느꼈다.

순간, 아버지가 너무나 야속했다.

가슴 속 어딘가에는 말하지 못한 서운함이 덩어리처럼 남았다. 그날 밤, 이불 속에서 만석은 혼자 울었다.

소리 나지 않게, 들키지 않게. 자신의 꿈이 무엇이었는지조차 생각할 틈이 없었다.

가족이 힘드니까, 돈이 없으니까, 아버지가 시키니까. 그래서 포기했다.

공부도, 고등학교도, 친구들과의 미래도. 그냥, 시키는 대로. 그렇게 또 한 번, 철수의 그림자 속에서 만석은 사라지고 있었다.

철수는 다음 날 이른 새벽, 마산행 첫 버스를 타고 길을 나섰다.

겨울바람이 차가웠지만 마음속은 더 복잡하고 무거웠다. 마산역 앞에 도착한 그는 잠시 국밥 한 그릇으로 속을 달랜 뒤, 곧장 대창공업사로 향했다.

세창공업사는 시내 외곽, 철공소와 공장이 드문드문 모여 있는 산호동 뒷골목에 자리 잡고 있었다. 기름 냄새와 쇳가루가 뒤섞인 공장 안에서, 철수는 사람들 사이를 살피며 영석을 찾았다.

"영석아—"

철수의 목소리에, 엔진 옆에서 작업하던 젊은이가 고개를 들었다.

시커먼 작업복은 여기저기 찢어져 있었고, 얼굴엔 기름때가 눌어붙어 있었다.

"이모부!" 영석은 깜짝 놀라 스패너를 내려놓고 다가왔다.

"우에 오셨는데예?"

"마, 니 좀 보러 왔다. 잠깐 얘기 좀 할 수 있나?"

"예, 저쪽 뒤에 쉼터 자리 있습미더. 같이 가입시더."

두 사람은 폐타이어가 쌓여 있는 창고 뒤편, 공장 사람들이 담배 피우며 쉬는 작은 공간으로 자리를 옮겼다.

작은 플라스틱 의자에 앉은 철수는 손에 끼고 있던 장갑을 벗으며 입을 열었다.

"니 여 몇 년 댕기고 있노?"

"언자 한 오 년 되어 갑미더. 초등학교 졸업도 못하고 바로 들어왔다 아이미꺼."

"앗따 오래 됐네 기술 좀 배앗나?"

"아직 큰 일은 못 맡깁미더. 주로 옆에서 거들고, 간단한 부품 정비 정도 합미더."

철수는 담배를 한 개비 꺼내 물고 불을 붙였다.

잠시 말이 없다가, 이윽고 조심스럽게 말을 꺼냈다.

"만석이, 니 밑에서 기술 배우면 안 되겠것나?"

영석은 눈이 커졌다.

"만석이가요? …걔, 공부 잘한다 아입니꺼."

"잘한다. 하지만 집 사정이 그걸 못 따라간다. 나도, 그 애미도 지금 마산에서 허리 휘게 벌고 있다. 애들은 줄줄이 크고… 대학은커녕 고등학교도 못가르치것다."

영석은 조용히 고개를 끄덕였다.

자신도 그랬다.

배움보다 생계가 먼저였고, 손으로 버텨야만 먹고 살 수 있었던 세월이었다.

67. 고등학교 가지 마라

영석은 잠시 망설이더니, 말없이 철수의 얼굴을 바라보다가, 마침내 입을 열었다.

"이모부… 만석이, 공부 가르치이소."

그 말이 의외였는지 철수는 눈썹을 살짝 치켜올렸다.

영석은 담담한 목소리로 말을 이었다.

"기술 배우면 좋을 것 같지예. 그란데 이 일… 말처럼 쉽지는 않습미더. 엄청시리 고생합미더. 말 못 알아듣는다꼬 시시하모 몽키 날아오고, 욕 얻어먹는 거는 예사로 생각해야 합미더."

그는 옷깃에 묻은 검댕을 털어 내며, 낮고 무거운 목소리로 이어갔다.

"지가 지금 5년째 댕기고 있지만은… 아직도 지보고 욕을 합미더. 씹할놈아는 예사로 듣는 소리고 더 심한 욕도 자동으로 나옵미더."

철수는 아무 말 없이 영석이를 바라보았다.

영석은 고개를 들고, 이번엔 단호한 어조로 말을 맺었다.

"이런 데도, 만석이를 보내야 하것습미꺼? 단디 생각하이소. 그라고… 나는 이종 동생이지만, 내 동생이라믄 이런 데 일 못 시키미더."

영석은 주먹을 조심스럽게 쥐었다 펴며 말을 덧붙였다.

"꼭 보내라 쿠모… 나는 안 델고 있을 라미더. 다른 데 보내시소 좀 힘들어도 그 애 공부 시킬 수 있으모 시키야지예. 지 한번 보이소 지는 이리해도 백날 기름보재기 아이미꺼. 아직, 꿈도 있고, 눈빛이 살아 있는 아인데…."

철수는 고개를 떨궜다. 창고 뒤편의 바람이 철문을 쓸고 지나갔.

기계 소리가 멀리서 웅웅 울려 퍼졌고, 그의 눈엔 먼지가 스며들 듯 뭔가가 차올랐다.

68. 고마 고등학교 가라

　만석은 혼자 방 안에 앉아 있었다.
　밖에서는 겨울 해가 기울고, 텅 빈 사랑방 창문 너머로 바람 소리만 가늘게 스며들었다.
　책상 위엔 중학교 졸업앨범이 놓여 있었지만, 그는 그것을 펼쳐 볼 생각도 들지 않았다.
　대신 두 손을 무릎 위에 얹고, 고개를 숙인 채 마음속 결심을 되새기고 있었다.
　'그래. 나 안 간다. 고등학교는… 안 간다.'
　결심이 들었을 때 마음 한구석이 뻐근하게 저렸다.
　친구들은 다들 원서 접수를 했다.
　함안종고 어떤 애는 마산 상고 쓴다고 했다.
　그러나 만석은 그들 곁에 끼지 않았다.
　끼일 수 없었다. 아니, 끼지 않기로 했다.
　'우리 집은… 다르니까.'
　그는 그렇게 스스로를 설득하고 있었다.
　마산에 영석이 형님을 만나러 간 아버지는 아직 돌아오지 않았다.
　그가 떠난 지도 벌써 열흘이 넘었다.

연락도 없이. 다만 마음속 어딘가에는 아버지의 목소리가 아직도 남아 맴돌고 있었다.

"만석아, 니 공장 가모… 아버지가 청바지 위로 붙은 거 있제? 그거 사 주꾸마."

그 말. 말끝에 살짝 얹혀 있던 어설픈 다정함.

그땐 울컥했지만 아무 말도 하지 못했다.

청바지 위에 덧댄 무릎 패치, 티브이에서 본 도시 청년들처럼 보이고 싶었던 마음.

그리고 그걸 사 주겠다는 아버지의 말에 순간 기뻤던 것도 사실이다.

하지만 그걸 입고 공장에 다니는 자신의 모습이 떠오르자, 입술을 꾹 깨물고 눈을 돌려 버렸다.

'공장가면 청바지 사 준다꼬…? 잘랑 청바지 그기 뭐시라꼬.'

하지만 동시에 그는 알고 있었다.

그것은 단순한 옷 이야기가 아니었다.

그건 아버지가 아들에게 줄 수 있는 최선의 약속이었고, 어떻게든 살아남기를 바라는 무뚝뚝한 위로였다.

그게 아버지의 방식이었다.

만석은 천천히 앉은 자리에서 일어났다. 창밖을 보니 먼 하늘에 노을이 물들고 있었다.

그는 천천히 책상으로 가, 오래도록 덮어 두었던 공책을 펼쳤다.

구불구불한 필기체가 아직도 남아 있었다.

그러고는 한숨을 쉬며, 속으로 되뇌었다.

'그래도… 한 번만 더, 생각해 보자. 공장 말고, 내 길이 정말 여기서

끝나는지.'

결심은 흔들렸고, 마음은 다시 출렁였다.

어른이 된다는 건, 그런 식으로 하루에도 몇 번씩 마음을 바꾸는 일이었다.

열흘 만에 숙자와 함께 돌아온 아버지는 이전보다 말수가 줄어 있었다.

얼굴빛도 좋지 않았고, 숙자도 지친 표정이었다.

낡은 버스에서 내릴 때부터 조용히 짐만 챙긴 철수는 집에 도착하자마자 마루 끝에 앉아 담배부터 붙였다.

"만석아."

부엌에서 쌀을 씻던 숙자가 마루로 나가더니 조용히 불렀다.

만석은 방에서 책을 정리하던 손을 멈추고 나왔다.

"예, 아부지."

철수는 담배를 털어 내며, 아이를 마주 보았다.

한참을 말이 없더니, 느릿하게 입을 열었다.

"고마… 고등학교 가라."

그 말에 만석은 눈만 동그랗게 뜬 채 멀뚱히 아버지를 바라보았다.

"예…?"

자신의 귀를 의심했다.

열흘 전, 공장에 가서 기술 배우라던 그 아버지가, 청바지 사 준다던 그 사람이, 지금은 왜 갑자기 고등학교를 가라고 하는 건가.

철수는 고개를 돌리며 한숨을 쉬었다.

그리고 마당 쪽을 바라보며 말했다.

"영석이한테 들었다. 거선… 니 같은 애가 기술 배우기는 힘들다 카더

라. 더러븐 욕만 처묵고, 몸만 상한다꼬."

숙자는 마루 끝에 무릎을 꿇고 앉았다.

"다른 집 아들도 다 학교 가는데, 우리라고 못 보낼 거 있나. 니 공부하고 싶으모, 우리 우째 해 볼 낀게 니는 공부해라.

언자 그리하자."

만석은 잠시 고개를 떨궜다.

가슴이 미어졌다.

자신이 그토록 바라던 말을 들었는데도, 기뻐하기보다 먼저 목이 메었다.

눈물이 왈칵 고였다.

손등으로 눈을 훔치고, 하늘을 올려 보았지만 그 울컥한 감정은 가라앉지 않았다.

고개를 푹 숙이고 부엌으로 들어가던 만석은, 조용히 솥뚜껑을 열어 보았다.

아직 저녁밥도 제대로 안 된 상태였다.

쌀은 몇 움큼 되지 않았고, 연기가 조금 피어날 뿐 불길은 약했다.

아버지와 어머니는 마당 한 켠에서 조용히 말도 없이 마주 앉아 있었다.

그러고는 다시 마산으로 철수와 숙자는 갔다.

아무 일도 없었던 것처럼, 아들의 인생을 송두리째 들었다 놓았다 하며 난리 피우고 난 뒤 마치 방금 일이 없었던 듯, 그 고요 속에 시간을 흘려보내고 있었다.

그 고요함이 더욱 만석의 마음을 조여 왔다.

'다른 집 애들은… 그냥 고등학교 가는 게 당연한 긴데.'

이웃집 친구 광명이도, 그보다 공부 못하던 태봉이도 고등학교 원서 썼다 했다.

아무도 그걸 대단하다 하지 않고, 걱정하지도 않는다.

집집마다 수박 농사든 배추 장사든, 손에 쥐는 돈은 비슷했지만, 그래도 아이들 공부 하나는 어떻게든 시킨다는 마음은 같았다.

그런데 왜, 왜 자기 집만은 늘 '된다, 안 된다' 눈치를 봐야 하는 건가.

'내가 공부를 잘못해서 그런가, 아니면… 우리 집이 그렇게 못나서 그런가.'

그런 생각이 자꾸 마음속에서 맴돌았다.

아무리 다잡아도 분노와 슬픔이 뒤섞인 감정은 삭아 들지 않았다.

아버지가 원망스러웠다.

정미소가 잘될 때, 그 많은 손님이 줄 서서 기다릴 때, 그 시절에 미리미리 대비했다면, 방앗간이 잘나갈 때, 어머니가 말릴 때 다른 길로 새지 않았다면.

왜 늘 일이 꼬이고, 마지막엔 '가난해서 안 된다'는 말로 돌아오는 걸까.

지금 "고등학교 가라"는 말이, 고마운 말이 아니라 너무 늦게 건네진 사과처럼 느껴졌다.

그래도 고마웠다. 그래도 자기를 포기하지 않은 것 같아, 그래도 기회를 주려는 마음이 느껴져서… 더 미웠다.

그리고 더 슬펐다.

그 밤, 만석은 방안에서 책을 펼쳤다.

몇 줄을 읽었지만 글자가 눈에 들어오지 않았다.

옆 방에선 막내 진석이의 칭얼거리는 소리가 들렸고, 그 옆에선 정미가 조용히 아기 등을 토닥이고 있었다.

만석은 방 안에서 조용히 교과서를 덮고, 창밖 어둠을 바라보다가 문득 옛 생각이 떠올랐다. 1972년, 초등학교 2학년이었던 무렵이었다.
그땐 만석이네도 지금과는 달랐다.
정미소는 날마다 잘 돌았고, 돼지를 길러서 직접 도축하여 마산에 팔아서 살림은 여유가 있었다.
그해 여름, 아버지 철수는 집을 한 채 새로 지었다.
그때는 동네에서도 손꼽히는 '잘사는 집' 축에 들었다.
무엇보다도, 오토바이는 면내에서도 두 대밖에 없다는 '오토바이'가 바로 그 집 마당에 서 있었다.
회색 몸체에 붉은 줄이 그려진 혼다 50cc. 주말이면 아버지는 오토바이의 연료통을 열어 보고, 윤활유를 채우고, 먼지를 털었다. 그 손놀림이 얼마나 신중하고 자랑스러워 보였던지.
만석은 아버지 뒤에 매달려 바람을 가르며 길을 달리는 그 순간이 세상에서 가장 짜릿하고 벅찼다.
부모님은 그 오토바이를 타고 유정회라는 계모임에도 나갔다.
함안군 내 오토바이 타는 몇몇 사람들끼리 부부 동반으로 모여 어울리고, 식당에 가서 막걸리를 나누고, 사진도 찍었다.
한 장 남은 흑백사진 속엔 아버지가 멋을 부려 중절모를 쓰고, 어머니는 꽃무늬 치마저고리를 입고 미소 짓고 있었다.
그때 어머니는 살이 더 올랐고, 얼굴엔 웃음이 많았다.
'그땐 진짜 잘 살았는데….'

만석은 속으로 중얼거렸다.

그 시절을 생각하면, 지금 이 가난과 혼란은 더 이해되지 않았다.

왜 그 많던 돈은 어디로 갔고, 그 잘나가던 정미소는 왜 이제 닫혀 있는지, 아버지는 왜 그렇게 쉽게 무너졌는가.

만석은 이불을 목 끝까지 끌어올렸다.

추운 것이 아니라, 어쩐지 그때의 따뜻한 기억이 지금 더 아프게 느껴졌기 때문이다.

그 밤, 그는 눈을 감고도 오토바이 소리를 떠올렸다.

다다다— 거칠게 돌아가던 엔진소리. 그 소리는 한때 이 집의 자랑이었고, 꿈이었다.

하지만 이제는… 그 소리가 다시 들릴 수 있을지, 자신도 모르겠다고 생각했다.

'나는 어떻게 살아야 할까?'

아직은 부모의 보살핌이 절실히 필요한 열여섯. 나이였다.

한창 친구들과 어울려 웃고 떠들고, 장래희망을 말하면서도 반쯤은 농담처럼 넘기던 그 나이에 만석은 너무 이른 질문 앞에 서 있었다.

왜 이런 생각을 내가 해야 하나, 왜 나만 이렇게 어른들처럼 무거운 생각을 해야 하나, 그 이유를 만석은 알 수 없었다.

그저, 부모님의 부재를 어깨로 느끼고, 동생들의 밥상을 챙기고, 고장 난 전등을 고치고, 할머니의 기침 소리에 약을 데우며, 조용히, 그러나 분명히 '삶이 무엇인가'를 배워 가고 있었다.

그건 책으로 배우는 게 아니었다.

현실이 먼저 가르쳤고, 때로는 가혹하게, 어린 어깨에 인생이라는 짐을 슬며시 올려놓았다.

만석은 문득 이런 생각도 들었다.

다른 집 애들은 저녁 먹고 티브이를 보며 웃고 있을 텐데, 나는 왜 이렇게 조용한 방 안에서 이불을 덮고도, 마음을 덮지 못하는지.

그러나 그 질문에 대한 답을 누구도 해 주지 않았다.

부모님도, 선생님도, 친구도. 그래서 만석은 말없이, 그저 내일 아침이 오면 다시 일어나야겠다고 생각했다.

69. 봉헌의 중3 겨울방학 일상

법수면 인무리의 겨울바람은 아직 매서웠다.

봉헌은 희끄무레한 아침 햇살이 마당을 물들이기 시작할 즈음, 두 손을 품 안에 꼭 쥔 채 마루 끝에 앉아 있었다.

봉헌은 인문계 고등학교—함안종고 보통과—원서를 써 냈다.

그 순간부터 그의 마음속엔 낯선 물결이 일렁였다.

불안과 기대, 후회와 설렘이 뒤섞여 밤마다 그는 누운 채 천장을 멍하니 바라봤다.

'내가… 공부를 해도 되나? 아니, 할 수나 있는 기가?'

아버지는 돈 없다는 말로 일찍부터 기술 배우라 했고, 주위 친구들도 대부분 농고나 축산과로 향했다.

봉헌은 작은 방구석 책상 위에 누렇게 빛바랜 중학교 문제집을 펼쳤다.

바삭한 종이 냄새, 삽 대신 연필을 손에 쥐고 봉헌은 그 문제집 위에 손바닥을 얹었다.

"누가 뭐라 해도, 내 길은… 내가 정한다."

그 말은 혼잣말이 아니었다. 그의 인생을 향한 첫 대답이었다.

그러나 펜을 든 손은 자꾸 떨렸고, 작은 글씨들은 아무리 읽어도 머릿속에 들어오지 않았다.

수박 모종 심는 법, 경운기 운전하는 법은 눈 감고도 알지만, 수학의 공식 하나는 책장 넘기기 전에 이미 머릿속을 빠져나갔다.

그에게 익숙한 건 삽자루였다.

말없이 밭을 일구고, 흙을 뒤집고, 무거운 퇴비 자루를 메고 산비탈을 오르내리던 시간들이 온몸에 밴 노동의 기억이었고, 그게 삶이었다.

그런 그가 책상 앞에 앉아 정적인 글자들과 씨름을 하려니, 어쩐지 자신이 아닌 것 같았다.

봉헌은 연필을 내려놓고, 이마를 손등으로 훔쳤다.

봉헌은 다시 정신을 다잡고 문제집을 바라보았다.

책 속의 문장들이 한 줄씩 흐릿하게 흔들렸다.

"한 문제만 풀자. 딱 하나만…."

그는 스스로에게 약속하듯 중얼이며 연필을 들었다.

하지만 눈꺼풀은 점점 무거워졌다.

책장 너머로 불어오는 밤공기는 은근히 따뜻했고, 몸속 깊은 곳에서 하루의 피로가 슬그머니 고개를 들기 시작했다.

'지금 이래 자빠지모 안 된다. 안된다이.' 속으로 그렇게 되뇌어 보지만, 의지는 점점 흐려졌다.

봉헌의 머리가 천천히 아래로 떨구어지고, 연필 끝은 문제집 위에서 어설프게 흘러내린다.

그리고… 고요한 침묵 속, 봉헌은 책 위에 고개를 파묻은 채, 스르르 잠이 들고 말았다.

창밖에서는 벌레 울음소리가 점점 커지고, 달빛은 사그라드는 등불처럼 희미하게 방 안을 비추고 있었다.

그의 가슴 위에 놓인 연필 한 자루, 그 옆에는 아직 풀지 못한 문제 하나가 고요히 남겨져 있었다.

잠결에 옆구리를 찌르는 듯한 바람결이 느껴졌고, 책장 사이로 삐져나온 연필은 그의 뺨에 희미한 선을 남겼다.

그리고 아침이 되었다.

방 안은 이미 환했다.

문틈 사이로 새어든 햇빛이 책상 위를 비추며, 말라버린 봉헌의 침 자국과 구겨진 문제집 위를 가만히 더듬었다.

"봉헌아— 아직 안 일어났나!"

바깥에서 어머니의 목소리가 들려왔다.

봉헌은 몸을 움찔했다.

등이 뻣뻣했고, 팔은 저려 감각이 둔했다.

잠깐 눈을 감았다 뜨자, 책장 위에 흘러내린 침 자국이 눈에 들어왔다.

'아씨 공부해야 되는데 자모 우짜노….' 책상에 묻은 침을 훔치며 천천히 일어났다.

아침밥을 먹고 나서 봉헌은 들판 비닐하우스로 향했다.

겨울 햇살이 맑게 내리쬐는 아침이었다.

비닐하우스 안엔 며칠 전 심은 수박 모종이 앙상한 뿌리를 뻗고, 투명한 비닐 지붕 아래서 아직은 약한 햇빛을 애타게 기다리고 있었다.

봉헌은 천막 위에 덮어 놓았던 보온 덮개를 조심스레 걷었다.

해가 올라오기 전에 한 장 한 장 보온 덮개를 걷는 것도 단순 노동이었지만 상당히 힘든 일이다. 비닐하우스에 안개처럼 맺혀 있던 물방울이 툭툭 떨어졌다.

"으, 차바라….."

그는 한 번 몸을 움찔하더니 손바닥으로 입김을 불며 덮개를 다 젖혔다.

이제 시골집의 아침 일은 거의 끝난 셈이었다.

겨울 시골의 하루는 의외로 단출하다.

소 키우는 집도 아니고, 논밭이 얼어붙어 있어 갈 데도 없었다.

봉헌은 장화를 벗고 마당을 한 바퀴 돌더니 큰길 쪽으로 발걸음을 돌렸다.

그 길은 영철이네 집으로 향하는 방향이었다.

"야, 영철아! 자냐?"

봉헌이 영철이 방문을 열며 목청을 높였다.

부스스한 머리를 한 영철이는 이불 속에서 고개를 쏙 내밀었다.

"벌써 왔나? 일은 다 했나?"

"하우스 꺼재기 배끼 놓고 왔다."

영철은 봉헌의 얼굴을 유심히 들여다보더니 인상을 찡그렸다.

"야, 니 낯반때기 뭐꼬. 무신 자국이 있노?"

봉헌은 무심히 손바닥으로 뺨을 쓸어 보다가, 방 거울에 슬쩍 얼굴을 비췄다. 그러곤 멋쩍게 웃었다.

"아씨, 밤에 책상에 엎드리 자삐 떠만은 연필 자국이다."

영철은 피식 웃다가, 배꼽을 잡고 깔깔댔다.

"가악중에 니 안 하던 짓을 하노. 니가 와 공부를 하는데?"

봉헌은 허리를 펴고 당당한 표정을 지으며 말했다.

"언자네 보통과 원서 넣었다 아이가. 그라모 공부해야지."

영철은 한동안 봉헌을 말없이 보다가, 결국 웃음을 터뜨렸다.

"자석아, 평소에 하던 대로 해라. 니가 무신 공부를 하노. 치아라 자석아."

봉헌은 대꾸하지 않고, 방에 털썩 주저앉았다.

거칠게 한숨을 내쉬며 바닥을 바라보다가, 혼잣말처럼 낮게 뱉었다.

"맞제… 공부 아무나 하는 거 아이더라. 씨. 무다이 보통과 원서 쓰가 이리 고상하노."

영철이는 걱정스러운 얼굴로 물었다.

"언자 다른 과로 바꾸지도 못할 낀데…. 니 우짜 끼고?"

봉헌은 말없이 벽 쪽을 바라보다가, 나직하게 중얼거렸다.

"몰라…. 모 아이모… 개지. 해 보지 뭐."

그 말에 영철은 눈을 흘기며 소리쳤다.

"니 공부하다가 미치 삐는 거 아이가? 골짜 미숙이 오빠 있제? 그 행님도 공부하다가 또라이 된다 쿠던데!"

순간 봉헌의 눈빛이 번뜩이며 돌아섰다.

"이 자석이… 니는, 내가 미치 삐모 좋것나 새끼야?"

"하모~"

영철은 히죽이며 대꾸했지만, 웃음은 어딘가 불안해 보였다.

봉헌은 손에 있던 연필을 바닥에 내던지며 소리쳤다.

"이 자석이! 잠은 내가 잘못 잤는데, 니가 아직부터 헛소리를 쳐 해샀노!"

그의 얼굴은 금세 붉어졌고, 눈가에는 엉뚱하게도 서운한 기색이 어려 있었다.

영철은 머리를 긁적이며 물러섰다.

"농담이다, 자석아. 농담도 모르나."

그러면서도 그는 살며시 봉헌 옆에 앉았다.

"진짜 해 볼 끼가? 공부?"

봉헌은 고개를 끄덕이지도, 고개를 들지도 않았다.

대신, 다시 바닥에 떨어진 연필을 집어 들고는 손가락으로 돌리며 허공을 응시한다.

답을 찾는 눈은 여전히 흔들렸지만, 그 손끝만큼은 의외로 단단해 보였다.

"모르겠다. 근데… 도망 안 칠 끼다. 한 번만이라도, 내 마음대로 살아 보는 거지."

영철은 그 말에 더는 아무 말도 하지 않았다.

70. 봉헌은 양손에 떡을 쥐고 있다

영철은 컵에 남은 따뜻한 물을 한 모금 넘기며 봉헌을 힐끗 바라봤다.
방 안엔 잠시 정적이 흘렀고, 곧 영철이 슬쩍 말을 꺼냈다.
"야, 참말로 말숙이 가서나 땜시로 인문계 넣은 기가?"
영철은 말없이 컵을 내려놓고 창밖을 바라봤다.
"그 가스나가, 니 마음에 들어차 있는 거는 알것는데 그거 때문에 니 길을 바꾸는 거는 아인 거 아이가."
영철은 천천히 말을 이었다.
"니 원래는 농과 간다 쿠더만은 가악중에 바꾸노? 경운기도 돌리고, 논밭일 배우고… 그게 니 체질 아이가?"
봉헌은 한숨을 깊게 내쉬었다.
그러고는 조용히 말했다.
"내가 인문계 간 것은 진짜 그 가스나가 마산 간다꼬, 선생 된다꼬… 그런 소리 들으니까 괜히 따라가고 싶더라."
봉헌은 잠시 말을 멈추고 눈을 내리깔았다.
"근데 요 며칠 책상 앞에 앉아 있은 깨네 문득 그런 생각이 들더라. 내도 한번 해 보모 우찌 될지 모르겠다고."
영철은 고개를 끄덕였다.

"허긴, 니가 그래 생각한 거모 뭐라 할 말은 없다. 공부가 적성에 맞든 안 맞든, 해 보기 전엔 모르는 거 아이가."

봉헌은 씩 웃었다.

"맞제. 어차피 농사도 쉽진 않다. 무식하게 땀만 많이 나는 기 아이라, 그것도 머리 써야 된다아이가. 그란데 공부도… 안 해 보고 포기하는 건 좀 쪽팔린다 싶더라."

영철은 몸을 기대며 두 손을 깍지 껴 머리 뒤로 넘겼다.

"그래, 뭐… 니가 그렇게 말하니 이번엔 좀 믿어 주꾸마."

두 친구는 서로 손을 맞잡고 킬킬 웃었다.

언뜻 보기엔 농담처럼 보였지만, 그 속엔 묵직한 결심과 우정이 녹아 있었다.

"대신 한 가지 약속해라."

영철이 이불 속에서 몸을 일으키며 진지하게 말했다.

그 말투에 장난기보다는 걱정이 섞여 있었다.

봉헌은 기대어 앉은 채로 슬쩍 고개를 돌렸다.

"뭔데?"

영철은 눈을 가늘게 뜨며 말했다.

"중간에 죽것다고 도망치지 말고, 질질 짜지도 마라, 그라고 내한테 공부하다가 미치겠다는 소리도 절대 하지 말고 새끼야."

봉헌은 피식 웃으며 손을 저었다.

그러곤 창문 밖으로 시선을 던졌다.

겨울 볕이 들뜬 하늘을 물들이고 있었다.

"자석이… 내가 니한테 그런 하소연도 못하모, 내는 참말로 디진다."

영철은 웃으며 이불을 걷어찼다.

"아직 문지 좀 되가 배고제."

"라면 끼리 주까?"

영철이 히죽 웃으며 말했다.

"말로 씨불지 말고, 빨리 가서 끼리 오이라. 안 그래도 배 창수가 살살 아프다."

영철은 익숙한 손놀림으로 부엌 쪽으로 향했다.

곤로 위의 심지를 살짝 올리고, 성냥을 그었다. '치익' 소리와 함께 불꽃이 번졌고, 이내 곤로 위에 놓인 양은솥 밑으로 푸르스름한 불이 일렁였다.

"영철이 니는 우째 라면만 끓이모 동작이 빠르노."

봉헌은 방바닥에 철퍼덕 앉아 코를 훌쩍이며 중얼거렸다.

영철은 냄비에 물을 붓고 라면 봉지를 뜯으며 대꾸했다.

"그라모 디른 것은 몰라도 라면은 좀 끼린다. 라면만큼 사람을 기분 좋아지게 하는 음식은 이 세상에서 없을 낀데. 세상 시끄럽고 공부도 골치 아파도, 라면 앞에선 다 조용해진다 아이가."

"맞다, 니 공부 좀 했다이 철학적으로 잘 씨부네."

봉헌이 낄낄 웃자, 영철은 라면을 넣으며 웃음을 터뜨렸다.

"자석이, 니 입에서 '철학' 소리가 나오는 거 보니, 인문계 가모 공부 잘 하것 다이."

"그래야지. 마산 가가 말숙이도 보고, 대학도 가야제."

"에라이, 자석이 치아라마. 또 말숙이 타령이제. 그 가스나 마산 가모 니를 쳐다보기는 하것나?"

영철이가 김치를 썰어 넣으며 놀리자, 봉헌은 들고 있던 방석을 획 던졌다.

"이 자석이, 라면 다 끓이기 전에 맞고 디지고 싶나."

둘은 한바탕 웃으며 다시 말없이 라면 냄비를 바라보았다.

끓는 물에 면발이 퍼지고, 양은 냄비 뚜껑을 살짝 들자 고소한 냄새가 퍼졌다.

곧, 라면 두 그릇이 방바닥 위에 놓였다.

두 소년은 젓가락으로 면을 후루룩 말아 먹으며, 한동안 아무 말도 하지 않았다.

그저, 그 따뜻하고 짭조름한 국물 안에 자신들의 불안과 막막함을 잠시 담가두고 있었다.

"봉헌아, 니… 순덕이 하고는 우찌하고 있노?"

영철이 라면 국물을 후룩 마시며 슬쩍 말을 꺼냈다.

순간, 봉헌은 젓가락질을 멈췄다.

국물에 젖은 면발이 허공에 멈춘 채, 그의 손끝에서 덜덜 떨렸다.

가슴 한가운데가, 쿡 하고 찔렸다. 그 이름… 순덕이. 고등학교 원서를 쓰고 난 그날 이후, 봉헌은 그녀를 일부러 피했다.

아니, 피하려고 애썼다.

그녀의 눈빛은 언제나 봉헌의 속내를 꿰뚫어 보는 것 같았고, 한 번 꼬집듯 던지는 말 한마디는 말숙이를 향한 봉헌의 마음을, 그대로 들춰내는 듯했기 때문이다.

하지만 순덕이가 가만히 있을 애가 아니라는 걸 그는 누구보다 잘 알고 있었다.

어쩌면 지금쯤, 뭔가를 준비하고 있을지도 모른다.

그녀는 늘 그랬다.

순순히 물러서지도 않고, 누군가에게 질 생각도 없는 아이였다.

"와 말을 안 하노, 니?"

영철이 다시 물었다.

봉헌은 조용히 젓가락을 내려놓았다.

그의 표정엔 어딘지 모르게 먹먹한 기색이 번졌다.

"몰라… 겨울방학 때부터 못 봤다."

영철은 잠시 봉헌을 바라보다가, 슬그머니 웃음을 지었다.

"그래도 순덕이 성깔에, 니 그냥 놔둘 리는 없을 낀데?"

봉헌은 그 말에 대꾸하지 못했다.

대신 허공을 바라보며 혼잣말처럼 중얼거렸다.

"그 가스나 이름만 들어도 가슴이 답답해진다."

"자석아, 니 양손에 떡 쥐고 있다가 한 개도 못 뭇는 수가 있다이. 두 개 다 떨가기 전에 단디해라."

영철이 라면 국물에 밥을 말아 한 숟갈 떠먹으며 툭 던졌다.

봉헌은 말없이 그 말을 곱씹었다.

영철이 말이 틀리진 않았다.

순덕이든, 말숙이든… 누군가의 마음을 갖고 장난처럼 머뭇거리다간, 결국 다 잃게 될지도 몰랐다.

그는 조용히 눈을 감았다. 순덕이. 생각만 해도 머리가 지끈했다.

사실, 순덕이가 싫은 건 아니었다.

아니다 정확히 말하자면… 싫다기보단 버겁다는 표현이 더 가까웠다.

그 애는 봉헌을 놓아줄 줄을 몰랐다.

항상, 어디선가 지켜보고 있는 듯한 시선, 마주칠 때마다 느껴지는 이상한 압박감. 가끔은… 숨이 막힐 지경이었다.

그렇지만 객관적으로 보자면, 순덕이는 예뻤다.

말숙이보다 키도 크고, 눈매도 또렷하고 유방도 상당히 커서 처녀 티가 났다.

머리칼도 윤기가 흘렀고, 웃을 때 입꼬리 올라가는 모습도 예뻤다.

사실 동네 아이들 중에는 순덕이를 더 괜찮다 하는 이도 많았다.

그런데 왜 자신은 말숙이 쪽으로 자꾸 마음이 기우는 걸까.

말숙이는 그리 화려한 외모도 아니고, 표현도 많지 않고, 오히려 냉랭한 면도 있는데. 그런데도 이상하게, 마음이 그쪽으로만 쏠렸다.

'그래, 떡 두 개 쥐고 있다가 둘 다 놓치면 우짜노.'

봉헌은 속으로 영철의 말을 되새겼다. 그러면서도 바로 결론을 내릴 수 없었다.

그때 영철이 다시 입을 열었다.

"니… 혹시 말숙이한테 진짜로 마음 있는 기가? 에나로?"

봉헌은 고개를 살짝 떨군 채, 국물에 젓가락만 휘저었다.

그리고 조용히 대답했다.

"…내 마음도 잘 모르겠다. 근데, 말숙이 보모 말숙이가 너무 좋다."

71. 사랑방에 모인 중3 아이들

중학교 졸업과 고등학교 입학 사이, 어정쩡한 그 겨울. 아이들은 시간이 많았다.

한겨울이라 들일도 거의 없었고, 가끔 비닐하우스 보온 덮개나 소여물 주는 일 정도가 전부였다.

그러니 해가 지면 자연스레 발길은 동네 사랑방인 영철이 집으로 향했다.

"야, 영학이 왔나?"

"어 치버라 빨리 문 닫아라."

"봉헌이도 오고, 기복이도 왔다 아이가."

"기복이 뭐 하노, 또 신문 들고 왔나."

"신문이라캐도 날짜 지난 기다. 마산에는 벌시로 고등학교 발표 났다 쿠네."

사랑방은 작은 방이었지만, 한자리에 오손도손 모여 앉으면 열 명도 거뜬히 들어갈 수 있었다. 누군가는 군고구마를 싸 들고 왔고, 영학이는 고무줄로 만든 새총을 들고 와 자랑을 늘어놓았다.

그는 사랑방 문턱에 들어서자마자 들고 있던 새총을 머리 위로 번쩍 들어 올렸다.

"이거 있다 아이가, 억수로 멀리 간다이."

"야, 니는 내일모레 고등학생 될 낀데 아직도 얼라들맨치로 새총 들고 다니나?"

영철이가 킥킥 웃으며 말하자, 영학은 얼굴이 붉어지면서도 물러서지 않았다.

"뭐라 샷노, 이거 얼라들 거하고 다르다. 이 고무줄은 점빵에서 파는 얼라들 샷빠 고무줄 아이고, 말숙이 저거 오빠 오토바이선타에 있는 주브 잘라가 만든 기다. 이거 갖고 참새 열 마리는 더 잡았다."

"니 오데서 구라치노, 참말이가 그거?"

"우와, 미치것네. 에나다."

"그라모, 내일 저녁에 올 때 니 참새 잡아 갖고 오이라. 그라모 믿어 주꾸마. 그라고 니가 잡아 오모 꾸버 묵꾸로."

"알것다. 잡아 올꾸마. 니거는 내 말 믿어라이."

영학은 눈을 반짝이며 다짐하듯 말했다.

사랑방 안은 웃음과 군고구마 냄새로 가득 찼고, 창밖엔 바람이 창호지를 슬쩍 건드리며 지나갔다.

그들의 대화는 유치하면서도 진지했고, 그 속에는 곧 다가올 '고등학생'이라는 낯선 세계에 대한 불안과 설렘이 뒤섞여 있었다.

봉헌은 그 모습을 물끄러미 바라보다가 작게 웃으며 입속에 고구마 한 조각을 넣었다.

다음 날 아침 영학은 아침밥도 먹기 전에 새총을 들고 집을 나섰다.

어제 사랑방에서 한 장담이 머릿속을 떠나질 않았다.

'꼭 잡아 가야 된다. 안 그라모 영철이 저 자석이 또 뭐라 씨불 낀데.'

동네 뒷산 밭두렁을 따라 걷던 영학이는 인기척을 죽이고 천천히 발을 옮겼다.

하얀서리가 군데군데 남은 들판 끝, 감나무 위에 참새 두어 마리가 옹기종기 모여 있었다.

영학이는 숨을 죽이고, 새총을 조심스레 들어 올렸다.

하지만 손가락이 살짝 떨리는 순간, 휘이익— 참새 떼는 푸드득 날개를 치며 하늘로 흩어졌다.

"씨….."

영학은 한숨을 내쉬며 다시 발길을 돌렸다.

이번엔 보리밭 옆 짚단 근처였다.

그늘이 져 있어서 참새가 곡식을 쪼고 있을 가능성이 컸다.

기어들듯 조심조심 다가갔지만, 역시나… 참새는 눈치가 빨랐다.

머리를 살짝 돌리는 듯싶더니, 획— 하고 날아가 버렸다.

그날 하루, 영학이는 세 시간 넘게 참새를 쫓아다녔다.

하지만 손에는 새총만 남았을 뿐, 약속했던 참새는 한 마리도 잡히지 않았다.

해가 기울어 가는 저녁 무렵, 그는 텅 빈 손으로 돌아왔다. 사랑방에 들어서자 영철이 먼저 놀려댔다.

"옴마야, 전설의 새총 영학포수 왔심미더! 언자, 참새 내나 봐라."

봉헌이도 웃음을 참지 못하며 물었다.

"니 고구마 굽는 냄새 말고 참새 굽는 냄새 좀 맡아 보자."

영학은 새총을 방바닥에 탁 내려놓으며 투덜거렸다.

"참새가 생각보다 존나게 영리하더라. 한 번은 속아도 두 번은 안 속는다. 쌔가빠지게 봉알이 요랑소리 나거로 쫓까 댕기도 한 마리도 못 잡았다. 내일 다시 잡아 볼꾸마. 오늘은 바람 방향이 안 좋았던 기다."

열철이가 코웃음을 치며 말했다.

"자석이 새총하고 바람 방향하고 무신 상관이고?"

"니는 모르는 가베, 돌배이가 날아가면서 바람을 울매나 타는고. 바람 잘못 타모 돌매이가 옆으로 샌다 아이가."

봉헌이 웃음을 참으며 한마디 거든다.

"그라모 니는 바람세기나 방향을 감안해서 싼다는 기가?"

영학이 당당하게 고개를 끄덕였다.

"하모, 그리 안 하모 절대로 참새 못 잡는다."

봉헌이 눈을 가늘게 뜨며 물었다.

"우찌 바람 측정하는데? 기계가 있나?"

영학은 손가락을 들어 보이며 설명했다.

"니는 모르는 가베. 앵기 손가락에 춤을 묻히가 딱 들고 있어 봐라. 그라모 손가락이 찬 대가 있다. 그기가 바람이 부는 방향 아이가."

아이들은 배꼽을 잡고 웃음을 터뜨렸다.

봉헌은 어이없다는 표정으로 고개를 저었다.

"야이 자석아, 그리 바람 잘 아는 자석이 와 참새는 못 잡노?"

영학은 순간 말문이 막혔다가, 이내 꿰어 맞춘 듯 대답했다.

"그랑깨 안카나. 날이 너무 추버가 손가락에 침 묻히모 동상 걸릴까 싶어가 안 묻친다 아이가."

그 순간 구석에 앉아 군고구마를 까고 있던 기복이가 고개를 들며 한

마디 했다.

"영학아, 고마 실력이 없어서 못 잡았다 캐라. 뭐 씨 그리 변명이 많노. 하루쟁일 새총 들고 다니가 한 마리도 못 잡으모 실력이 없는 기지."

아이들은 또 한 번 웃음보를 터뜨렸고, 사랑방 안에는 군고구마 냄새와 웃음소리가 포근하게 퍼져 나갔다.

누군가는 거짓말을 보태고, 누군가는 들은 이야기라며 허풍을 더했다.

그러나 이 겨울밤, 사랑방을 가득 채운 건 그런 헛소리와 실없는 웃음이었고, 그 속에선 누구 하나 외롭지 않았다.

아이들은 웃음보를 터트렸고, 그 웃음소리는 비어 있는 사랑방 천장 위로 톡톡 튀어 올랐다.

고구마는 달고 따뜻했고, 참새는 없었지만 영학의 약속은 이미 모두의 기억 속에서 진짜가 되어가고 있었다.

"니들, 고등학교 가모 뭐 제일 해 보고 싶노?"

영철이가 불쑥 물었다.

"난 축구부 들고 싶다."

"니는 운동신경도 없으면서 무신 축구부고 달리기도 만날 꼬랑데이로 들어 옴시롱."

"야이, 말 조심해라. 그래도 내 수비는 잘한데이."

봉헌은 말없이 방바닥에 손을 넣었다. 손끝이 따뜻해지자 마음도 조금 풀리는 것 같았다.

사랑방 안의 소란 속에서도, 봉헌의 머릿속에는 자꾸만 말숙이 얼굴이 떠올랐다.

웃을 때마다 입꼬리 옆에 생기던 조그만 보조개, 교복 위로 늘어진 머리카락을 귀 뒤로 넘기던 손짓, 그리고 무엇보다 눈을 마주치면 금방이라도 들켜 버릴 것 같은, 그 묘한 눈빛.

'고등학교에 가모… 자연스럽게 에나로 멀어질지도 모른다.'

말숙이는 마산 제일여고에 다니고, 봉헌 자신은 인문계라 해 봤자 함안종고이다.

본가 집이 고작 걸어서 5분 거리 일지 몰라도, 마음은 점점 멀어질 것만 같았다.

지금처럼 아침에 길에서 마주치거나, 버스에서 들은 척 안 들은 척 말을 섞는 건 불가능할지도 모른다.

방학 때나 겨우 한두 번, 그것도 억지로 일부러 찾아가지 않으면 얼굴조차 보기 힘들 것이다.

'달숙이는 마산 성호동… 거긴 할매랑 단둘이 있다 캤제…. 아마 집안에서도 지 혼자 기댈 사람도 없을 긴데….'

봉헌은 팬스레 가슴이 먹먹해졌다.

그녀는 늘 당당했지만, 봉헌은 알았다.

그 당당함 뒤에는 오빠들이나 새언니에게 걱정 끼치지 않으려는 애틋함이 숨어 있다는 걸.

그 순간, 사랑방 구석에서 누가 웃으며 말했다.

"야, 봉헌아. 너는 와 말이 없노? 오늘따라 완전 버부리다."

봉헌은 흠칫 정신을 차리며, 뜸 들이다가 짧게 대꾸했다.

"…내는 뭐… 할 말 없다."

"에이 자석아, 쪼매 전까지 웃고 떠든 놈이 갑자기 와 그라노. 니 어디 아픈 기가?"

영학이 짐짓 장난스럽게 봉헌의 이마에 손을 대며 웃었다.

봉헌은 손을 툭 털고 웃는 척했지만, 그 마음속엔 자꾸 말숙이의 뒷모습이 맴돌고 있었다.

어쩌면, 그녀가 자기보다 훨씬 멀리, 훨씬 위로 날아가 버릴 것 같은 불안감. 그리고 그 불안감을 잡기엔, 지금 자신의 손이 너무도 허전하다는 사실만이 또렷했다.

72. 결국 말숙이를 만나지 못했다

영철이 집 사랑방에서 돌아와 봉헌은 신발을 벗고 마당 한 켠에 앉았다.

찬 기운이 엉덩이로 전해졌지만, 몸을 일으킬 마음이 들지 않았다.

마산… 성호동…

머릿속이 그 이름으로 가득했다.

말숙이의 할매가 계신 곳, 말숙이가 이제 고등학교에 가면 머물게 될 곳.

봉헌은 괜스레 뒷주머니를 더듬어 보았다.

거기에는 지난번 말숙이가 넘겨 준, 마산 성호동 주소가 적힌 종이가 접혀 있었다.

아직도 접힌 자국이 그대로였다.

펼쳐 보지 않아도 외웠지만, 괜히 꺼내 들여다봤다.

'마산시 성호동 97-97…'

겨울방학은 아직 끝나지 않았다.

지금이라면 어쩌면 말숙이를 한 번쯤 볼 수 있을지도 모른다.

그녀는 그곳에서 새 학기를 준비하며 할매와 있을 것이다.

봉헌은 천천히 몸을 일으켰다.

"뭐하노, 안 들어가고…."

어머니 목소리가 부엌에서 들려왔다.

"옴마 언자 들어간다."

말은 그렇게 했지만, 그의 발걸음은 안으로 향하지 않았다.

대신 사랑방 한 켠, 학교 앞 문방구에서 산 교통지도책을 펼쳤다.

마산. 그 안에 성호동. 석무서 버스를 타면 합성동 시외버스터미널에서 내려 13번 시내버스를 타면 정법사 입구에서 내리면 갈 수 있다.

'아무 말 없이 가면 안 될 긴데….'

고민 끝에, 봉헌은 한 장 남은 편지지를 꺼내었다.

말숙이에게 편지를 쓰는 건 처음이었다.

단 한 줄을 쓰는 데도 마음이 떨렸다.

말숙아!
내 함안에 있다.
니가 잘 지내는지 궁금하다.
마산 성호동에, 혹시… 내가 한 번 가도 되나.
그냥, 얼굴만 한번 보고 싶다.

글씨는 어눌했고, 말투도 어색했다.

하지만 그는 다시 고쳐 쓰지 않았다.

곧장 봉투에 넣고, 옷장 위에서 조심스레 꺼낸 우표를 붙였다.

마당을 돌아 우체통까지 걸어가는 길, 봉헌은 한 번도 뒤돌아보지 않았다.

그리고 며칠 뒤, 마산 성호동에서 봉헌 앞으로 한 통의 답장이 도착하게 된다.

봉헌이에게.
네 편지 잘 받았다.
편지 봉투를 들고 잠깐 멈춰 섰다. '설마' 했다가, '혹시나' 하면서 조심스럽게 뜯었다.
니 글씨체, 그대로더라.
삐뚤빼뚤한데도 왜 그런지 정이 간다.
한 글자 한 글자 천천히 읽었다.
내 요새 많이 바쁘다.
할매가 해 주는 밥 먹고, 가끔 집안일도 거들고, 낮에는 혼자 책도 보고, 동네 도서관도 다닌다.
근데도 니 편지 받고 나니 괜히 마음이 뭉클하더라.
함안에서 마산까지는 멀기도 하고, 또 가깝기도 하다.
내 얼굴 한번 보고 싶다 캤제? 진짜가?
거짓말이면 내 삐질 끼다.
보고 싶으면 오이라.
할매는 니 이름 들으모 좋아하신다.
우리 동네 들어오려면 13번 버스를 타고 강남극장 뒤편 정법사에서 내려야 한다.
시장 골목으로 들어와서 철도 건널목을 지나서 오르막으로 올라 오모 된다.

혹시 모르모 철길 건널목 앞에 쌀집이 우리 고모 집이다.

그기에 물어보모 할머니 집을 알려 줄 끼다.

할매 집은 그 뒤편 골목, 감나무 있는 집이다.

뭐, 심심하면 와도 된다.

근데 봉헌아.

니는… 진짜 공부할 끼가? 내는 그게 젤 궁금하데이.

보통과 간다 캤다매.

공부하다가 그만두면 내가 진짜 가만 안 둘 끼다.

알았제?

내도 열심히 할 꾸마.

우리 둘 다 '진짜로' 한 번 해 보자.

성호동에서 말숙이가.

봉헌은 편지를 두 손으로 꼭 쥐고 있었다.

노랗게 빛바랜 우편 봉투, 말숙이가 적은 이름 석 자.

그 이름만으로도 그의 가슴은 먹먹해졌다.

말숙이의 글씨는 여전히 단정했다.

글씨를 따라가다 보면, 마치 그녀의 목소리가 귀에 들리는 것 같았다.

조용하고 또렷한, 웃음 섞인 말투.

"보통과 간다 캤다매. 공부하다가 그만두면 내가 진짜 가만 안 둘 끼다. 알았제?"

이 한 줄에서 봉헌의 눈가가 벌겋게 달아올랐다.

괜히 눈물이 날까, 고개를 푹 숙인 채 편지를 가슴께에 눌러 댔다.

그날 밤, 봉헌은 한참을 마루 끝에 앉아 있었다.

별빛도 흐리게 비친 겨울 하늘 아래, 그는 말숙이 집 가는 길을 머릿속으로 수없이 그려 봤다.

성호시장 지나, 감나무 있는 골목을 따라가면 나온다는 그 집. 막상 길은 그려졌지만, 그의 발은 움직이지 않았다.

자신의 옷차림을 내려다봤다.

묵은 때가 눌어붙은 작업복, 닳아진 고무신. 손톱 밑엔 흙먼지가 검게 끼어 있고, 옷에는 비닐하우스의 비닐 냄새가 배어 있었다.

"말숙이 앞에 가모… 내는 우찌 보일꼬."

그 말이 마음속에서 맴돌았다.

그녀는 도시의 큰 학교로 갔다.

깨끗한 교복을 입고, 높은 구두를 신은 채 책을 들고 도서관을 오가는 삶을 살 것이다.

그리고 자신은, 여전히 수박 하우스에 보온 덮개를 덮고, 삽을 들고 논두렁을 걸어야 한다.

"내가 봐도 내는 너무 초라하다."

봉헌은 그렇게 스스로를 다그쳤다.

편지를 접어, 베개 밑에 조심히 넣었다.

그 아래 깔린 건 그의 첫사랑이었고, 그 위에 덮은 건 말하지 못한 부끄러움이었다.

그 밤, 봉헌은 아무 말도 없이 누웠다. 별빛도 그를 위로하지 못했다. 다만 바람이 조용히 그의 방 창문을 스쳤다. 그것이 마치, 말숙이의 손끝 같아 그는 다시 눈을 감고, 말없이 울었다.

봉헌은 몇 번이고 성호동에 갈 결심을 했다.

양철 지붕 아래 말숙이의 할매 집, 그 앞에 서서라도 먼발치에서 말숙이 얼굴 한번 보고 싶었다.

하지만 막상 걸음을 떼면, 금세 마음이 뒷걸음질 쳤다.

"오늘은 비닐하우스 옆순치야 해서…."

"올은 어무이 장날이라 집을 비우깨네 소 여울 주고 해야 해서…."

"날이 너무 추버가, 내일 가야겠다…."

그렇게 하루, 또 하루가 흘렀다.

봉헌은 이불 속에 누운 채, 편지 봉투를 만지작거렸다.

이미 열 번은 넘게 읽은 말숙이의 글씨, 하지만 그 글자들은 아직도 그의 가슴을 두드렸다.

"내 공부 열심히 할 끼다. 니도 진짜로 열심히 해라이. 다음에 보모, 서로 부끄럽지 않게."

그 마지막 문장이 뇌리에 박혔다.

서로 부끄럽지 않게…. 그 말이, 봉헌을 제자리로 묶어 두고 있었다.

그는 거울 앞에 서서, 자신의 모습을 다시 한번 바라봤다.

껍질 벗겨진 귤 껍데기 같은 손, 툭 튀어나온 눈 밑 다크서클.

책상에 앉아 있어도, 자꾸 눈꺼풀이 무거워지기만 했다.

'이 꼴로 말숙이 앞에 서서 뭐라 하것노….'

'나 공부한단 소리, 아직 해 보지도 못했는데….'

'가서 뭐? 웃기지도 않게….'

그러는 사이, 달력이 한 장 넘어갔고 입학식은 바로 코앞으로 다가왔다.

그날 저녁, 어머니가 말씀하셨다.

"내일 네 새 교복 사구로 아직에 첫차 타고 나가자."

그 말에 봉헌은 알 수 없는 허탈함을 느꼈다.

말숙이는 이미 교복도 맞추고, 가방도 새로 샀을 거다. 모든 것이 새롭고, 모든 것이 설렐 시간 그 곁엔 자신이 없었다.

'하… 그라고마. 내는 진짜로 이제 공부를 해야 하것다.'

봉헌은 책상 앞에 앉으며 스스로 다짐했다.

'말숙이한테, 부끄럽지 않으려고. 언젠가 진짜로, 당당하게 가야지.'

그러나 그는 아직, 단 한 번도 그녀 앞에 나타나지 못한 '소년'이었다.

사랑보다 부끄러움이 앞서는, 촌놈의 첫사랑 소년.